漫娱图书

悬 疑 小 说 书 系

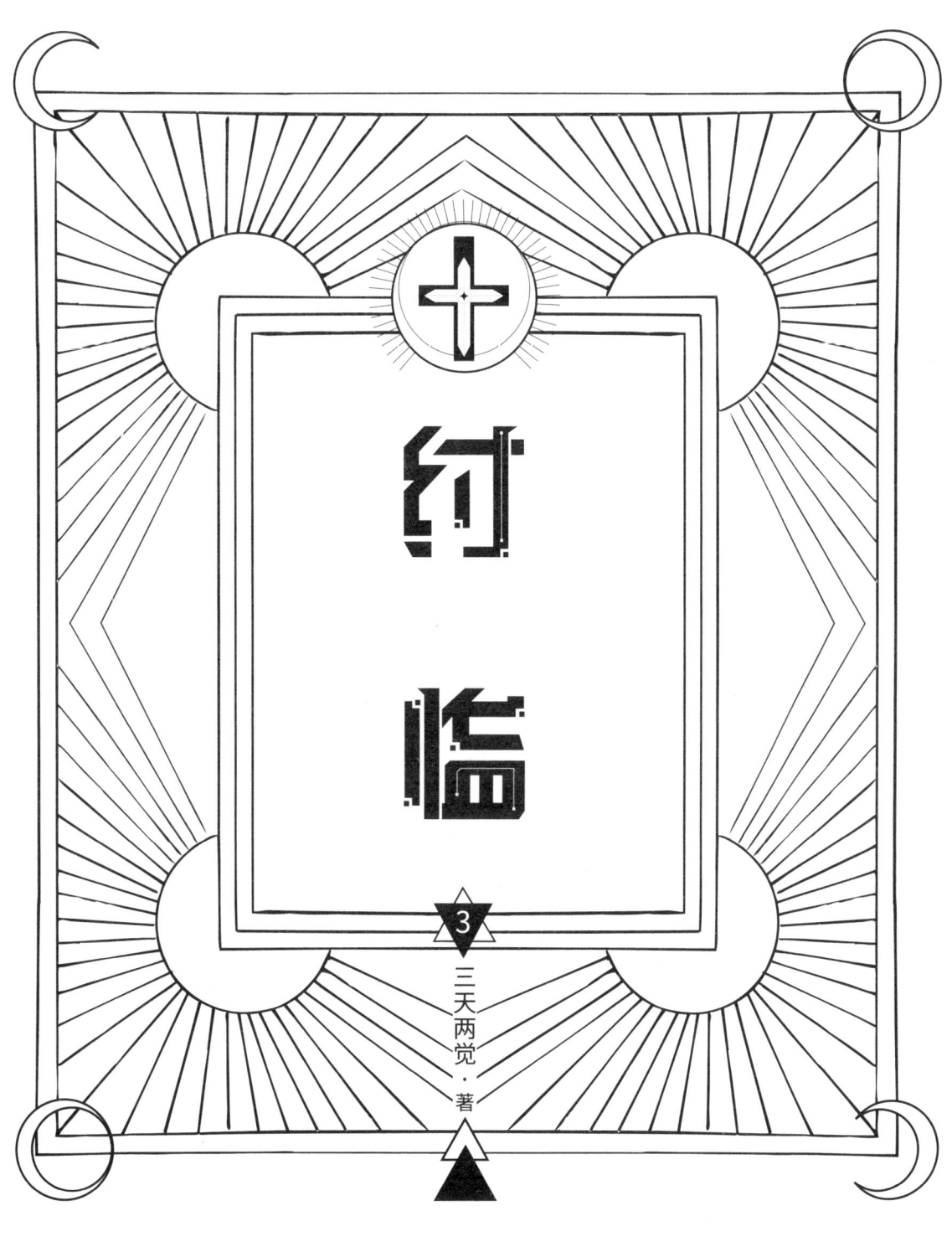

《纣临 3》的故事延续上一部的"九狱事件"。

很快就将会有一位重要人物在此登场,并给这次事件画上句号。

随后的"乱世之始"卷则会以"公路片"的形式展开,讲述三位新角色的冒险。

而这本最后的"暴君崛起"卷,会再次改变行文方式,变为"四线交错叙事"的有趣故事。

总之,《纣临》应该还会再陪伴大家一段时间。

但请各位看官开卷一观。

卷一 出渊

第一章	全面突破	008
第二章	投降者和俘虏	029
尾声	揭幕	060

卷二 乱世之始

序幕	久别重逢	064
第一章	反抗军的战役	068
第二章	异能导师	092
第三章	追捕者	126
第四章	进化	147
尾声	"龙井"之谋	174

卷三 暴君崛起

第一章	赴约	182
第二章	招安	197
第三章	现在投降还来得及	216
第四章	赌徒、法士和杀手	234
第五章	满载而归	278
尾声	同归于尽	293

目 录
content

VOLUME ONE

卷 一

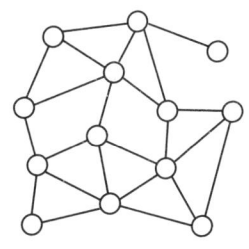

出渊

全面突破
第一章

一

在浩瀚的宇宙之中，我们人类所能感知的并能理解的事物，只占很小的一部分。

当那些我们不能理解的部分被我们感知时，"神话"便诞生了。

古人们将那些超出他们认知的事物或现象改编为宗教故事，用一套更易被大众接受的说辞进行解释，并使之流传下去。

而在众多这样的故事中，有一个概念，可谓频频出现，虽然它也有很多种不同的表述方式，但在绝大多数传说中它都被称为——冥界。

人们将这个"概念"简单地解读为死者去往之地，灵魂归栖之所。

但实际上，这个所谓的"冥界"，只是一个以现有的科技能力尚不能完全解构和探索的空间罢了。

那些多元宇宙中的没有具体存在形式的物质，构成了这个空间。换言之，这是一个与有形世界或者说"存在世界"相对的概念化维度。

莉莉娅的异能"无"，即是一种与其有着相似性质的力量，这也是为什么"冥界之刻"会对她无效。

虽然"冥界"和"现实"就如两个背靠背站立的双胞胎一样近在咫尺，但这两个世界之间的屏障却是非常严密的。这世上只有三种方法，可以在短时间内打破这屏障。

几分钟前，在莉莉娅前往这底层禁区的途中，子临告诉她，"冥界之刻"已被藏在了她那个手提箱内的夹层中，因此，莉莉娅也猜到了这怀表跟眼前的黑洞有关。只是，她还不知道，子临要她去操作的，就是那连接冥界的三种方法之一——通过"时间维度"上的短暂同步，开启两个世界之间的通道。

子临并没有花太长的时间去做解释说明，因为他给莉莉娅传达信息靠的是心之书的书页，只要脑子够快，他完全可以在数秒内就将数百个文字显现到对方的眼前，而莉莉娅的阅读理解速度也是很快的，所以这事儿只花了一分钟不到就完成了。

"按照你的说法，被联邦投进这个空间的'怪物'们应该早就已经被'冥界'所吞噬，变成虚无之物了。"莉莉娅又思索了几秒，对子临心语道，"那么，你要我打开这个黑洞到底是为了把什么给放出来呢？"

"正常来说，通道打开以后，是什么都放不过来的，因为那边的东西没有办法侵入'存在世界'。"子临回道，"不过，这边的东西倒是可以到对面去。虽然过去以后就会立刻被转化为'不存在物'，但是……"

"慢着！你该不会是想……"这一瞬，莉莉娅的脑中闪过了一个很可怕的推测。

"没错，我需要你到对面的世界去一趟，然后带一个人回来。"子临接道。

"滚蛋！"莉莉娅直接通过心语骂道，"你这是字面意义上的要我去死啊！"

"不，你不会死的。"子临应道，"你的能力可以让你以及你所接触的东西在'有'和'无'之间自由转换，也就是说，你只要赶在通道封闭之前回来，一点儿事都没有。"

他说到这儿时，莉莉娅又想起了什么："不对吧？你刚才不是还说，让我'打开入口之后对自己发动能力，然后迅速离开就行了'吗？"

"那是为了骗你先打开通道再说。"子临承认得倒也干脆，"别忘了，你眼前的可是'黑洞'啊，开启的刹那除非你立刻抓住什么固定在地上的东西，否则一喘气儿的工夫你就被吸进去了。"

"你这个……"莉莉娅刚想接着爆粗，但转念一想，好像有哪里不对劲儿。

"糟了！"一秒后，她灵光一现，赶紧转身一甩胳膊，猛地将手中的手提箱抛了出去。

然而，她终究还是晚了一步。

就在那手提箱飞出她手掌的一刻，整个世界仿佛定格了一般，且突然变成了黑白灰三色。那个飞出去的手提箱停在了半空，莉莉娅的身体也已动弹不得，就连眼珠子都转不了半分，但她的思维仍是在运转的状态。

这种"停顿"持续了大约三秒，紧接着，一阵细微的、机械怀表发条走动的声音传入了莉莉娅的耳中。

伴随着这阵"嘀嗒嘀嗒"的声响，莉莉娅的身体渐渐恢复了行动能力，但是她还没来得及做什么动作，身后那个黑洞已将她整个人拖离了地面，吸了进去。

与此同时，一大段文字，浮现在了莉莉娅手中的书页上——

"当你读到这段话时，你应该已经在对面的世界了。

"首先，我想向你致歉。

"由于你反应还挺快，所以要算计你，我就必须从一开始就给你缺失的、错误的情报，然后随着行动的展开不断传达给你新的、或真或假的指示和信息，再结合你可能做出的应对，最终才能走到当下这一步。

"这会儿你自是已经想到了。你来到禁区之后与我进行的所有交流，包括你用'拒绝执行任务'来要挟我解释'黑洞'和'冥界之刻'之事，以及我们刚才的几句对话，全都在我的计算之中。

"关于'打开两个世界的通道'这件事，我对你隐瞒了很关键的一点——只要'冥界之刻'被带到'通道入口'附近，根本不需要你把它'从某个容器中拿出来'或是做什么特别的事，它就会自动开始与另一个世界进行'时间同步'。

"综上所述，方才的种种，其实都只是我在拖延时间罢了。拖到'同步完成'我就成功了。

"我不指望你会原谅我，但我相信，怀揣着求生的意志以及对我的复仇怒火，你一定会努力从那边回来的。

"既然如此，就请你留意我接下来的话，因为这会对你回到我们的世界有所帮助。

"一，不管你在那里看到什么、听到什么，都不要开口说话，不要去回复任何的声音，不要忘记自己是谁、在做什么，更不要迷失在美好的回忆或幻象中。

"二，这张心之书的书页，是极为强大的超维科技，它是不受那个世界所影响的，我最后留在上面的这段文字，也不会被周遭的幻觉所改变，所以你要是觉得快要迷失了，就看看书页和我留下的这些话，稳定一下心神。

"三，那个世界的一切都是黑白灰三色，即使是幻象也无法制造出色彩，但我要你带回的那个人,会穿着红色的衣服——因为制造这张书页的纸浆里,曾掺入了一滴他的血。所以当你进入那个世界后,他立刻就会感知到你。

"由于在那边没有'距离'的概念,无须太久他就会来到你面前。

"一旦你看到那个'红衣人',就抓住他的胳膊,对他和你自己同时使用'无'能力,用完后再迅速解除。

"届时,他会由'虚无'状态被转化为与你相同的另一种'无'状态,继而再变为'存在'的状态。用比较易懂的说法来讲,经历了这两道工序的他,会从'死的'变成'活的'。

"只要他'复活',他的异能也会复原,而凭他的能力,很容易就能带着你返回这边的世界。

"最后,祝你好运。"

大约二十秒后,"跨维通道"连接时产生的巨大引力已有所衰减。

那个装有"冥界之刻"的手提箱也早已落在了地上——不知为何,这个箱子从头到尾都没有受到黑洞的引力影响,就好似是绝缘体不会被磁铁吸走一样安然地躺在原地。

反观被关在净合金囚笼里的猎霸,在刚才那半分钟里,整个人都被拉扯到了铁栅栏上,浑身被勒得生疼。

此刻吸力减退,他才重新坐回地上,长吁了一口气。

"姓子的小哥,你要我做的事,我都照办了,你准备什么时候把我弄出去?"两秒后,猎霸一边在心中念叨这句话,一边撕裂了自己手臂内侧的一层皮肤,从里面扯出了一张书页大小的纸。

这个过程中,猎霸没有流血,纸上也没有沾血,看起来就好像猎霸的皮肤外面还有另一层皮肤般诡异。

"别着急,再等一会儿这里的抑制剂就会失效,到时候你自己出去就行。"子临的回复,很快就出现在了那张纸上。

"喂喂,这层关的可不止我一个人啊,用'中和抑制剂'的方式,那几个家伙岂不都出来了?"猎霸接道,"话说,你就不能让你那妞儿直接破坏掉我的笼子吗?"

下一秒,子临即刻回道:"其一,那不是我的妞儿;其二,她现在的实力根本打不破关你的那个笼子;其三,虽然她一会儿带回来的人可以打破净合金牢房,但这事儿还不好说,万一她没能完成任务,留在那里了呢?"

"切。"猎霸用嘴啐了一声,随即心道,"好吧,我就当在做好事了。"

他在意的,并不是自己的几位"邻居"出来以后会引发什么可怕的灾难,他只是觉得,只有自己为子临做了事,却让那几个完全不知情的家伙一块儿越狱了,有点不爽。

"我知道你不服气。"没想到,一息过后,子临又发来了这么一句,"你周围关着的那几位就算逃出来了,也不会感谢你的。他们甚至不会知道你在这次越狱事件中所扮演的角色和起到的作用。"

"你想说什么?"猎霸知道,这话必然还有下文。

但子临却似是忽然扯开了话题,言道:"作为一个因各种'偶然因素'而迅速升到狂级的能力者,你对自己能力的开发显然是不太完善的,其中最大的一个盲区就是,你知道自己能通过获取'动物'的DNA来强化自身,但却始终没有弄清楚'动物'这个范畴。"

这段话,让猎霸如醍醐灌顶,恍然大悟,同时,却也让他感到头皮发麻,心中暗惊。

"呵,你小子是恶魔吗?"数秒后,猎霸的额头已渗出了冷汗,但他脸上挂着的是一种严峻中混着笑意的神色。

"为什么这么说?"子临却回道,"因为我暗示的事情,已经越过了你的某条底线?

"然而,和联邦对你的所作所为相比,和你自己曾经做过的事相比,你觉得这差别又在哪里呢?或者说越界的程度又差了多少?"

浮现在这张纸上的每一个字都如同恶魔的低语,腐蚀着猎霸的思想,并试图将其拖入堕落和邪恶的深渊。

且最终……成功了。

二

在九狱的四名副监狱长中,亨利·霍华德无疑是战功最显赫的一个。

比起"梦师""巢魔"以及"阿芙罗狄忒"这样的称号来,他的绰号"屠夫"显然已说明了很多事。

亨利的能力是在他十六岁那年觉醒的,当时的他本是一个被周围的人视为有严重暴力倾向的问题少年,但成为能力者后,他反而收敛了很多。

这并不是因为他对暴力失去了兴趣,恰恰相反,是因为他对暴力的追求升级了。

在没有异能的时候,亨利经常跟人打架,他会受伤、会流血,有时也会输……但对他来说,正因为伴随着"被打败的风险",所以打架才令人兴奋。

然而,能力觉醒之后,这种风险消失了。

虽然这个世界上不乏那种可以从欺凌弱小中获得快乐的人,但对亨利来说,打赢实力悬殊、毫无还手之力的对手,根本没有什么乐趣可言。

即便亨利的能力在纸级时对于打斗没有任何帮助,但因为身体素质已超越了常人的范畴,他从此就没再跟"普通人"打过架了。

一年后,亨利放弃了本就不怎么擅长的学业,选择了参军。

他在训练时期就表现出了极佳的战斗天赋,加上又是能力者,故而很快就被编入了联邦军的能力者作战部队,并参加了实战。

踏上战场的那一天,亨利不但没有像大部分新兵那样感到紧张和害怕,还产生了一种如鱼得水的感觉。

与军队、能力者之间赌上性命、你死我活的战斗,就是他能玩到的最棒的暴力游戏。

这之后的十多年里,亨利凭借着自己在战场上不断积累的战功步步高升。当然了,由于出身的阶级原因,他无法升到真正的高层去。不过他也并不介意这些,他热爱在第一线工作。

可惜,到三十四岁那年,他的好日子到头了。

由于在某次行动期间,无意中得罪了一名高层的指挥官,对方决定整整他,于是就找人去查他的黑料。这不查不知道,一查还真是吓一跳。

在过去的十几年间,亨利经常在执行任务的过程中把原本该留活口的目标打死,甚至有过"因某个颇为强大的敌人还没跟他打就直接投降了,所以一时冲动就把对方给杀了"的黑历史。

这些事儿,通常都是可以在基层被压下去的,毕竟战场上情况复杂,就算有相关的视频或音频资料留证,只要在事后写报告时行动的负责人帮你兜着点儿写,也就揭过去了。反正批阅的人也就看个结果,只要整体结果过得去,报告里的内容没人会仔仔细细全部看完的。

可是,等到要细抠条例的时候,任何士兵或军官的档案里都能找到点问题,更何况亨利的问题本来就挺严重。

他也没想到,从没在战场上栽过的自己,最后是栽在了自己人的手里。

亨利上了军事法庭,被判了五年。好在他进的是军队管辖的监狱,里面都是自己人,没让他吃什么苦头,但出来之后,他在联邦军内自是没法儿混下去了。

还好,他有几个同期的兄弟混得还不错,在这些人的运作下,"对监狱管理很有经验"的亨利来到了"九狱",当上了这里的副监狱长。

这一当,又是五年。

其实这里也挺好,大部分时候,亨利只需要跷着二郎腿,在办公室里抽抽雪茄、看看屏幕、打打瞌睡,值勤时间就过去了。只要他身体健康,干到退休都没问题。

至于他的"暴力倾向"嘛,在蹲大牢那几年早就已经磨平了。

今年四十四岁的亨利,已有将近十年没尝过真正意义上的"战斗"是什么滋味了。

直到……今天。

1月15日,亨利的值班时间是到早上6点为止,凌晨3点多,正是他最困的时候。

警报声响起那会儿,他并没有太当回事儿,因为过去那几年里,前来进攻九狱的人也是有的,绝大多数从正面进攻的家伙都死在了深渊之壁的外面,少数能攻入内部的也都会在极短的时间内被消灭。

可今天,这事情的进展好像有点"妖"。南部大门那边竟然传来了求援的通信,这说明有人从正面突破了那片被高强度的火力网所覆盖的平原,且已经开始攻门了。

亨利看了眼监控,感觉事情有点不对劲儿,这才从"出口层"那边的值班室里走了出来。

在九狱,监狱长和副监狱长们,是可以选择不穿战斗铠甲的:其一,穿那个反而会限制他们的战力;其二,他们五人可以定期得到联邦提供的"中和剂",只要按时服用,就不会受到九狱中抑制气体的影响。

所以,亨利此时便随手拿了件联邦军的军大衣,从九狱里跑了出来。

在这凌晨3点半的黑暗中,他如一道掠过黑夜的劲风,迅速穿过了普亚纪的废墟,逼近了围墙的南部大门。

就在他来到门后之时,异变发生了。

巨大的门扉，在金属变形的"吱呀"声中，竟是被掰开了一条缝隙，且越来越宽……

亨利见状，当即顿足而立，举目凝视。

透过渐渐开启的门缝，他看到了一个正在用双臂撑开巨门的黑色人形生物。

如今的暗水，为了方便日常活动，已将自己的人形态维持在了身高一米八、体重八十公斤的状态：其身材健硕，通体无毛发、无性征；它体表的皮肤像是吸光的黑色皮革，在黑夜中几乎像是隐身了一般；唯有他那对无眸的双眼，在阴影中散发着青芒。

"这是……"亨利望着暗水，心中念道，"生物装甲？异能突变？还是变种人？"

亨利会好奇，是因为他觉得就算是自己也不可能靠纯粹的蛮力打开这巨大的合金门，依他推测，假如眼前这个黑色生物是个能力者的话，那一定是某种专攻力量领域的极端例子。

吱——呜——

另一边，在最初的那道缝隙被掰开后，暗水便将整个身体慢慢挤到了门缝中，然后用一个更好发力的姿势往两边推掌，待开启的缝隙达到其臂展极限时，他又将手臂向外"延长"，像一个横着的人形千斤顶似的，把门朝两边继续推……

站在亨利的角度来看，这无疑是一个攻击的大好时机，他不可能错过。

已有十年没有在他体内奔流过的那充满暴力因子的血液，此刻又再度奔流起来，那恍如隔世的只有在战斗时才能体会到的刺激，让他全身都兴奋得发抖。

"我是副监狱长霍华德，不管是谁，听到这段话后，劳驾把南门内侧的武器系统关了，顺便给我点光。"亨利一边拿着通信器说话，一边已迈开步子，朝前跑去……

话音落地，其身形已化为一道虚影，绽裂的能量让周围的气温为之一升，转眼之间，他已冲到暗水面前，双手并出，一套干净利落的连击，以远超常人动态视力和反应力的速度在瞬间打完。

两秒过后，毫不设防的暗水动作一滞，紧接着，他的身体就像是一堆叠在一起的碎肉般分崩离析，塌散落地。

这损伤并非源自异能的效果，只是一般的徒手攻击所致。当然，也不能说和异能没关系，因为一般人用手可打不出这种宛如庖丁解牛般的伤害。

亨利的能力叫作"通幽洞微"，别说跟那些概念化的、复合式的能力比了，就算和一般的外放式能力比比，他这个能力也是弱到不行。

具体来说，纸级的时候，这个能力的效果就是让他看破一些人造物件的拆解方法，比如一个闹钟、一部手机，诸如此类的小东西，当然了，只是"拆解方法"，怎么装回去他是看不出来的；而到了并级时，他就能看破精密机械和大型物件（比如载人客机、驱逐舰）的拆解法了；等到强级，他开始能看到部分"一体成形物"的拆解方法，这其中，就包括"生物"。

虽然生物并不像机械那样有许多明显的、开放的"接合处"，但在亨利眼里，人的关节、器官，都是有非常容易的方式可以随意拧断或拆碎的——这就好比常做菜的人知道一块肉该怎么切才更容易切开，以及怎么才能快速有效地分解一只鸡、一条鱼等。

简而言之，亨利的能力就是让他在面对任何活物或死物时，只看一眼就能瞬间了解怎么高效地将其拆掉，但实际拆解时，还是得靠他的双手。

虽然"通幽洞微"的效果一般，且乍看之下好像只有拆迁队和厨师能用到，但"弱"，有时也是一种优势——和那些效果复杂而显著的能力不同，简单的能力非常容易提升。

亨利从纸级升到强级仅仅花了几年而已，而在战场上征战那十几年，他更是将这个能力运用到实战之中，结合他不断修炼的身体强度和能量运用力，成功将异能突破了凶级。

早在十年前，亨利在肉搏中便已罕逢敌手。他只要一出手，往往就会导致对手多处骨折、断肢，严重者甚至外表完好，但内部骨骼、内脏俱碎。

眼下，对于暗水这种敌人，亨利当然不会手下留情，从一开始就没打算留活口。

可惜……这种攻击，对暗水来说是毫无意义的。

嗡——嗡——

就在亨利将暗水"撕碎"之际，远处传来了几声大型电机启动的轰鸣。

接着，数道探照灯的光柱从附近的几个高点射出，齐齐照到了南大门这边。

亨利并不知道，这灯，是兰斯给他开的。

此时，在九狱内部，兰斯已经完全压制了"溟泉考焚"的男监一侧。他占领了监控室，放出了这层所有的犯人，而那些还没来得及撤出这个区域的狱警们都已经被犯人们搞定了。

方才亨利拿着通信器下命令时，刚好被监控室里的兰斯听到，兰斯通过夜视探头看了看大门那儿的情况，笑着将亨利那句"不管是谁"给重复了一遍，然后自言自语道:"那我就如你所愿吧。"随即就照着亨利的指令操作了。

亨利下这命令的本意,首先是为了防止武器系统对自己造成误伤,其次就是为了让自己看东西更方便。虽然凶级能力者的夜视能力肯定不差,但毕竟没有在光线下看得清楚。

没想到,这会儿倒是帮逆十字这几位铺路了。

"这么亮,那照明胸针可以关了吧。"灯光射来之际,正巧走下飞梭的榊无幻被照了个措手不及,还用手遮了下眼。

"不行不行,这是光煞!我们这一拨人现在阳气大盛,被这么一照轻则爆血管,重则有火光之灾,我看咱们还是留在梭上……哎哎哎……"站在舱门口的孟夆寒话还没说完,就被凯九一脚踹了出去。

凯九踹他的时候还一脸的不耐烦:"少废话,你个装神弄鬼的,别堵着门!"

孟夆寒也是不服,顺势回头言道:"嘿!你这五大三粗之人,在下好言相劝,你却不识好意。算了算了,你们要去就去,我一个人回飞梭上……"

他这句话又是说到一半,就被走下飞梭的子临打断了,"你想得美,还有事儿要你办呢。"

说话间,子临已勾住了孟夆寒的肩膀,将他往大门方向拽了过去。

而最后一个走下飞梭的,是一言不发的车戊辰。

这一行人,唯有"枪鬼"K留在了飞梭上。按照计划,等众人都进去之后,K会把飞梭停到开启的大门中间,这样就能防止门被重新关上了。

"这帮家伙轻松过头了吧,以为这是郊游吗?"亨利看到从十米开外朝门缝这儿走来的几人,心中隐隐升腾起一股怒火。

念叨之际,他的视线又移到了侧前方的地面上。

刚才,暗水被撕成黑色的碎块并落地后,立刻就化成了一摊黑色的液体,眼下,经过这十几秒,这摊液体又重新汇聚,迅速重塑成了完好无损的人形态。

这场面,就像某经典影片中怎么打都不死的液体机器人重组,亨利看了也不由得心中一惊:"还有这家伙到底是怎么回事?既有巨大的力量,又可以重生……莫非是凶级以上的神祇体质?"

就在他犹豫之际,复原后的暗水突然转头,将视线锁定在了他的脸上。

沉默之中,暗水……出手了。

三

3点45分,第七狱——"下泉长夜"。

薛叔来到这层时,方相奇已经站在天花板的洞口下等着他了。

看着附近的狱警尸体和正在暴走的人群,薛叔开口问道:"现在是什么情况?"

"这层的控制室被几个负隅顽抗的家伙给炸了,所以我只能用手动的方式进去把囚犯们放了出来。"方相奇回道。

"这儿的牢门还有手动开关?"薛叔疑道。

"我指的'手动',也可以说是'动手'。"方相奇一边说着,一边抬起了自己的右手,接着,在一个极短的瞬间,他的手掌周围浮现出了一个巨型兽爪的虚影,继而又恢复如常。

"原来你不变身也有这种能耐啊……"薛叔看到这一幕,立刻就明白了对方的意思。

"是啊,我就像是小说里的妖怪,就算不现原形也能施展些神通的。"方相奇耸耸肩,用玩笑般的语气接了一句,随即又转移话题道,"对了,上面的情况如何了?"

"大门那边遇到了点阻力,不过不是什么大问题。兰斯和索利德也已把'溟泉考焚'和'苦泉屠戮'两狱的男监侧压制住了。"薛叔回道。

"嗯……而你出现在这里,就说明'巢魔'也已经被搞定了,对吧?"方相奇接道。

"对。"薛叔点头应道,"虽然只是暂时的,但行动结束前他是肯定不会来打扰我们了。"说到这儿,他顿了顿,又朝四周扫视了一圈,"那么,杰克已经下去了吗?"

"走了有几分钟了。"方相奇回道,"跟我来吧,我带你到下一层的'入口'去。"

薛叔闻言,没有再说什么,只是默默跟了上去。

和最上面那三狱不同,九狱的第六狱"幽泉煞伐"、第五狱"阴泉寒夜"以及第四狱"寒泉毒害",并不是各占一整个楼层的,而是三狱合用同一个楼层,因为从第六狱开始,犯人的数量明显减少,所以没必要每狱占一整层的空间。

当然了,虽然是在同一层里,但这三狱之间还是分隔开的,且每一狱的狱警配置依然是满编,也就是说,第七狱下面的那一层,有着三倍于上面狱级的警备力量。

"就是这儿了。"

不多时,方相奇就领着薛叔穿过了第七狱的关押区,来到了一个如断崖般的建筑缺口处。

这一路上,只要是他们所过之处,犯人们都纷纷退开给他们让道。即便是那种正在殴打狱警或者大闹特闹的凶恶囚犯,一看见方相奇,下一秒也会立即换上一副和颜悦色的嘴脸。

薛叔也不傻,他看到墙上和地上留下的巨大爪印,还有那些切口整齐,像是豆腐一样被撕开的合金牢门,再结合这群犯人对方相奇点头哈腰的表现,不难猜出此前发生过什么……

"这入口是你弄的?"来到缺口边站定后,薛叔先是朝"断崖"下望了一眼,再对方相奇说道。

"啊,我用爪子刨的。"方相奇应道,"因为下一层的结构和上面这几层不同,为了方便进一步的入侵,才走到这块区域挖路。"

"那……我也下去了。"薛叔又道。

"赶紧去吧,去晚了估计就没你什么事儿了。"方相奇说着,已转身往回走,"我会在这层等你们的。"

同一时刻,第一狱——"酆泉号令",关押区外的走廊中。

一个西装革履、发型一丝不苟的男人,挡在了囚犯们的前方。

他的脚边,还躺着一个正在抽搐的长得颇像铁血战士的人形生物。

"统统回到自己的牢房里去,否则……"他说到这儿时,瞥了眼地上的尼尼,"……这就是你们的下场。"

此刻,由于莉莉娅进入了"冥界",所以她与这个世界的联系被阻断了,她对电梯使用的异能自然也已解除。

在尼尼的带领下,逃出牢房的犯人们势如破竹地消灭了这一层所有的狱警和狱警长,并抢夺了这些狱警身上的铠甲和武器,一路杀到了电梯附近的走廊中。

然,就在此地,他们遇到了可能是整个越狱计划中最大的挑战——九狱最高指挥官,监狱长,秋正一。

秋正一没有什么"绰号",他也不需要什么绰号。

在联邦,只要达到一定级别的人都知道,"秋正一"这三个字就代表了"九狱的BOSS"。他是整个联邦政权的最高战力之一,即使与"护卫官"们相比,也是毫不逊色甚至更胜一筹的人物。

虽然处于"类暴走状态"的尼尼已经很强,但在秋正一的面前,俨然毫无还手之力。一招之下,尼尼便已倒地不起,奄奄一息。

"别让我重复同样的话……"数秒后,见人群未动,秋正一用他那低沉的嗓音再度开口道,"立刻卸除从我部下身上抢来的武装,滚回自己的牢房去,十秒之内,若谁还没有照办,格杀勿论!"

这一次,他加重了语气,并给出了更具体的包含时间限制的指令。

能关在这一层的犯人断然不是等闲之辈,他们也都明白,眼下,情势已完全掌控在了秋正一的手中;这位监狱长所说的话,绝不只是在施加压力而已,面对"正在越狱中"的犯人,他是有权将目标就地正法,先斩后奏的。

这一刻,绝望的气氛开始蔓延,好不容易才看到一丝自由之光的囚犯们,再度被推向了深渊。

有些人退缩了,或是因为畏惧,或是因为理智。

但更多的人反而握紧了手中的武器,因为比起再次回到地狱之中,他们宁可在这里赌上性命。

十秒,既短暂,又漫长。

短暂到让你来不及思考,又漫长到能让你想得太多。

就在一根无形的弦已被绷紧到某种临界点时……

当啷——

一声金属落地的声音,打破了那令人窒息的静谧。

紧接着,是第二声、第三声……只见囚犯们纷纷脱下了铠甲,扔掉了武器。

不消片刻,所有囚犯都解除了武装。

然而,此情此景之下,秋正一脸上的表情,却变得比刚才更加严峻了。

的确,囚犯是把武器和铠甲都丢了,但是,卸下武装的他们,没有一个转身返回牢房,非但如此,他们的眼中还燃起了强烈的斗志。

"该死……"秋正一很快就意识到在那十秒间发生了什么。

像他这个级别的人,对于能量的观察早已到了入微之境,因此,他通过肉眼就能确定,眼前这帮囚犯的异能正在迅速恢复中。

这"酆泉号令"中的犯人本就不多,除了那些因出身、政见或掌握特殊知识而被关进来的人之外，但凡能力者，最次也是强级顶峰的实力，其他则都是凶级以上。

当然了，秋正一并不担心自己的性命会受到什么威胁，他甚至有自信可以凭一己之力摆平这里所有人。可是，这么多凶级能力者，如果各展所能，各自全力逃跑的话，他一个人怕是抓不过来。

再者，这么多人的能力同时开始恢复，绝不会是偶然现象。不管是空气、水源，还是别的什么因素造成的，总之肯定有人动了手脚，导致这里的抑制剂正在失效。假设九狱里的所有狱级都在发生相同的状况，那除了副监狱长之外的战力怕是在五分钟内就会全军覆没。

短短一息之间，秋正一的脑中已闪过了种种念头，并且果断地做出了一个十分正确的决定——杀！

趁着这些人的能力还没完全恢复，趁着他们现在还都集中在这里……杀！杀光了这些强者，上面那些狱级的囚犯便不足为惧，毕竟还有深渊之壁的防御系统在，那也不是一般的能力者可以突破的。

念及此处，秋正一周身能量爆绽，异能急催，当即就要大开杀戒。

不料！

就在这一瞬，只听得"砰"的一声，一条粗壮的胳膊破开了地面的装甲板，准确地攫住了秋正一的脚踝，并以一股巨力将其往地下的"禁区"拽去……

另一方面，深渊之壁，南部正门。

此时，"屠夫"，亨利·霍华德，已然倒在了血泊之中。

他败得是如此之快，以至于那些通过监控画面看到这一幕的狱卒们简直不敢相信眼前的事实。

暗水攻击亨利时，并没有用什么技巧。无论力量、速度还是能量层面，暗水都是碾压凶级能力者的存在，秒杀是理所当然的结果。

再者，暗水杀人，不试探、不犹豫、不玩弄、不保留……他要的只是一个结果，而这结果本身，也并不是他自己的意愿。

他只是一个不带感情也没有感情的执行者，一个比任何人类都更出色的执行人。

"咳……呃……"极低的气温和凶级能力者的体质让亨利保留了最后一口气，

但这也只是拖延了一点儿死亡降临的时间而已。

他侧卧在冰冷的地上，眼睁睁地看着子临一行人从自己面前经过，连看都不曾看自己一眼。

亨利的心中悲怒交加，他很想冲这群人大喝些什么，但他发不出声，而且仔细想想，就算能出声，他也不知道该说些什么。

他想宣称自己站在正义的大旗下，但他自己都不相信这点。

他想让对方考虑放出那些囚犯的后果，但他很快意识到自己也曾是一名联邦的阶下囚。

视线变得模糊时，他开始思考自己为什么会在这里，自己到底是为了什么才做着这份工作。

他开始回顾自己的一生，到底是为了什么而活，又活得是否有意义。

而这一切的答案，无疑是让他失望和悲伤的。

"我懂。"

就在亨利即将失去意识之前，他听到了一个熟悉的声音，并看到了一张脸——他自己的脸。

从亨利身上获取了一部分DNA的暗水，将自己的脸变成了亨利的模样，并用亨利的声音对其本人道："我都懂……"

暗水通过DNA获得的，不仅是拟态能力，就连目标的记忆也能一并取得，所以他才会说这话。

"但很遗憾，放弃了抗争的妥协者，便无法再选择自己的活法……而没有信念的战士，则连选择死法的权利都没有。"

这是亨利听到的最后一句话，似乎也是一个彻底自省后的他，站在"超我"的立场上对他自己的人生的一次总结。

3点53分，第五狱——"阴泉寒夜"。

因为四、五、六狱在同一层，所以方相奇开的入口直接通到了中间的这一狱。从这里往东就是第六狱，往西就是第四狱。

薛叔下到这一层来，本是想跟杰克会合的，但他探索了半天，看到的却只有尸体，狱警的、犯人的都有，就是一个活人也没见着。

"你要是来找'他'的话，已经晚了哟。"

正当薛叔思索杰克是不是遇到了什么状况时，忽然，一个宛若喉癌晚期般人的沙哑声音从他身后响起。

薛叔循声回头，但见，在十米开外的一个走廊转角处，出现了一道藏在拐角阴影里的人影。

那人影伸出了一条胳膊，悬在半空，其手上，还提着一个血淋淋的人头。

薛叔自然认得出来，那头，是杰克的。

"我猜……你是这儿的犯人？"沉默了两秒后，薛叔用平静的语气开口试探道。

"呵呵呵……这不明摆着吗？"那躲在拐角的人阴笑着回道。

"那么能不能劳驾你告诉我，你手上提着的那位，现在去哪儿了？"薛叔又问道。

"你是想问他的身体在哪儿吗？"对方笑道，"呵……如果你是想帮朋友收尸的话，我觉得没有那个必要了。反正你马上也会死在这儿的。"

他话音落时，薛叔却是一脸的不屑，转身欲走："无聊透顶。不说就算了。"

"想跑？"那人见薛叔要走，沙哑的嗓音竟立刻变得尖锐起来，他的身影也从拐角处消失了。

下一秒，一个足有卡车头那么大的脑袋从薛叔前方的天花板内冒了出来，"它"满面狰狞地凑到了薛叔的眼前，张开血盆大口，朝着薛叔"吞"下来。

四

3点55分，九狱，出口层。

这是九狱与地面相连的一层，接近大门的那块区域几乎都是通道，只有少数几间有用的房间。而继续朝内走去，便是狱警的生活区域和武器库的所在。

当子临将九狱的大门化为了一摊金属液后，门后走廊中出现的景象毫不令人意外——数十名身着战斗铠甲、举着武器的狱警已经严阵以待。

这些狱警可没有跟入侵者打招呼的意思，在门被毁掉后的两秒，用视觉直接确认了目标的狱警们立刻就开火了。

因为从一开始就知道入侵者是能力者且战力很强，所以这会儿守在这里的狱警全部去武器库里给铠甲换上了重火力组件，这类组件主要由光线型武器和小型飞弹组成……很显然，他们根本不考虑使用子弹那种东西，直接就把敌人当成装甲车来怼。

不料，面对这样的攻击，子临却只是举起一手，手掌微张，做了个"停止"的手势。

所有的飞弹，包括光束，全都因他的能力而在半空中凝止，再难寸进。

数秒后，当飞弹和光束积攒到一定数量时，子临手势忽变，打了个响指。

那一瞬，通道中发生了剧烈的爆炸。

然，爆炸的动能丝毫没有往入口的方向前进，而是尽数朝着九狱内部涌去。那些爆开的弹片和粒子则像是被打碎的玻璃一样，形成诡异的弧度四散而去，全部都朝着自己飞来的方向逆飞。

眨眼间，便是一阵血肉横飞。

这场面要形容的话就是：有人将一支军队在一定时间内输出的所有火力揉成了一团有形的实体，并朝发射者们扔了回去。

若是这些炮火按正常节奏轰来，狱警们靠着身上的战斗铠甲没准还能招架一二，但这般的火力倾泻，别说是铠甲了，城墙也顶不住。

不消片刻，子临他们前方的那一段路就像是被冲刷了一遍似的，一路向内被火力"扫荡"了上百米，沿途的摄像探头和自动防御武器都遭到了这股火力流的破坏，狱警们的尸体也都被卷得粉碎，散得不见踪影。

"我说……既然你这么厉害，又掌握着可以中和异能受限气体的药剂，那还有必要搞么多计划什么的吗？"在等待火力流消退的那几秒间，榊转头对子临道，"我怎么觉得你直接一个人强攻进来也能把这狱给劫了呢？"

"呵……"子临闻言，当即就笑出声来，并反问道，"人用手也能吃饭，那为什么用筷子？"

"嗯……"榊沉吟一声，"所以我们这帮人就是你的筷子？"

"也可以这样说吧。"子临回道。

这时，车戊辰忽在旁边插嘴嘀咕了一句："我只希望不是一次性筷子……"

"这话说得……"子临看都没看他一眼，一边说着，一边已迈开步子朝前走去，"仿佛非一次性的筷子使用寿命就有多长一样。"

孟挚寒一听就觉得这话味儿不对，赶紧追上去道："喂……喂！这什么意思啊？"

但对于这种追问，子临自是笑而不答的。

另一方面，九狱最底层，"禁区"。

被生生"拖"下来的秋正一并没有因这突如其来的袭击而感到慌乱，他在半空中就已快速做出了应对。他先将体内大部分用于防御的能量聚到了脚踝处，以避免肢体被人折断，同时，自己也在空中调整身形，屈身朝下，欲展开反击。

但当秋正一的视线下移，看到拽自己的那个"生物"时，心中也是不由得一惊。

若只看整体轮廓，那"生物"应该是一名高大健壮的成年男子，且穿着九狱的囚服，但是，这个因犯所露出的脸和手全都像在发霉一样，长满了青色的散发着异味的物质，那些物质有些是蘑菇形的，有些是肉芽状的，还有些则像是外露的筋和肌肉纤维……

"猎霸？"数秒后，秋正一一愣是认出了那个生物，当然了，不是通过长相认出来的，而是通过囚服上的编号以及对方的能量形态辨认的。

"嘎——"但猎霸却只是用野兽般的嗥叫进行了回应。

吼声未尽，猎霸臂上的那些肉芽就蠕动起来，在落地前的两秒之间，那些肉芽快速伸展，蔓延到了秋正一的腿上，并逐步向上包裹而去。

也正是在这两秒间，秋正一借着从天花板那个窟窿里照下来的光看到了，这一层地面上，已经七零八落地横躺了数个看起来干瘪枯萎的巨大肉茧。

"你这家伙……"下一秒，秋正一异能倏开，运指一击。

低语之际，秋正一一出三寸之指，展崩山浩力。

轰然爆响中，猎霸的右臂被秋正一用指尖一点便已然爆裂，猎霸本人也被能量的余威震飞疾退，落地后踉跄数米方才站稳身形。

反倒是在这轮交锋中处于后手方的秋正一，最后稳稳地落定在了地上，且脸上是一副理所当然之色。

这就是秋正一的实力，同为狂级，他对能量的运用，对体术的锻炼，都要远胜猎霸，而他的能力"破坏"更是一种让人闻风丧胆的力量。

秋正一之所以用"手指"作为攻击的媒介，并非因为他擅长什么指上功夫，单纯是因为他如果用拳或掌，所产生的破坏力可能会超出他本人的控制，引发难以预估的结果。

"啊！噶啊——呃……"而另一边的猎霸也不是省油的灯，刚一站稳，他嘴里就叽里咕噜发了几声怪响，随即就有一坨肉芽和肌肉纤维迅速从他的断臂处"喷"出，形成了一条全新的更加粗壮的胳膊。

"虽然不知道你是怎么干的……"秋正一整了整衣领,"但看样子,其他的犯人都已经被你'处理'掉了。"他干笑一声,脸上浮现了一丝寒意,"呵,说实话,我还真担心他们恢复能力之后联起手来,可能会对我产生点儿威胁,这下我倒省心了。"

"咳啊——"此刻的猎霸,心智早已被"吞噬的本能"所遮蔽,除了"把眼前强大的DNA吸收掉"这个念头之外,他已无法思考其他的事,就连基本的语言能力,他都失去了。所以,他也不可能去跟秋正一对话。

又一声嘶吼后,猎霸将嘴张开到了一个常人绝对无法做到的角度,接着,从中探出了一根如小号号管般的东西。

看到这根管子时,秋正一的脸色就变了,如临大敌。

一秒后,伴随着"铿"的一声,从那根管子里喷出了一道肉眼难见的细线。

同一瞬,十几米外的秋正一身形一晃,由实化虚,躲开攻击的同时,他已俯身从正面冲向了猎霸,并疾运一指,猛攻对手腹部。

这一击,秋正一是抱着将对方直接轰成粉碎的念头施展的,故而用上了比方才高出数倍的能量。

但攻击的结果并未如他所愿——"破坏"之力触到猎霸的身体之后,后者仅是腹部发生了爆炸,而其他部分虽有损伤,却无大碍。

秋正一本还想追击上去给对方的头再补一击,没想到,猎霸强行扭颈垂首,用口中之管再度喷射出一道细线,正好迎上追来的对手。

这下,秋正一终究是没能躲过去。

"原来如此……"中招的刹那,秋正一的心中已在念道,"这就是你能杀掉其他囚犯的原因了吧……"

别看两人过招的时间不长,但秋正一已在对方身上看到了"自愈""高速再生""断尾现象""七绝蛰"和"漂浮"这五种能力。

这其中,只有"自愈"和"高速再生"是猎霸在被关进这里之前就已掌握的力量,而另外三种,都是其他几名犯人才有的异能。

"断尾现象"来自一名能量转化型的能力者,当然了,这招并不是其能力的全部,但无疑是他的运用技巧之一。

"漂浮"能力来自一名变种人,因为其能力与"引力"有些许关联,且成长效率很快,所以才到强级就被关到了这抑制剂浓度最高的"禁区"里来。

"七绝蛰"则是来自一个由EF产出的强大实验体,其能力"七绝蛰"正是刚才猎霸喷出的"细线"。

那些线的真面目其实是一种由能量和分泌物混合而成的细针,当这种针击中人类时,会产生"递进式"的影响,简单地说——每一针会剥夺掉人的一种感觉。

第一针为"触觉",随后的二到五针分别是"视""听""嗅""味"。第六针稍有些不同,如果中针的是能力者或变种人,那他们被剥夺的就是"能量感知"的能力,而如果中针的是普通人,被剥夺的就是所谓的"直觉"。

至于中了"第七针"的人,毫无疑问,会被夺走性命,故而名为"七绝"。

眼下,秋正一中了一针,也就是说,其触觉已经被剥夺了,除非对手主动解除能力或失去意识,否则秋正一始终会是这种状态。

"再中一针就是'视觉'了……"那电光火石之间,秋正一的脑中飞快地盘算着接下来的对策,"虽然没有视觉我也不是不能战斗,但势必会变得极为不利。必须速战速决才行。"

事已至此,他也清楚地认识到了——自己并不是在跟"猎霸"战斗,而是在跟这个"禁区"里所有犯人的"战斗本能"在对决。

即便是对秋正一来说,这也不是一件十拿九稳的事……

凌晨4点,第六狱,"幽泉煞伐"。

薛叔赶到这里时,恰好与几名穿着囚服的犯人擦肩而过。他没有与那些犯人打招呼,那些犯人也只是看看他,有些朝他点头示意,有些则无视他直接往外走。

又往前行了一段,薛叔便看到了正在检查狱警尸体的杰克。

"我还以为得到下一层才能追上你呢。"薛叔走向杰克时,已开口跟对方攀谈起来,"说起来……为什么你搞定第五狱只花了几分钟,而在这水准低一些的第六狱却又慢下来了呢?"

"我到第五狱的时候,中和剂还没有生效,所以那边的狱警都是我亲手处理的……"杰克回话时,并没有停下手头的事情,"但我到这第六狱,犯人们的异能已经开始恢复,且跟狱警打起来了……"

听到这儿,薛叔已经明白对方的意思了,于是接过话头道:"所以你现在是在检查那帮囚犯们有没有留下纰漏?"

杰克没有回答这个答案昭然若揭的问题,他直接问道:"上头的进展怎样了?"

"至少在我路过第九狱时还很顺利。"薛叔回道。

两人对话至此,杰克才抬头瞥了薛叔一眼:"你周围的时间流不是很稳定……是在第五狱遇到什么了吗?"

"嗯。"薛叔用十分稀松平常的语气回道,"有个家伙提着你的脑袋来找我碴儿,我就跟他玩了一下。"

他这话乍听之下有点莫名其妙,但杰克很快就理解了:"幻术类的能力者吗……"

"可不是嘛。"薛叔摊了摊手,"我在还没回溯时间的状态下,就已经知道他是在搞障眼法了。"

"是因为'时间'吧。"杰克接道,"根据中和剂的生效时间,以及我离开第七狱的时间……不难推测出这个人是在我处理完了第五狱之后才恢复异能的。"

"不。"薛叔却道,"我的理由没那么复杂。因为你是杀神,你不可能死在那种货色的手里,所以当他亮出你的头时,我就知道那绝对是幻觉。"

"好吧。"杰克耸肩道,"那么他的动机呢?"他顿了顿,又道,"第五狱的狱警在我离开那里时已经悉数阵亡,阻拦你的那个能力者无疑是个犯人。作为犯人,在这种时候他不逃跑,反而留在那里的理由又是什么?"

"这个就说来话长了……"薛叔道,"等行动结束再说吧。"

既然薛叔这么说了,杰克也就不再追问,他点点头,从一具尸体旁站起身来道:"好了,我检查完了,咱们去下一层吧。"

"第四狱那边不去了吗?"薛叔问道。

"既然中和剂已经生效,那一到四狱的犯人自然会有办法逃出来的。"杰克回道,"我们就别在他们身上浪费时间了,直接去'禁区'进行'下一步'吧。"

投降者和俘虏
第二章

一

凌晨4点，韦利河，某渔船上。

"OK，这样一来深渊之壁的武器系统就完全关闭了。"博士在键盘上敲了最后几下，然后将他那加高的座椅朝后一转，长舒了一口气。

"既然你都入侵他们的系统了，为什么不干脆把那些武器控制起来自己用呢？"厉小帆见他好像忙完了，便开口攀谈道。

"这事儿可没你说的那么简单。"博士回道，"我是科学家，不是职业黑客。能做到现在这步，一是因为兰斯通过监狱内部的系统给我开了'后门'，二是因为狱警们此刻已经无暇顾及网络攻击这种事了。假如没有这两个先决条件，就算我能攻入对方的系统，也会在很短的时间内就被发现并遏制。"

"好吧，无论如何，你辛苦了。"厉小帆将双手枕在脑后，在椅子上跷起了二郎腿，"说起来，这次行动中，我倒是格外轻松啊，基本上无所事事呢。"

有些事情，就是经不起念叨，他不说也就罢了，一说"事儿"就来了。

"先生们，早上好啊。"就在厉小帆话音未落之际，一句轻柔细语，飘飘荡荡地进了船舱。

一秒后，伴随着这酥软入骨的话语声，一道亭亭玉立的倩影出现在了船舱门口。

博士和厉小帆几乎是同时转头看向那个女人的。

只是一眼，他们中的一人便已爱上了她。

"有道是闻名不如见面……"厉小帆从椅子上站了起来，默默地做好了战斗的准备，"阁下想必就是苏菲·克莱蒙特女士了吧？"

他和博士都认出了这个女人，因为他们看过她的资料。

苏菲·克莱蒙特是九狱的四名副监狱长之一，"神祇体质"型能力者，人称"阿芙罗狄忒"。除了神祇体质常见的一些特征外，她的能力还有一个最显著也最令人棘手的功能——让人爱上她。

虽然这是一个需要"主动施放"的异能，但几乎不需要任何的消耗，她只要出现在某个人的视线中，就可以让人中招，哪怕她在之后的某个时间点上失去了意识，能力的效果也会一直持续下去。也就是说，只有当她主动解除能力或者死亡时，这个能力的作用才会消失。

更厉害的是，在到达"凶"级之后，这个"让别人爱上自己"的效果已没有了"人数"的限制，在纸级时苏菲还"只能让一个人爱上自己"，但现在这个能力似乎（因为无法实验，所以她本人也不确定）已完全不设人数上限了，甚至，连性别和取向的限制都没有了——无论男女无论取向，都会中招。

据苏菲自己估计，假如有朝一日她成为狂级能力者，或许她能让动植物都爱上自己，至于"神级"的情况如何，连她也无法想象。

"不是Mrs（女士），是Miss（小姐）哦。"一息之后，苏菲一边回话，一边轻移莲步，以一副毫无戒备的轻松姿态走进了船舱。

从阴影中行到灯光下，她那绰约的姿容愈发明亮起来。

看样貌，苏菲应是东西洋洲混血。她的皮肤有着东洋洲女人的细腻和西洋州人种的白皙，眉宇间的几分英气为她那甜腻姣好的面容锦上添花，她有着一头褐色的长发，一直垂到腰际，并带着几许自然的卷曲，即使是厚实的军装也难以包裹住她那惊心动魄的身材曲线，她的身高和腿长比例会让人忍不住在看到她时揉揉眼睛确认一下是不是在看经过某种软件修饰的图片。

这种堪称"祸国殃民"的外表，无疑也与她的异能有关。神祇体质者的生理机能、代谢效率等，都会因能力的某种性质而发生自我微调，比如"阿芙罗狄忒"这种神祇体质，不管拥有者的饮食结构如何、是否锻炼、是否保养，哪怕她在发育期间天天吃甜甜圈、喝热巧克力，都一样会长成现在这个样子。

那么看到这里，各位可以展开联想，如果有一种神祇体质叫"猪八戒"，拥有者会经历怎样的人生……

言归正传，被对方纠正了之后，厉小帆当即笑道："哈！我这么'瓷实'的English，还需要 you 来 correct 吗？English is my mother language!I said the calculation!"

听着他那微妙的口音和乱七八糟的英语，苏菲也是愣了一秒："嗯，其实我刚才并不是说你的语法错了。不过你现在这段……"

她话还没说完，博士就一拍桌子跳了起来，并走过去冲着厉小帆的小腿踢了一脚："怎么跟人家说话的呢！你算老几啊？给我客气着点儿！"

"嘿！你这老小子，已经中招了是吧？"厉小帆也不甘示弱，利用体型优势一把就把博士提溜着转了个圈，顺势就上了个裸绞，"你这是色胆包天啊你？还敢踢我？欠削呢？"

尽管苏菲经常看见男人们在自己的面前扭打，但今天的场面的确是和以前那些性质不太一样。

"高个子的那位先生，我要是没搞错的话……"数秒后，苏菲望着厉小帆道，"我的能力似乎对你无效？"

"没错！所以你最好不要乱动！"厉小帆也是很会虚张声势的，"真打起来你可未必是我对手。"

苏菲闻言，面沉似水，沉默了片刻，在心里默默算计了一番，接着，她便把施加在博士身上的能力解除了。

"喂喂！我已经没事了，快放开我！"于是，前一秒还在奋力反抗的博士，下一秒就拍着厉小帆的胳膊喊投降了。

"滚，谁会信啊？怎么证明？"但厉小帆比较谨慎，他没有轻易放开钳制，只是稍稍松了点胳膊。

"你骂她两句，随便骂多难听，我保证没意见。"博士回道。

"好。"厉小帆应了一声，当即转头冲着苏菲道，来了句特别'瓷实'和标准的……"You！Beach！"

苏菲听罢，低头扶额："不是 beach……是……"

她还没把那词儿纠正过来，厉小帆又来了一句："Slat hoar!"

苏菲本来是有点生气的，但听到这里，也不知道哪根弦搭错了，突然就很想笑。

"行行，你开心就好。"她也不打算再纠正对方了。

"瞧，是不是没事儿了？"博士说着，把厉小帆差不多全松的胳膊推开，"快放手！你真想勒死老子啊。"

"嗯……"厉小帆也站起身来，冲苏菲道，"看来你真的把能力解开了啊。"

"本来是想把你们两个都控制住的，那样会比较省事儿。"苏菲正了正神色，接道，"但既然情况有变，我们就聊聊呗。"

"我们有什么好聊的吗？"厉小帆问道，那态度可是一点都不客气。

"当然有了。"苏菲道，"若没有的话，你们俩现在早就已经是尸体了。"

这是实话，即便她是九狱的四个副监狱长中最不擅长战斗的一个，但好歹也是凶级能力者，凶级的底线也是凶级，如果她从一开始就不明着现身，而是对船上的两人展开偷袭，那博士和厉小帆就算不死，也很难全身而退。

"聊什么呢？"两秒后，厉小帆和博士交换了一下眼色，再抬头问道。

"我想向你们投降，寻求你们的庇护。"苏菲说着，干脆就近找了个空位，优雅地坐了下来，坐定后还顺手一撩头发，跷起了一条腿，俨然是一副"不管你们今天答应不答应反正我都不走了"的架势。

"什么？"博士一脸的不信，"我没听错吧？你……向我们，投降？"

"准确地说，是向你们所在的组织投降。"苏菲解释道，"我就直说了，我是一个很现实的女人，一切以自身的安全和利益为最优先。眼下，九狱明显已经要完蛋了，我可不想陪着那条船一起沉。"

"那你自己跑路不就好了？干吗来自投罗网啊？"厉小帆又问道。

"呵，说得容易，怎么跑？"苏菲冷笑道，"乘联邦的交通工具跑？那些载具上可都是有实时记录仪的，我只要乘上去，那就是'有记录可查的临阵脱逃'，事后是要上军事法庭的。"她顿了顿，"用腿跑倒是可以，但我这人最讨厌的就是锻炼之类的事情，对自己的耐力也没什么信心，如果用腿跑，没准连强级能力者都能追上我。

"现在九狱里那一大堆凶神恶煞随时都可能涌出来，而他们是可以随意使用抢来的交通工具的，且其中有不少比我还强的能力者……

"我跑在半路被他们追上的概率很高，万一他们之中也有几个跟你一样不受我能力影响的家伙，我岂不是要倒霉？"

听她这么一说，博士和厉小帆觉得还真是那么回事儿。

看着那两位脸上的表情变化，苏菲便知道他们已经理解了，于是又接道："而我来这儿向你们投降呢，情况就不一样了。你们的组织既然有能力把九狱都给端了，那自然也有能力保护我。再退一步讲，就算将来我又落到了联邦手里，我也完全可以说自己是在战斗中被俘虏的。那样一来，我非但无过，也许还有功。"

"你这小算盘打得倒是又快又响啊。"厉小帆说着，挑起眉来，撩胳膊挽袖子道，"那我们要是虐待俘虏呢？"

"呵呵……"苏菲露出了一个迷人的笑容，她将双手交叉在胸前，改跷起另一条腿，"你来啊。"

这句话，可把厉小帆停在杠头上了。

就连博士也是恶意满满地看着小帆，抬手朝苏菲做了个"请"的手势，猥琐笑道："你去啊。"

厉小帆站在那儿，犹豫了一会儿，然后忽然就叹了口气："唉，今天又上了一课……"说话间，他已不紧不慢地回到了刚才的座位上坐下，摇头晃脑地念道，"男人相信道理，女人相信现实。"

他说完这句后，尴尬的沉默立即降临了船舱。

整整十秒后，博士和苏菲对视了一眼，用吐槽的语气异口同声道："扯开话题。"

4点05分，第九狱，"溟泉考焚"，男监一侧。

随着一块天花板化为液体落下，子临的身影出现在了这块天花板缺口的上方。

此刻他所在之处并非是出口层的走廊，而是一条竖着的类似天井的通道。因为出口层和第九狱之间隔着较大的落差，所以除了电梯之外，要找到一条将二者相连的通路，就只能从建筑内部做文章了……即使是在充分了解建筑结构的前提下，子临开出这条路也是花费了些许时间的。

"来得可真慢呐。"当子临从通道中跃下时，监控室里的兰斯当即就通过广播跟他打了声招呼。

子临知道站在目前的位置就算扯着嗓子喊对方也听不到，所以他迅速确认了监控室的位置，并朝着那边的窗玻璃竖了个中指。

兰斯见了，开怀大笑，过了几秒，他才收敛了笑意，重新拿起话筒，用广播对那些被困在这一层的犯人们喊道："还愣着干什么？出口已经打通了，难道还要别人背着你们上去吗？"

听他这么一说，那些囚犯便蜂拥而上，争先恐后地朝着子临打开的通道涌去。

事实上，这些囚犯早就已经等不及了，若不是兰斯用广播告诉他们之前那个索利德打出的口子并不能通往出口层，顺带还用"巢魔就在那口子上面的隔离层埋伏着"这种话来吓他们，囚犯们早就从那边跑路了。

在这个时间点上，除了第九狱本来的囚犯之外，从第二到第八狱的囚犯们也有很多已经沿着逆十字成员们的入侵路线一路上到了这一层来的。对于这些人来说，但凡是个能力者，要爬上子临打出的通道都不算难事，即便是非能力者，只要体力还过得去，也能爬上这四壁遍布钢筋支点的墙壁。

可以说，进行到这一步，九狱的男监部分基本已被逆十字解放，剩下的就是等待犯人们陆续回到地面了。

而另一边，女监侧……

从出口层跟着子临一同进来的车戊辰、榊无幻、孟拿寒、凯九，以及后来居上的暗水，也已朝着那边的第九狱开始进军。

一

4点10分，"禁区"。

此时，秋正一和猎霸的战斗已趋于白热化，两人的战力可谓不分伯仲。

优势方面，猎霸强在战斗的本能更胜一筹，且能力众多；而秋正一则强在丰富的战斗经验和冷静的判断力。

劣势方面，猎霸那刚刚吞噬完数种高强度DNA的身体尚不稳定，且大脑还处于无法思考的状态；而秋正一已失去了触觉，且最多只能使用八成实力（最后两成如果用出来他自己也无法掌控好"破坏"的规模）作战。

两人交手了十余分钟，节奏不降反升，战斗愈发快速和激烈，能力的变化运用和攻防破招也是令人目不暇接。

假如他们的战场不是整个九狱中墙体最为坚固的这个"禁区"，怕是已经把方圆几里的范围都夷为平地了。

"不妙啊……"终于，又一轮短兵相接后，秋正一的心中得出了一个很糟糕的结论——再打下去，他可能会输在体力不支上。

虽然在EAS的测试系统中，狂级能力者的体能已被证实"接近无限"，但那只是相对于普通人的运动量来说的。当两名实力相当的狂级能力者战斗时，体能消耗的速度和普通人打架其实也差不了多少。

而我们也都知道，正常来说，两个人注意力高度集中，保持快节奏地对打十几分钟，那已经是职业拳击手的对抗强度了。

搁到能力者的战斗中也是如此，这十几分钟打下来，至少在肉体上，秋正一已经开始累了。

但是，猎霸好像并没有这个问题。

这，都是"体能恢复机制"的差异造成的。

众所周知，人在运动时是需要"燃料"的，比如糖原、盐分、水分等，绝大多数非体质变异类的能力者依然得遵循这个规律，只不过，当能力者体内的能量达到一定的量后，身体就会自动用能量来代替或抑制这些消耗，因为"能量"是一种更加优质和高效的燃料。

高级别的能力者之所以有着远超常人的体能，就是因为他们的能量更多、更纯，恢复也更快。

然，正如刚才所说，当两名能力者之间开战时，情况就有变化了……对身体来说，"战斗所需"的优先级肯定要高于"血糖过低"。若是在战斗中持续或间歇性爆发地使用能量，他们的身体自然也会感到"累"。

可猎霸不一样，现在的他至少具备了五种以上的"体质变异型"异能，所以他可以用纯粹的"生理机制"来解决消耗的问题，再加上他这会儿是"无思考"状态，精神力上的消耗也是零。

若这场战斗继续打下去，无论身体还是精神上，首先崩溃的必然会是秋正一。

"事已至此……"又跟对方走了几个来回后，终于，秋正一下定了决心，"毁掉吧……"

他这是把账算清了。

他知道，今天这次入侵九狱的行动，与他过去遭遇的任何一次都不同，其规模之大、准备之周全，是他前所未见的。

他也知道，在这里与猎霸纠缠的十几分钟，已足够上面那些恢复了异能的犯人逃出很远，甚至可能已经有人去到世界的另一头了。

他更知道，此时此刻，"将事态平息，并将损失控制在一定范围内"已经是不可能的事了，就连能否保住自己的性命逃离这个是非之地，也得打上个问号。

综上所述，秋正一决定，用拳头，对猎霸释放一次十成力量的"破坏"。

此举最坏的结果是，冲击力抵达地核，导致行星爆炸。当然，那只是理论而已，可能性无限接近于零。

比较可能的结果是，猎霸死亡，整个九狱由这底层开始崩毁。这样一来，绝大部分还没逃出深渊之壁范围的犯人和入侵者们都会给九狱陪葬，而秋正一也可以恢复触觉，继而强行用能力破开一条通道逃出生天。

考虑到现在的状况，这已经是极好的收场了，反正比整个监狱的犯人全部逃离要强。

嘭——

下一秒，秋正一脚下一踏，陡然跃起，俯视地面，拔臂握拳。

其右拳之上，"破坏"之力轰然而聚，暴虐的能量发出阵阵异响。

由战斗本能驱使的猎霸见得此景，身体立刻很老实地蜷缩起来，并在皮肤外生成了一层钻石状的甲壳，那模样活像一个水晶屎壳郎。

"全部……破坏殆尽吧！"毕竟是结果难以预料的一击，秋正一自己也是心怀忐忑，他是一边轻声发出自我暗示，一边朝着地面挥出这一拳的。

不料！就在这千钧一发的瞬间……

时间，停止了。

在全世界都停下的这几秒之间，杰克从"禁区"天花板上的那个窟窿处灵巧地翻下，用脚轻点墙面，弹向了秋正一所在之地。

时停将尽之刹那，他刚好近了对方身后。

砰砰砰——

这是时间重新流动之时，秋正一所"听"到的声音。

很明显，这是枪声——并非来自耳畔，而是直接从颅内震响的枪声。

在秋正一根本无法反应的状况下，杰克将三发特制的"暗合金"（由"末日原石"直接打造的合金，比净合金更强，净合金只能算是"配方不完整的暗合金"）子弹，从秋正一的脑干处贯入，直击其大脑。

同一秒，一把由能量包裹着的袖剑，还砍断了秋正一右手的手腕。

这就是"杀神"，要么不做，要么就做得彻底，做得干净利落。就算是"被爆头的瞬间身体依然本能地把拳头挥出去"这种可能性也被他杜绝了。

数秒后，秋正一的尸体落地，杰克也倏然落下，又过了几秒，薛叔也从天花板那儿钻了下来，看了眼现场的状况，用吐槽的口气念道："比想象中要容易嘛。"

今天，他俩的"终极任务"其实就是这个——杰克负责"刺杀秋正一"，薛叔则是"刺杀失败后的保险"。

"嗷——"看起来，远处的猎霸并没打算给他们机会聊天，秋正一死了之后，他即刻重新展开了身体，由"全力防御的姿态"改为了常态，并对眼前新出现的两个"猎物"发出了嗥叫。

同一时刻，女监侧，第三狱，"黄泉追鬼"。

乓嘭嘭——

一条男人的腿，踹开了焊死的合金通风口挡板。

接着，那人就从通风管里跳了出来。

那是一名蓝发的青年，看起来不过二十岁左右年纪，生得面目清秀，长发披肩，但其眉宇间却带着一种与年龄明显不符的沧桑之感。

他的名字，是克劳泽·维特斯托克，即莉莉娅从"冥界"带回来的那个人。

二十多分钟前，他和莉莉娅就从冥界之门那儿穿回来了。来到这个世界之后，莉莉娅只是跟他简单解释了几分钟，他就迅速理解了目前正在发生的状况。

那个时候，"中和剂"还没有在通风系统中扩散开，但是，完全没服过药的克劳泽愣是过去把猎霸的笼子给破坏掉了。

随后，在克劳泽的建议下，莉莉娅从箱子里取了一针备用的中和剂给了猎霸，然后他们就将猎霸独自留在了禁区，自己则轰开了一处墙壁，潜入了通风管道中。

克劳泽的异能似乎是驱动"风"，所以他和莉莉娅在通风管道里行动起来非常方便，他们基本上就跟俩"人形磁悬浮列车"一样，可以在四通八达的管道中自由地快速穿行。

此后的十几分钟里，克劳泽只离开过管道一次，因为从冥界回来的他身上连条裤衩儿都没有，所以他好歹去捡了一套衣服穿。当然了，在他一丝不挂的时候，身为硬核女权代表的莉莉娅并没有对此表示任何异议，甚至还时不时用一种猥琐大叔般的眼神扫他两眼，就差嚼着烟叶子冲他吹口哨，顺带再来一句"NICE"了。

而克劳泽也没有对莉莉娅的行为有任何回应，毕竟他的实际年龄比他的外貌看起来要大很多，像莉莉娅这个年纪的人不管在他面前做什么，他基本全都是一个想法——"现在的年轻人我已经看不懂了"。

长话短说，利用风力移动并搜索了片刻后，他们便发现了正在通风管道中逐层逐区散播中和剂的影织。

有了克劳泽的帮助,这活儿自然就不用那么麻烦了,他可以直接用"风"的能力将那些中和剂均匀且迅速地扩散到整个九狱中。

搞定了这些后,他们刚好看到有两名囚犯抬着尼尼出现在了通风道外,在影织的要求下,他们便从管道里出来了。

经过询问,他们得知,第一狱里那帮囚犯在秋正一被"拽走"之后,就各自奔命去了。这群人基本都是强级顶峰和凶级的能力者,恢复能力后想破开建筑也不是难事。

而眼前这两位呢,虽然他们自己宣称是因为"知恩图报、有情有义"才会带上尼尼一起逃的,但克劳泽在交谈中很快就洞悉了真正的原因。这两人,一个是政治犯,一个是科学家,都不是能力者,在不知道上面几层是什么状况、又没有能力者帮忙的情况下,他们对逃走这件事显然是没有多少把握的。所以,他们才抬上了尼尼,若是能找到什么医疗手段,或是等尼尼自行恢复过来,他们就有了靠山,而若是遇到什么变故,他们则可以把尼尼当作"筹码"交出去。

这些想法,克劳泽看破是看破了,但没有说破,他只是告诉那两人"越狱的通道已经畅通,可以放心往上去了",然后又说"这个外星人由我们来接手就行"。

那两人闻言交换了一下眼色,随即全盘接受,道了几声感谢便离去了。

他们都是聪明人,知道在能力者面前自己并没有讨价还价的余地,既然人家给脸,客客气气地让你走,那就赶紧走。

而克劳泽他们,则带着奄奄一息的尼尼重新回到了通风管道中,通过这"捷径"直接往出口层去了。

另一方面,女监侧,第六狱,"幽泉煞伐"。

和男监侧一样,这边的四、五、六三狱也是处于同一层的。

突入女监这边的逆十字成员们,由于战斗力上的差距较大,所以暗水和凯九这两位已经早早地路过此层,直扑底层而去。

而剩下的车戊辰、榊无幻、孟拏寒这三人,虽然是同时来到这一层的,但不知为何,他们竟然走散了。

此刻,在这第六狱中,车戊辰正独自走着。

昏黑的楼层中,红色的警报灯仍然亮着,但警铃声早已停止。

车戊辰在狱警的尸体和建筑的残骸间缓步穿行，戒备的目光扫过了一个又一个阴暗的角落。

几分钟前，他就察觉到了——自己已经遭遇了敌人。

车探员是一个习惯在行事前准备充分的人，这也是一个职业卧底应有的素养，所以他在今天的行动之前，是牢牢记下了九狱各层建筑结构图的。眼下，据他计算，来到这一层后，自己走的距离已经远远超出了图纸上记录的范围，而且，周围那沉重的充满着诡异气息的空气，也透出一种"能量"特有的质感。

"小辰，是你吗？"

黑暗中，忽然响起了呼唤声。

女人的声音，熟悉的声音。

"小辰，你来找我们了吗？"

接着，是男人的声音。

车戊辰很快就听出来了，这是他那已死去多年的……双亲的声音。

于是，他循着声音，转身，回头。

果然，两道与记忆中完全一致的人影，已站在他身后仅仅两米开外的地方。

他的父母还是他小时候的样子，看起来还比较年轻，穿着也很普通，只是，两人的脸色看起来很苍白，那不是"人"该有的那种白。

"还真是个恶趣味的家伙呢……"看了那两人几秒后，车戊辰移开了视线，看向了侧方一个无人之处，平静地接道，"可惜……这种伎俩对我来说是没用的，与其制造这种'绝对不可能出现在此'的幻象，你还不如做点狱警的幻象出来，或许我上当的概率还会高些。"

三

2195 年，春。

水晶郡，某商业区。

一名年轻貌美的少妇正推着婴儿车在街上走着。

和暖的阳光洒到车里，照亮了婴儿那稚嫩的脸庞。

这是个很可爱的孩子，甚至可以用"漂亮"来形容。父母给予他的这份基因，本应是一种幸运，然而……

那天，这个孩子被人抢走了。

两个娴熟的人贩子互相配合，一个上前分散母亲的注意力，另一个趁机抱走了熟睡中的婴儿。

四个月后，这位母亲积郁成疾，不久后便离开了人世。

孩子的父亲本是一名有着体面工作的公务员，但在痛失妻子的双重打击下，他选择用一瓶烈酒和一发子弹结束了自己的生命。

尚未记事的婴儿在人贩子手中是抢手货，尤其是男孩儿。如果再加上长相可爱、养得健康等因素，那价格可以抬得更高。

在这次案件中，这个婴儿无疑就是件抢手货，在被拐走十几天后，他就被送到了龙郡的某座城市，由一对姓车的夫妇领养了，或者说，是被"买下养了"。

从某种角度来说，他依然算是走运的。

"愿我那被拐走的孩子在某个地方被他人当成亲生的一样抚养，好好长大成人"是绝大多数孩子被拐的家庭的最后一道心理防线，然而现实是，大部分被拐走的小孩并没有那么好运。

买下车戊辰的那对夫妻，家里还算是有点儿钱的，即使够不上中产阶层，至少也好过工薪阶层。

那个男方的家里的守旧思想根深蒂固，而女方的家里也是见钱眼开，算得上是门当户对。

这对男女的结合与其说是婚姻不如说是买卖——让两个思想狭隘的家庭双双满意的买卖。

既然是这样的家庭，那自然是抱着"必须养儿子传宗接代"的理念的，但很遗憾，男女双方的身体都有问题。

若这问题仅出在女方身上，这男的很可能会找女方家里索赔并离婚，但问题出在男方身上，他们家就有不同的标准和应对策略了。

起初，这对夫妇也打算走法律规定的领养程序，然而，由于这两人各自从学生时代起就有了很多的不良记录，即使经济条件尚可，他们依然被领养机构拒之门外了。

当然，这并不是什么大事儿，规定是死的，人是活的。按规定走流程不行，"找人帮忙"就是了。

他们贿赂了一名地方领养办事处的负责人,对方表示,"虽然在明面上,根据你们的材料,我无法帮你们向上头递交申请,但我可以介绍别的路子给你们。等孩子到手了,我还可以帮你们搞定他的出生文件,只看档案他就跟你们亲生的一样。不过,这事儿要抽取一定的佣金,不便宜。"

能把这话撂下,就说明这名负责人已不是第一次操作这样的事了。他在联邦高层自然是有靠山的,要不然也不敢推销这贩卖人口的生意。

车戊辰的童年并不好过。

随着他一天天长大,他和"养父母"之间的隔阂越来越深。

仅仅是看到那张跟自己一点关系都没有的脸,他的"父亲"也会莫名恼火。

再加上那几年间,车氏夫妇各自都做了些失败的投机买卖,几乎败光了家底。由奢入俭的两人都开始酗酒、赌博,脾气也都越来越差。

在两家人老一辈眼里,车戊辰也只是个"无奈的选择",不仅是外貌,车戊辰的智力、性格……也都跟这个家庭的所有人格格不入。

当他在成长过程中对"养父母"灌输的一些理念提出质疑,乃至做出有力的反驳时,得到的往往不是理性的探讨,而是恼羞成怒的打骂。

终于,到了初中时,正值叛逆期的车戊辰开始让他的"养父母"感受到一种前所未有的情绪——"畏惧"。

他就如一匹委身于畜圈内的虎狼,随着眼界的开阔和心智的成熟,他那锋利的獠牙逐渐显现。

也正是在这一年,车氏夫妇将他送入了"阳光青少年行为矫正中心",期望着可以借汤教授之手,将他"矫正"为一个"听话的孩子"。

像车氏夫妇这样的人,其实是十分典型的——眼界和器量的狭隘,还有那种浸透在骨髓里的自私、愚昧、反智、无能……让他们不断做着错误的人生选择。

他们可以为了自己的利益,毫不犹豫、心安理得地将他人推入不幸的深渊,但当自己遭遇不幸时,他们则会极度心理失衡、怨天尤人,乃至报复社会。

他们永远不会明白,将自己引向毁灭的,就是他们自己。

数年后,车氏夫妇死于一场事故。

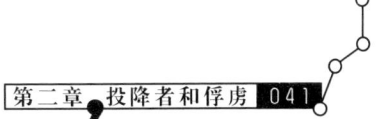

至少当时所有的证据都显示这是一场"事故",且没有任何警员看出什么疑点。

既然是"事故",便也不会有太过深入的调查,很快就结案了。

那之后不久,车戊辰考上了大学,离开了家乡。

他自己打工赚取学费,并迅速和老家斩断了联系。

多年后,当上"巡查官"的车戊辰,自是查出了自己并非车氏夫妇所生,也知道了亲生父母在多年前就已死去。

不过这时,他对这些事,也已没有什么感觉了。

这些调查的结果,也无非是验证了他在少年时就已确信的事实罢了。

时间,回到现在。

九狱,女监侧,第六狱,"幽泉煞伐"。

那个让车戊辰看到死去的"养父母"的人,不是别人,正是九狱的四名副监狱长之一——"梦师",萨拉·安布罗林。

她也是目前仅存的一名还在抵抗的副监狱长了。

而她的能力,从其称号就能猜个八九不离十了,即"侵入自己制造的梦境之中,并在梦境中将人击败或杀死"。

某种角度来看,其实和车戊辰的"白日梦"差不多,不过细究起来,还是有些区别的。

首先,车戊辰的能力,至少在他目前的级别,还需要用手触碰到对方的身体才能发动,但萨拉的能力已可以在中距离上直接发动。

其次,车戊辰的能力可以对任何精神状态的人立即生效,但萨拉的能力一定要在某个目标"睡着"或是"走神"的瞬间才能乘虚而入。

其三,也是最大的区别,他们在"筑梦方式"上有着根本的不同:车戊辰的"白日梦"是由施术者"完全掌控"的,他在梦境中制造的场景并不需要丝毫的逻辑或者受术者记忆的支持,唯一的限制就是他自身的想象力;而萨拉的能力是"以受术者脑中的'印象'和'记忆碎片'为支点展开梦境",好处是,这样做出的梦境往往直击要害,可以很高效地将人的意志击溃,坏处就是梦境有所限制,不可能出现受术者认知以外的东西。

"哦?你居然能看到我?"在车戊辰对着空气说了那段话后两秒,萨拉现身了,并回应道,"不简单啊。"

萨拉在审讯领域也是很有造诣的，她知道怎么用语言去刺激别人，让人失去冷静、失去情绪控制力，最终将其心理防线摧垮。

"你也不简单啊。"车戊辰闻言，却是面无表情地回道，"都什么年代了，还制造出这么无聊老套的梦境。想必是看了不少二流的家庭伦理剧和恐怖片吧，这就是大龄剩女的日常吗？"

如果说萨拉是一名合格的审讯官，那车戊辰就是审讯界的摇滚巨星。虽然车探员读不了对方的记忆碎片，但凭借着事先看过的人员档案，他就轻易且精准地找到了一个让对方极为在意的痛点。

"喊……"果然，听到"大龄剩女"这四个字之后，萨拉的脸色立刻变得难看至极，愤怒和杀意全然写在了脸上，就连周遭的梦境也因她的情绪变化发生了些许扭曲，顷刻间便有一股无形压力从四面八方涌来，让车戊辰仿佛置身于一个逐渐攥紧的拳头之中，透不过气来。

"怎么？被我说中了，就这么不愉快吗？"车戊辰见战术有效，立马乘势接道，"其实我也没有什么别的意思，我只是很同情你这种人。要不这样，你现在马上投降，我保证能求组织放你一条生路，另外我还可以顺带帮你介绍几个好男人……"

砰——

这一瞬，一声尖锐、响亮的、某种东西碎裂的声音，打断了车戊辰那不带脏字儿却又不堪入耳的嘲讽。

紧接着，那股无形的压力就变成了有形之力，将车戊辰压得直接跪倒在地，汗如雨下。

"口无遮拦的渣男……"萨拉望着车戊辰，用杀意昭然的冰冷语气道，"本想从你那里套一些情报出来的，但既然你自己找死……"

她这是实话。

事态发展到了这一步，萨拉肯定也很清楚靠自己是无力回天了，但如果她能在逃命之前，从劫狱组织的某个成员身上获取一些情报……那她逃回联邦后自然也好交代一些，没准还有功劳可领。

抱着这样的想法，萨拉才会埋伏在此。

几分钟前，最先途经此地的凯九和暗水，一个很强，另一个根本不是人，萨拉自然不会对这两位动手。而后来赶到的车戊辰、榊无幻和孟夆寒这三人，又有两个感觉太弱了……

第二章 投降者和俘虏

按照一般的逻辑，杂鱼知道的应该不多，所以，萨拉最终选择了实力中等的车戊辰下手。

"呼……"车戊辰调整着呼吸，喘着粗气回道，"你……以为……哈啊……自己能……杀我？"

"呵。"萨拉冷笑了一声，她都懒得回答对方的问题。

下一秒，车氏夫妇的幻象急速变化，双双七窍流黑血，十指长成钩，俨然就是恐怖片中常见的厉鬼形象。同时，车戊辰身下的地面则变成了一片血色的泥沼，他还没能做出任何反应，沼中就伸出了数十条纤细的胳膊，将他全身都覆盖住，并缓缓向下拖去……

四肢，躯干，最后是头。

短短数秒，车戊辰就被拖入了血沼中，连个泡都没冒。

三分钟后，萨拉解除了能力，从藏身之处走出，绕过一个房间，来到了车戊辰的尸体旁。

在"梦境"中死去的人，现实中会是类似的死法，但未必会有相应的"外伤"。

比如在梦境中被砍头的人，现实中其脖子肯定还是连着的，但其大脑则认为自己的头已经断了，他的身体也会停止对大脑的供血及供氧，继而造成死亡；又比如在梦境中溺水的人，现实中其肺部也会充血并停止活动，最终缺氧而死；还有在梦境中暴食而死或饿死的人，那现实中自然就是胃部穿孔或体内糖分、脂肪等急速流失而亡。

眼下，车戊辰的体征就显示，他在充满空气的环境中"溺死"了：他的眼睑结膜、黏膜、浆膜都有瘀点性出血，口鼻处还都流出了些许淡红色的泡沫状黏液。

像这样的尸体，萨拉见得很多，可以说见怪不怪。不过谨慎起见，她还是走了过去，蹲到尸体旁，伸手摸了一下对方的脉搏。

就在她确定对方已经死透了的瞬间，车戊辰的眼睛，猛然睁开了。

这一变故，让萨拉不由得失声惊叫起来。

她此时恐惧，与战斗能力无关，就算有活人用枪指着她，她都不会这么害怕，但一具刚刚被她确认已死的尸体在这么近的距离突然睁眼瞪过来，她不可能不吓一跳。

"你还没回答我刚才的问题呢……"看着踉跄后退的萨拉，车戊辰的"尸体"缓缓从地上站了起来，面色平静地接道，"你真以为……自己能杀我？"

"不可能的……"一息过后，稍稍冷静下来的萨拉停止退却，凶级能力者的自信让她重拾了战斗的勇气，"刚才在梦境里，你绝对已经被我杀死了……"她顿了顿，想到了一个假设，"你这家伙，莫非是有复活的能力吗？"

"你是这么考虑的啊……"车戊辰点点头，拍了拍身上的灰尘，随后悠然地接道，"那么，又是什么让你认为，此刻你已经脱离'梦境'了呢？"

四

4点12分，第一狱，"鄄泉号令"。

一边用物理手段"开路"，一边往底层赶的暗水和凯九来到这一层时，刚好遇到了撤退中的杰克和薛叔。

眼下，杰克和薛叔为了摆脱猎霸的追击，正从禁区往上层反向移动。

而跟着子临从深渊之壁"正门"攻入的凯九和暗水，则是从女监一侧一层层杀到了这里。

两队人，在不分男女监的第一狱里，刚好产生了交集。

这一刻，不需要言语，双方也都知道，彼此的"任务"已经可以"交接"了。

杰克和薛叔是来刺杀秋正一的，因为他们的能力比较适合用来对付"人"；而暗水和凯九，就是来收拾猎霸的，因为他们俩更适合跟"怪物"战斗。

短暂的眼神交流后，杰克和薛叔头也不回地往男监那侧的通道跑去了，紧随在二人身后杀过来的猎霸，则跟暗水他们撞了个满怀。

铿——

照面瞬间，便是浩力相冲。

凯九，猎霸，错身对拳，惊变乍起。

两具充盈着能量的强悍肉体最直接的交锋，并无拳拳到肉之声，却现金属撞击之鸣。

紧接着，两人便化为两道虚影，宛如两股有棱有角的旋风，在这个四壁皆是合金的空间里横冲直撞、纠缠相斗、肆意毁坏着周遭的一切。

见凯九已经开始牵制对方，暗水这边也开始行动，他默默地把手伸进了自己的嘴里，就像伸入一个黑色的、深不见底的亚空间一般。不多时，他就从体内掏出了整整八支装满了液体的特制合金针管。

暗水将这八支针剂分别夹在了自己双手的指缝之间，为了方便"同时注射"，他还将自己的两根大拇指都增长变形了。

　　准备完了这些后，暗水立即开口，对正在缠斗中的凯九道了一句："要头。"

　　闻声，凯九的嘴角露出一丝狞笑，下一秒，他就突然改变了战斗的节奏，聚力拳上，以陡然爆发的速度欺近到猎霸身前，对准了对方那庞大的躯干就是一拳。

　　如果把秋正一的"破坏"攻击比作抗生素杀细菌，那么凯九的这一拳就是钉子扎木板——凯九的攻击并没有那种使事物"瓦解粉碎"的性质，单纯就是"大力出奇迹"。

　　但只要力大到一定的程度，结果其实是一样的。

　　猎霸在中了这一拳后，身体的本能让他做出了和刚才受到"破坏"直击时类似的"断尾反应"，他的躯干立刻就被"舍弃"了。

　　不出意外的话，只要五秒左右，猎霸就可以由头重新长出一个完整的身体。在这个过程中，他还可以让头悬浮于半空，并用一些远程手段发动反击来拖延时间。

　　可惜，这次，他是一对二。

　　暗水的速度更在凯九之上，且他早已看准了这个时机，几乎在猎霸的头刚刚脱离出去的刹那，暗水的身影就已经杀到了猎霸的眼前。

　　那一瞬，八支针剂，齐齐插入了猎霸的头皮中，并由暗水那两根变形的大拇指推药入颅。

　　也不知暗水注入的是什么东西，但在药物进入猎霸的脑袋两秒后，猎霸的"肢体再生"就停止了。

　　此时，猎霸的身体刚刚构建完心脏、左侧的肺叶和部分的肩膀……在这个状态停下来并失去意识，他很可能会死。好在他这个身体的求生力极强，当发现再生能力被抑制后，立即就做出了相应的自保机制，用"自愈"能力封闭了现有的活体组织，然后在内部进行了紧急的变异调整，形成了一个更微型的自循环生理系统，做完这些后……他的大脑才像是"松了口气"一般，停止了工作，陷入了昏迷。

　　"任务完成，准备返回。"一息之后，暗水抓起了猎霸，道了这么一句。

　　"哼……麻烦的家伙。"凯九低头看了眼自己的拳头，冲着那已经血肉模糊的五指念叨了一句。

　　原来，根据上一次被秋正一攻击时的经验，这次猎霸在受击的瞬间还做出了一定的应变，他将躯干外层的皮肤软化，将内部的结构变形，形成了一个类似"皮球包铁海胆"的状态,这样一来,当凯九的拳头打上去时,猎霸腹中的硬刺便会穿过柔软的皮肤扎到凯九的拳上。

虽然这种接触也只发生在零点几秒之内,一旦力量的转移完成,猎霸的躯干还是会碎掉,但这方法的确也让凯九受了伤。

更关键的是,猎霸的这种"应变"都是由身体的"战斗本能"在驱使的,并不是他本人"思考"的成果。

这种可怕的"成长性",无疑正是子临"造就他"和"活捉他"的原因。

另一方面,女监侧,第六狱,"幽泉煞伐"。

榊无幻和孟夆寒两人也已在这层兜兜转转了好一会儿了。

一路上孟夆寒一直在碎碎念着什么,一下说是遇到了"鬼打墙",一下又说停下算一卦该怎么走,榊被他烦得不行,但因为自己也没什么办法,只能任由这法士去瞎折腾。

幸好这状况没有一直持续下去,又走了一段之后,两人眼前的道路忽然就不再重复,并且,他们遇上了方才与他们走散的车戊辰。

"欸?车探员,你刚才去哪儿了啊?"孟夆寒见到同伴跟见到亲人似的,就差来一句"可想死我了"。

"处理了一下这位副监狱长呗。"车戊辰边回话边侧过身,歪头示意了一下倒在自己身后墙角处的萨拉。

毫无疑问,此时萨拉已经死去了,所以榊孟二人才能从"梦境"中走出来。

"喔?"孟夆寒抬首一望,随即就看向车戊辰,脱口而出,"先奸后杀?"

就连车戊辰这极擅控制表情的人,被他突然这么一句,嘴角也抽了一下:"你是从哪儿看出'先奸后杀'来的啊?"

"大概是从死者那一脸被玩坏的表情吧……"孟夆寒还没接话,榊就在旁扶额吐了个槽,而且他也不知道自己这话到底是在吐槽哪一位。

"死于精神攻击的人不就这样儿嘛。"车戊辰回道,"再说了,她身上的衣服都还穿得好好儿的呢。"

"不不不……"不料,一秒后,孟夆寒上前拍了拍车探员的肩膀,又不知从哪里掏出一根抽了一半的雪茄,深吸一口,用一脸"老哥我都懂"的神色接道,"你不用跟我们解释。我们都知道,你是掩盖犯罪现场的专家。"

说罢，他也不给别人辩解的机会，就走开了。

车探员凝视了这货的背影很久，期间数次强压下了在背后打黑枪的念头，最终，在与榊那"过来人"的眼神交汇之后，两人一言不发地达成了某种共识，没有再去跟孟夆寒争辩什么，只是拉上他，继续往下层去了。

一路无话，三人继续进发，并在女监侧的第二层"重泉斩馘"遇上了折回的暗水跟凯九，但双方也只是简单交流了几句就分头行事了。

不多时，车、榊、孟三人也来到了"禁区"。

和今天所有参与行动的成员一样，他们也有他们的任务。

4 点 25 分，孟夆寒来到了"冥界大门"前。

此时的他，已默默收起了那江湖骗子的嘴脸，负手而立，肃然凝望。

若是不了解他的人，看到这一幕，还真有可能觉得他是个世外高人。

"嗯……"片刻后，孟夆寒好像是看出了什么门道，当即回头对车戊辰和榊道，"二位……布阵吧。"

那两位本来就是来配合孟的，故而也没说什么，毕竟在"法术"这块他俩是外行，只能听眼前这个专业法士的指挥。

于是，在孟夆寒的指点下，三人利用地上那几个肉茧里残留的大量鲜血，开始在"冥界大门"的周围画"阵"。

由于阵图里的细致之处都只能由孟夆寒来完成，车和榊自然就得多干些粗重活儿了，比如清理地面、画基本轮廓、给孟夆寒举灯照明，等等。

三人的配合也算默契，十分钟不到就搞定了一个"血印大阵"。

别看孟夆寒这人平时吊儿郎当、油嘴滑舌，没个正形，他画出来的阵图还真像那么回事儿。若从空中俯瞰，这个整体呈圆形的阵图画得极为工整，其中没有任何一块含混不清之处，即便是外行人也能在阵中看出些许阴阳、八卦、五行之象。

只是，此阵中的阴阳八卦五行，皆是"逆形"，非但如此，阵象"周天"遍布的神佛星宿，都被画得有些古怪，似是带着戾气。

画完阵图之后，孟夆寒又把自己随身携带的那个罗盘拿了出来，放到了阵眼之上，作为压阵的法器。

准备工作全部完成后，他抹了把额头上的汗，开口道："事不宜迟，我这就作法。你们俩来当我的护法。我开始后，你们就站到两翼，防止有人来打搅我。此阵最为忌讳的是作法期间有人触碰到我的法身或有'异物'入阵，所以这两点你们得加倍留意，一旦发生类似的状况……后果不堪设想。"

"那我们俩要是无聊，聊聊天行不行啊？"虽然榊在问这话时，语气是一种拉长了嗓门儿不耐烦的感觉，但说话之间，他还是乖乖站到了自己应站的位置上。

"其实是可以的，只要你们小声点别吵到我就行。"孟夆寒回道。

"这样啊……"榊闻言，即刻看向站在七八米外，与自己对称位置的车戊辰道，"那车探员，咱们来聊聊信仰吧。我先说，我相信科学。"

"行了，别贫了。"车戊辰其实并不爱搭理这两人中的任何一个，"比起相信科学或鬼神，我更愿意相信子临分配这些任务都是有原因的……"

既然他都这么说了，榊也知道玩笑该到此为止了，所以就耸耸肩，不再言语。

当周围环境安静下来之后，孟夆寒便闭上了双眼，深吸了一口气，朝前走了几步，开始了施为。

此刻，因为莉莉娅已将"冥界之刻"带离了这个空间，所以"冥界大门"……或者说这个"被限制装置定在此地的次元黑洞"又重新回到了稳定状态。在这种状况下，孟夆寒就算站得离门较近，也是不用担心会被吸进去的。

但见，这法士闭目数秒，酝酿一番，随即就怒目圆睁、双臂一展，掐诀念咒起来。

"神异之物，灵而有性，虚而无象，虽迎不测，影响莫求……

"神性虚无，体无变灭，形与道同，故无生死……

"存亡在己，出入无间，身为滓质，犹至虚妙……"

伴随着他的口诀，地上那些组成阵图的血竟开始发出幽幽的光芒，冥界之门也有了微妙的反应，但这次并没有出现"次元通道开启"时那种将外物"吸引进去"的现象，反而是有一股"斥力"在将周遭的事物向外"推"。

见此情景，榊和车探员的表情也变得凝重起来，虽然他们也都知道孟夆寒应该是真有些本事的，但当这种玄幻场面实际在眼前上演时，这两个并不信鬼神的人还是受到了些许冲击。

而就在这个两人双双走神的当口，更加玄幻的场面……上演了。

却见，在那远处的阴影中，一个半透明的人形实体，从秋正一的尸体内飘了出来，并缓缓朝阵法这边靠近。

"师侄，多年不见，你似乎是已经得了你师父的真传呢。"秋正一的"鬼魂"一边靠近，竟还一边开口说话了。

他话音未落，孟夆寒那边忽地停止了念诀，缓缓转身，露出一个榊车二人从未见过的冷厉神色:"秋青平,你这个被逐出师门的败类,有什么资格自称是我师叔?"

"资格?呵呵……"秋正一继续逼近,"笑话!"他突然暴怒着喝道,"你的师父,又有什么资格来继承太虚教?就凭他比我早入门几年?哼,只要不是瞎子都能看出我的天资与他有云泥之别,就说这一手'借尸还魂'之法,你师父会吗?"

五

秋正一,原来并不叫秋正一。

他的本名是秋青平,那"正一"二字,是他自己改的。

因为他觉得,自己才是"太虚教正一派"真正的传承者。

很多人都有他这种毛病——越是缺什么,越是要现什么。

卑鄙之人总强调道德,下流之人想伪装高尚,自卑之人容易盲目自尊自大,窃盗之辈最爱问你知道他有多努力吗。

种种原因让这些人即使身居上位,也难以拥有那份上位者的"从容"。

而当我说"种种原因"的时候,基本上就是在指一些不光彩的过往——黑历史。

秋正一,不……应该说,秋青平,无疑就是个有黑历史的家伙。

他少年时便拜入太虚教正一派门下,因天赋过人,学艺十余载后,便已成门中第一高手。

然而,秋青平并不安于仅仅当个独善其身的法士,更不甘终其一生只做些驱邪避祸、行侠仗义之类的事情——那些事的回报实在太低了。

秋青平想要的是扬名立万,是富贵荣华,而且他也很清楚,凭他所学到的法术,要实现这些很容易。

于是,他就跟师父提出,想将他们的宗门做大、广纳门徒,最好呢,是直接投靠联邦,依托政府的力量成立一个特殊的部门。届时,肯定会有不少权贵子弟来求学这些"不需要身体改造就能学到的神通",而他们呢,只要给这些人传授一些粗浅的入门法术,即可收敛大量的钱财。至于那些核心的知识,则继续把控在自己手中,成为他们跻身上层阶级的筹码。

从这番规划就能看出,秋青平的确是一个有野心也有能力的人。

可惜,他的主意,被他的师父断然拒绝了。

当然了，这也是在秋青平意料之中的。他在向师父提出这个建议时，自认已学会了门中的所有道法，所以有没有这个"师父"在，对他来说其实已经不重要了。

若师父答应了他这套计划，那秋青平念在两人的师徒情分上，还可以让对方多活几年，毕竟老头子那"太虚教正统掌门"的名号还是有点儿用处的。但既然对方"不识抬举"，秋正一也就"不客气"了。在被训斥之时，他直接就突下杀手，将恩师当场格杀。

在这个时代，太虚教门徒稀少，掌门死后，门中除了秋青平外只剩五人，一个是秋青平的师兄李炳乙，一个是李炳乙刚收几年的小徒弟孟夆寒，另外还有秋青平的师弟三人。

秋青平弑师之后，立即就去威吓自己那几位同门，让他们尊自己为掌门正宗，并加入他的计划。他那三个师弟都还年轻，个个儿都是当场就跟他翻脸要替师父报仇，结果也都死在了秋青平手下。

唯有李炳乙，表面上虚与委蛇，满口答应，一副贪财无德之相。但等秋青平反应过来时，李炳乙早已带着孟夆寒和门中遗宝"天机盘"不知所踪，走时还留下一张纸条，上写歪诗一首——

太虚今逢灾劫倾，弑师逆徒恶满盈。

禽兽尚有五常在，畜生不如秋青平。

那天，秋青平站在空空如也的房间，惦记着被人拿走的宝物，又看着这骂自己的诗，差点儿气得胃穿孔。

后来，又过了些年。

秋青平加入联邦的志愿是实现了，毕竟他比起普通人来要强很多，但他推行"太虚教"的事儿进展几乎是零，因为没人理他。

说得直白些，就是——口才差，忽悠能力极弱，江湖骗子那一套基本不会玩儿。

这事儿若换成他师兄李炳乙出马，根本不用展示什么真东西，光凭一套嘴把式功夫，顺带变几个戏法儿，李炳乙就能从联邦政府那里骗到一笔资金，成立个合法的教派。

但李炳乙是有自己的底线的，用坑蒙拐骗之法去伸张正义、劫富济贫，他做；消费宗门的事情，他坚决不做。

反观秋青平，那是想做做不成。

世上的事就是这么讽刺，到这个时候，秋青平再后悔自己杀同门杀得太草率，已经晚了。

于是，他只能改变策略，找别的方式让自己往上爬，于是想到了——"借尸还魂"。

此后的几年，秋青平一直在物色"新的身体"，最终，他盯上了一个并级的能力者。这个能力者不算很强，但其能力"破坏"却有着非常可观的潜力，最关键的是，这个能力者还很年轻。

秋青平略施手段，就将这个人控制住了，当天，他就用"借尸还魂"之法夺走了对方的身体。

当然了，这种"借尸还魂"肯定是有代价的，那代价就是秋青平原本的修为……或者说"法力"……在转移到新的躯体后会散尽，只有相关的知识还保留在他的记忆中。

换言之，他若想把修为恢复到当初的实力，就得从头开始修炼。

秋青平并没有这么做，因为事实已经证明了，他当初所学的东西，并未让他在联邦混出太大的名堂。比起练这些，他觉得还不如去修炼异能。

从那天起，他便化名秋正一，以这个新的身份加入了联邦军。

凭借着自己的法术知识，他修炼起异能来也是事半功倍，短短十年左右，他就从并级练到了狂级。

也顺理成章地爬到了现在这个位子。

至于法术方面，秋青平唯一重新练回来的一门本领就是"借尸还魂"。有这在，哪怕他意外死亡也没事，只要在其死后的一炷香之后到一天之内，附近有别的活人靠近，他就有机会乘虚而入。

可以说，这个男人，什么都算到了。

即使是被杰克刺杀，他也没有彻底死去。

按照秋青平的设想，根本不用一天，三个小时不到就一定会有人来这个禁区……至少负责来善后的联邦军肯定会下来看看。那时，他就可以随便找个倒霉蛋儿"夺舍"还魂了。

可就连秋青平也没有算到的是——此刻，最先来到他面前的人，竟会是孟夆寒。

这个"意外"，可以说让他十分惊喜。

方才，秋青平一眼就辨认出了孟夆寒身上的太虚道力，结合其年龄还有长相，不难猜出这就是当初师从李炳乙的那个小鬼。

如果是占据了孟夆寒的身体，秋青平就不必重新修炼多年去再度获得"借尸还魂"的能力了，因为这个身体本身就有法力存在，他可以随时再去找更强的身体进行转移。

念及此处，秋青平又不禁想道："刚才那个刺杀我的家伙，好像就挺厉害的，他用的似乎是时间系的能力。这种身体若是被我得到，结合我的法术修炼一番，那我势必天下无敌。"

他这边打着自己的如意算盘，缓缓欺近对方，而孟夆寒那边呢，自也不会坐以待毙。

"你这个败类，来得正好，今天我就要替太虚教清理门户！"

很难得看到孟夆寒会这么一本正经、大义凛然地朝人大喝这种台词。

但这家伙着实是"帅不过三秒"的那种类型，前一句刚说自己要"清理门户"，后一句立即就转头对两名同伴道："来，左右护法，你们上！"

"哈？"榊都怀疑自己是不是幻听了，"我们上？"他又转头看了眼正在"飘"来的秋青平，接道，"那你是要我们冲他吐口水、撒盐，还是撒豆子啊？"

砰砰砰——

车戊辰就没他那么啰唆，闻言，举枪便射。

但，子弹肯定是打不到"魂魄"的，故而射击无效。

"真是见鬼了。"攻击未果，车探员也只得放下枪，来了句与实际情况结合的脏话。

"哼，别白费力气了。"秋青平见状，冷笑道，"我跟你们已经不在一个维度了，这种攻击怎么可能有效呢？"

说罢，他又看向了孟夆寒："师侄，你也可以省去虚张声势的力气。

"我早已看出，你摆的这是瘟癀封煞大阵：以血秽画下阵图，内布逆转乾坤阵象，请庚化的周天星斗坐镇，吕岳正帝为首，阵眼处再压上门中至宝'天机盘'……这等阵势，你无疑是准备封闭此处的冥界大门。

"眼下你凶阵已开，顿则蓄，蓄则破，退则亡，转则泯……俨然已是骑虎难下，进退两难。

"仅仅是停下来跟我对峙，对你已是极为不利。而你若退出阵来，或是将法力从阵中抽来对付我，那你和你的同伴都会当场死去。

"所以我劝你，还是乖乖让我夺舍算了。那样，我还能帮你完阵，说不定还会放这两人一条生路。

"你要是执意反抗,那我就进阵。'异物'一入,阵毁人亡,届时我直接夺你的尸身也是一样。"

他说的这段话只有孟夆寒全听懂了,车戊辰和榊虽不是全都明白,但带有恐吓意味的核心主旨还是听得出来的。

事已至此,他们貌似已是退无可退,也别无选择了。

也就是在此刻,车戊辰做出了惊人之举。

砰——

伴随着又一声枪响,车探员居然将一发子弹打向了榊的脖子。

虽然车的枪法不敢说像杰克那么准,但在这个距离上打一个固定的目标还是很稳的。

一秒后,那发子弹便从榊锁骨和颈项的交界处贯穿而过,打断了他的颈外动脉。一脸惊骇的榊当即跪地,用双手死死摁住伤口止血,并抬眼瞪着车戊辰。

"你……"孟夆寒也被这一幕惊呆了。

别说孟夆寒了,就连秋青平也惊了,他都看不懂这是在演哪出。

"别紧张。"车探员还没等孟夆寒把话说完,就开口应道,"……这是子临的意思。"他顿了顿,再解释道,"来之前,他给了我个人一条秘密的指令,让我在'局面陷入绝境之时'就去攻击榊。最好呢,是打出那种可以致命,但又不会立即致命的伤势。"

他说到这儿时,已经侧躺在地上的榊特意腾出了一只手来,朝他竖了发中指。

车戊辰不以为意,接着说道:"子临说,只要我那样做了,很快就会出现某种'极端现象'将我们面临的危机解决。"

"哼……哈哈……哈哈哈哈……"车戊辰话音落后,秋青平放声大笑,"你们的长官是不是脑子有病啊?不……应该说有病的是你们吧?上头跟你们说什么都信吗?哈哈哈……"

他的笑声很快戛然而止,因为他看到了奇怪的东西。

蝴蝶。

黑色的蝴蝶。

通体漆黑到看不清细节,只发出幽幽黑光的蝴蝶。

传说,在另一个空间,存在着一种叫作"冥蝶"的生物,它们负责为死者引路,为生命的消逝而起舞。

"什……"一息之间，秋青平的视线就像是被磁铁吸引的金属一样不由自主地跟随着那些黑蝶移动起来，他循着这些奇特生物的移动轨迹望去，很快就在自己的身后，看到了一道空间裂隙。

"不……不……你已经……"紧接着，秋青平用极度惊恐的表情开始自言自语。

在场的另外三人并不知道秋青平究竟看见了什么，因为在他们的眼里并不存在什么蝴蝶或裂隙。

以旁观者的视角看去，在接下来的几秒内，秋青平的"鬼影"就像一团被吸入某个窟窿的有色气体一样，呈螺旋形在半空打了几个转转，顺带哀号了几声，接着就消失不见了。

"还真管用啊。"车戊辰见状，眉头稍展，他一边念叨，一边快步走向了榊，并从口袋里掏出了事先准备好的医疗用品。

"你也别愣着啊，赶紧把法作完呐。"在给榊处理伤口时，车探员还不忘提醒不远处的孟夲寒。

回过神来的孟夲寒也不及多想，重新开始掐诀念咒了。

六

1月15日，晨，5点10分。

普亚纪的废墟之上，人影绰绰。

那些人穿着囚服，有男有女，脸上神情各异。

有些人面露兴奋之色，有些人显得迷茫，有些则已在痛哭流涕……

还有一些人，只是抬着头，呆呆地望着那片曾经无比熟悉现在却很陌生的天空。

这些被联邦秘密关押于此的囚犯们，并不全都是好人，当然不可能都是坏人。他们，就只是人而已。

他们中有些是罪有应得，有些罪不至死，还有些完全就是无辜的，但命运还是将他们送到了同一个地方——一个本该永远无法离开的地方。

人的意志是会腐朽的，且往往比肉体腐朽的速度更快。

九狱就是一个让人腐朽的地方，漫长而绝望的刑期在实际毁掉一个人的人生之前，会先摧毁他的意志。

其实，今天站在这里的人，有很多早已经垮了。

当他们从"地狱"里爬出来，重新站在地表之上时，他们竟有些害怕，甚至有点儿想回到地下去。

因为外面的世界，已经没有了他们容身之所。

他们的亲人、朋友，都已与他们断了联系，他们的财产、事业、地位，也已烟消云散。

就连那些他们入狱前熟知或喜爱的事物，有很多也已成了时代的眼泪，被许多新生的事物所淘汰。

他们就跟一群真的已经下了阴间的鬼魂一般，似乎是不该再回来了。

但是，有那么一种东西，一种与生俱来的渴望，仍留存在他们的血液之中。

当他们再次呼吸到这种名为"自由"的空气时，纵是腐朽的土壤上，亦会重燃生机。

"各位。"忽然，广播中，响起了一个男人的说话声。

设在深渊之壁内的所有警报喇叭都可以作为广播使用，而此时，这些扩音喇叭都已被控制在了逆十字的手中。

"'逆十字'能帮你们做的，到这儿就差不多了……"子临的话语清晰地传到了每一个人耳中，"眼下，深渊之壁上的防御系统都已被关闭，南侧的大门也都已开启，所以无须恐惧，也无须犹豫，跨过那堵在过去的一百年间让无数人绝望的高墙，你们便可获得真正的自由。"

他说的都是实话，早在半个多小时前，当博士把壁上的防御系统攻破时，留在飞梭上的K就趁势杀入了南部大门旁边的监控室。不到五分钟，K就搞定了龟缩在里面的几个卫兵，并直接用位于那个房间内的手动开关将南大门锁定在了"最大开启"状态，随后，K就把飞梭开进了墙内，停在入口后方并重新进入了隐形模式。

"当然了，自由，并不意味着安全。"停顿几秒后，不料，子临又将话锋一转，接道，"诸位的心里应该也都有数，从越狱发生到现在，也有两个多小时了，联邦那边不可能还没对求救信号做出反应。

"此刻，一支由蓝盾郡某军事基地被调遣来的联邦军地面部队已经从南部快速挺进而来，东北方向也有包抄过来的双鹰郡部队。

"即便你们今天逃过了这些军队的围剿，接下来要面对的也是被政府通缉的逃亡生活；那些没有相应觉悟的人，我觉得，最好还是不要出去了，回到你安全的牢房里，了此残生，也算安稳。"

他的这段话还没说完时，就已经有囚犯冲着南大门的方向跑了出去。

有一个，就有两个、三个……没过多久，所有的犯人，都选择了逃跑，无一例外。

即使是一些年纪已经很大的老年囚犯，也迈着蹒跚的步伐前进着。

没有人，甘于腐朽。

这些人宁可在通往自由的道路上凋零，也不愿再回到那个毫无希望的地下深渊中，再次被这个世界所遗忘。

同一时刻，九狱，男监侧，第九狱"溟泉考焚"。

侵入监狱的逆十字成员们，此时都已集中在了这层的监控室中。

此前被禁锢在隔离层里的副监狱长卡尔·冯·贝勒，也已被带到了这里。

事到如今，他已没有抵抗的理由了，就算他能把在场的这些入侵者们全部杀光，也已改变不了九狱沦陷的事实。

所以，卡尔这会儿只能沮丧地坐在地上，当个闷闷不乐的俘虏。

"别以为你们已经赢了……"在子临关掉广播后，卡尔即刻嘀咕着插嘴道，"在正规军的面前，那些只顾各自奔命的囚犯不堪一击，依我看，真正能活着逃走的人不足两成……"

闻言，子临只是微笑，没有理他。

倒是兰斯蹲到地上，看着卡尔，用充满嘲讽的笑容接道："呵……谢谢你把这件显而易见的事提出来再让我们都复习一遍哈。"

卡尔从他的笑容里解读出了一丝异常，想了几秒后，他又道："什么意思？你们根本不在乎这些人会有多少死在逃跑的路上？那你们为什么还要来劫……"

"副监狱长先生。"这时，子临忽然打断了他，"以一个专业人员的角度，你能否告诉我……你认为什么样的监狱是最牢不可破的？"

卡尔不知道对方为什么突然问了这么一句，他思索了片刻才回道："你这是想向我炫耀吗？"

他会这么问，言下之意就是，他觉得九狱就是这个星球上最安全的监狱了。

"我可没有那个意思。"子临说着，也走到了卡尔面前，蹲下身子，让自己的视线与对方持平，再道，"我只是想告诉你，最难攻破的'禁锢'，并不是任何人造的实体，而是在，'这里'。"说着，他便用手指轻轻叩了叩自己的太阳穴。

卡尔这一刻的眼神，说明他还没抓到事情的关键。

所以子临接着说了下去："在今天以前，所有人都觉得'九狱'是一个绝对不可能被攻破的地方，无论是联邦高层、军方、反抗军，还是那些活跃在地下世界的杀手、雇佣兵、能力者，但凡知道九狱存在的人，都认为这个地方就是'终点'了。

"很显然，九狱不仅仅是一座监狱，更是一种象征。

"'屠杀'反抗者很容易，但要将那些人'控制'起来，却很难。

"真正的统治者，必须具备'使用规则去随意定夺治下之人生死的实力'，以及'保障这套规则能顺利运行的执行力'。

"九狱，就是联邦政府执行力的一大具象化体现。它的存在，就是在向全世界所有反抗联邦的人展示，无论你是谁，无论你有多强，我们也一样有一个可以关住你这种人的地方。"

他说到这儿，又停了两秒，观察了一下卡尔的表情变化，随即轻笑一声，继续说道："看来你已经明白了……"子临将脸凑到对方脸前，直视其双眼道，"攻破九狱，释放里面的犯人，并不是我们的目的，即使那些囚犯出去以后全部死光也没关系。"他顿了顿，"重要的是，把'就算是九狱也是可以攻破的'这一理念，植入人们的思想。"

听到这里，卡尔的冷汗已浸透了他本就已经湿了的衣衫。

他本以为自己眼前的这群人，只是来自某个比较有实力的反抗组织，其劫狱的主要目的是救出里面关押的自己人，但现在，卡尔只觉不寒而栗。

世界上最牢不可破的监狱，就是人的思想。

推倒思维的高墙，远比推倒什么深渊之壁要困难得多。

"一群疯子，你们知道自己在干什么吗？"理解对方的意图后，卡尔的神情愈发凝重起来，"联邦政府再怎么腐朽，至少还维持着这个世界的秩序。你们现在这样，将会把整个世界带入战乱之中！多少无辜的人会因此而死？"

"无辜的人本来就每天都在死。"这回，是兰斯接了他的话，"被慢慢折磨死，还是被一发子弹带走，这本就不是一个数量上的问题。我们改变的不是数量，而是性质。"

"胡说八道！"卡尔听了，仍然不服，他怒喝道，"全都是些歪理！那今天死去的狱警又算是什么性质？撇开上层阶级，还有很多安于现状的人，你们又凭什么让那些人陪葬？"

"当然是凭借'力量'了。"子临又接过了话头，回道，"你以为当初联邦成立时，就没有人为此流过血吗？你说的那些琐事，在时代的大潮中太过渺小了……任何变革都是在冲突中进行的，如果所有人都能达成一致……呵……那联邦现在肯定好得很啊。人类要是能做到那样，能学习、长进到那个地步……还要我们逆十字做什么？"

"呵……"卡尔冷笑，"那么，你们跟联邦，又有什么区别呢？"

"我没有说过有区别啊。"子临笑道，"还有……你小时候，就没听过一些坊间传闻，说当年这个联邦的成立……也和某个组织在背后的推动有关吗？"

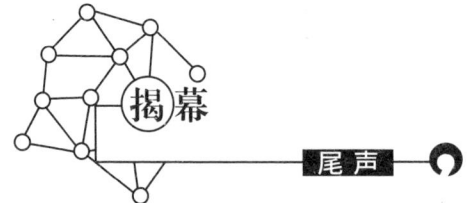

太阳已经升起。

蓝盾郡西北的雪原,在晨曦的阳光下,如一幅凄美的白色画卷。

在那破晓的地平线上,联邦军庞大的军阵,像是黑色的山崖,静静肃立,严阵以待。

很多囚犯在看到远方那望不到边际的包围线时,就已丧失了逃生的希望。

但他们并没有丧失追寻自由的觉悟和勇气——就算在一场毫无胜算的战斗中死无全尸,也比烂死在牢房里强。

人群没有退散,他们自行结成了阵势,朝着那条黑压压的封锁线冲了过去。

那些强级以上的能力者们,自发地跑到了队伍的最前方,为后方的人充当盾牌。

即使是那些无异能的普通囚犯,也都拿着从九狱武器库里夺来的装备义无反顾地发起了冲锋。

轰——

当那群囚犯们渐渐迫近之时,炮击声,终究是响起了。

但这场战斗的第一炮,却并非是联邦军打响的。

而是,反抗军。

正当囚犯们已做好准备迎接联邦军的首轮轰炸之际,一支"白色的部队"突然出现在了联邦军的侧翼。

因为这支队伍无论是装甲的外壳还是士兵的衣服都用上了白色迷彩,所以他们从侧面靠近时囚犯们没能发现。

又因为联邦军的注意力都在囚犯们那边，且反抗军装备了专门反联邦武器系统的侦测装置，所以联邦军俨然被打了个措手不及。

这支白色的军队，是来自西洋洲北方的反抗军组织——"克亚米游骑兵"。

今天凌晨，在联邦那边还没有收到九狱求救信号的时候，游骑兵们的总部就已收到了一段来源不明的加密代码。代码本身并不难破解，但破解后显示的信息却让人摸不着头脑，因为这段信息竟是预告了"九狱将在天亮之前被攻破"。

虽然这情报听起来匪夷所思，但能够将消息发送到反抗军秘密基地的人，再怎么说也不可能是为了恶作剧而已。因此，游骑兵们立刻派出了侦察部队和无人机到九狱附近去查探，结果，没多久他们就发现，这情报居然是真的。

于是，他们立即召集了蓝盾郡北部几乎全部的军力，火速赶往普亚纪。

这才有了眼前的这一幕。

在游骑兵们的掩护下，囚犯们生存的希望立刻燃起，他们一边向着反抗军侧翼移动，一边利用自身能力去配合反抗军的火力压制。

顿时，联邦军陷入了被两面夹击的窘境。虽然他们军势盛大、但因为包围线拉得太长，被打得左支右绌、顾此失彼……没有支撑太久，就开始节节后退。

另一方面，朝着普亚纪东北部越河逃亡的并且顺流而下的囚犯们，也都在遭遇联邦军的围堵时受到了另外几支反抗军势力的救援。

卡尔所预测的"只有不到两成人能活下来"的情况，并未变成现实。

顺利从九狱逃生的囚犯数量远超他以及联邦高层的预估，且其中有很多人因为无处可去，直接就加入了反抗组织。

这一天，时代的齿轮，明显地转动了起来。

"九狱沦陷"事件，成为点燃某条引线的火苗。

一个崭新的纪元，已拉开了序幕。

VOLUME ONE

卷 二

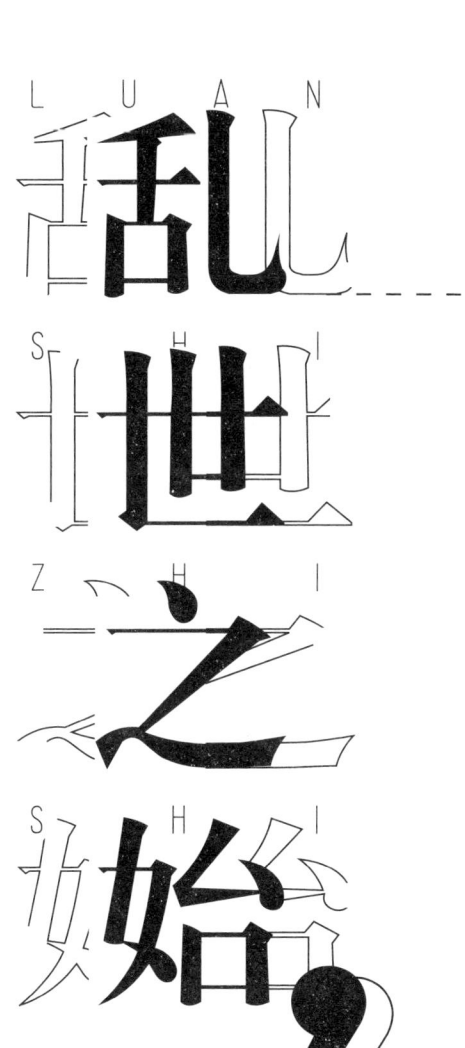

乱世之始

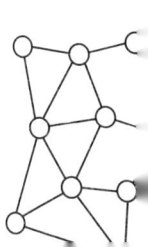

久别重逢
序幕

克劳泽走进书店的时候,其脸上的神态像是个正在重游故地的老人。

怀念的情绪,就算不该有,还是会涌现出来。

"你没变。"他很快就看到了坐在办公桌后的天老板,一边说着,一边朝对方走了过去。

"彼此彼此。"天一还是那样,穿着休闲西装、跷着二郎腿,手边摆着一杯喝了一半的咖啡。

"我猜你接下来会问我要喝点儿什么。"克劳泽没有跟天一客气的意思,来到桌旁就抽了张椅子坐下。

"你这是'猜'吗?"天一笑道,"或者说,这还用'猜'吗?"

"我不想跟你就这个问题展开进一步的讨论。"克劳泽往椅背上靠了靠,接道,"反正你这里没有我要喝的东西。"

不管话的内容是什么,克劳泽的坐姿和说话的方式都显得很优雅,其举手投足间都透出一种高贵出尘的气质,不好描述,也不常见。

"让你喝点儿咖啡就那么难吗?"天一问这话时,还顺手拿起了自己的那杯咖啡,抿了一口。

"让你在店里准备点茶叶就那么难吗?"克劳泽反问。

他话音未落……

"老婆!"天一竟是毫无征兆地大喊了一声。

推荐书单

《超维幻界之惊悚乐园》
悬疑 / 游戏 / 三天两觉 著

未知的封印，鬼神的赌局，战栗的游戏！
无限惊悚，烧脑神作！

漫娱图书 推荐书单

《心理禁区》
脑洞 / 心理 /

范黎 著

幽闭恐惧、多重人格、深度催眠、梦中凶手、音乐杀人……

真实记录精神病患者背后细思极恐的故事。

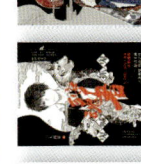

网络超人气"无限流"名作，原名《鬼喊抓鬼》。

有这样一群人，屠神灭魔，协调阴阳秩序，他们被称为【狩魂者】。

《狩魂者》
灵异 / 幻想 /

三天两觉 著

《梦游症》
脑洞 / 心理 /

方洋 著

精神异常梦游症患者访谈手记

永远不要歧视疯子，他只是和你世界观不同。

就在克劳泽开始怀疑这俩字儿是否在叫自己并产生了些许的动摇时。

咔嗒——

伴随着门把转动的声音，天一背后的那扇门打开了。

那是通往他起居室的门，此刻，门内站了一个女人。虽然她穿着浴袍、贴着面膜，嘴里还叼着根牙刷，但任何人只要看她一眼，依然会看出这是位大美人。

"这才中午，叫什么叫？"伏月用居高临下的眼神看着天一，很不耐烦地应了这么一句。

"这不是来客人了嘛。"天一回头道。

"哈？"伏月闻言，视线微移，瞧了克劳泽几秒，然后就蹦出一句，"欸？你不是死了吗？"

"唉……"克劳泽对于这种开口就提死的打招呼方式，只能发出一声无奈的叹息，"你好。以及，对，我是死了，我也不知道为什么，我连死都死不安生。"他说到后半句时，语气上明显加重了几分，并看向了天一。

"呵呵，想安生可以啊，把自己留下的烂摊子收拾干净之后，我可以亲自送你再度归西。"天一笑着接道，"至于现在嘛……"他又一次转过头，拉了下伏月的手，"老婆，咱家还有茶吗？"

"切……"伏月啐了一声，十分熟练地甩开他的手，转身就回屋里去了。

十几秒后，从门里飞出了一大包茶叶，正好砸在天一的后脑勺上，又过几秒，门就被甩上了。

天一若无其事地弯腰捡起了地上的茶叶，摆到桌面上，言道："那边有杯子和热水，你自己泡呗。"

"我收回最初的话……"克劳泽虚眼望着他，"看来你还是有些变化的……"

"是啊，长期的婚姻生活让我渐渐丧失了生活自理能力。"天一仍旧是面不改色地说着耻辱的台词，"说实话，我现在连自己的内裤放在哪儿都不知道，厕纸用完了也不知道上哪儿去补充……"

"你只要告诉我你不知道自己家里有些什么东西，以及分别摆在什么位置就可以了……不用一开口就是下三路的具体实例。"克劳泽打断道，"另外，在过去那几千年中，你不是已经结过三次婚了吗？"

"那三次我娶的都是寿命有限的普通人类，为了配合她们的生活和社交习惯我不得不也去扮演一个正常的社会人，所以那几个时期我的生活方式和现在完全不同。"天一回道,"当然了,这种婚姻的结局,我想你也很熟悉了,不是吗?"

二人谈话至此,克劳泽头一次出现了明显的情绪波动。

"总而言之吧……"天一自然看出了这点,但他并未说破,他只是把茶叶又往前推了几分,扯开话题道,"我家现在也有咖啡以外的饮品了。"他耸耸肩,"女人嘛,你懂的,总喜欢买些乱七八糟的东西。"

克劳泽也立即恢复了平静,扫了眼那茶叶的包装,接道:"虽然我死了挺多年的,但在我印象中这个牌子的茶叶可是相当高档的,要说乱七八糟?你现在喝的咖啡倒是……"

天一没让对方把话说完,便提出了一个很让人在意的问题:"你怎么知道我不是往名牌的包装袋里加了一堆垃圾?"

"因为你连自己的内裤都找不到,所以茶叶的包装袋就更甭提了。"克劳泽也立刻做出了一个很符合逻辑的推测。

"哈!不错嘛。"天一笑道,"看来那个世界并没有让你的智慧也跟着腐朽呢。"

"别跟我逗闷子了。"克劳泽起身,真的自己跑去旁边给自己泡茶,"'烂摊子'是怎么回事,说说吧。"

"首先是'茶宴'。"天一也不再扯其他的,顺势入了主题,"随着时间的推移,你创建这个组织的初衷,不出意外被继承者们给丢弃了。"

"唉……"克劳泽对此好像也并没有感到太多意外,更多的是一份无奈,"还有呢?"

从天一那个"首先"就能听出,除了茶宴还有别的事儿。

"你那几位皇兄的后代也不让人省心,出了个自称'斌尊'的家伙,蹦跶得还挺欢。"天一又道。

"他们跟我又不是真有什么血缘关系,这你也来怪我?"克劳泽泡好了茶,便走回来重新坐下。

"废话,当然怪你,谁让你当年没有斩草除根的?"天一理直气壮地回道,"百足之虫,死而不僵。当初帝国的特权阶级虽已被废,但皇族和贵族的根基、余威都尚在。即便他们暂时或许真的不想搞事,但若干年后,一旦被有心之人挑唆或利用,他们的野心很快就会死灰复燃,演变成一股势力。"

"所以,我又让你失望了,是吗?"克劳泽喝了口茶,神情复杂地问道。

"没事,你不是第一个,也不会是最后一个。"天一道。

"我可不是在跟你道歉。"克劳泽又道。

"我也不是在原谅你啊。"天一道,"我只是让你知道一下情况,然后就像我刚才已经说过的,让你去把自己留下的烂摊子给我收拾干净。"

反抗军的战役 第一章

一

2219年，2月1日。

这半个月以来，"九狱沦陷"事件给这个世界带来的影响正在逐步发酵。

就算是再无能的联邦官僚也能感觉到全球范围内的反抗军势力进入了一个空前的活跃期。

一场风暴，即将来临。

从九狱被劫的那天起，克里斯托城里的最高层大佬们基本上每天都在开会，从早开到晚，但这些会议能起到的实际作用却十分有限。

毕竟，敌在暗、我在明，在反抗军还没有实际动作前，联邦唯一可以展开的只有情报战而已。

但谍战这种事情，并非是一朝一夕就能推动起来的。情报战线上的战斗都是长期作战，在这种敏感时期让第一线的卧底探员增加活动的频率，跟让他们去送死没什么两样。

因此，越是这种时候，越是要耐心，要低调，要隐忍……

九狱事件本身已经给联邦造成了巨大打击，若是因为慌乱而在这段时间做出一系列错误的决策，那只会带来更加难以预计的后果。

可惜，如今的联邦政府，并不是一个能在这种事件后保持冷静和理智的集团。

以当初莉莉娅被关入九狱的经历为例，不难看出——大部分九狱里的犯人，都和联邦高层的成员或其裙带有着私人恩怨，这其中，被直接陷害或迫害入狱的人占了九成，"家破人亡"这种级别的仇恨在这群人当中只能算是平均水平。

现在，这帮囚犯全都跑出来了，你说联邦的那些权贵们慌不慌？

就算有些官员和他们的家属并没有苦主被关在九狱里，但他们社交圈子里的人很可能有。万一大家出来见个面、喝个茶，或者在同一个别墅区里遇上了，站在小区里聊天时，突然就杀出一个"来了就没打算回去"，抱着"杀一个够本儿，杀你全家应该，旁边有人算你们倒霉"这种心态的能力者，那他们上哪儿说理去？

在这种情势下，接下来的发展也是可以预见的。

对于权贵们来说，比起维护地方上的稳定，自然是自己的身家性命更加重要。为了保护权力的核心，联邦军西洋洲各处的军力都有部分被调向了本来就已守备严密的水晶郡周边，许多地方上的官员也都无视规定离开了自己的岗位，举家逃往了水晶郡避难。反正他们中的大部分人本来就在水晶郡拥有房产，"到自己的别墅去度个假"怎么了？

而他们这样的反应，简直就像是让水晶郡外的各个地区门户大开，等着反抗军上门。

果然，至 2 月 10 日，该发生的事，终究是发生了。

吸收了最多九狱囚犯的反抗组织"克亚米游骑兵"，由蓝盾郡北部出兵，向着麦秸郡的各联邦军驻地展开了前所未有的全面突袭，并在二十四小时内就占领了数座城市的联邦政府大楼，还控制了包括警局、电视台在内的所有要害机关。

他们通过广播向全世界宣布将对联邦的腐败政权发动全面起义，并号召全球范围内的反抗组织揭竿而起，与他们配合照应。

自从多年前在耶婆提群岛发生战争以来，这等规模的反抗军活动还是头一遭，而且发生的地点还是在联邦军力最为雄厚的西洋洲。举朝上下，都为之震动。

事到如今，封锁消息已是不可能的了，联邦的新闻部只能尽量想办法去引导和控制舆论——总之，先制造一堆反抗军屠杀平民、奸淫掳掠的假消息出来，利用自己现在还控制着全球大部分的媒体的优势，让民众对反抗组织产生恐惧和敌意再说。

军事方面，水晶郡的防务肯定是不能动的，就从西洋洲其他各郡调兵去围剿好了。反正西洋洲方面整体军力强盛，局部地区遭到突袭他们可能会输，但突袭过后，一旦反抗军来到了明面上，变成了占领城市的守方，情势就不一样了。

于是，2月12日凌晨，围剿行动开始。

这次行动的代号是"三明治行动"，顾名思义，就是以淡海和内海的两大军事基地为主力支点，展开对麦秸郡和蓝盾郡所有被占领地区的夹击扫荡。

以23世纪的军事科技而言，在一天之内用常规作战武器荡平这两个西洋大郡，也不是什么难事，如果彻底无视平民伤亡的话，半天就行。

但联邦军还没有这么丧心病狂，毕竟那些前线士兵们大部分也都是平民阶级出身，很多人的故乡就在西洋洲东部，行动的指挥官再蠢也不可能下达那种命令。

因此，"三明治行动"还是以常规武器对"军事设施"和"部队驻地"的精确打击开路，然后以地面部队的推进、清剿、占领为主。

这就比较耗时间了。

假如反抗军有意要把战斗拖入巷战和游击的节奏，事情会更加麻烦。

而事实上，他们也的确那么做了。

至12日下午3点，"三明治行动"的进展遭受了非常严重的挫折。联邦军意识到了一件很严重的事情——除了远程的轰炸打击能取得一定成果之外，地面部队的推进几乎无法展开。

究其原因就是，对方的能力者部队明显比联邦这边要强。

别的不说，人数上就有差距。

联邦的能力者作战部队编制很小，最多就是十人左右的一个班，一个班经常还要分成两个小队去行动。

一个团的联邦军地面部队里，多半只有两到三个能力者班，其中那些能力者普遍还都是并级到强级的。

反观反抗军这边，能力者和普通士兵完全是混编，且能力者的比例颇高，你根本无法判断哪些人有异能，以及他们会出现在哪里。

非但如此，那些能力者的级别也都不低，作战方式还都是野路子，什么"石灰粉、撩阴腿"性质的打法说来就来。

总而言之，无论是数量还是质量上，联邦的能力者士兵都处于下风。这种情况下，他们的地面部队自是"打不过"也"推不动"。

随着夜幕降临，一场原计划在一天之内完成的战事，变成了持久战。

到了13号的凌晨，联邦军的指挥官们自是早已放弃闪电战了，这会儿他们想的是，依靠总兵力上的优势，拖垮对手。

然而……

2月13日，晨。

随着"三明治行动"的持续时间超过三十个小时，军力处于下风的"克亚米游骑兵"终是显出了疲态。

尽管反抗军的地面作战部队在局部的战斗中仍占据优势，但面对人数几倍于自己的敌人的轮番冲击，那战线是不可能一直维持住的。

用一个很简单的例子说明：有一条小巷，其宽度可以让四个人并肩站立，只要这四个人站在这里，别人就无法通过；但是，这四个人站久了，势必会累，他们不可能不吃不喝、不眠不休……

这时，有两种解决方案，第一种就是再找四个人来跟他们轮换，这样你才能保证这条线不失守；而第二种方法就是，让这四个人撤退，去找一条宽度只能容纳两个人并肩站立的小巷，然后两两轮换。

眼下反抗军面临的问题就是，他们无法选择"第一种"解决方案，因为他们的兵力总数就这些，没有补充的空间。因此，他们能做的只有收缩防线，让那些在前线已战到筋疲力尽的人退下来休整，这样才能建立起轮换机制。

当然了，这个防线理论也不是"绝对"的。

理论就只是理论，战争中会左右战局的因素非常多：一条及时的情报、一次幸运的轰炸、一支精锐的小队，甚至一名足够强的能力者，都有可能改变整场战役的结局。

联邦军毕竟实力雄厚，一旦久攻仍不下，他们就有可能会向FCPS、EF，乃至护卫官求援，让这些机构派一些强援过来打破僵局。

但反抗军手里的牌总共就这些，所以，这本就是一场不可能胜利的牌局。

不过，这也绝不是一次一时冲动或鲁莽的自杀行动。

克亚米游骑兵作为活跃于西洋洲东部和北部的老牌反抗组织，其领导层自然是具备着丰富的斗争经验的，不可能会做那种自取灭亡的事。

这次突袭蓝盾郡和麦秸郡的行动，其根本目的并非是要长期占领联邦管辖下的城市，更不是要在这里跟联邦军决出雌雄——游骑兵们的真正用意在于"试探"和"煽动"。

像这种规模的战役,相关的情报是不可能封锁住的,就算联邦可以让媒体闭嘴,战斗双方以及当地民众当中混着的各路情报人员也一定能把消息发出去。

也就是说,联邦军在这场战斗中表现出的真实作战能力,会被全世界所有的地下组织所知晓。

就算来参加"三明治行动"的联邦军并非是最精锐的(众所周知,联邦军最精锐的战力集中在水晶郡),但也肯定是"一线"的实力。

游骑兵等于是帮全球的反抗组织"试探"出了一条联邦军战力的基线,让这些组织以后展开行动时可以更有把握。

至于"煽动"的部分嘛……"抢先对联邦宣战"这件事本身,就是最好的煽动了。

这是所有野心家都懂的道理:如果有朝一日,这场起义取得了胜利,那么,不管最终上台的是谁,史书上也会写下,"是克亚米游骑兵打响了这场革命的第一枪"。

其他的反抗组织,对此绝不会无动于衷,他们也都明白,越早出手,到了后期瓜分成果时就越有主动权。

果然……

至13日上午,就在联邦军慢慢开始尝到持久战带来的甜头,开始高歌猛进之时。

双鹰郡那边,又发生了重大的变故。

在这世界面积最大的郡里,也蛰伏着世界上势力最大的反抗组织,他们名为——"弗拉基斯皮里诺维奇永不倒铁血联盟"。

这个组织的渊源在此暂不赘述,因为全名有些拗口,所以包括他们自己内部的人大部分都简称其为"铁血联盟"。

在西波尔辽阔的冰原之上,星罗网布着他们的秘密军事据点;在双鹰郡几乎所有的城市中,都有他们的地下交通站。

他们是被公认为可以与联邦军在正面长期对峙的一股势力,这些年来一直都在积蓄力量,准备厚积薄发。

而在"九狱沦陷"事件中,他们也是仅次于克亚米游骑兵的获益方。那些朝着东面逃跑的九狱囚犯们,基本都是被他们救下并收编的。

今天,就在游骑兵们发出"起义宣告"的一天之后,铁血联盟也行动了起来。

他们这一出手,昨天还在发生着"全球最大规模军事冲突"的西洋洲东部战场,瞬间就成了"中小规模的武装力量摩擦"。

由于此前水晶郡和西洋洲之东的战场都来抽调过兵力,所以现阶段双鹰郡本身的联邦军力已经削弱了不少,铁血联盟就趁着这当口,顺势对双鹰郡全境发动了全面攻击。

反抗组织中,也只有他们可以在同一天内对一块总面积约1500万平方公里的土地展开这种规模的军事行动。

当然,这也已经是他们的极限了。

和克亚米游骑兵有所保留的做法不同,铁血联盟是更倾向于孤注一掷的组织,与其瞻前顾后,事后悔恨,不如全力出击,虽败无憾。

他们的这波操作,也的确起到了奇效。

因为双鹰郡郡首已经躲到水晶郡去了,而下面的那些官僚大部分都怕担责任和尸位素餐,所以当这波及全郡的紧急事件爆发后,竟出现了上层无人下命令来控制局势的状况。

好在联邦军里还有些靠谱的人,当那些官员们纷纷乘坐着私人飞机或通过其他途径带着家人和细软跑路时,是各个地方的联邦军中层指挥官顶住了反抗军的攻势。

可惜,因缺少来自上层的统一指令和协调,在目的明确、准备充分的反抗军面前,这些联邦军在半天之内就被逐个击破。

双鹰郡的火速沦陷,给本来还觉得形势不算太糟的联邦高层浇上了一盆冰水。

而且这事儿还没完。由于进展得非常顺利,铁血联盟感觉自己还有相当充分的余力没使出来,所以,在13号下午3点左右,他们居然组织了一支规模不小的队伍,由冬城出发,一路西进,去支援在麦秸郡受困的克亚米游骑兵们。

这一行动,要形容的话,就好比是一根腊肠忽然从侧面斜插进了一个正在被压紧的三明治里,场面开始失控了。

二

2月14日,珍珠郡。

酒馆里,走出一个穿西装的中年男人。

男人的脸上有一道显眼的疤痕,眼中则带着一份冰冷的肃然。

杰克给自己点上一支烟，然后朝着报摊旁那个抱着吉他卖唱的男人身边走去。

起初，对方表现得依旧很自然，当杰克站到他面前时，他还更加殷勤地弹奏，就像一个真的街头艺人一样，好似在期待杰克往他的琴箱里扔钱。

但杰克却抬起手来，往琴箱里掸了几下烟灰。

就在那名探子琢磨着自己是不是已经暴露了的时候……

"你知道自己的问题出在哪儿吗？"杰克居然开口跟他搭话了。

那探子也吃不准这话的意思，为了提防对方是在诈自己，所以只是回了声："啊？"

"你弹得太难听了。"杰克也没等他回答，就直接给出了答案。

"呵……对不起，先生，我也是混口饭吃。"探子苦笑着回了一句，心中也暗松了一口气，想道，"吓死我了，还以为被发现了呢。"

不料，下一秒，杰克话锋一转："但是你琴箱里的那些钱，却显示你好像还挺受欢迎的。"

"呵呵，可能每个人对音乐的理解和感受不同吧。"探子听了这话，心里又是一惊，不过嘴上还是赔笑着回道。

"是吗？"杰克继续抽烟，并继续若无其事地往对方的琴箱里掸烟灰，"我已经观察了你二十分钟，这期间给你钱的路人一个也没有。也就是说，琴箱里的这些钱，都是二十分钟之前有人扔进去的对吧？"他顿了顿，低头扫了眼琴箱，"虽是有整有零，但从这些货币的数量粗略推断，至少有超过十五个人出于自愿为你的琴艺而给了钱。"说着，他又抬头看了眼立在街心的一个柱顶钟，"现在是早晨7点30分，湿气刚开始下降，植物上的露水都还没有干透，而从你的呢绒外套和帽子可以看出，你站在这里的时间绝对不超过半个小时。那么我想问一下，最初那十分钟里发生了什么？来了个晨练的旅游团？"

"噢，您是侦探吗先生？这是审问还是什么？"那探子听到这里，举起双手，做了个投降的姿势，并笑道，"好吧，我承认，琴箱里有些钱是我自己放的，但这并不违法吧？所有卖艺的都知道，这样做能让生意好些。您就没想过这点吗？"

"我当然知道这点。"杰克很淡定地回道，"所以，为了证实我的推测，五分钟前，我花了点钱，雇了个人，过来从你的琴箱里偷走了一些钱。"

"你……"这下，那名探子被杀了个措手不及。

"他从你面前路过，假装弯腰给你投钱，但其实是抓了一把钱离开了。"杰克又接着道,"但你完全没有注意他。你不但没注意到他干了什么,甚至连'有人在你面前停留过'这件事都给忽略了。"

说到这儿时,杰克已抽完了手上的烟,并把整个烟头扔进了琴箱:"我刚才说'已经观察了你二十分钟,这期间给你钱的路人一个也没有',也是在试探你,但你并没有反驳。

"作为一个想让'生意好些'的街头艺人,你的注意力却压根儿没有放在生意上,而是一直盯着街对面那家咖啡店的橱窗……这就有些过分了。

"另外,你手上的老茧和你的琴艺也都很明确地指出了你虽然曾经学过吉他,但那已经是很多年前的事情了,至少在今天以前的很长一段时间内你都没碰过琴。"

话说到这个份儿上,那名探子也清楚,自己肯定已经暴露了,其脸上的笑容,自然也已转变成了一种狞厉的神色。

"哼,你还真是个啰唆的家伙。"探子一边说着,一边慢慢后退,一旦退到他觉得合适的距离,他就会启动吉他里的小型火炮,对着眼前的男人来上一发,"一开始就说识破了我不就得了?废那么多话干什么?"

"其实我平时话也不多,不过,眼下我正在和人打赌,所以不得不多说几句。"杰克道。

"哦?赌的什么?"探子还在拖延时间,并拉开距离。

"赌我能不能在完全不碰到的你情况下,让你移动到此刻的这个位置上。"杰克回道。

那探子闻言,愣了一秒。就在这个瞬间,一条胳膊从他侧后方的报摊后门处伸了出来,捂住他的嘴,将其连人带吉他给拽了进去。

大约过了二十秒,报摊正门那儿走出了一个伛偻的老人。

虽然化妆化得很到位,腰也弯得很低,但这人的身材还是有点太壮硕了,和他那满脸的皱纹以及驼背不太搭调。

"好吧,那五十我先欠着。"索利德说话间,还拿着一块脏得看不出本色的抹布擦着自己那沾血的手。

"听起来,你好像是打算再打一次赌来解决这笔债务。"杰克说着,抬脚关上了地上那个琴箱,顺势一挑就将其"踢"进了报摊的柜台内。

"反正总有机会的,不是吗?"索利德耸肩回道。

同一时刻,街对面,咖啡店内。

"你瞧,他们已经无聊到要用'打赌'的方法来变着花样儿地去解决暗哨了。"子临单手托腮,望着橱窗外,面带微笑地说道。

"他们怎么样我不管。"坐在子临对面的影织则用一副仍没睡醒的样子,看着他道,"你这一大清早的,把我这个通缉犯叫到这种到处都有摄像头的地方来是想干吗呢?"她用手指轻轻敲了敲桌面,"我们已经在这儿坐了将近一个小时了,问你你又什么都不说。还有啊,这种7-11的咖啡店里的东西好难吃啊。"

"别着急嘛,马上就要来了。"子临微笑道,"我也只是想给你一个惊喜啊。"

"哈?"影织将这话反复思考了几遍,并忽然想到了今天的日期,"喂喂,什么意思?你该不会是准备了什么奇奇怪怪的东西来给我表白或者干脆求婚吧?"

"哈哈哈……"子临被她的反应给逗笑了,但仍是笑而不语。

就在此时。

叮——

咖啡店的正门开启了,一名穿着便服的女子走了进来。

她没有找座位坐下,而是直接走进了吧台,有说有笑地跟吧台内的另一名女招待打起了招呼。

子临的视线率先移到了她的身上,影织见状,也转头望了过去。

看到那名女子时,影织的疑惑瞬间解开,但同时,她也怔住了……

"约会结束了?"当子临走进来时,兰斯朝他投去一个满怀恶意的笑容。

子临则是不以为意,他双手插袋,神情轻松地行来,随口回道:"都说了是公事了。"

"哦?这么说来,你对伊小姐不感兴趣啊?"兰斯接道,"那我对她出手,你应该也不会有意见吧?"

"呵呵……没意见啊。"子临知道兰斯这是在试探自己,沉着应道,"你要是成功了,记得跟我打声招呼,到时候我再帮你跟她还有卡门小姐安排个'三人约会',岂不是美滋滋?"

兰斯闻言,脸上依旧保留着笑容,但那笑已经有点僵硬,而且他也没有再接话了。

子临也是微笑相迎,眼神中流露出的是几许得逞之色。

两人这么对视了几秒,然后同时将表情一变,朝对方竖起了中指。

竖完之后，他俩又像是达成了某种默契一样，停止了互相耍弄，双双正色望向了前方。

此刻，他们正待在一间"观察室"中，这房间的其中一面是单向玻璃，而玻璃的另一方，还关押着一个人。

那不是别人，正是——猎霸。

"他这几天情况如何？"沉默了片刻后，子临又一次开口。

"扫描显示其身体的各项指标都已趋于稳定，最后一次'失控发作'已是在四天前了，且那次的情况也不算很严重……至少跟刚来的时候比不算，当时给他用了少量的抑制气体，很快就压制了下来。"兰斯回完这句，顿了顿，即刻又道，"怎么？这是准备对他进行实验了？依我看……先丢一个凶级的俘虏进去，让他吞了看看有什么反应。"

"想什么呢？那两位副监狱长都还有用的。"子临当即就否定了兰斯那丧心病狂的建议。

"哈？"兰斯邪恶地笑了一下。

子临道："我看你需要去跟莉莉娅学习一下硬核女权……"

"那就算了，她那个类型我驾驭不了……"兰斯说着，还将手肘搭在了子临的肩上，一脸欠揍地笑道，"再说，我怎么能夺人所爱呢？"

"你还没完了是吧？"子临歪过头，给了兰斯一个嫌弃的眼神。

"干吗？老子在这儿给你当了半个月的'小白鼠管理员'，调戏你一下怎么啦？"兰斯还不爽了，提高了嗓门儿道。

"我这不是给你带任务来了吗。"子临说着，就从裤袋里拿出一支I-PEN，举到了兰斯面前。

"哼……"兰斯冷哼一声，一把从子临手上夺过I-PEN，转身就往外走去，"那'小白鼠'就由你接手了啊。"

说罢，他就出了门。看起来，他早就一秒都不想在这儿待了。

待兰斯走后，子临默默地观察了猎霸一会儿，随后，再上前几步，微微俯身到桌上的麦克风前摁下了操作台上的一个按钮。

"莱文先生。"一秒后，他的声音便传到了单向玻璃对面的那个房间里。

此时，猎霸正在屋里徘徊踱步。此举并不是因为他情绪上有多焦急，只是因为他的身体机能过剩，躺着反而难受，运动一下会比较轻松。

"你又是谁？"来到这里并恢复意识之后，猎霸还没有听过兰斯以外的人的说话声，故而有此一问。

"子临。"子临回答。

他们两人虽是用"心之书"交流过，但那都是以文字形式在传递信息，所以猎霸对子临的声音还是感到陌生的。

"哦……"猎霸点点头，"把老子害成这样的就是你？"

"呵……"子临笑了，笑声带着几许不屑，"莱文先生，何出此言呢？"

"要不是你这家伙，我怎么会变成这种半人不鬼的模样？"猎霸冷冷问道。

"首先，要不是我，在越狱时，你就已经挂了。"子临淡定地回道，"你要么就死于那只EF研发出的怪物之口，要么就死于秋正一之手。正因为你体内的突变能力发生了变化，你才能活到现在。"他顿了顿，观察了一下对方脸上的表情变化，再道，"其次，你现在不是好好儿的吗？哪里半人不鬼？在最初的'变化'过后，基因序列终会稳定下来，变成一种可控的力量。实际结果，你反而变强了，不是吗？"

"哼……你以为我还会上你的当？"猎霸冷笑，"什么'可控的力量'，我现在即便是催动很久以前就掌握的从动物身上获得的能力，也会有丧失理智的风险，这能力哪里稳定了？"

"那是因为你的'基础'太差了，才控制不了。"子临却是回答得有条不紊，"别忘了，你的异能不是天生的，而是一次'分子传送实验'失败后所产生的附属品。跟那些从纸级慢慢修炼升级的先天能力者相比，你当然是有缺陷的。要比喻的话，这事儿就像当厨子，别人都是从洗菜、配菜、切菜一步步做到颠勺的，而你却是直接上灶，炒出的东西当然会糊。"

听着子临的解释，猎霸的敌意渐渐也不那么强烈了，虽然他内心还是有点担心自己正在被忽悠，但因为找不到话里的破绽，他也没理由全盘拒绝。

"另外，你别忘了，把暴走状态下的你控制住，从九狱带出来并给你治疗的人，也是我们。"子临那恶魔的低语还在继续，"若我单纯是想利用你，那当我的人逃出'禁区'之后，我还有什么理由要留你活口呢？"

"瞧这意思，我还得谢谢你了？"猎霸在逻辑上无法反驳对方，但心里还是有点不爽，所以瞪着眼恶狠狠地回了这么一句。

"不用客气，感谢组织就行，这不是我个人的功劳。"没想到，子临却是微笑着全盘接收了，"我们也不过就是救了你的命，给了你自由，还加强了你的能力而已。"

"切……"猎霸撇了撇嘴,基本已经被忽悠住了,"那你现在关着我又是什么意思?"

"我们得等你的身体基本稳定下来,才能放你出去啊。"子临早就等着对方这么问了,答案脱口而出。

"那我什么时候能出去?"猎霸又问道。

"问得好。"子临道,"我今天来就是通知你,你马上就可以出去了。"

"哦?"猎霸也不是傻瓜,谈到这里,他还是嗅到了一些子临的意图的,"让我猜猜,你放我出去,是要让我替你去卖命对吧?"

"不,我暂时还没有那个需要。"子临道,"但我的确对你有所安排。"

"哼……"猎霸又哼一声,"那你要我去干吗?"

"学习。"子临说这两个字时的语气,不知为什么,总感觉有点嘲讽的意思。

"你小子这是看不起我吗?"猎霸听罢,当即面露不快地应道。

在成为"猎霸"之前,莱文在那个分子实验室里所担任的职务是清洁工。而且他被招揽进去的最大原因就是,他的文化程度出奇地低,基本上,就只是识字而已。别说物理学了,中学以上的理科他一窍不通,即使你把实验数据和各种图纸放他面前,他也不可能看懂或泄密。

这件事,子临自然是知道的,在联邦的档案库里也记录得清清楚楚,当年抓捕猎霸的那些人中也曾有人用这事儿嘲讽过他。

"不要误会。"子临微笑着应道,"我不是让你去学习文化知识,而是让你去学习如何控制好自己的异能。我相信你也没理由拒绝,毕竟,这直接关系到你的健康和生命安全。"

"学控制方法?"猎霸将这话重复了一遍,疑道,"跟谁学?跟你?"

"我?呵……不不不。"观察室内的子临连连摇头,虽然对方根本看不见他摇头,"我是个很糟糕的老师,在教人这件事上,我的耐心很差,所以我从很久以前开始,就不再教男学生了……"

猎霸总觉得他这话有点微妙,但好像也不是什么跟自己有关的事,所以没插嘴。

"我给你安排的老师比我强多了,他可是目前全宇宙最强的变种人,机会难得哦。"而子临的后半句话,也成功引起了猎霸的兴趣。

"哈?最强变种人?"猎霸也是知道一些联邦方面的情报的,他还以为子临说的是,"难道是'护卫官'纳坎沃?"

"纳坎沃……呵,别说笑了。"子临说出这个令无数人闻风丧胆的名字时,却好像在谈论一个无足轻重的小角色,"那种家伙怎能跟'史三问老师'相提并论呢。"

与此同时,法蒂玛,某公寓中。

一个看着三十岁上下的发型邋遢穿着睡衣睡裤的男子,被一阵手机铃声吵醒了。

他睁开眼,看到了熟悉的天花板,然后一边确认自己是不是又睡到地上去了,一边顺着声音伸手去摸手机。

在这个过程中,他摸到了很多奇怪的东西:用过的纸巾、喝空的易拉罐、已经凝固在地板上的油腻污渍、吃剩的食物,以及缺了键的游戏手柄等。

终于,在沾了一手脏东西后,他才用那只本来就很脏的手抓起了手机,迷迷糊糊就放到耳边:"谁啊?"

"是我。"对面传来了一个男人的声音。

听到这个声音的瞬间,史三问立刻就清醒了几分,然后,他便按下了"挂断"键。

通信终止之际,史三问还摆着一张生无可恋的脸,骂了句脏话。

可几秒后,手机又响了。

"不接!"屋里明明只有他一个人,但史三问不知为何像是跟人吵架一样喊了起来,"不接不接不接就不接!滚!"

他就这么一边对着空气嚷嚷,一边走向了卫生间。

接着,在几乎不间断的手机铃声中,他故作镇定地完成了洗漱。

从卫生间走出来时,果然……手机还在响。

"唉……"史三问叹息一声,终究还是过去重新把手机捡了起来,摁了接听键,"说——"

他火气很大,并透出一种无奈。

"好久没联系了,最近怎么样啊?"电话那头的天一倒是心情不错的样子,愉快地跟他打着招呼。

"我怎么样你还不清楚吗?"史三问拉长了嗓门儿回道,"不清楚去翻翻你那破书不就知道了吗?"道完这两句,他就话锋一转,用不耐烦的口吻道,"少套近乎,赶紧说你要干吗。"

"给你找了一徒弟。"天一也不再拐弯抹角,说明了要求。

"是美女吗?"史三问也是直来直去,不说虚的。

"抱歉,美女都被子临收了,能给你的只有男的了。"电话那头的天一这会儿笑得可欢了。

"我毁灭地球了啊!"史三问的不爽也是溢于言表,他直接就给出了一个半开玩笑半当真的威胁。

"哎,你这又是何苦呢,凭阁下的颜值,随便收拾一下,去泡个吧,美女什么的至少也能带走十个八个啊。"天一接道,"你自己要当一个整天屯在屋里的死宅,怪谁呢?"

"你这个整天屯在书店里的死宅有资格说我?"史三问不服道。

"好好,那我不说了,先把那位的照片传给你。"天一这句还没讲完,一张猎霸入狱时拍的美照已经弹到了史三问的手机屏幕上。

"哼,糙汉的照片有什么好发的。"史三问虽是这么嘀咕的,但还是瞥了眼屏幕,再问道,"这次又是什么要求?"

"这位已经是狂级了,但因为不是先天能力者,需要你教教他怎么控制容易暴走的力量。"天一道,"时间嘛,眼下是用人之际,四个月之内搞定可以吧?"

"只要你能保证在他出师后的至少八个月内,我不会再受到任何来自你或其他方面的骚扰,就可以。"史三问应道。

"呵呵……那我可不敢保证。"天一用闲聊般的语气回道,"你天天上网,肯定也看到新闻了吧,最近这时局有点乱呐。"

"废话!时局是为什么乱的,你的心里就没点数吗?"史三问道。

"行行,那我尽力而为。"天一最终还是给了个承诺,但听着就像是在敷衍。

"切……"史三问也懒得再听了,最后留下一句,"真烦了我就毁灭银河!"又一次将手机挂断了。

三

2219年,2月15日。

持续了三天三夜的"三明治行动"宣告失败。

铁血联盟的加入,犹如为克亚米游骑兵的同志们打了一针强心剂。

在两股势力的反夹击之下，联邦军节节败退，最终无奈地开始西撤。

而在观望见证了这场反抗军同盟的胜利之后，盘踞于阿加洲北部的反抗组织——"卡普乍得之魂"也有所行动了。

2月20日，经过了数天的准备，卡普乍得之魂的海陆混合作战部队由月星郡北部的图卜哈里出发，向北横渡陆间海，沿途拿下了米诺亚比斯岛，并在随后的数小时内于苏格图登陆，突袭了橄榄枝郡。

这一步棋，显然是经过深思熟虑的。

表面上看，以卡普乍得之魂的军力，向南往阿加洲腹地进军会容易得多，但他们却舍近求远、舍易求难选择渡海，直接扑向西洋洲东南部，并且，还有继续北进之势。

即便是再糟糕的军事家也看得出来，他们这是打算跟刚刚拿下蓝盾郡的另外两支反抗军队伍会师。比起在阿加洲孤立无援地拓展领地，迅速打通一条和其他组织可以互相支援的走廊无疑是更加高明的战略。

联邦对他们的这种行动自然不会无动于衷，经过了几天休整的联邦军也再度整军出发，对卡普乍得之魂的占领区展开了镇压。

但事情的进展并不顺利。

克亚米游骑兵和铁血联盟自然不会看着已经渡海的阿加洲兄弟们就这么被联邦军"吃掉"。

由于蓝盾、麦秸、双鹰这三郡的大部分城市都已被反抗军占领，反抗军因此得到了巨大的战略空间和充足的后勤支点，如今他们也可以随时出兵，用以逸待劳的姿态去跟联邦军周旋了。

阻击战、精英部队的潜入偷袭、围点打援等，这些曾经只有联邦军能用在反抗军身上的招儿，反抗军现在也能"还施彼身"了。

就这样，一场漫长的"骚扰拉锯战"，拉开了序幕。

来自东线的不间断的各种干扰，严重影响了联邦军攻击卡普乍得之魂的步伐。在游击战领域，联邦军和反抗军的经验有着天壤之别，前者几乎是被后者牵着鼻子在走。

这场由四方参与的进军、干扰、迂回、反打的好戏，上演了整整两周。

终于，在3月5日，三大反抗组织顺利在西洋洲东南部会师，高调地结成了以推翻联邦的统治为基础纲领的"起义联盟"。

这个时候，联邦军才回过神来。他们发现，当自己的部队在数条战线上被来回拉扯时，位于蓝盾郡和橄榄枝郡之间的内海沿岸的区域，俨然已被反抗军打通，成了一条畅通的军事走廊。

如此下去，一旦马斯马克和龙郡的反抗组织也跟着举起义旗，整个东西洋洲大陆的右半恐怕都会落入义军之手。

可以说，这一天，真正意义上的"战争"，开始了。

3月5日，下午。

水晶郡，克里斯托城某处。

明亮的会议室中，摆着一张圆形的石制会议桌。

眼下，除了中间的那个主座还空着，桌边其他的位置，都已有人落座。

而且，每一个坐着的人面前，都摆着一壶茶和一个茶杯。

茶具各式各样，风格自然和里面装的茶有关。

有的人喝祁门红茶，有的人喝英式花茶，也有人喝和风玉露，有的人爱喝雁荡毛峰，有的人喜欢凤凰水仙，也有人对白毫银针情有独钟……

而与这房间里飘荡的茶香形成鲜明对比的，是一种凝重压抑的气氛。

没有人说话，也没有人去喝自己面前那杯已经倒出来的茶。

直到，一个手里提着一小壶泡好的龙井的男人，走了进来。

"龙井"来晚了，而且是故意的。

纵然是晚了，他也照样是不慌不忙不紧不慢地走到了属于自己的主座那儿，四平八稳地坐定。

开口说话前，他先是提起茶壶，直接用壶嘴儿往自己嘴里灌了口茶水，润了润喉咙。

"好久没有'开宴'了，诸位……别来无恙？"龙井的声音很沙哑，听起来像是声带有什么问题。

若只听声音，别人或许会把他误认为是个老人，但实际上，他的容貌看起来很年轻，最多也不超过三十岁，且生得仪表堂堂，器宇不凡。

"有空关心我们，不如关心一下联邦的现状吧。"桌边，第一个接他话的人，是一名满头白发的老者。

虽是老者，但看起来身子骨还很硬朗，甚至比一些年轻人更加健壮，其说话声也是中气十足。

而这位的面前，摆的是一杯白毫银针。

"呵……耶夫格尼老弟，少安毋躁嘛。"龙井并没有因对方那不怎么客气的语气而动怒，反而和颜悦色地笑着应道，"今天的时间很充分，我们可以慢慢讨论。"

但耶夫格尼却道："东西洋洲大陆都快被占去一半了，你是怎么觉出时间充分来的？"

一名面前放着"玉露"的、透着一股子阴柔气质的东洋裔男子开口接道，"我们现在面对的是一场已经实际展开的正面战争啊，穆罕穆德亲。"

"穆罕穆德"自然就是龙井的名字了。

至于在其名字后面加上一个"亲"字，那就是"玉露"兄个人的口癖了。

"正因为是正面战争，所以才没什么好担心的。"龙井回道，"政治、经济，乃至文化上的博弈，才是困难的。"他微顿半秒，接道，"21世纪初的'帝国统一战'和22世纪初的'联邦革命'花了多久？用武力能解决的问题，都不算什么难题……科技的发展让现代战争的节奏快到已可以用'天数'来计算总进程，你别看那几个反抗组织现在是攻城略地，风光无限，也许在下一个二十四小时里，他们就会瞬间崩盘，全军覆灭……"

闻言，一位面前摆着祁门红茶的冷艳美人即刻接道："那你又怎么保证，相同的假设不会应验在联邦这边呢？"

她话音落定，龙井还没回应，坐在会议桌另一边的毛峰便抢道："哼，卡门，以你目前的立场，还是不要说话比较好吧。"

"哦？我的立场有什么问题吗？"卡门侧目冷视着毛峰，并在问下这句之后淡定地喝了口茶。

"装什么蒜呢？"毛峰接道，"在九狱事件中活跃的兰斯和车戊辰，都跟你有关吧？"他的声音逐渐提高，并用上了质问的语气，"根据你给的情报，被你放走的那个'判官'现在应该是在使用一个叫赫尔·施耐德的身份生活在维斯洲地区。但实际情况呢？你那老情人根本没有换身体，而且在越狱事件中玩儿得可欢了。"

"说到维斯洲，"卡门面对质疑，非但面不改色，还反唇相讥道，"你这个没能完成任务，还被敌人给'放回来带话'的家伙，好像比我更可疑吧。"她往椅背上靠了靠，"逻辑上来说，你'已经叛变并成为反间谍'的概率超级高呢。"

这个话题，可说是毛峰的痛点，他永远也忘不了那天在遗迹里被子临仅凭气势就震慑得动弹不得的经历，同样的噩梦他还经常会在睡眠期间重温。

再加上，毛峰本就是茶宴的专属战斗人员，以"战斗"为本职工作的他，不但没能完成任务，回来的时候身上还无伤，且让本应被灭口的罗德里戈教授落到了敌人手中，最后自己还要很屈辱地将敌人那句莫名其妙的"让龙井在茶宴上给我们备好咖啡"捎回来。

可以说，任何时候，但凡有人提起这事儿，毛峰都绝对会恼羞成怒。

"哼，对，我是实力不济。"毛峰并不否认自己的失败，不过他也不会让卡门好过，"但你是其心可诛！"

"行啦行啦，两个人都越说越离谱了。"话到这儿时，龙井不得不出来控制一下局面了，"都喝杯茶，冷静冷静，想想自己是为什么才坐在这里的。"

他的劝说还是很管用的，卡门本就冷静，并未动怒；而毛峰素来很听龙井的话，只要宴主开口，不管有理没理，他都会乖乖闭嘴。

"卡门提出的问题，的确有道理。"片刻后，待毛峰安静下来，龙井便重新开口，把话题带了回去，"这也是我今日召集各位到此想要讨论的议题之一。"说着，他又喝了口茶，润了润嗓子，"这些年，联邦高层里能堪大用的人的确是越来越少了。从双鹰郡的失守就能看出，最高决策层的愚蠢和无能，完全可能引发正常情况下不应发生的失败，甚至会导致比正常战败更糟糕的状况……"

"那为什么你还特意联系我们，让大家都不要出手呢？"两秒后，一名面前放着英式花茶的男子接过话头，若有所思地问道，"莫非，你是有'那个打算'？"

"呵呵……没错。"龙井笑道，"在我看来，这反倒是一次机会。"说着，他咳嗽了两声，清了清嗓子，然后用清和没清基本没区别的嘶哑声音言道，"既然逆十字要'放火'，那我们就将计就计，干脆让这把火烧得更旺一些。等到那火苗多引燃几片蛰伏在暗处的火种，我们再一口气将这些火焰悉数扑灭。"

他这言下之意，大部分人瞬间就懂了。

没懂的，想一下也能明白个大概。

其实，以龙井的智谋，如果将联邦手中的牌统统交给他来打，十五个小时内他就能解决这次的危机。

但是，考虑到如今的时局背后有"逆十字"的存在，这种治标不治本的"平乱"，就显得有些短视了。

龙井眼中看到的，是大局，是更加深远的东西。

就像下棋，有时候，为了要赢，就得先退先舍。因一时一地的损失而乱了方寸，焦躁急进，这反而会导致更大的失败。

另一方面，就在"茶宴"开宴的同时。

橡之郡西北的普卢诺，又发生了一件大事。

这天午后，在沿海一带的雷达根本没有扫描到东西的情况下，一艘游轮出现在了海岸线上。

最先观测到这艘船的人是普卢诺外海处灯塔上面的一个摄像头。

根据传回的画面显示，这艘船正是数月前在东部湾外失踪的四叶草号。

也就是，载着大量联邦高层的子女而失踪的那艘豪华游轮。

这个消息给聚集在水晶郡的那帮官僚带去的震动是可想而知的，别的不说，内阁十辅里有一位的儿子也在那艘船上呢。

当情报被证实后，军力"捉襟见肘"的水晶郡防卫部队愣是分出了一支直系精英部队，并在数个小时内直奔普卢诺，准备展开"营救行动"。

在这支队伍赶赴现场之前，橡之郡本地的驻军、警察、FCPS等部门也是倾巢而出，把能用的交通工具甚至民用船只都征用了起来，将沿海那一块团团包围，生怕目标跑了。

但谁也没料到，当营救部队登上船时，看到的景象竟是……

早在21世纪初，樱之府的一个联合研究团队就曾成功创建过一种极其稠密的随机SWNT/POM分子网络神经形态设备，它能够自发产生一种类似于神经元脉冲的电子脉冲，且在仿真计算中有着相当不错的数据表现。

这项研究，旨在探索"以纳米分子材料复制大脑的部分功能"和"自由分子网络本身能够成为神经形态人工智能"的可能性。

但是，在此后的若干年中，由于能源和材料这两大科技瓶颈的存在，相关的研究一直没有取得什么重大的突破。

一直到了21世纪末，这项技术才有了一定的突破，只不过，其研发的方向好像已经跑偏了。

当然，这也和时代背景有关，当时科研机构的最大赞助者是帝国军方，而军方对科学家们那套"造福全人类"的玩意儿兴趣不是很大，他们通常只会为"更实际"的东西掏钱，比如——武器。

也正是在那个年代，一批可以"分批植入""在人体内长期潜伏""感知同质物并进行组合"的半自动化纳米兵器诞生了。

从窃听器到微型炸弹，再到武器组件……这项技术为侦查、暗杀、偷运危险物品等间谍活动开拓了崭新的平台。

可惜，还没等这项技术进一步发展成熟，帝国自身便已覆灭。

2102年3月11日，随着帝国的象征——"天都"的毁灭，大量关于智能纳米技术的研究资料，和多种当时被王族、贵族们垄断的其他高端技术一起，伴随着那座浮空之城化为了尘埃。

那之后，晃眼又是一个多世纪过去，直到今天，联邦在这个领域的科技力还是没能回到当初帝国所具备的水平。

不过，联邦以外的一些组织，在智能纳米技术的研发上却有了相当程度的进展。

比如，逆十字。

比如……斌尊。

"龙之介！"看到儿子的瞬间，荒井信一郎的第一反应就是愤怒地呵斥了一声。

喝声未落，他便三步并作两步地朝龙之介冲了过去，并高高举起了胳膊。

但那一巴掌……终究是没有落下。

"唉……"走向儿子的这段距离，已让荒井信一郎的火气去了大半。

见到失而复得的亲人，喜悦自是大于愤怒的。

荒井信一郎也是个平凡的父亲，在龙之介刚失踪的那段时间，他也和其他子女被掳的联邦高层一样，心急如焚，以至于当影织出现在他们的会议中，向他们提出"那笔交易"时，他也和其他人一样，病急乱投医般地接受了。

但此举所引发的结果却是，带完话被关进九狱的影织，成为了越狱行动的内应，而接受了"只要你们能在维斯洲帮我找到一个藏在古代文明遗迹中的动力源，我就用关于你们子女的情报来进行交换"这一交易的联邦高层们，派出去的探险队则是全军覆灭（那件事后毛峰已舍弃了"士兵二号"的身份，所以从记录上来看他也已经是个失踪人口了）。

等到他们回过味儿来，发现这可能是一次"针对挖掘小队中几名核心成员的绑架或暗杀行动"时，黄花菜都凉了。

交易过后，这些大佬们既没有获取失踪者的线索，又中了逆十字的一石数鸟之计，白白搭上了吉梅内斯和罗德里戈教授（至少在联邦高层看来这俩应该是对方的主要目标）二人，正可谓赔了夫人又折兵。

退一步说，"兵"他们可以不在乎，但"夫人"持续失踪，他们心里还是很痛的，这一点，天下的父母大多一样。

眼瞅着那些X二代们失踪的日子越来越长，且毫无音讯，很多人都已放弃了希望，慢慢地开始接受并适应自己的子女已经死去的假设。

此后的九狱沦陷事件以及反抗军起义，也把他们的注意力给转移掉了。

没想到，就在他们已经开始淡忘这心中之痛时，在3月5日这天，那神秘的四叶草号游轮竟会再度出现，而且，当初被困在那艘船上的联邦高干子弟们，居然全部都还健在。

当营救部队登船之时，惊讶地发现，船上的所有"客人"都穿着几个月前失踪时穿的服装，躺在各自的船舱内呼呼大睡。

是的，被发现的只有"客人"而已，由客人们带上船的那些随从可是一个都没找到。当然了，大佬们本来也不关心那些随从的死活，他们只在乎自己的子女是否平安。

最终，这次"营救行动"的战果喜人。被救回的那些失踪者们全体安然无恙，经过医疗人员的初步检查，他们不但是身体方面没有受伤或者挨过饿的迹象，从头发和身上的气味判断，他们连个人卫生也保持得很好。

总而言之，都没事儿。

可是，"没事儿"，反而才是最反常最诡异的。

假如营救部队在船上找到了一地七零八落的尸体，那倒正常了。

但人质全都没事的话，这次类似集体绑架的行动到底是为了什么呢？绑架者一没有勒索赎金，二没有伤害人质，把人带走，过几个月之后又完好无损的送回来……就算是联邦军里最弱智的指挥官，看到这个状况时，也必然会猜测——这些人身上会不会发生了什么生理上查不出来的变化。

比如说，被洗脑、被策反、被玩坏了等等。

这就不是简单的身体检查可以发现的了，必须将人隔离起来，经过一定周期的周密的测试才能知道。

然，这次事件中的人质们，又怎么可能会走这个流程呢？

他们可不是被俘虏的联邦军普通士兵啊……他们每一个的父母都是在这个星球上，至少是在这个星球上的某个地区可以呼风唤雨的人物。

这些大人物又怎会让好不容易平安回到身边的孩子再度被关押起来，接受什么联邦军的审查？

再加上，如今时局正乱，联邦军也的确没有那么多精力和人力来搞这些乱七八糟的破事儿。于是，这个在日后被称为"幽灵船"的事件，在当时，就这么被得过且过地揭过去了。

从四叶草号上被解救下来"人质们"，也都陆续回到了他们父母的身边。

荒井龙之介，就是最先见到父亲的人之一。毕竟他的身份特殊，身为内阁十辅之子，待遇也是与众不同的。军队在搜索船舱的过程中，就被上级告知——对于龙之介的搜索、营救，全部都排在最优先，一旦救出，就要在第一时间通过最快的交通工具将其送回水晶郡来。

"啊，父亲大人，这到底是怎么回事啊？"看着怒气冲冲朝自己走来荒井信一郎，龙之介却是一副很莫名的样子，他一边侧身后退了半步，一边战战兢兢地提问道。

"怎么回事？"信一郎怒极反笑，"你自己做了什么蠢事自己不知道吗？"

"我没干什么啊……"龙之介却回道，"我只记得自己在别墅的房间里睡觉，然后突然就被人弄醒了，接着不知道为什么我就已经在一艘船上了，而且还到了橡之郡……"

信一郎是了解自己的儿子的，光看神态他就知道龙之介并未说谎，这不禁让他陷入了沉思。

沉默了片刻后，信一郎才皱眉问道："你知不知道今天的日期？"

"日期？"龙之介道，"呃……是几号来着，15还是16……"

"年月！"信一郎又厉声提出了自己这个问题的重点。

龙之介一愣，过了一秒回道："2218年……11月啊。"他说这话时，也在观察着父亲的表情，所以说完后，马上就看出了问题，"嗯……父亲大人，难道……现在已经不是11月了吗？"

信一郎没有回答他，只是板着脸，又思索了几秒，然后用命令的语气说道："你先回家（荒井家在克里斯托城自然也是有豪宅的）去休息吧，关于这段时间发生了什么，你可以问司机或者管家。之后的几天，没有我的允许，你绝对不可以出门……"他说到这儿，顿了一下，似是想到了什么，又补充道，"……也不可以见客,朋友、女人,都不行。"

龙之介等了两秒,确定父亲的话都已交代完了,这才开口应道:"是,父亲大人。"

应罢,见父亲微微点头,他便浅浅鞠了一躬,转身离去了。

而荒井信一郎,望着儿子离去的背影,却露出了一个非常复杂的神色。

一小时后,水晶郡,某公园内。

乔装打扮离开了联邦政府办公区域的荒井信一郎,来到了这个还算挺热闹的公共场所。

他独自租了艘小船,慢慢驶到了公园内一个小型人工湖的湖心,然后就关掉了船的引擎,并从上衣口袋里掏出了一个装在透明的塑料袋里的手机。

嘀嘀嘀……嘟——嘟——

他用快速拨号功能,拨通了一个号码。

数次忙音过后,电话接通了。

"有什么事吗?荒井先生。"电话中是温厚的富有磁性的男性声线。

"斌尊大人,在下有事请教。"尽管内心怀着怀疑和愤怒,但荒井信一郎对斌尊说话时,依然不敢造次。

"呵……"斌尊笑了,他显然已经猜到了对方要问什么,不过他还是言道,"那就请说吧。"

信一郎吞了口唾沫,用颤抖的嘴唇道了一句:"我的儿子……还活着吗?"

"你不久前不是刚见过他吗?"而斌尊则用反问的语气回道,"令公子这不是生龙活虎的吗?"

"这我知道……"信一郎接道,"但,那个……真的是我的儿子龙之介吗?"

"呵呵……"斌尊笑道,"他的长相和你儿子一样,记忆和你儿子一样,对你的感情也和你儿子一样。你还有什么不满吗?"他微顿半秒,语气忽地带上了一丝寒意,"还是说……你不想要这样一个儿子……"

"不不!我不是那个意思!"信一郎被吓得赶紧提高了声音,明明是独自一人坐在船上的他,这时却是捧着个手机,点头如捣蒜,"我明白了!对不起,我不该因为这种事情来骚扰大人您的……"

另一边,斌尊,沉默了几秒。

这几秒,对信一郎来说,比几个世纪还长。

"荒井先生，你是个聪明人。"斌尊道，"在见到'令公子'之后，你就立即猜到了四叶草号一事是我派人做的，这点值得称道。"他顿了顿，再道，"只是，你的那点聪明显然还不够，否则，你就不会打这个电话给我。"

信一郎听着斌尊的评价，心已经提到了嗓子眼儿，背上的冷汗也以肉眼可见的速度浸透着他的衣衫。

"你这样的表现让我很为难啊。我到底是该奖励你还是惩罚你呢？"斌尊这句并不是在提问。

就算是提问，信一郎也不敢做出回答。

"哼，这样吧，我就跟你说一条算不上是好事，但结合目前的状况也不算是坏事的消息好了。"一息过后，斌尊似是考虑完了，于是接道，"荒井先生……你和你现在这个'儿子'，是'一样'的哦。"

这句话，让荒井信一郎整个人都僵住了。

"你不用去回忆这是'什么时候'发生的，你的记忆里不可能存在那种信息。"斌尊道，"我可以告诉你，过去的那个'你'，也并不是像现在这样'聪明'的，就像过去的令公子，也不如现在这个那么优秀……"他又轻笑了一声，"呵……怎么样？是不是有点喜忧参半的感觉？今天我们就聊到这里吧，下次联系我时，希望你不要再用一些无聊的事情来烦我了。"

第二章

一

3月的法蒂玛，气候非常舒适。

这本应是这座城市在一年中最好的几个时节之一，往年的这个时候应该是旅游的旺季，但今年由于时局动荡，整片白青河西岸都已处在了"卡普乍得之魂"的虎视之中，这种情势下，驻扎在本地的联邦军、FCPS、联邦警察等机关，自然都是风声鹤唳。

目前，法蒂玛当地的海、陆、空客运和物流有八成都已中断，基本上，西、北、南三面都已是警戒线，只有往东的门户还开着，且进出的人和物都受到了格外严格的管控。

毫无疑问，像猎霸这种最高级别的通缉犯，想要在这样的封锁力度下走正规渠道进城并不被发现，那是非常困难的。

按照猎霸自己的想法，有两种方案：第一种，戴上仿生面具、假指纹和瞳膜，冒充一个有合法身份的联邦公民混进去；第二种，顺着白青河游进城。

前者，需要别人提供给他情报和道具，且未必能在如今非常严密的检查机制中混过去。后者嘛，虽然只需利用到鱼的基因就行，但如今他每次使出基因变化能力都会伴有一定的暴走风险。

看到这里肯定有人会问了，能变出鳃在水里游的男人，想必也能利用鸟的基因上天去飞吧？那他为什么不飞进城呢？

很简单，因为法蒂玛城里现在到处都装了对空的无人机探测炮台。别说猎霸那个体积的飞行目标了，比洗脸盆儿大点儿的物体只要在天上悬浮超过三秒就会被锁定。

总而言之，猎霸自己琢磨了一番后，感觉进城似乎是个难题。

但当他实际动身时，事情却容易得难以置信……

3月7日，上午。

莉莉娅开着一辆不起眼的民用车，载着子临和猎霸，来到了法蒂玛东面的警戒线外。

在猎霸下车前，莉莉娅拍了一下他的肩膀，然后猎霸就扛着行李，沿着公路，走着走着进城了。

虽然子临在途中已经跟猎霸说明过莉莉娅这个"无"能力的部分特点，但真的体验过之后，猎霸还是颇为震惊的。

他不禁想到，如果自己吞噬了莉莉娅的DNA，并掌握了这个能力，那或许世上就再无人可以逮到或威胁他了。

当然了，猎霸能想到的事情，子临肯定也早已想到，所以，子临才特地前来，与他俩同行。

作为一个既可以免疫"无"，又能制住猎霸的男人，子临无疑是这"护花使者"的不二人选，只有他亲自出马，才能保证万无一失。不过他在莉莉娅的面前可不会使用"护花使者"这个词，免得对方借题发挥给他上大课。

上午11时，猎霸像个傻帽儿一样，头顶鸭舌帽，穿着花衬衣，撇着大嘴，提着个行李箱，傻站在了盾鹰郡博物馆门前的广场上。

这会儿，莉莉娅已经把作用在猎霸身上的能力解除了，反正城内的监控力度并没有边境上那么严密，只要猎霸用帽子遮一下脸，不要像拍大头贴一样凑到某个政府摄像头前面秀特写就没事儿。

猎霸站在那儿等了大约三十分钟，就在他逐渐丧失耐心，且心头的火气越来越大时，一个将自己裹得无比严实的男人，来到了他的面前。

"你就是莱文？"史三问走到猎霸面前，扫了对方一眼，如是问道。

因为已经约定好了时间地点，事先看过照片，且可以直接观察到对方"能量层面上与常人的不同"，所以史三问是不会认错的。

"嗯。"猎霸沉吟一声，在这个过程中，他也将史三问上下打量了一番。

可惜，这看了跟没看也没什么区别。

史三问今天穿的是一套"晓"组织的COSPLAY服，袖子和衣摆都老长老长，把他从脚踝到脸颊全都遮了起来，再加上他头顶还戴了顶草帽，以至于他整个人只有鼻梁以上那一点点皮肤露在外面。

"兄弟，"猎霸对这位"老师"的打扮哭笑不得，干笑一声，言道，"今天的天气预报报的可是二十六度啊。"

"我外套里面只有内裤，不热。"史三问这不假思索地回答，让猎霸这等强者也不由得退后了半步，并环顾左右，生怕有路人听见某些关键词而产生误会。

"这不是热不热的问题。你穿成这样不觉得太显眼了吗？"猎霸又道。

"你见过有谍报人员穿着COSPLAY服进行活动的吗？"史三问用一个问题回应了对方的问题。

"呃……"猎霸无言以对。

"这就是所谓的'灯下黑'。"史三问振振有词地接道，"人类是视觉动物，我们在交流中受对方外表的影响之深远超你的想象。只要你通过穿着打扮给自己贴上一个鲜明的'标签'，比如'二次元废宅'之类的，那哪怕你再怎么显眼，甚至主动跑到军警面前乱晃，他们也不会怀疑你是什么值得注意的可疑人物，最多认为你是个傻子然后把你赶走。"

"哦。"猎霸闻言，点了点头，此刻，他是真心对这位史先生的理论产生了几分信服。

然，下一秒，史三问就用唏嘘的语气念道："唉，果然，教你这种糙汉真是让人毫无成就感。"

"嗯……你这家伙，其实就是个变态吧。"猎霸的钦佩很快就化为了浮云，并认清了事情的本质。

"切，你一个通缉犯有什么资格说我？"史三问也不介意对方的评价，随口啐了一句，再接道，"行了，快跟我走吧，我看你一脸傻样，四个月内想'毕业'够呛，抓紧时间吧。"

说罢，他就转身迈步，带路前行。

猎霸则是从嘴里呼出了长长的一口气，随后怀着半信半疑的心情，拖着行李箱跟了上去。

与此同时，广场的另一端。

就在距离他们两人几十米外的一条马路边，一个坐在豪华轿车后座上的男人，已然将视线死死定在了他们的身上。

此人身高两米，壮如山岳，面容刚毅，发似铁刷。

其实他并不很像那种会坐在豪华轿车里的人，更像是那种人的保镖。

但此刻，他不但坐在车里，还左手搂着位性感的美女，右手端着杯高价的香槟，就着新鲜的鱼子酱和美女的体香，喝了个七八分醉。

"司机。"男子见史三问和猎霸一同走了，当即就摁了一下身旁操作台上的一个按钮，冲着那儿说道。

"有什么需要吗？先生。"由于前后座之间的小窗口这时是关闭状态且车内的隔音条件很好，所以司机和后面的乘客需要通过一个内部的对讲设备才能交流。

"9点钟方向，两个男人，前面那个穿得很古怪，后面那个拖着行李箱，看到了吗？"男子形容的已经很具体了。

司机没理由看不到："看到了，先生。"

"跟上他们。"男子随即就给出了一个简单明了的指令。

"是，先生。"司机应了一声，便发动了引擎，驾车调头。

"欸？亲爱的,你不是答应要带我去买项链的吗？怎么这就要走了啊？"这下，男子怀里的美女不高兴了，她顺势将软若无骨的身子朝前又贴了几分，抚着男子那宽厚的胸膛娇嗔道。

"司机，先停一停。"闻言，男子立刻又摁下了对讲机的开关。

司机的反应也很快，几乎在话音落时，已经将车平稳地停下了。

下一秒，那男子撒开了放在美女腰间的那只左手，冷冷地对对方说道："下车。"

"你……呵……亲爱的，你真爱开玩笑。"那美女明显惊了一下，紧接着换上了熟练的"服务用笑容"，接道，"人家知道了啦，那就下次去买好……"

她的话还没说完，男子就打断道："下车。"

他只是用另一种语气，将那两个字重复了一遍。

十几秒后，当那位美女从杀气的笼罩中回过神来,才发现自己已经站在了街边，脸色惨白、满头大汗，双腿也在不住地颤抖着。而那辆豪华轿车，早已扬长而去。

史三问的住所，在一栋随处可见的平价公寓楼里。

这地方条件尚可，居民众多，人员构成复杂。由于大部分居民都是租客，故而彼此间不会深交，算是一个让史三问能感到自在的地方。

当然，像这种地方，离博物馆这样的高价地段肯定是有一定距离的，步行过去太费时间了，所以史三问带着猎霸叫了辆驴车代步。

法蒂玛的交通，一言难尽。

说得好听点，叫"自由"，说得难听点，就是乱。

你可以在这里看到各种类型的私人或公共交通工具，从最先进的四人座超迷你飞梭，到看起来像两个世纪前生产的破自行车，从小型游艇，到骆驼……

信号灯、斑马线、交通规则这些东西，在这里就像是玄学，既存在，也不存在。

散漫而混乱的交通秩序让这座本就拥挤的城市仿佛是一个抽烟喝酒的胖子的心血管，在臃肿中堵塞，在堵塞中臃肿。

今天若不是有史三问这个"地头蛇"带路，猎霸怕是要在寻找对方住址的过程中来个法蒂玛兜风一日游了。

不过，即便没走什么弯路，但意外的状况却还是发生了，或者说，找上了门来。

"好烦啊。"坐在驴车上的史三问，忽然就从牙缝里挤出了这么一句。

猎霸被他说得一愣，两秒后，方才疑道："又怎么了？"

史三问没有回答他"我们被跟踪了"，而是直接说了："别往后看。"

结果那个"后"字才吐出一半，猎霸就把脸往后面一转。

没办法，人的第一反应就是这样。

"啊！"等看到了那辆豪华轿车后，猎霸才后知后觉地说道，"咱被跟踪了？"

"还被人发现回头看了呢。"史三问这话也是张口就来。

"行，是我不好。"猎霸也是讲道理的人，知道是自己回头导致暴露了，"那现在咋办？"

"嘿！小哥，停车，我们在这儿下。"史三问做事也果断，当即就冲赶车的小哥喊了一嗓子，然后就从兜儿里掏出一张钱来，付了在上车时就讲好的价钱，还补了句，"不用找了。"

赶车的那位见还没到地方就能拿钱走人，自然是高兴的，说了声谢谢便驾车离去。

而下车后的史三问和猎霸则站在了路中间，干脆就直勾勾地盯住了那辆尾随他们的豪华车。

此地，早已不是市中心了，他们站立之处是一条黄土沙石铺就的小街，没什么大车从这儿过。

跟踪他们的司机显然也注意到了他们的动向并进行了汇报，数秒后，那辆车也停下了。

紧接着，一名身着黑色西装、身形高大的男子就从后座那儿走了下来。

他下车后，司机就把车调头开走了。

然后，他便迈着大长腿，大步流星地走向了史三问和猎霸。

"安东尼奥·莱文，或称……'猎霸'。"西装男一边走近，一边已报出了猎霸的名讳，"联邦S级通缉要犯，九狱沦陷事件最凶恶的逃犯之一。"

仅仅是他逼近时的这股气势，已让猎霸全身的神经都为之紧绷起来，战斗的本能告诉猎霸，这是一个极强的对手，但以他现在的身体状况，怕是很难做到全力应战。

"我以联邦'护卫官'的名义，在此行使自己的'无责行刑权限'，"西装男说着，能量的律动已在其周身绽起，"将你，以及疑似是你同伙的这名男子，在此就地正……"

不料，就在他最后那个"法"字即将出口之际。

史三问忽地上前一步，昂首迎上对方，开口来了一句："这位老兄，你今早出门前，没拉屎吧？"

二

在这个宇宙，所谓的欧米伽级（Omega level）变种人，有一个非常简单的最低评判标准——无限制的异能输出。

举例而言，如果一个人的能力是"自我分裂从而制造出复制人"，且该能力是欧米伽级的，那理论上来说，他就可以以一分二、二分四……这种可怕的指数级速度进行无限的自我复制，仅仅六十四次之后，除去本体之外，他便可以制造出 9.22337×10^{17} 个他的复制人，这个数量是一个什么概念呢？假设地球上有100亿人口，那么他制造出的这些人口可以填满922337000个地球。

毫无疑问，别说对一个星球而言，就算对整个宇宙而言，"欧米伽级"都是极度危险的。

好在，古往今来，像这样的存在极为稀少。

首先，"欧米伽级"是仅存在于变种人之中的特例，异能者中是没有这个概念的。因为异能者的能力都源自"罪"，而不是来自基因突变，虽然练到"神级"之后，异能者的上限也会变得非常高，但是否能具备"无限"这种特性就不好说了，得看能力的性质。

其次，"欧米伽级"无法通过"修炼"来达到，且很难用异能者泛用的等级或分类去界定，说白了，这个级别的变种人都是天生的，而决定和限制他们实际表现力的东西，只有他们自己的想象力而已。

其三，也是欧米伽级变种人永远都那么稀少的最大因素——"他们会受到来自宇宙意志的制裁"。

这个要解释起来也不难：我们可以将宇宙视为一个生命体，就像我们人一样，而"宇宙意志"就是人体的免疫系统，至于欧米伽级变种人嘛，无疑是类似于"肿瘤细胞"的存在。

若这个肿瘤细胞足够低调，既不扩散也不搞破坏，就像一个普通的细胞一样度过自己的一生，那么免疫系统也就不会对他有太多关注，但若是肿瘤细胞要搞事，那么像天老板这种"宇宙意志衍生出的具象化实体之一"，肯定就会有所动作。

史三问，就是一个欧米伽级变种人。

子临说他是"目前全宇宙最强的变种人"，绝不是在开玩笑的。

而他对天一说的，什么毁灭地球毁灭银河，也的确是在他能力范围之内的事情。

当然，史三问只是说说而已，真的毁灭了地球，那宇宙也绝不会轻饶了他，再说了，毁灭地球对他也没有什么好处。

史三问很清楚自己的情况和立场，所以他活得很低调，活得像个死宅。

行文至此，想必大家心里都已在急不可耐地念叨着："行了，别扯那些有的没的了，快点说他的能力究竟是什么吧！"

反正有很多人应该都已经猜到了，那我就不卖关子了。

史三问的能力，用一个字来总结，就是——"屎"。

他可以无视热力学第一定律和物质守恒定律地凭空制造出屎来，且不需要做任何的功就能对所处的时空产生原子级的影响。

他可以操控已存在于当前时空中的屎，在无视宇宙四大基本力的前提下随意活动。

笼统地说，他能操作的物质是屎，但细致点说，所有生物的肠道排泄物他都可以操控，无论是残渣还是液体，总之只要是经过消化系统出来的玩意儿，不管你消化的程度如何，都会受他操控。

那么没有消化系统的生物是不是就不怕他了呢？抱歉，我刚才说过了，他凭空制造也行，你有没有真的不重要。

因此，即使是面对着一名"护卫官"，史三问也是完全不慌。

毕竟，杀人这种事，宇宙意志是不会来管的，除非你能永久杀死天老板这种级别的存在。

"找死……"那名护卫官在听到史三问的问题后，丝毫没有意识到事情的严重性，而且他也看不出史三问身上有什么强大的能量波动，所以他把这当成了一个将死之人最后的嘲讽。

呼——

拳风未落，杀意已至。

这名护卫官本就没有留活口的打算，他也没有兴趣确定史三问究竟是不是猎霸的同伙儿。若不是之前的广场上人多眼杂，打起来可能会造成无辜群众和周边财产的损伤，他在博物馆那儿就已经动手了。

然，就在他这一拳落下的当口，突然……

呲——

伴随着一阵他脚上的皮鞋与地面摩擦的动静，他整个人突然往后方平移了两米，导致这拳挥了个空。

好在他没把史三问当回事儿，拳头上只施加了可以把装甲板打碎的那点力量，且拳速也不快，要不然，这一记空拳造成的风说不定会把地面和两边的建筑都给推垮。

"嗯？"一秒后，这名护卫官的脸上就露出了狐疑之色，他不禁在心中念道，"怎么回事？这个COS男也是能力者吗？但这能力究竟是……"

身为狂级能力者的他，经历过的大小战斗无数，基本上除了一些"概念化"的异能之外，只要通过观察对方施术时的能量流动，他就能大致猜到这是什么能力。

但，刚才史三问的身上，没有那种流动。

因为对史三问来说，这种程度的操作，就跟呼吸一样，不需要特意去注意什么，动个念头就完成了。

"我明白了。"护卫官琢磨了几秒，煞有介事地言道，"你的能力是'让某个人或者物体强制退回到几秒前的状态和位置'对吧？"

方才那一下，他只觉得自己的身体被一股仿佛是来自于内部的力量朝后方拖了出去，而不是那种被"外力"推动的感觉，所以他才做出了这个颇有把握的判断。

"不对。"而史三问那边，却斩钉截铁地给了个否定的回答，并接道，"以及，我的能力是什么并不重要，重要的是，你不是我的对手。"他微顿半秒，再道，"我现在给你两个选择：第一，转身离开，并把今天见到我们的事情全部忘记；第二，继续尝试来杀我，然后被我杀掉。"

"哼……可笑……"护卫官老哥这是怒极反笑，"你知道自己在跟谁说话吗？我，江赢……"他用很自豪的口吻报出了自己的名字，"……可是人称'地上最强肉体'的男人。自从我升到狂级之后，除了九狱监狱长秋正一那手'破坏'之外，我还没见过任何物理或能量攻击能突破我体表的能量力场……"

话至此处，江赢干脆上前几步，走到史三问近前，昂然一立，摆出一副任打的姿态，笑道："呵，你算是个什么东西？竟扬言要杀我？我告诉你，就算我站这里不动，让你打上一天一夜，打到你自己累吐了血，我也不会有半分损伤。"

见状，史三问沉默了几秒，然后，默默地转过头，朝着猎霸那边走去。

边走他还边说："走吧。"

"啊？"猎霸被他说得一愣，心想着，"那个'地上最强肉体'还在呢，咱走得了吗？"

另一边，江赢也在嘲讽着："走？哼，能力被我看穿，虚张声势又失败，于是准备故作镇定地逃跑吗？你觉得我会让你如愿吗？"

说罢，他已暗提一口气，准备冲上来了。

这一次，江赢欲用上八成左右的身体能力，让对方见识一下什么叫"连反应都来不及做出就已被一拳穿心"的感觉。

不料……

呲——

就在他将动未动之际，他的身体又一次开始后退。

这回他的感觉清晰一些了，他有点后知后觉地意识到……好像是自己的肠子那块有股力量在牵拉着自己。

　　短短几秒,江赢就被向后拉出了十几米的距离,而且这几秒间,有一种极度可怕的感觉突然袭来……他惊愕地发现,自己的肠子里的东西好像正在急剧地变多,导致他那有着完美腹肌的腹部以肉眼可见的速度鼓胀了起来。

　　嘭——

　　他的痛苦和恐惧,没有持续太久,又过了一秒,他就原地爆炸了。

　　由身体内部产生的压力让他的体表防御力场变得毫无意义,急剧增加的物质本就已经远远超出了他的身体在短时间内能排出的量,即使是单纯的加量他也死定了,更何况史三问还操控着这些物质直接往外"爆"。

　　作为目击者的猎霸很快就明白了为什么史三问在引爆对方之前要先将对方拖到远处。

　　而史三问,还是那副淡定的模样。从头至尾,他的双手都没从口袋里拿出来过,就已经将战斗结束了。

　　甚至在江赢爆炸的瞬间,史三问都没有回头看上对方一眼。

　　"走啊。"经过猎霸身边时,史三问又喊了猎霸一声。

　　这会儿猎霸才回过味儿来,刚才史老师那句"走吧",背后的意思大概就是:"这个护卫官已经死了,咱们继续赶路吧。"

　　"呃……那个……尸体你就不处理一下吗?"猎霸一边快步跟上已经走出好几米的史三问,一边问道。

　　"已经没有意义了。"史三问回道,"就算我将其毁尸灭迹,并找到刚才那个给他开车的司机一并灭口,对于联邦来说,这依然是一个'护卫官神秘失踪'的状况,跟'护卫官横死街头'也没什么区别,都是会往死里调查的那种事件。"他顿了顿,"依靠着街面摄像头,他们很快就能确定江赢在失踪前是在跟踪我们,随后只要找到那个赶驴车的,就能立刻问到我们原本的目的地,即我的地址所在。再退一步讲,就算他们找不到那个赶驴车的,在这种级别的事件里,直接展开地毯式搜查也很正常……他们只要掌握一个大概的方向和区域,我们就早晚会被搜出来。"

　　"嗯……"猎霸听到这儿,点点头,"也对,只要走访一下周边群众,问他们'附近有没有喜欢出门穿COSPLAY装的变态',估计半天不到就能找到你。"

　　"你是不是想试一下啊?"史三问被吐槽后,转头就是一句带口音的恐吓。

　　"行行……我错了,您接着说,我们接下来该咋办呢?"猎霸也是该怂就怂。

事到如今，他已经丝毫不再怀疑这位史老师的实力了，只是对其品行和癖好还保留意见。

"没办法，只能搬家了。"史三问道，"反正法蒂玛现在也不太平，干脆……你帮我收拾一下细软，咱们天黑以前就出城。"

"换地方没关系吗？要不要通知子临他们一声？"猎霸又问道。

"不需要，他们会知道的。"史三问回道，"再说了，我的工作是教你能力的用法，在哪儿教随便。让你来法蒂玛也不过是因为我最近这些年住在法蒂玛罢了。"

他说完这句，好像忽然想到了什么，沉默了两秒，然后说道："嗯，我得打个电话，你先别打岔。"

史三问脚下不停，继续带路，右手则终于从口袋里伸出来一回，举起手机拨了个号。

"喂？欸，对，是我。"史三问的话，猎霸听得很清楚。

"真是难得啊，你居然会主动找我，上次你打过来是几年前来着？"而电话对面那个男人的声音，猎霸凭着自己从大蜡螟身上获取的DNA，也能听清。

"行了别废话了，要套近乎见了面再说。"史三问跟谁说话都是这么不客气，"我们最迟四个小时后从法蒂玛东面出来，你来接我们一下，顺便给安排个新的地方嘛。"

"呵呵，行，那你们沿着公路主干道走，开车步行都可以，我会来找你们的，其他事见了面再说。"对面那位也是没什么废话，而且听其说话的语气就有一种相当靠谱的感觉。

双方交代完了各自要说的，便同时挂断了电话，也没道个再见啥的。

猎霸见他电话打完了，便问道："这又是谁啊？"

"张三。"史三问想都没想就答道。

"那这位张三又是干吗的呢？"猎霸又问道。

"不干吗。"史三问的回答也是微妙，"反正有问题就找张三，他基本啥都能干。"

三

过人之处谓之"奇"。

所以，张三应当是个奇人了。

他的身上有着太多的过人之处，多到你难以想象的程度。

你家里要装修，他可以帮你把设计图纸外加预算都给做了；你想吃顿好的酒席，他可以亲自下厨给你整出来；你想学一门乐器，只要是你说得出来的玩意儿，他都能教你……

而这些，还只是常规操作。

张三真正厉害的地方在于，即使对于一些奇葩的、烦琐的、独特的要求，他也能满足。

比如你现在跟他说，你想用两万块钱环游世界，且至少要去游览二十个国家，行不行？

换了别人可能会回你一句"先整容吧"了事，但张三不会用这种抖机灵的方式来解决问题，他会先帮你调查一下这个假设的可行性，如果真的可行，他就会给你一个计划——一个你自己怎么也不可能想得到的计划，来完成这件事。

具体来说就是，他可能会让你先乘上某个航空公司多少周年纪念的限时超优惠航班，抵达西洋洲，然后参加一个只需要付一点自行车租金就可以加入的环游橡之郡骑游团，当你这个团到了加莱尔克附近时，又刚好能加入一个纪念加莱尔克大逃亡多少周年的渡海体验活动，越过金狮海峡后，你又赶上了一次伊希斯河上空的滑索火炬传递，之后又是限时折扣的航班、轮渡或列车，和一些十分优惠的当地活动混合着推动你的行程。

最后这一圈下来，你不但只用两万块钱就去了二十个国家，还会感到旅途很充实。

当然了，如果这件事儿"不可行"，张三就会直接告诉你不可行，并跟你讲一下大概要多少钱才行。

张三大致就是这样一个人，一个让你感觉"什么事都能办""就算不能办也会给你最合理的建议"的极为靠谱的人。

因此，当史三问临时决定要离开法蒂玛时，他首先想到的就是联系张三。

像"搬家""寻找合适的住所""快速且不引起周边邻里注意就安顿下来"这些事，让张三来办，自是易如反掌。

下午5点，史三问和猎霸已经开着一辆破旧的小拖车，行驶在了法蒂玛城外的公路上。

出城时的检查比进城时要宽松得多，再加上史三问连衣服都没换，所以过关卡的时候根本没人把他当回事儿。

其实，史三问这辆车上的东西非常多，除了猎霸的行李之外，还有他自己90%的家当。这么多的杂物，无疑是值得去搜一搜、查一查的。

但检察人员一看到那些昂贵的动漫抱枕、游戏手办，跟廉价到扔了都没人愿意捡的破碗烂勺堆砌在一起时，就莫名产生了一种嫌弃之感。

再结合史三问这人的造型，检查人员不禁想到："我要是检查时弄脏了这货的抱枕，他八成会说我玷污了他老婆，然后跟我这儿撒泼打滚乃至找我拼命吧……"

就这样，靠着别人对自己的刻板偏见，史三问甚至都没有接受什么盘问，就从城里出来了。

"当你说要我帮你'收拾细软'的时候，我以为只要整理一下银行存折、现金和玉石之类的东西，装在一个小箱子里拎着就可以走了。"随着离城的距离越来越远，猎霸也渐渐安心了下来，开口跟史三问攀谈道，"……结果，你这等于是让我帮你搬家啊。"

"废话，你知道什么叫'细软'吗？"史三问却是理直气壮地反驳道，"所谓'细软'，就是指'精细而易于携带的贵重物品'……"他顿了顿，视线朝车后方瞥了瞥，"我这一车东西，每一样都很贵重，而且每一样都很便于携带，所以全部都是细软。"

"你那些抱枕手办之类的我就不说了，即使撇去个人爱好的因素，客观上的确也挺值钱的，问题是……"猎霸说着，也朝后方看了看，"你连缺了口的牙刷杯、油腻到变色的纸巾盒，还有锈了好几块的搪瓷洗脸盆儿都要带上……"

"要你管？这些我使起来习惯不行吗？"史三问还没等对方说完，就打断道，"新买的我用得不顺手，千金难买爷舒坦，懂不？"

你可以说他强词夺理，但换个角度来看他那套歪理好像也没什么不对。决定物品价值的最重要因素其实是人的感受和认知，你花几万块买下的钻石在日常生活中对你的帮助可能远不及一卷几块钱的卫生纸，你花高昂的价格吃到的海鲜和土特产，在渔民和当地人眼里可能是吃得想吐或者在地上随便捡捡就有的玩意儿。

也许，史三问才是真正"活得明白"的人，至少他知道自己需要的是什么，而不是像大部分人一样在一个由资本家控制的世界中不断地被别人告知你需要什么，然后为了这份被他人定下标准的物欲而随波逐流。

"那啥，你之前说，我得跟你学四个月是不是？"聊天进行得越久，猎霸越发觉得这将是一次对他精神和肉体的双重考验。

"呵……"史三问笑着回道，"那得看你学得怎么样了，你要是足够聪明，四天就学成了滚蛋，那我第一个拍手叫好啊，但据我观察，你应该是个坑。"

"我还什么能力都没用呢，你怎么看出坑来的？"猎霸疑道。

"和能力无关，学习主要是看悟性和智力。"史三问道，"你看你，见面半天不到，就把我坑得搬家了，智力肯定不高啊。"

"这跟我有毛关系啊？"猎霸不服道，"接头地点、交通工具、行进路线……全都不是我定的，鬼知道会正巧撞上一个护卫官啊？"

"呵……"史三问闻言，干笑一声，摇了摇头，"算了，以后有机会再跟你解释这事儿吧。"

他俩说到这儿时，车已行到了相对荒凉的一个路段，也正在此时，路边出现了一个男人的身影。

那人看起来四十岁左右，黄种人，微胖，相貌平平，穿着一套既不很贵也不便宜的衬衣和牛仔裤，其整个人的样貌和气质都给你一种"随处可见的路人"的感觉。

他，就是张三。

史三问一眼就认出了对方，故而将车减速，靠到了路旁。

张三也没多话，待车停稳后，他便面带笑容地拉开后面的车门坐上来了。

"你是怎么到这儿的？"对方一上来，史三问就开口问道。

"跳伞。"张三的答案十分猎奇，但他说出这两个字时的语气却很随意。

"哦，难怪附近也没车。"史三问念叨着，"那你的降落伞呢？"

"稍微改了改，当成帐篷卖给几个路过的野营爱好者了。"张三道。

听到这句，副驾驶座儿上的猎霸不由得回头看向了对方："兄弟，你到底在那儿站了多久啊？"

"二十分钟。"张三回道。

"喂喂……我看你就是直接背着个帐篷跳的吧？"猎霸玩笑道。

"呵，"张三知道对方的意思，他笑着应道，"降落伞改帐篷哪儿用得了二十分钟啊，我还能在十分钟内把自行车改成轮椅呢。"

"再花十分钟他还能把你忽悠瘸了然后把轮椅卖给你呢。"史三问也适时地插了句嘴，随即就重新发动了车子，对张三道，"嘿，接下来去哪儿啊？"

"先往前开,到第一个加油站再停。"张三回道。

他的话还没说完,史三问已经开始驱车前行了。

"我有两套方案给你们,在前往加油站的途中你们可以听一听,再考虑一下哪套比较好。"张三继续说道,"第一套比较稳妥,你们直接往东南拐,去枣椰郡,随便找个像拉西德这样的绿洲城市住下……"

"不去。"谁知,史三问还没听到第二套方案呢,就先把第一套给否了,"热带沙漠气候,夏天太热。"

"哈?"猎霸闻言,疑道,"法蒂玛的气候不也差不多吗?再说你好像也不是常出门的那种人吧?待在空调房间里,外面热不热跟你有什么关系吗?"

"那你考虑过那些送外卖和送快递的人的感受吗?"史三问反问道,"你知道我曾见过多少快递小哥在风雨和酷暑中奔波,忙得连屎都没时间拉……你在那种四十几度的地方叫个外卖,万一送餐的人一个不爽,往你的比萨里射一摊……"

"行行行行,可以了,可以了!"猎霸不想再听下去了,"您有生活,您说了算……"

"那我就说一下第二套方案吧。"坐在后面的张三倒是对这番谈话不以为意,还是用十分淡定的语气接道,"这套就比较复杂一点了,可以的话,希望你们对照着地图来听我说。"

哐叽——

他话音未落,史三问抬手就是一记摆拳,当即"打"开了自己头顶上方的一个储物空间。

下一秒,一张卷起来的纸质世界地图顺势就从那儿掉了下来。

猎霸本来想吐槽这年头居然还有人会用纸质地图,但转念一想,他要是把这话说出来,对方八成就会用"手机会没电或者没网但纸不会"之类的理由再次教育自己,所以这回他压根儿就不说话,只是默默地捡起了地图,在手中缓缓展开。

接着,张三也从后座那儿凑了上来,指着猎霸手中的地图接道:"我们现在位于陆间海东岸的最南边,这一侧目前来说,'基本上'还是处于联邦的势力范围,但由于伊兹拉海上面那一块和内海的西岸已经是反抗军的了,所以,以冠之郡为界,右边所有的海域现在都是战争状态,民用船只根本出不了海。"

"海路走不了,那空路呢?"史三问迅速抓到了对话中的要点,提问道。

"呵……这附近要是有可以合法起落的机场,我还用跳伞?"张三笑道,"既然联邦政府已经宣告进入战争状态了,航运必然会受到极大的影响。现在除了西洋洲西部、欧罗洲、阿加洲南部和地球最北部之外,其他地方的领空都受到了不同程度的空运监管,有些地区是限制起落,还有些干脆就在天上派无人机巡逻攻击,总之,西洋洲、东洋洲和阿加洲交界的这块地方,还有整个双鹰郡的领土,所有民用的飞行器几乎都已停运。只要你敢上天,就要做好被莫名其妙打下来的觉悟。"

"所以就只剩陆路了咯?"史三问接道。

"是的。"张三道,"所以,既然你不想去枣椰郡,那么龙郡和西洋洲西部,你挑一个吧。"

"别的地方都不行吗?"史三问又问道。

"欧罗洲也可以,但你们也得先抵达龙郡沿海地区或者西洋洲中部才能坐到前往欧罗洲大陆的航班。"张三回道。

史三问想了想:"那还是奔西洋洲吧,去龙郡要经过马斯马克地区,太多沙漠了,风景不好看。"

"重点是沿途的风景吗……"猎霸侧目看向史三问,槽点脱口而出。

"不,重点是跟谁一起去。"史三问想都没想就接道,"虽说我个人倾向于和肤白貌美的美女一同进行这种长途旅行,可惜我身边只有两个糙汉,没办法……只能寄情于景,聊以自慰。"

"哈哈哈……"张三被他逗笑了,"你还是老样子呢,看来这次的旅途中我至少不会感到无聊。"

"嗯?"猎霸从他这话里听出了什么,"张先生……你也要跟我们同行吗?"

"是啊。"张三回道,"到了地方我还得给你们安排住所伪造身份,有一系列琐事呢,再说……我现在也没办法回去啊。"

"逆十字不是有自己的潜艇和飞梭吗,我今天来法蒂玛时就是先乘了飞梭再换了车的。"猎霸道,"让他们过来接一下,我们不就能立刻抵达世界上任何地方了吗?"

"哈!想什么呢?"没想到,这回连张三都开始嘲讽他了,"你又不是逆十字的正式成员,不过是个学徒而已……人家每天都有忙不完的事,能送你过来就不错了,谁知道你才来半天又要换地方?你还指望他们开着那种暗合金交通工具来给你当司机?"

"唉……"两秒后,猎霸还没回话,史三问就在旁边补了一刀,"……四个月真的未必够啊……"

四

虽然张三的规划肯定是以合理和效率为前提的，但为了配合史三问那包括"看风景"在内的一系列任性需求，他们最终商量出的路线并不十分安逸。

从法蒂玛东出来的三人，将沿着陆间海东岸一路向北，先到古茨城，再去一系列本文的大部分读者不看地图绝对没听说过的马斯马克地区的城市。

最后，他们将于坦丁堡，连人带车地登上一列名为"东方快车"的特殊交通工具，这玩意儿特殊在哪儿，后文再表，总之，"东方快车"是目前唯一一条可以穿过内海沿岸的反抗军领地的联邦陆路运输线，乘上它，就能从坦丁堡一路直抵花都。

仍是 3 月 7 日，晚，9 点。

史三问的那辆破拖车总算是抵达了古茨城。

这一路上，有好几次经过加油站时，猎霸都想用或合法或非法的手段去给他们换辆别的车，但史三问就是不同意。

理由是：其一，他是不想节外生枝；其二，他说这车他开着顺手。

知道争辩不过他的猎霸，只能一路上都假装不经意地轻哼着"老爷车，沉默多少年，说起话来先冒黑烟"这样的歌词，来宣泄一下心中的不满。

无论如何吧，在 9 点多的时候，他们仨还是顺利地在一家旅馆下榻了。

史三问他们，就住在了这座小城南区的一家汽车旅馆里。

是夜，9 点 30 分。

张三开了个单人间，已经去休息了，而史三问和猎霸则同住一个双人间。

进了屋子，猎霸刚把行李箱放到床上，准备换件衣服睡觉，就被史三问给叫住了。

"不用浪费时间了。"史三问往自己那张床上一躺，双手枕着头道，"你今晚不会睡的。"

"嗯？"猎霸闻言，当即表情微变，朝着墙角连退了三步。

虽然猎霸这一生中经历过很多让他感到"有点慌"的时刻，但这一刻，无疑是最可怕的。

"你现在就出去跑步，等天亮了再回来。"史三问的下一句话很不讲理，不过确是让猎霸松了口气。

"哈？"猎霸疑道，"为什么？"

"修炼已经开始了，同学。"史三问道，"以你的资质，我认为在旅途中就可以练起来了。"

"跑步算什么修炼？"猎霸道，"难道你不该先从异能的理论知识开始教起吗？"

"理论知识，我明天会在车上跟你讲的。"史三问回道，"今天因为是我开车，我不想一心二用才没讲，明天换张三开，我就可以讲了。"他顿了顿，"至于跑步算什么修炼，等你听完理论知识，就会知道了。"

猎霸听到这儿，还是将信将疑："我……现在出去跑步，跑一宿不睡觉，明天在车上还要听课？你就不怕我累死？"

"你会吗？"史三问反问道。

"嗯……"猎霸犹豫了两秒，"不知道啊。"

"你连续不睡觉的最长纪录是多久？"史三问又问道。

"四十几个小时吧，记不清了……"猎霸回道，"在我成为能力者之前，曾经因为轮班顶班连续工作过两天一夜，第二天下班感觉自己已经要死了。不过这种疲劳感在获得异能之后就再也没体会过了。"

"哦，底子还不错嘛。"史三问接道，"那你从今天开始，都不要睡觉了，也不要吃饭喝水，每天晚上就出去跑步，白天在车上休息听课。"

"什么？"猎霸听完都惊了，"不让睡觉也就算了，还不吃不喝？别说跑步了，哪怕坐着不动，三天左右也得渴死了吧？"

"不会的。"史三问道，"我见过拳击手为了减重不吃不喝拼命跑步，实在渴了就含一片儿干香菇促进唾液分泌，然后再把香菇吐了出去跑步，跑到最后流不出汗、尿不出尿。这样持续个两三天，照样没死。"他微顿半秒，"哦，当然了，他们是可以睡觉和休息的，考虑到人家是普通人，你是能力者，加大点强度也是应该的。"

"所以说这样做的意义到底是什么啊？"猎霸不知不觉声音就高了起来，"减肥吗？"

"我不是说了嘛，明天听我讲了理论，你自然就懂了。"史三问说着，从自己的随身行李里拿出了一台掌机，俨然是准备开玩了。

猎霸不爽归不爽,但他一时也找不出拒绝这种安排的理由,他知道,史三问不会无缘无故就让他做这种"修炼",而且他也不是那种会说出"你今天不说明白我就不去"台词来的人,所以他终究还是去了。

"对了……"走到门口,正要出去时,猎霸忽又想到了什么,随口问了句,"既然我压根儿就不用睡觉,那你为什么还要开一个单人间和一个双人间啊?直接开一个双人间或者俩单间不就完了?"

史三问连头都没抬,边打游戏边老练地回道:"我不想被前台误会是GAY啊。"

猎霸心里当时就吼道:"就你这身打扮还怕被人误会?"

但他嘴上终究还是没说出来,只是道了句:"行行,算你狠。"就开门出去了。

半夜无话。

至凌晨1点,刚睡下不足一个小时的史三问,突然睁开了眼睛。

如果你们认为史三问只是一个靠着欧米伽级能力才被称为强者的人,那就大错而特错了。

他之所以能成为逆十字钦定的异能导师,并不是因为他那天生的能力,而是因为,他除了是个欧米伽级的变种人外,还是一个运用能力战斗的天才、大师。

此刻,他会醒来,自然不是为了起夜上厕所——不用我说你们也该知道,他可以凭自己的意愿在睡前彻底排空肠道和膀胱。

史三问会醒,是由于有人触发了他在房间周围布置下的"异能防御机制"。

这套机制的原理很简单:首先,他先在整个房间的所有出入口(比如门前的走廊下、门板靠上的区域、窗沿、窗沿外的地面等)以及与自己所睡之处相对的八个方向的墙壁上,全部都先埋下非常微量的屎。

史三问布下的防御网,除非遇上嗅觉接近黑鹰郡牧羊犬的异能者,否则是不会被人发现的。

接着,布屎完毕后,史三问会让这些物质和自己产生一种连接,当那些微量的屎受到一定程度的压力或者进入人体环境时,他就会感应到。

眼下,史三问即使不用看也知道,有人站在了他的门口。

从体重和肺活量就能判断,来者共有两人,且皆是高大健壮的成年男子。

而且这两人肯定不是张三和猎霸,因为史三问已经在那两位的肠子里留了"跟踪物",对他们的行踪了如指掌。

他当即又确认了一下两名同伴的位置：此时，猎霸还在挺远的地方，估计是怕在城里夜跑会被摄像头拍到或被警察盘问，所以奔郊区去了；而张三，还在走廊另一头的单间里。

然，就在他进行确认的同时，忽然发现，张三的房间门口，这会儿也站着人呢，且是三个人。

"不至于吧？"史三问心中念道，"难道是法蒂玛来的追兵？但我们干掉的可是护卫官啊，他们至少也得再派一个护卫官级别的人到场，或者让EF和EAS派出特殊作战部队才会展开搜捕。况且法蒂玛自身的防务已经捉襟见肘，哪儿还有多余的战力分出来追击我们？"

他思索之际，门外的两人，开口说话了。

话不是说给他听的，而是冲着通信装置讲的，且声音压得非常低。

"我们就位了。"

"我们也就位了。"

"他们来的时候是三个人，有个出去了到现在还没回来，要再等等吗？"

"不用了，两个就够了，走的那个看起来还挺壮，真在屋里反倒不好对付。"

"那……第三个人回来发现同伴不见了，去报警怎么办？"

"报警怕什么，咱都得手那么多次了，只要别在同一个地方连续抓人就没事。"

"对对，而且，这次这三个家伙，本身就不是什么正经人，八成是逃犯什么的。刚才我去搜了他们的车，在后座儿底下发现了一个反追踪装置，还是个高级货，可以屏蔽联邦通用的交通摄像头的视觉信号，黑市上得卖好几万呢。"

"哼，这下发了，有了这个，我们以后做起事来就更方便了。"

"行了，先抓回去再说吧，明天正午就要'开祭'了，这两个人一定是'我主'送来的礼物，都是天意。事不宜迟，动手吧！"

史三问的听力是可以达到和远程监听仪器一样的水平的，这点，只要是把能量控制练到"入微"之境的能力者都可以做到。

从这些人的对话里，史三问听出了颇多有用的信息：其一，办事靠谱的张三先生在上车时就已经默默地帮他们把反追踪的工作做好了；其二，这帮人绝对不是联邦的人，也不是反抗组织；其三，这帮人做的事情，或许和宗教活动有关。

别看史三问从外貌上看是三十岁左右，他的实际年龄可是非常非常老了……老到足够他经历过那个宗教还存在的年代。

所以有些事，他比这个年代的老人们更懂。他很清楚人在所谓信仰的旗帜下能干出多么违反常理、丧心病狂的事情。

咔嗒——

就在他思考这些的时候，房间的门已经被打开了——用钥匙打开的。

他和张三几乎是在同时受到了相同形式的突袭：被人突然摁住、捂住嘴，并朝着脖子注射了一针镇静剂。

史三问可以抵抗，但他没有这么做，他选择继续装死，以便看看这帮人要把他带去哪里，以及……用来干什么。

五

后备厢的盖子一盖上，史三问就睁开了眼。

镇静剂对他是无用的，他可以用原子级的操作将那些进入自己体内的化学品屏蔽掉，简单地说，用屎形成的分子薄膜将那支针管里的每一个分子都单独包裹起来，将其与自身的血液隔离，然后通过分子间的空隙将那些物质引流至体表并从毛孔排出。

是的，他就是这么厉害，就是这么逆天，就是这么不可理喻……

以史三问的才能，即便给他一个很弱小的能力，他也能给开发出花儿来，更不用说欧米伽级的能力了。

十几秒后，车开始动了。

起初这车行驶得还很平稳，但没多久就开始颠簸，这说明它已驶上了一条不怎么平整的道路。按频率来推断，应该是沙石为主的路面，反正不像是城里的主干道。

史三问感应了一下张三身上的"跟踪器"，判断后者应该是被装进了另一辆车的后备厢里，不过他们的目的地是一致的。

他又将感应的范围扩大了一些，很快就发现，运张三的那辆车上乘了三个人，而运自己的这辆车上也是三个，这说明刚才这伙人进来抓人时，还留了一个人在停车场把风。

再进一步将感应范围扩大出去，大体上就能判断出他们在往城外十分偏僻的地方行驶了，因为人多的地方屎就多，而他们要去的地方没那么多人。

一路无话，大约四十几分钟后，车停了。

接着，那六名绑架者一起下了车，并分别从两辆车的后备厢里扛出了史三问和张三。

史三问自然是继续装昏，张三倒是真昏了。

被扛起后，史三问趁着扛他的人不注意，加上夜色的掩护，悄悄地睁眼观瞧，发现自己此刻已经置身于一片荒郊野外，周围除了一些石丘就是沙漠。

那几人从车上下来后，走了七八米，便在一块岩石前停下了脚步，为首的一人上前也不知道弄了什么机关，岩石前的地面上便有一扇暗门开启了。

六人扛着史张二人走入暗门，随即就关闭了入口。

进门之后，直接就是一条向下的阶梯，这路径狭窄、曲折、蜿蜒。阶梯是石制的，墙壁和天花板也是，靠内侧的墙上铺设了一条简易的橡胶灯轨，勉强照亮前路。

他们就这么向下走了相当长的一段距离，终于来到了一个地势平缓的空间，到这儿，便出现了金属的大门，但也只是门而已，地面和墙壁依然是石头。

尽管还没有见到这个地下设施的全貌，但史三问基本已可以确定此地至少有两百年以上的历史，因为从21世纪中叶开始，绝大多数的地下建筑都已能做到六面皆铺金属板，并用廉价但牢固的金属支架进行各种结构加固，很少再有这种与天然洞穴的基础环境结合而建造的基地了。

呜——

果然，那金属门打开时，发出了老式机械特有的轰鸣，就算不用眼睛看，史三问也能想象那门上的锈砾随着门与岩石墙壁间的轻微摩擦而被剥离落下的景象。

穿过了这扇门，灯光就比较明亮了，为了避免节外生枝，史三问又重新闭上了眼睛。

几经辗转，终于，在几分钟后，他和张三被人粗暴地扔到了地上。接着，不远处就传来了铁门关闭的吱呀声和搬运他们的人的抱怨。

待人声远去，史三问假装成因摔疼了而缓醒过来的样子，"迷迷糊糊"地翻身睁眼。

他知道此时自己的身边除了张三外还有另一个人在，所以才演了这么一下。不过，他很快便注意到那个人正靠坐在墙角，将头埋在膝盖里，好似对他们两人的到来漠不关心。

史三问又环顾了一下四周，发现这里是一间老旧的牢房，除了牢门的那一面是铁栅栏之外，其他五面都是石壁，这也让他更加确定了自己此前对于"这个设施是'古代建筑'"的推测是对的。

"嗯……"两秒后，史三问假装刚才被摔疼了的样子，呻吟了一声，想引起那人的注意，但对方还是无动于衷。

他再看看张三，瞧那模样一时半会儿怕是还缓不过来，于是，史三问干脆就开口去叫那个陌生人："嘿！兄弟！嘿！"

他喊对方的时候还刻意压低了声音，好似是怕有守卫发现他们说话，但实际上，根本没人在乎这些，即使他们大喊大叫都无所谓。

"别来烦我。"角落里的男人有气无力地应了一声，"我只想安静地度过这最后一段时间也不行吗？"

"你要是能先告诉我，我们在哪儿、这帮人到底是干什么的，以及他们为什么要抓我们，那我就不再来烦你了。"史三问接道，"要不然我可能会一直烦你直到打算提前结束自己的生命……"

听到这儿，那男人抬起了头。

他看起来三十岁左右，很典型的本地人外貌，眼神中带着绝望。

"你想挨揍吗？混蛋！我可不介意在死之前把你揍到说不出话来！"一个已经绝望的人，自然是不会再畏惧斗殴这种事的。

所以在史三问刚开始揍他的前几秒，他表现出了相当程度的勇气。

但几秒过后，当他发现自己毫无胜算并且被打得很疼之时，他的态度就转变了。尚未到来的死亡和已经在承受的痛苦相比，果然还是后者比较真切和紧迫一些。

"停手！停手！好的我明白了！你问什么我都告诉你！你先停手！"很快，那名男子便一边讨饶一边抱头蹲下了。

史三问对揍这种人也没什么兴趣，方才他只是用了和普通人差不多的力量随手打了对方几套连招而已，打的也都不是什么要害，主要是担心把对方打得说不出话来。

"那就先说说你的名字吧。"停手后，史三问毫不设防地来到对方跟前，盘腿坐定，摆出一副狱老大的架势问道。

"我叫萨利赫·阿鲁夫·卡里……"萨利赫还没把自己的名字报完。

史三问就打断道："行了，萨利赫就可以了。这里是什么地方？把我抓进来的都是些什么人？"

"他们……"萨利赫说到这儿,稍微顿了一下,才道,"……是'穆神教'的教徒,这里是穆神教的秘密据点。"

"穆神教……"史三问将这个名字念叨了一遍,又在记忆中翻箱倒柜一番,再接道,"我从来没听说过啊……他们是最近才成立的宗教组织吗?"

"不不。"萨利赫摇头道,"穆神教已经有上万年的历史了,早在人类还像猿猴一样的时代,伟大的穆神就已降临于这个星球,并将教义传授给了极少数被他选中的'代治者'们。这些代治者和他们的后代都是被穆神祝福的人,也是穆神钦定的地球统治者,他们有着与神明沟通的能力和远超我们常人理解的智慧,是他们将文明的火种传给了人类,引导着人类进步……而作为交换,人类理应尊他们为王,无条件地为他们服务,并献上尽可能多的纯洁美貌的少女,来延续和扩张代治者们高贵的血脉。

"可惜,随着时代变迁,贪婪愚蠢的世人们逐渐忘记了自己理应恪守的本分,他们恩将仇报,非但拒绝承认自己卑贱的身份,还团结起来对代治者展开了屠杀。他们将代治者们的名字抹去,将文明的果实窃为己有,将穆神教的教义统统销毁。

"好在,有一名代治者逃过了此劫,他隐瞒了自己高贵的身份,伪装成一介凡人,卧薪尝胆、忍辱偷生,这才将这些被掩盖的真理保护了起来,并通过自己的后代们口口相传。

"终于,到了我们这个时代,世上仅存的唯一一名代治者后裔——纳萨尔大师,即当初那名幸存代治者的第九十九代单传玄孙,通过他超强的灵感力获得了新的神启,从而重新书写了'穆神经',将穆神的教义带回了这腐朽的人间。"

一说起这个话题来,萨利赫就好像是开了闸的水龙头似的,滔滔不绝,口若悬河,就好像一个人在讲述一个自己已经听了无数遍也讲了无数遍的笑话一样。

对此,史三问的反应却是:"嗯,你这个故事,跟我听过的其他宗教起源故事相比,扯淡能力算是中等偏下。"

"哼……"萨利赫对史三问的反应竟是露出了不屑的神色,"你不相信也很正常,毕竟真理不是那么容易接受的。"

"是啊……"这一瞬,史三问用自言自语般的音量,若有所思地说道,"谁又能想到人类终极问题的答案只是一个常年坐在办公桌后的恶趣味的咖啡成瘾者呢……"

萨利赫并没有听清他说了什么,也不在乎,只是自顾自地接道:"不过也无所谓了，你和你的朋友马上就会成为献给穆神的'活祭品'，待你们'升天'之后，自然会知道我说的都是真的。你们该感谢我主，让你们有机会留在天堂，成为前代代治者们在天堂的奴仆，而不是像其他异教徒一样死后堕入地狱的无间轮回。"

"哦，那我还真是荣幸呢。"史三问已经开始用看白痴一样的眼神看着对方，接道，"但我还有一事不明，"他略微歪了歪头，"听你这口风儿，你也是穆神教的教徒吧？你又是为什么被关到这里来的呢？"

这个问题，无疑戳到了萨利赫最心痛的地方，那几秒间，一丝人性的光芒，从他那已经被洗过的脑子中杀出，浮现在了他的脸上："我……是我的妻子……"他才刚开始说，已满是悲伤的神色，"有一次纳萨尔大师拜访我家，碰巧看见了我的妻子，他察觉到我的妻子正好有着适合承载代治者血脉的体质，并表示可以破例让其以'不洁之身'成为他的眷属之一。这本来应是莫大的荣耀，但我……我犹豫了，我没有当场接受这份殊荣，而是说要考虑一下，结果当天夜里我的妻子竟然悄悄从家里逃走了……"

"让我猜猜，"史三问听到这儿，笑着接道，"因为这事儿，你被扣上一个'信仰不够虔诚''没有经受住考验'，或者'恶意违抗代治者'之类的罪名，被拉来成为了活祭品？"

"我……"萨利赫又一次低下了头，"……是我错了，我不该被一个女人迷惑了心智。现在这样的结果，已经是大师网开一面了，好歹我还可以去天堂当其他代治者们的奴仆，那也是一份光荣！其实按理说像我这样的罪人是要下地狱的。"

"哈哈哈哈哈……"史三问闻言，大笑出声。

萨利赫本能地愤怒起来："这有什么好笑的？"

"为什么不能笑？"史三问反问道，"你自己都说了这是好事啊，对你这'本该下地狱'之人来说不是已经捡到便宜了吗？不该笑吗？倒是你，那么沮丧干什么？"

"我……"萨利赫不说话了，他无言以对。

"你说不出来，我也不勉强。"史三问顺势扯开了话题，"我们不妨来说点别的，比如……"他话锋一转，试探道，"你们的这个所谓'活祭'，具体是一个什么样的形式？是架在火上烤呢，还是大卸八块呢？"

"怎么可能？将祭品烧焦和切碎可是亵渎神明！"萨利赫用一种"科普"般的态度回道，"你说的那些都是假借神之名的虚假宗教才会用的肮脏仪式，纳萨尔大师可是从不会'伤害'祭品的!身为代治者的他,只需要用手触碰一下,就能将祭品的灵魂引入天堂,而留下的躯壳将完好无损。"

"哦?"听到这句,史三问的心里就有谱了,"能力者吗……还是用了某种障眼法呢?抓人'献祭'的背后肯定有着某种与利益相关的实际目的,如果只是为了纯粹的象征意义去杀人,没必要在已经有了一个'祭品'的前提下还出来抓更多不相干的人……"

他思忖了一息之后,便恍然大悟:"嗯,八成是器官买卖吧。"

"呃……"就在史三问理清思绪的当口,忽然,他的身后传来一身低吟,不用回头他也知道,这是张三醒了。

史三问没有去问"你怎么样"这种废话,只要感应和控制一下对方体内的屎,史三问就能迅速查探出张三现在的心率、体温等各项指标。

因此,面对刚刚缓醒过来的张三,史三问的第一句话就是:"你不用开口问,我直接告诉你好了。这里是个邪教组织的基地,我们被人绑架了,不出意外的话,我们马上就要和旁边的这位萨利赫小哥一起前往穆神教的天堂给人当奴仆去了。"

他这话,没头没尾、莫名其妙,换成一般人肯定会让他进一步解释清楚。

但张三可不是一般人,就算是刚从昏迷中醒来,被人劈头盖脸说了堆莫名的话,他也照样能在极短的时间内将对方的意思琢磨透彻。

"明白了。"张三只需要用这三个字,就能告诉对方自己已经听懂了刚才的话,接着,他就反过来问了史三问一句,"那么,任由我俩被'抓'进来的你,葫芦里卖的又是什么药呢?"

六

张三是个思维缜密的人,他知道,像这种既没有厕所(或者说连个桶都没有),地上也没有任何食物残渣的牢房,不会把他们关很久的。

结果,也如他所料。

凌晨3点,也就是他和史三问来到这里大约一个小时后,有人来了。

那些人拿着枪,以及三副塑料制的缚手带,其来意不言自明。

五分钟后,史三问、张三和萨利赫便被押送到了一个"祭坛"前。

看到那个所谓的祭坛时,史三问差点笑出声来,因为他一眼就看出祭坛前方屹立的是一尊圣母像，只不过圣母的脸被二次加工成了骷髅状。

"看这雕像，这基地以前应该是'钢铁戒律'的据点吧。"在祭坛前跪着时，史三问轻声跟自己身旁的张三攀谈道。

"嗯。"张三也是随口应道，"我也早就看出来了，不过一般民众对两百年前的反抗组织内部信息几乎一无所知，随便换套说辞就能用当时的资源出来骗人了。"

"不过，"史三问道，"还是有疑点啊。"他微顿半秒，再道，"联邦成立后，当年那些反抗组织的秘密据点应该都已经被查出或是由掌控方自行交代出来了，即使还有极少数没有被官方知晓的据点存在，其安全级别也不是那些民间的江湖骗子可以轻易发现并突破的。"

"有道理。"张三点点头，"但我想这个疑点不会困扰我们太久了。"

他的话说到这儿时，一个身着长袍，头上包着圆巾的男人已出现在了他们的视线中。

纳萨尔大师的年纪看起来也不小了，至少在五十五岁以上，但在他脸上的那些褶子当中，是一双神采奕奕的眼睛。

这双眼睛里充斥着贪婪、欲念、得意和精明之色。

史三问这一生中看过无数人，他了解人性，所以，仅仅是和纳萨尔对视了一眼，他就已知道，这是一个自己十分厌恶的人。

"愚鲁的凡庶们呐！感恩吧！"纳萨尔一张口就是一种演讲腔，他用高高在上的神态俯视着被倒绑双手、跪缚在地的三人，朗声道，"今天，你们有幸被选中，成为穆神教献给先祖们的活祭，马上你们就能脱离尘世和地狱的轮回之苦，进入天堂，成为伟大的代治者们的仆人！"

对于他的扯淡，史三问冷眼相对，待其说罢，史三问便开口道："你就是纳萨尔？"

噗——

话音未落，在后方端着枪指着史三问的那名看守就狠狠踹了他一脚，踹完还呵斥道："贱民！谁允许你跟大师搭话的？"

"哎，巴克勒兄弟，不要这么粗暴嘛。"下一秒，纳萨尔就用一种十分"大度"的语气对手下说道，"这些人只是无知而已，他们和过去的你们一样，承受着祖先留下的罪恶，被谎言蒙蔽了双眼，所以才不知道代治者的尊贵。"

他这么一说，巴克勒立刻毕恭毕敬地俯首称是："是，大师您教训得对，下回我会注意的。"

另一方面,纳萨尔则是和颜悦色地来到史三问跟前,微笑着言道:"凡庶啊,我就是纳萨尔,伟大的代治者末裔,穆神在世间的唯一代言人,你是有什么话要对我说吗?"

"哦,确定是你这就好办了。"史三问一边说着,一边用单纯的力量轻松挣开了手上的绑带,并站了起来。

见此惊变,纳萨尔倒是没显出什么慌乱,依然面带从容地站在原地,但他的手下们很是激动,当时就一片鼓噪,大喊着"别动"之类的台词,纷纷拉开枪栓瞄准了史三问,准备射击。

"安静!"数秒后,纳萨尔张开双臂,大喝一声,瞬间稳住了局面。

接着,他便冷笑着望着史三问道:"这位兄弟,看起来,你还有点儿能耐,要不要考虑加入我们穆神教?"他这时的语气和表情显然都另有所指,"只要你诚心皈依,我保证你能在这里得到世间凡人们梦寐以求的救赎。"

"没兴趣。"史三问的回答则是直截了当。

纳萨尔并不是一个习惯被拒绝的人,所以,这一刻,他的脸色一下就变得很难看。

"哼,那就没办法了呢。"话说一半,他突然伸手,抓住了史三问的手腕,"呵呵呵……"成功接触到对方皮肤的刹那,纳萨尔便安心了,这让他放松地笑了起来,"既然你执迷不悟,那就请你好好当个祭品吧!"

纳萨尔虽然只是个并级能力者,但他的能力非常强,其效果是——可以让他用手掌接触到的生命迅速"死亡"。

现阶段,他这个能力的判定标准是"自己的手掌和目标(通常是人)身体的直接接触",也就是说,隔着衣服是不行的,一定得接触到对方的皮肤才能生效,当然了,触到毛发、肌肉、黏膜或者骨头,也都可以。

利用这个能力,以及并级能力者超人一等的身体素质,纳萨尔已经在穆神教的教徒们眼前表演过很多的"神迹"了。

眼下,他虽然也看出了史三问很可能是个能力者,但他并不认为对方有多厉害,因为纳萨尔觉得,真正厉害的人,是不可能被自己那帮普通人手下给抓回来的,所以他判断,史三问最多就是个纸级能力者。而成功抓住对方的手腕,也让纳萨尔更加确信了自己的体术也在对方之上。

此刻,纳萨尔已然发动了能力,在他眼里,对方已经是个死人了,他只要再等个几秒,待史三问倒地身亡,便能解决这次小小的风波,并再次巩固自己在教徒们眼中的形象。

然……

"呵,是不是有点久了啊?"大约五秒后,史三问仍旧若无其事地站在那里,并用轻松的语气问了纳萨尔一个问题。

"你……"这会儿,纳萨尔的手仍未从史三问的手腕上松开,见情况有异,他慌忙又将自己的异能连续发动了数次。

"连高位能力者体表的能量防护都察觉不到的人,自信心倒是挺足啊。"史三问说这话时,站在他身后的几名持枪教徒忽然毫无征兆地陆续倒地。

见此情景,纳萨尔赶紧撒手后退,边远离对方边道:"你做了什么?"

"我没做什么呀。"史三问回道,"是他们自己突然'脑溢屎'了而已。"

纳萨尔已经察觉出眼前的能力者实力远在自己之上,他赶紧连滚带爬地往出口跑去,并在途中大喊:"来人!来人啊!"

就在纳萨尔即将跑到出口时,突然!一阵猛烈的便意袭向了他,他这一生中都没有感受过如此突兀、狂烈、不可阻挡的便意。

这股难以抵抗的痛苦让他双腿一软,滚倒在地,并本能地用双手捂住了腹部,整个人蜷成了一团,不断地呻吟着。

"不用叫了,除了这里的四个人之外,整个基地里已没有其他活人了。"史三问说话间,悠然地帮张三和萨利赫解开了手上的绑带。

他这话可不是虚张声势,在被关押的那一个小时里,史三问已经通过萨利赫提供的情报以及自身的能力确定了这个基地里全部都是穆神教徒,所以,刚才那一秒间,突然死亡的并不只是他们身后的几名守卫,而是此基地内所有的守卫。

"知道为什么要留下你吗?"走向纳萨尔时,史三问稍稍减轻了一些对方的痛苦,以便对话能正常展开。

"放……放过我……"纳萨尔没有回答这个问题,而是迫不及待地开始求饶,"我只是混口饭吃……你若肯放过我,多少钱我都……"

"那些女人在哪里?"史三问没有听他继续废话,直接打断他并问道。

"哈……哈哈……明白!明白!"纳萨尔听到这儿,愣是笑了起来,"我带你去,她们都在我别墅下面的密室里,你要的话全归你!"很显然,他以为史三问是个好色之徒，只要投其所好，自己的命应该能保下了。

在他们对话的同时，张三则从一名死掉的守卫身上翻出了一部智能手机，并用死者的脸解锁了屏幕，然后就拿着手机走到纳萨尔的跟前："你的别墅在哪里，指出来。"

纳萨尔很听话，他也没有拒绝的余地，他很快就在电子地图上指出了自己别墅的位置。

得到坐标后，张三又来到萨利赫的面前，确认了纳萨尔给出的地址的真实性，顺带问了下这货总共有几间别墅。

而史三问则继续审问纳萨尔本人，问出了很多关于穆神教的细节，比如他开创和发展这个教派的过程、教会共有几个秘密据点、除了今晚在这儿的人以外还有多少教徒、除了他纳萨尔以外还有没有别人在其他地方开设分舵，等等。

史三问一边问，旁边的萨利赫也在一边听着，没多久，这名在被"活祭"前都始终很虔诚的穆神教徒就意识到，自己曾经笃信的一切，全部都只是一个骗子信口胡诌的谎言，而且是并不怎么高明的谎言。

他愤怒地暴起，咒骂着纳萨尔，若不是张三拉着，他怕是已经上前把纳萨尔活活打死了。

然而，他的愤怒并不能挽回什么，加入了穆神教的萨利赫，在过去的几个月内丢了工作、捐了家产、跑了老婆，某种意义上来说，老婆跑了还算好事了，因为如果她不跑，可能已经变成了纳萨尔那众多的泄欲工具之一。

史三问和张三可以理解萨利赫的悲愤，但并不同情他，毕竟，那曾经都是他自己的选择。

早晨6点，猎霸回到了旅馆。

他打开门，第一眼看到的是瘫在床上玩掌机的史三问，第二眼看到的就是，本应属于自己的那张床上，此时居然躺了个人。

"那是谁？"猎霸有些怪异地看着史三问，问道。

史三问撇嘴回道："这事儿说来话长……你先坐下休息一会儿，听我跟你慢慢讲。"

七

"所以，这笔买卖就是，这家伙帮你们找出穆神教的余党，而你们帮他找回他老婆？"猎霸听史三问和张三大致讲了一下昨晚的经历后，便用总结般的语气问道。

"是的。"史三问也给出了肯定的回应。

此刻，是上午11点，他们一行人刚从旅店开车出来。

其实他们是可以更早一点出来的，不过张三表示自己需要补觉，否则会导致疲劳驾驶。

有鉴于张三的话很有道理——或者说他的话通常都是很有道理的，所以史三问也同意了，并且自己也去睡了个回笼觉。

但是，史三问自己睡下之前，却特意叮嘱猎霸不可以睡，也不可以喝水吃东西，如果感觉到困乏饥饿呢，就做些锻炼来分散注意力。

猎霸也是个实在人，他就摆着一脸不爽的表情，从清晨一直做俯卧撑做到了张三和史三问睡醒。

毕竟是狂级能力者，即便不是先天的，那异常的体质和身体机能还是摆在那里，直到这会儿，猎霸其实仍然不是很累。比起身体上的疲劳，他的心情可能更差一点。

总而言之，到10点40左右，张三醒了，并过来叫醒了史三问。

史三问起来收拾了一下细软，让猎霸把仍在沉睡的萨利赫扛到了他们的小拖车后座儿上，随后他们就出发了。

顺带一提，根据萨利赫提供的情报，他们下榻的那家旅店的老板也是穆神教教徒（所以来抓"祭品"的那几个人可以随便溜进来且手里有客房钥匙），因此，史三问他们昨晚回来以后，立马就把这家旅店给劫了。早晨猎霸跑步回来的时候，旅店老板已经死在了马桶上，死因是不明原因引起的痔疮爆裂后大出血，而老板房间里的保险箱也已被他们洗劫一空（变成了新的细软）。

眼下，他们这伙人的原计划已起了些变化，在离开古茨城之前，他们还有几个地方要去。而那第一站，就是那个"纳萨尔大师"的别墅。

一路无话，二十分钟左右，他们就来到了郊区的一栋豪宅门前。

豪宅是豪宅，但也不算太"豪"，大概就是那种中产阶级奋斗半辈子也能买得起的郊区别墅。

纳萨尔也不是什么傻瓜，他很清楚自己做的营生见不得光，他不会买那种过于高调的，会引起有关部门注意的房子的。

因为史三问用屎破坏了保全系统的电路，他们的车畅通无阻地开进了别墅的前院。随后，史三问又用屎味直接刺激嗅觉中枢，唤醒了沉睡中的萨利赫。

他能睡到现在，自是有原因的——凌晨时分，当萨利赫跟着史三问和张三来到旅店后，一直在催促这两人赶紧出发帮自己找回老婆，史三问被他搞得不耐烦了，就给他来了针镇静剂。

萨利赫只是个普通人，身体能力连张三都不如，这一针下去，他睡个一两天才醒都有可能。

当然了，史三问并没打算让他睡那么久。

"清醒了没有？"史三问见萨利赫捂着脑袋自己坐直了，便问了一句。

"嚯！什么这么臭啊？"萨利赫的回应也在意料之中。

"少废话，醒了就下来带路。"史三问说着，已经解开了自己身上的安全带，离开了副驾驶席。

两秒后，张三也拔了车钥匙，离开了驾驶席。

这时，萨利赫鼻子里的味道已慢慢退去，他的视线也逐渐清晰起来，并看到了身边的猎霸。

"我叫莱文。"猎霸知道这位仁兄接下来还要与他们同行一段时间，所以，出于礼貌也为了方便，他还是客客气气跟对方做了个自我介绍。

"啊……嗯，叫我萨利赫就可以了。"萨利赫刚醒过来还有点儿蒙，看到眼前的彪形大汉主动跟自己打招呼，便出于本能地应了一句。

猎霸也没更多话跟他讲，说完就转身开门下了车。

几秒后，萨利赫也来到车外，抬眼看了看眼前的别墅，再说道："对，这里就是纳萨尔大……"他差点把"大师"两个字顺嘴给说了，但很快意识到不对，恶狠狠地改口道，"……纳萨尔的宅子。"

史三问对他使用什么措辞根本不在乎，只是耸耸肩，挥手示意对方头前带路。

由于保全系统已经坏了，这一路上应该也不会有什么大的危险，但是像史三问这样的老江湖，自是不会大意的，放着萨利赫这个炮灰不用白不用。

而接下来发生的事情也证明了，史三问的谨慎不无道理……

四人进了别墅后，没有急着去解救那些被关在"密室"中的妇女（史三问可以用能力知道附近所有人的位置，推测出密室的方位易如反掌），而是先对整栋别墅展开了搜查。

　　结果，在二楼的书房、主卧这两个房间的门口，萨利赫都遭遇了触发式陷阱的袭击。很显然，纳萨尔已经考虑过"电路被切断"或"保全系统被关闭"时遭到入侵的情况，所以他在比较重要的两个房间里都设置了当正常的防御系统无效时就会自行启动的机关。

　　假如入侵他豪宅的都是像萨利赫这样的普通人，那这会儿已经中招两回了，好在……今天来这儿的还有另外三号奇人，像那种陷阱，史三问在其被触发后利用速度把萨利赫拽离危险区域就行了。

　　就这样，他们顺利搜完了主卧和书房，除了钱财之外，重点是找到了一份十分齐全的穆神教教徒名册，以及一份记录了所有被纳萨尔囚禁的妇女的名单。

　　接着，他们才回到一楼，找出了密室的暗门。

　　然而，他们随即就发现，在保全系统下线时，密室门的电子锁是用不了的……没办法，史三问只能用能力做了四个屎圆锯，并操控其漂浮至半空同时运作，在墙上强行切出了一个四方形的入口。

　　纳萨尔的密室基本就是牢房，里面囚禁了十几名妇女，她们每一个都被关在一间封闭的小隔间里。她们平日里吃的东西很差，卫生条件也一般，只有被纳萨尔叫出去"临幸"时，才能享受到豪宅里的东西。

　　史三问他们将这些妇女解救之后，让她们留在别墅的客厅里等待，随后将穆神教的名册和妇女名单放在茶几上，报了警（当然，名册中萨利赫的名字已经被屎给糊了），他们四人则在警方赶来之前就开车离开了现场。

　　他们的下一站，是城外的一处加油站。

　　在这个时代，因为能源革新，"加油站"更多的不是负责加油，而是"充电"，但这么多年"加油站"叫下来了，让大家改口叫"加电站"好像怪怪的，所以人们仍是这么叫着。

　　史三问他们去的那个加油站，是纳萨尔联络"买家"的地方，那些被他"活祭"的人都会被送到这里来，有时他也会抓一些活着的妇女儿童过来，对方也会收。

　　因为那儿离纳萨尔的别墅并不远，众人驱车十分钟就已来到了目的地。

　　加油站里只有两名员工。一个是店长，胖得像头猪，胳膊比你腿还粗，胳膊上还文个身，也不知是什么怪物，反正看着像海参。另一名店员瘦得像面条，个子也挺高，一口烂牙黄里透褐，还总喜欢冲你乐呵呵。

别看这两位其貌不扬，实力还是有的，要不然也不可能只用这么一点人手就敢在这儿当中间商。

那个店长是一名机械改造人，按EAS的标准有着并级能力者的战力，而店员则是个生化改造人，同样是并级实力。

遇到一般的劫匪之流，他们中的任何一个都可以以一当十，轻松搞定。

可今天来的这几位，要说是劫匪的话，也算是，但他们的实力可就不是一般打劫的能相提并论的了。

"需要什么？先生。"车停在加油位时，店员懒散地晃了过来，一看车上的几人都是大老爷儿们，顿时露出一副索然无味的表情。

"鱼丸粗面。"副驾驶上的史三问一边说着，一边已下了车。

"哈？你说什么？"店员还以为是自己听错了，又问了一句。

"鱼丸，粗面。"史三问悠然地将那四个字重复了一遍。

"呵。"店员还以为对方是个土包子没来过加油站，干笑一声道，"这儿可不是餐厅，兄弟。"

"我知道。"而史三问的下一句话，让对方瞬间就警觉起来，"但我还是得问一声……"他抬眼望着对方，"你是想当鱼丸，还是想当粗面？"

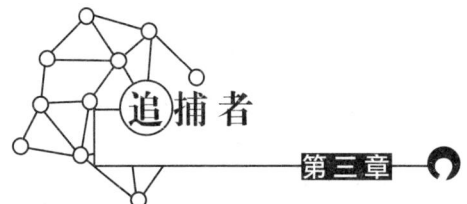

追捕者 第三章

一

阿娜耶是个不幸的女人，和世界上大部分不幸的人一样，她的苦难与她出生和成长的环境有很大的关系。

阿娜耶的家里很穷，穷到有时会挨饿的那种地步，这样的出身自然让她与高等教育无缘，事实上，就连义务教育她也没能坚持完。

虽然已经是23世纪了，但人类有很多陋习丝毫没有改变，在很多贫困地区，"老旧的观念"是凌驾于"婚姻法"之上的；在那些地方，穷人家的女孩往往在法定结婚年龄之前就会被草率地"嫁"出去，嫁给一个陌生人。

当那些富人家的孩子花着父母的钱在大学里浑浑噩噩时，穷人家的女孩可能已经是一个甚至多个孩子的母亲了。

阿娜耶的命运就是这般，十五岁时，为了让哥哥有钱娶媳妇，她像是货物一样被"卖"了出去，嫁给了萨利赫。

她并没有埋怨什么，她已见过很多自己的同龄人嫁给了残疾、弱智或是糟老头子。

因此，她不但没有怨恨，反而有些感谢自己的父母，他们宁可少拿一点钱，也要坚持把自己交给一个健康的年轻人。

人就是如此，当命运向我们展现其残酷的一面时，我们的心理底线自然也会随之降低。

当你衣食无忧的时候你才会去考虑社会地位这种东西,而若你吃了上顿儿没下顿儿,那一顿饱饭就能让你获得满足;当你身体健康的时候你才会去追求各种感官上的刺激,而当你被疾病击倒插满管子躺在病床上时,仅仅是靠自己的能力呼吸和进食都能让你感到欣慰。

正因为人类可以从这种"相对的幸福"中获得慰藉,所以我们才能在逆境中活下去,我们心理层面上的适应能力,远比生理层面上的要强得多。

然而,命运的残酷,有时是会超过人的承受极限的,不,不是有时,应该说是经常。

嫁给萨利赫之后,阿娜耶的确过了几年的好日子,萨利赫的工作虽然收入不高,但至少不会让老婆挨饿,而且萨利赫对她也还算不错。

十七岁那年,阿娜耶生下了一个男孩,本以为他们一家三口可以这么安稳地过上幸福的日子,却不料,三年后,他们的孩子患上了重病。

和大部分当地的普通家庭一样,他们根本就无力承担重大疾病的医疗费用,也没有人愿意借钱给他们,因为谁都知道这种钱借了就收不回来了。

甚至还有人当面告诉他们,不借钱给他们是为他们好,因为继续花钱给孩子治病,有大概率还是治不好,且会让夫妇二人背上巨债,又让那些好心借钱给他们的人也蒙受损失,还不如就不治,趁早再生一个。

这话很难听,很残忍,可悲的是,并没说错。

有句俗语叫"长痛不如短痛",但短痛也是痛,年幼的孩子被病痛折磨并最终死在父母眼前的那种痛苦,是难以想象的,更是难以承受的。

孩子刚死那段日子,阿娜耶终日以泪洗面,而萨利赫则变得像是行尸走肉一般。

终于,一年后,当阿娜耶靠着自己慢慢走出阴影的时候,萨利赫却被引到另一条道路上。

穆神教编造的谎言让萨利赫相信,只要自己足够虔诚,就可以让自己孩子的灵魂从地狱飞向天堂,并有朝一日与其在那里重逢。

入教后,萨利赫陆陆续续将家中财务几乎尽数捐献给了组织。频繁地参加穆神教的活动让他在工作时昏昏欲睡并最终被开除,但自认找到了救世主的他不以为意,他还想让妻子也投入穆神教的怀抱,于是恳请纳萨尔大师到自己家来看自己的妻子有没有那个资格。

本来，纳萨尔对萨利赫这种小角色是不感兴趣的，压根儿也不想为了这种小事跑一趟，但耐不住这个家伙再三说起，这才决定随便过来应付一下，结果他一到萨利赫的家，便发现这个教徒的老婆秀色可餐，当即就动起了歪脑筋。

那天，萨利赫虽没有当场答应纳萨尔要让出妻子，但阿娜耶心中已经对丈夫失望透顶，她判断丈夫已经没救了，再想到孩子的死，阿娜耶便觉得这可能是天意。因此，当天夜里，她就稍微收拾了一下东西（因为基本已经家徒四壁，也没有太多东西可以收拾），从家里溜了出去。

阿娜耶知道那个穆神教绝非善类，逃回娘家恐怕也无济于事，还可能给娘家人带去灾祸，因此，她决定远走他乡。

虽然没上完初中，但阿娜耶的地理常识还行，加上最近联邦政府深入基层的各种宣传，她大体清楚要去反抗军的占领区得往北走，所以她选择了从北面出城。

当时已是深夜，像古茨城这种十八线城市，晚上几乎是没有公共交通的，就算有，她一个拎着行李的女人在车上也太过显眼了，因此，阿娜耶只能用脚赶路。

别说是个平时不太出门的女人了，就是男人拎着一个箱子连走几个小时也会累。

当阿娜耶终于走出城的时候，实在是累得走不动了，刚好，前面不远有个加油站，她便想去那里休息一下。

她原本是想着等到天蒙蒙亮时，就会有车出城，届时她再看情况搭个顺风车什么的。

但她并不知道，那个加油站里的店长和店员，都是做"人头"买卖的。

平日里，即便是男人到了这里，也不是绝对安全，若这两人判断来者是个没什么社会关系的小角色，没准就会把他抓了，然后卖给那些收购器官的团伙。妇女儿童嘛，要看情况，年轻女人以及小孩，只要长得不是太吓人的，基本是卖给人贩子，那些人贩子不收的，再卖给黑市器官商人。

像阿娜耶这种三更半夜独自提着行李的年轻女人，想从这里过去，那是不可能的。

还没走到店门口呢，她就已经被从黑暗中靠近的店员从背后击晕，扛进了加油站内的地下室。

那是一个他们专门用来关押"货物"的秘密地下室，入口的门藏在收银柜台的后面，大部分时间就在店长的脚底下踩着。

阿娜耶被关进去时，除了她以外，里面已经关着另外一男两女了。这里没有什么隔间，被关押的人都被铁项圈锁住，用一根很短的铁链拴在墙上，他们彼此间隔着两米左右距离，各自的脚边都放着一个装排泄物的铁桶。

店长和店员并不担心有人因发脾气或挣扎而把这铁桶踢倒，因为他们一旦遇到这种情况，就会强迫踢到桶的人把弄脏的地面重新收拾干净。

就这样，阿娜耶在那儿被关了一天一夜，至第二天凌晨，她和另外两名女性一起被人贩子买走了。而那名男性比她们多关了一会儿，因为器官商人比人贩子来得要晚些。

那之后，又过了半天，到了中午时分，一辆载着四个人的小拖车来到了加油站。

"呕——"

萨利赫没有跟着史三问他们一起进加油站，因为他在看到那名店员变成"鱼丸"之后就开始狂吐不止。

改造人也好，并级战力也罢……在史三问的面前，都是一样的。

搞定了这家伙之后，史三问就在张三和猎霸的陪同下径直闯进了店里。

因为一切都发生得太快，身在柜台后面的店长还没反应过来店门外发生了什么，三道身影已经来到了他的面前，挡住了他的视线。

"你们有什么事儿吗？"店长仅凭感觉也知道这三人来者不善了，所以他问问题的语气并不怎么客气，其本人也已做好了战斗的准备。

"听说……"这回，是张三负责上前交涉，"……古茨城这框子，所有吃长路的，都要到你们这俩水滚子来碰码，有这么回事儿吗？"

关于这家店的情报，张三自然已经做过一定的调查了，至于他那口黑话，属于基本业务，见了适当的人，他自会切换着使用。

"怎么？里码人啊？"店长一边用话语拖延时间，一边用眼神扫视着三人，并略微退后半步，想越过他们透过橱窗去看店外的情况，"混哪儿的啊？"

可惜那三人像是人墙一样，站得又很近，店长就算后退到背靠墙壁的程度也看不见外面。

"好说。"两秒后，张三便接道，"门朝大海，地震高岗，桥下行过，刀下难亡，一手白扇一束香，双花红棍腰间藏。"

"呃……"这店长虽也是老江湖了，但张三这口黑话段位太高他愣是接不住，

"兄弟……是想打听事儿呢？还是想跟我们拉个对马呀？"他只能假装听懂，然后问问对方是要情报还是谈合作。

"也没什么大事儿。"张三也不再言其他，直接拿出了萨利赫的妻子……也就是阿娜耶的照片，拍到了柜台上，"前天夜里的这张红票，你们应该还记得吧？"

店长架势未动，低头扫了一眼照片，然后冷冷道："记得又如何？不记得又如何？"

"记得，咱们就聊聊，不记得……咱们也得聊聊。"张三回道。

"哼……"店长已听出了这话里的恐吓意味，冷哼一声，回道，"兄弟，我看你也不像是不懂规矩的人，你最好想清楚点儿……"他说到这儿，满脸的横肉中挤出一抹狞色，"……老哥我这点子，扎手！"

"这样啊……"张三闻言、耸肩，突然就把黑话收了，用平常的语气道，"那没办法了，换我朋友跟你谈吧。"

他话音未落，一旁的史三问就将身体前倾，手肘压在柜台上，用一个十分骚气的站姿望着店长道："胖子！认识大爷我吗？"

"不认识咋地？"店长在气势上自是不能输，当即也是挺直了腰板儿，瞪眼回道。

"不认识？"史三问笑了，"呵呵……那我今天就让你认'屎'认'屎'。"

二

鲜有人知道，在联邦境内，有一个叫作"劳山"的地方。

劳山为什么要叫劳山，就连住在那儿的居民们也不知道，当然，他们也没有兴趣去考究这些事。

这是一个很简单的小山村，贫穷、闭塞、落后……村民们的生活水平和思维方式都仿佛和外面的世界脱节了几十甚至上百年。

劳山里的住民，基本过着自给自足的生活，大部分家庭以务农为生，少数的经商者也都是本地人，做着些小本买卖。

村里最大的、也是唯一的"官儿"就是村长，他直接领导着村派出所里的四名警员——是的，这地方连"派出所长"都没有，事实上，这里的执法人员在联邦那儿也没有什么正规的编制。那四名警员与其说是警员，不如说是村长的私人武装更合适。

反正，村里若是出了什么大事儿，大家就会去找村长解决，小打小闹的事情嘛，基本就看谁横了，没有人会报警的。

这种类似于"县太爷"的制度，在劳山村持续了很多年。

乍看之下，这村子也没有什么太大问题，虽然他们的制度和外界不一样，但这么多年下来都能相安无事，便说明这套东西至少在这个小地方行得通。

然而，在这表面的和平之下，其实隐藏着让人毛骨悚然的罪恶……

2215年的春天，一个名叫阿法芙的女人来到了这里。

这年，她二十三岁。

刚刚大学毕业、踏上社会的阿法芙，想做的第一件事就是到世界各地旅行一番，可惜，她刚从家乡大苦利亚出来，就落入了人贩子的魔掌。

几经辗转后，她被卖到了这劳山之中。

来到这儿的第一天晚上，阿法芙就被他的买主——一个四十多岁的当地农民强暴了。

和劳山中的所有家庭一样，这家人多年省吃俭用、攒下一笔钱，就是为了从人贩子那里"买个媳妇"回来，给儿子传宗接代。

在他们看来，这是一件很正常的事，那个买主的老母亲自己，当年也是被拐卖到这村里来的。

在度过了噩梦般的一夜后，第二天天还没亮，阿法芙就爬窗逃跑，跑到了劳山的村派出所。

结果，不到一个小时，在村长的命令下，她就被"押送"回了那户人家。

村里的警员已经很熟悉这种事了，劳山里的每一个人，都很熟悉这种事了。

他们告诉阿法芙，她已经是那户人家的人了，若逃跑，她的"丈夫"有权把她的腿都打断。

就这样，这场仿佛不会醒来的噩梦持续了下去……

几个多月后，阿法芙生下了一名女婴。

虽然在得知自己怀孕时，她也曾想过自杀，也曾用力捶打自己的肚子想要杀死这个孩子，但随着这小生命在其腹中慢慢成长，母性本能和"丈夫"一家软化的态度，让她忍了下来。

可惜，她还没能多看自己的孩子一眼。在她生产的当天夜里，她的"丈夫"

就将那个初生的女婴活活淹死了。

他做这事的理由很简单，因为那是个女孩。

在劳山的人看来，抚养女孩是件很愚蠢的事，养大了也是别人家的人。

失去孩子的阿法芙崩溃了，她撞墙、绝食、闹自杀，但劳山的村民们对处理这种状况显然已是轻车熟路，他们将她囚禁起来，每天让一些已经习惯了村中生活的妇女来劝说，并告诉她只要熬下去就有逃跑的可能。

但其实，并没有那种可能。

因为这村子地处偏僻、三面环山，靠步行逃离几乎是不可能的，交通工具则都掌握在村民们的手里；另外，出村的唯一道路上、和离劳山最近的县城里，都有村长的眼线，这些相关人员，和劳山村的村民、人贩子团伙等，自是有着利益往来的。

曾经也有被拐来的妇女千辛万苦地逃到县城里，但最后还是被追来的村民们当街抓住，生生拖了回去。即便她在被抓时拼死哭喊，乞求路人的拯救也没用。来抓她的人都是熟手了，他们一边一起作证说她"脑子有病"，并威吓路人"少管闲事"，一边就用最快的速度把人塞进车里，带离现场。

大多数情况下，事情到此就会不了了之。

最终，她还是屈服了，为了逃出这个地狱，她决心屈辱地活下去。

一年后，她又生了，这次是个男孩，她不知道自己是该高兴还是悲伤。

有了孩子之后，阿法芙得到了一定程度的自由，"丈夫"一家看她也看得不是很紧了，因为他们都明白，不是每个人都能狠下心丢下孩子独自逃跑的。

阿法芙的确也做不到这点。

不知不觉间，她已渐渐习惯了这山村的日子，习惯了被打骂、习惯了每天起早贪黑地带孩子、做农活、被当成佣人一样使唤。

直到2219年初的某天，一个惊人的转机到来了。

在被拐四年后，阿法芙的父亲，竟成功找到了这个偏僻的山村，并且一进村就在街上看到了自己的女儿。

愤怒的他自然是想将女儿带走，但却被"买下"他女儿的那家人以及村民们围堵在了村口。

买主那家的态度很坚决："人你可以带走，但孩子得留下，另外，我们当初是花了两万把她买下来的，这几年她在我们这里吃我们的住我们的不跟你算了，你必须把那两万还给我们才能领人。"

他们提出这些要求的时候，显得理直气壮，他们不懂什么法律不法律的，他们是真的认为自己做的都是理所当然的——买媳妇花了钱了，那这媳妇就是自己的，不存在什么强暴。淹死的孩子是自己的，那自己便有权任意处置；买来的媳妇当然是要当牛做马的，要不然吃白饭吗？

那天，阿法芙和她的父亲并没能走出劳山，他们一同被关进了村派出所里。

这种"亲人找上门"的事，这么多年来，在劳山也确是头一遭。这些村民们虽然愚昧，但胆子还没大到敢杀一个村外的成年人的地步。

所以这个事情，村长还要和村里那些"有头有脸"的村民们开个会才能决定怎么处理。

也正巧，就在这天中午，与劳山村常来常往的几个人贩子又来了，这次对方拐来了三个女人，其中之一，名叫阿娜耶。

是日下午，4点05分。

"我说，这走得到底对不对啊？"颠簸的山路和小拖车糟糕的避震让猎霸这身形高大魁梧的人坐得浑身难受，都没法儿集中精力听史三问讲课了，"会不会是那碗'粗面'临死前忽悠我们啊？"

"呕——"一听到"粗面"二字，坐在副驾驶席上的萨利赫就险些吐了出来。

"喂喂……你可别吐在我车上啊。"为了方便讲课，此时的史三问已坐到了后座儿上，和猎霸并肩坐着，一听到萨利赫发出的干呕声，他当即提醒道。

"对……对不起……"萨利赫本来就被颠得有点晕车了，脑海中再浮现出那个加油站店长的死状，自是有点扛不住，"我尽力忍住……但你们能不能别再提那谁了……"

"是啊，没什么好提的。"正在驾车的张三也顺势接道，"你们放心好了，为了以防万一，之前在加油站里我特意去翻看了他们的账簿，那店长的口供都是真的……他给的这个坐标我也通过自己的情报网络确认过了，在那儿的确是有一个地图上都没标出来的小山村。"

"切……早说嘛。"猎霸道，"我也是看这条破路特别荒凉，开了那么久连一辆别的车都看不见，才会多问这一句。"

"其实很正常啊。"张三又应道，"那村子特别闭塞，别说网络和通信塔了，就连自来水都没有……要不是能源革命后小型电站的建设变得非常简单，估计他们连电都没有。"他顿了顿，"这种村子里，有车的人家恐怕不超过十户，而且其中有一多半应该都是商贩，只有进县城倒货时才会开车途径这条路，哪儿会那么巧被我们遇上？"

他说到这儿时，刚好有什么东西闯入了他的视线。

"欸，你们看，这不是到了吗？"张三的目力极佳，在距离村口还挺远的地方，他已透过车前那模糊的挡风玻璃望见了村口的路牌。

那是一块看起来相当老旧的铁牌，上写两个大大的汉字——"劳山"。

三

劳山村现在的村长叫阿卜杜勒，四十五岁，家里有四个媳妇，五个儿子。

今天中午，他的心情还很愉快，因为常来的那几个人贩子这次带来的三个女人里有一个长得还挺漂亮，阿卜杜勒村长有意把她变成自己的第五个老婆。

不过，那几个人贩子也很精明，他们知道这次的"货"可以卖高价，所以就开始狮子大开口。

由于双方在短时间内无法就价格达成共识，村长决定今晚留那几人在家吃晚饭，席间再慢慢讨价还价，而那三名被拐来的妇女，暂时被关在了村长家的地窖里。

这个地窖经过专门改造、可以说就是用来关人的，劳山村几乎每户人家都有类似的地窖，一旦遇到联邦派人来村里视察，每家每户都能就近把那些有逃跑倾向的妇女关进去。

本来，阿卜杜勒还打算趁下午的闲暇时间跟几个人贩子打打麻将联络一下感情，没成想，这天午后，发生了阿法芙的父亲找到村里来的事件。

于是乎，村长就让人贩子们留在自己家里稍歇，自己则风风火火地奔赴了现场，并在手下四名"警员"和大量村民的协助下，将阿法芙父女二人抓到了劳山村的派出所里，关进了拘留室。

下午4点15分，就在阿卜杜勒跟村里的几名土豪劣绅讨论着该如何处置这父女俩时，忽然，派出所外传来了一片鼓噪之声。

毫无疑问，这是史三问他们一行人来了。

他们找到这儿来的过程并不复杂，像张三这种人精，自然知道如何通过交涉来达到自己的目的,他们的车一进村,张三就逮了个路人,表示自己是联邦派来突击检查的专员,并询问对方村长在哪儿。

劳山村很少会有人贩子和被拐卖者之外的外乡人进来,再加上此时此刻村里还有事儿没了,那村民一听对方自称联邦专员,便想着,管你是真专员还是假专员,把你交给村长处理就对了。

就这样,张三问到了村长的位置,并直接把车开到了村派出所的门口。

车停稳后,在一众村民的议论声中,除了猎霸之外的其余三人一块儿下了车,大步流星地就奔派出所里来了。

"慢着!你们什么人?"村长手下的四名恶警此时正在院儿里站岗,看到冲进来三个陌生的外乡人,自是冲上去阻拦。

"我们是做买卖的,想找你们村长谈点生意。"交涉的工作还是由张三出面。

"做买卖的?"为首的那个恶警叼着根烟,将一件早已被联邦正规警察部队淘汰掉的老式警服披在肩上,斜眼打量了眼前的三人一番,"什么买卖?村长是你们想见就见的?还有,你们以为这里是什么地方?派出所!谈什么买卖?滚滚滚……"

"欸,这位兄弟,别动气嘛。"张三这经过大风浪的人,岂会被这小小的村长狗腿吓退,他非但不退,还不卑不亢地上前了半步,"我们和今天中午来的那几位,是做一道买卖的……"

他一边说着,一边就递上了一包烟。这包烟的烟盒是打开着的,里面除了几根没抽完的香烟外,还塞了几张褶着的纸币。

那恶警扫了一眼烟盒,当即神情一变,冲自己身边的三位同僚扫视了两眼,然后,他又看了看那些在院门外探头探脑的村民,并忽然提高嗓门儿冲那些人吼道:"看什么看!要看热闹回自己家看去!"

这四个恶警都是村长养的恶犬,村民哪敢得罪他们,被这么一喝,便只能悻悻然地散去。

数秒后,等那些人散得差不多了,为首的那个恶警才装模作样地清了清嗓子,又抬手摸了下鼻子,在那只手放下时,他才顺势接过了张三举着的那盒烟。

把烟拿到手里后,那恶警还低垂着眼皮,又朝里看了一眼,确认了一下,随后再把烟盒揣进了自己兜儿里。

好处到手后,他吐了口自己正在抽的廉价香烟,随即将烟头儿扔到地上踩灭,不紧不慢地冲张三道,"在这儿等着。"

说罢,他就回头,走到屋门前,敲了两下门,进去了。

大约过了一分钟,他又从门口探头出来,冲张三他们招了招手,示意他们也进屋。

张三也和史三问、萨利赫二人交换了一下眼色,然后一起走了过去。

这间屋子是派出所办公的地方,面积不算小,屋子中间有几张拼在一起的办公桌,桌边散着七八张凳子,此刻都已被那些"乡绅"们坐满了。

张三和史三问这两个老油条只是匆匆一瞥,就已知道这些人里哪个是村长,但两人都没有说破,直到那名警员为他们引见时,他们才将视线定在了对方身上。

"几位找我有什么事吗?"阿卜杜勒虽不是什么高明之人,但在这个村里他已经算是聪明的了,他也不是那么容易就会放下戒备的,他得防着眼前的三人是追查被拐卖人口的便衣探员。

"我就不拐弯抹角了。"张三道,"我今天来是想向你们宣布,乌尔德(那几名人贩子的头子)他们的买卖,由我们接手了。"

"哈?"阿卜杜勒继续装蒜道,"什么乌尔德?我根本不认识叫这个名字的人。"

他撒谎时的表情在张三看来就和企图假装生病来逃课的小学生一样。

"呵……"张三冷笑一声,"我明白你们不相信我们,放心,我们是带着'诚意'来的。"

当他说到"诚意"这两个字时,转头朝萨利赫看了一眼,因为之前在车上他们早已计划好了,所以萨利赫见状,当即心领神会地上前几步,将自己从车上背下来的一个斜挎包放到了办公桌上。

"这是什么?"阿卜杜勒仍旧绷着脸,一副冷漠的表情。

"诚意啊。"张三说着,还做了个请的手势。

阿卜杜勒又盯着张三看了几秒,随后才抬了抬下巴,示意站在一旁的那名恶警头头帮他打开挎包,后者也很快照做了。

伴随着拉链的滑动声和扯开包口的声响,一大袋现金出现在了众人眼前。

这一刻,原本坐在后面的那些劳山村的乡绅们看得眼睛都直了,纷纷从座位上站了起来,好像要用视线将那个挎包的包底都灼穿一般。即便他们在这村里算是有钱人,但这么多堆放在一起的现金,他们也是生平仅见。

村长阿卜杜勒自然也没有见过这么多钱,惊讶的神情瞬间浮现在他的脸上,并迅速被贪婪所代替。

"这些，只是定金。"张三看他们都上钩了，说话时的语气也变了，变得充满了诱惑的意味，"买卖谈成了，还有更多。"

"你们要什么？"到了这时，阿卜杜勒已没打算再掩饰什么了，他显得急不可耐，毕竟，他这种人的眼界和器量也就这样了。

"我就直说了，我们几个，都隶属于某个你最好不要知道叫什么名字的犯罪组织。"张三说这话时，顺手就从上衣口袋里掏出一支 I-PEN，随随便便就在网上搜了张猎霸的通缉令出来，快速在那帮乡巴佬面前晃了一晃，"照片上这位，是我们的同伴，他这会儿就坐在派出所门外的那辆车里，不信你们可以出去看看他的长相……"

他在展示照片时，有意让 I-PEN 的屏幕保持着横向移动，这样那些人便只能大致看清猎霸的脸以及"WANTED"这几个大写字母，但看不清下面的其他说明文字（虽然这些文字的内容张三也可以忽悠过去，但多一事不如少一事）。

仅仅三秒后，张三就把 I-PEN 收了回去，继续说道："仅凭这点，我想你们就应该了解，我们绝对不是联邦的便衣或别的什么公务员，说得再难听点……像你们村子这种鸟不拉屎的地方，联邦根本就懒得来管，更不可能……"他又指了指桌上的那袋钱，"……动用那么多资源来跟你们玩什么卧底游戏。"

"是……是。"阿卜杜勒点头附和道，"您说得没错，对了，还未请教您……"

"你可以叫我张三，其他人的名字你就不要打听了，知道的少些对你比较好。"此刻的张三已完全反客为主，说话的口气也变得更有侵略性。

"好的，张先生。"阿卜杜勒道，"我已相信你们的身份了，也大概知道你们是干什么买卖的。但我不懂，你们给我们钱是要做什么呢？"

这是个好问题，一般来说都是这村里的人给人贩子钱，没有倒着来的。

"我们的组织，现在要垄断整个东西洋洲大陆的人口贩卖生意，因此，上头有命令，要整合资源、重组团队、拓宽销售渠道、优化运营模式……"张三在"命令"这两个字之后所说的东西，劳山村的这些位基本是一个字都没听懂，当然了，这正是张三所期望的。

"简而言之……"把对方唬得蒙圈儿了之后，张三再用总结般的语气，将台词转变为了对方听得懂的形式，"你们以后不会再见到乌尔德和他那几个手下了，劳山这里的货源，以后都由我们提供……"

"明白,明白……"阿卜杜勒战战兢兢地应道,"那你们是要把乌尔德他们……"

"放心,我们会处理得干干净净的,不需要你们动手,也不会有人来追查,你们只要告诉我们,他们现在在哪儿,之后的就不关你们的事了。"张三回道。

"好!他们就在我家!"阿卜杜勒说着,已经站了起来,"我这就带你们去。"

"先别忙。"张三摆了摆手,示意对方坐下,"这事儿不急,他们又不会跑,我还有话没说完……"他顿了顿,再道,"我刚才说了,组织的首要大事就是'整合资源',也就是说,我们要把各地的'货物'都集中起来,清点、筛选……再重新分配,出售。"

阿卜杜勒闻言,面露一丝疑色:"您是说,要我们把之前买来的娘儿们再退给你们?"

"没错。"张三说到这儿,又拍了拍桌上的钱,"这些钱,就是这笔买卖的定金。"

这个要求,让村长、乡绅和旁边那名恶警都皱起了眉头,首先是他们还不太理解对方把人要回去的目的,其次就是让他们把到手的媳妇再送走,他们多少是有点纠结。

"哎哎,你们这帮人是不是傻啊?"这时,一直没开口的史三问开始"撬边"了,他用一种流氓般的语气言道,"我们现在是要按你们当初买人的原价,把你们'用旧'的媳妇儿买回去,对你们来说有什么损失?你们白得了人家的身子,又白得了儿子,钱还拿回去了。等我们组织上把货重新分配好了,你们拿着钱,还能再买个新的。"

他话音未落,张三就乘势接道:"就是!这买卖怎么算你们都是赚的。还有啊,以后等我们组织上了轨道,你们买媳妇就不用像现在这样,眼巴巴地等着像乌尔德这样的家伙上门,每次只带两三个人过来给你们挑,挑完了还要讨价还价。我们以后,都是按需售卖,成百上千个娘儿们的照片直接给你们选,选到满意的再送货上门,且个个儿明码标价。"

他们俩在加油站审问"粗面"时,已经对那几个人贩子的行动规律以及劳山村的情况了解了七八成,所以他们这会儿很有默契地用上了这种"劳山人"的思维模式来一唱一和,替那帮人渣把账算了一遍。

经他们这么一说,村长那伙人茅塞顿开,甚至有人当场拍手叫好。

就连张三也没想到,事情会如此顺利。

之后的事情,都在史三问他们的计划中展开。

阿卜杜勒村长毫不犹豫地就把那几个和他往来多年的人贩子给出卖了,二十分钟后,那几人便已死在山中。

下午5点刚过,村长、乡绅和那四个恶警就已迫不及待地开始挨家挨户传达张三他们提出的"买卖"。

这事儿没法儿通过公开的广播去说,因为不能被村里的女人们听到。

好在劳山村不大,很多村民一听有这等好事,立即就主动加入到了消息传播者的行列,不到三个小时,全村的男人们,以及部分老人,都已知道了买卖的事情。

当晚11点,在村里的孩子和不知情的妇女们陆续都入睡后,那些贪婪的村民便行动起来了。

至午夜时分,村派出所门口的主干道上,已聚集了几百人。

每家每户都把自己家的媳妇绑了,"押送"到了这里;有些被绑的妇女奋力挣扎,其"家人"们就把她们摁倒在地,好几个人一起坐在她们身上,将她们压住,时间长了,她们也就没力气再反抗了。

而这时,史三问一行人则在村派出所的一个小房间里吃着村长提供的好酒好菜(猎霸没吃也没喝,因为史三问不让),透过窗户远远看着这出丑恶的戏码。

"哼……这钱可没白花。"猎霸用嘲讽的语气道,"这种光景,怕是找遍整个星球都看不到。"

"怎么就'花'了呀?"张三闻言,当即接道,"那些钱我还要拿回来的好不好?"他吃了口花生,抿了口酒,再道,"虽然那袋子现金是从纳萨尔的别墅里搜出来的,但我可没打算就这么给他们了啊。"

"哈?"猎霸又不懂了,"不给钱,咱们怎么把那些女人从村里救出去啊?这村子里的人虽然既蠢又贪,但恰恰因为他们是这种人……不太可能被你空手套白狼吧。"

"是啊,没拿到钱,他们不会交人的。"萨利赫也接道。

此刻,在这四人当中,萨利赫是唯一一个感到紧张和焦急的人,虽然他知道有眼前这三位坐镇,自己有很大机会是可以和妻子团聚的,但在实际达成目的前,他也难免感到忐忑。

两秒后,史三问开口道:"我们并不需要他们把人'交出来',我们只需要他们像现在这样,把人集中起来就可以了。"

他的这句话明显意有所指,猎霸也很快领会到了其中的意思,并感到了一丝寒意。

"你……"虽然猎霸知道这屋里就他们四个,也没有人在隔墙监视,但他还是下意识地压低了声音,才道,"……要把他们全宰了?"

"有什么问题吗?"史三问反问道。

"一个都不放过?"猎霸又问道。

"这村里,只要是买过媳妇的,我都不会放过。"史三问回道。

"你这样不会太极端了点吗?"猎霸道,"虽然我未必有资格说这话。你不觉得把这些女人解救出去之后,让联邦警察来处理这个村里的人更合适吗?"

"处理?怎么处理?"史三问干笑一声,"呵,他们会同时起诉这村里的所有人?且不说'法不责众'的事儿,就算我们假设,真有一名非常清廉和正直的检察官,打算起诉整村人,你觉得这官司该怎么打?

"这村里有很多女人已经被抓来了很多年,她们老了、认命了,其中一些已经放弃了逃跑,放弃了自己以前的人生……你怎么采集证据证明她们在这里的行动受到了限制?没有证据你又拿什么定罪?

"再退一步说,定罪了又怎样?按照联邦法律,收买被拐卖的妇女、儿童,仅仅处一年以下有期徒刑,收买后对被害人强暴、伤害、侮辱等,按照强奸罪和伤害罪另外量刑,但那些行为……依然需要取证,没有证据,很难重判。"

猎霸本以为,史三问除了在异能方面有些建树之外,基本就是个粗鲁的死宅,万万没想到,对方非但有文化,而且只要愿意就能用学识糊他一脸。

"另外,你别忘了……"史三问的话还没完,"那些女人已经和外面的世界隔离了太久,她们的家人也可能已经放弃了寻找她们或者死光了,她们在外面连生存都成问题,更别说独自抚养一个或多个孩子了……你又有多大把握,她们不会为了孩子而说谎,站到加害者的一方?"

"行行,你说得都有道理。"猎霸无法回答对方的问题,但他已明白了对方这些话的重点,"我就这么随口一问。"

"萨利赫,关于老史的做法,你怎么想?"另一边,在听着猎霸和史三问的对话时,张三见萨利赫脸上的神情也是数度改变,故而问道。

"我绝对支持。"而萨利赫,竟是斩钉截铁地回了这么五个字。说完,他闷了口酒,再道,"假如是我的妻子或女儿被人抓到这种村子里,受人侮辱、虐待,当作生育工具……那对方被判三年也好,十年也罢,哪怕判二十年以上,对我来说也都是不够的。因为那些人渣的人生在我看来本就一文不值,怎么可能跟我亲人的人生相比较或者换算？"

"瞧，还是有明白人的。"史三问也抿了口酒，笑道。

"那'谁'……或者说'什么'，才能算得清这笔账呢？"猎霸问道，"你能吗？"

"我当然不能。"史三问回道，"但在今天，在这里，我比任何个人或者制度都更有资格来承担这清算的责任。"

"就因为你是这儿最强的？"猎霸挑眉试探道。

"这不废话么。"史三问用理所当然的语气回答。

"好吧。"猎霸朝椅背上靠了靠，深呼吸了一口。史三问的很多话让他感到头疼，但又无法无视，"那……愿仁慈的您，今晚顺利。"说话间，他顺手倒了杯酒，举了起来。

"干杯。"张三顺势举杯。

"干杯。"萨利赫也举杯。

"你给我把酒放下！"但史三问举杯的时候，却冲猎霸喝道，"少给我浑水摸鱼，谁允许你喝东西了？"说完，他和另外两人碰杯，"来，咱们干。"

四

酒足饭饱后，史三问他们一行人便来到了屋外的街上。

依照他们和村长之间的约定，在清点完"货物"后，他们就会把定金之外的"全款"给付了。

清点的工作由张三和萨利赫二人来完成，其目的有二：其一是为了确认人数，其二自然是为了找出萨利赫的妻子阿娜耶。

然而，当他们将所有被绑来的妇女数了一遍之后，却发现阿娜耶并不在其中，这让萨利赫不由得慌乱起来。

好在，还有张三在。他是一个记性很好，心思也很缜密的人，因为已经在加油站那边看过这次被送来的三名妇女的照片了，所以他在数人头时特别留意了一下，找到了和阿娜耶被一起卖来的两人。

想要知道阿娜耶在哪儿，问她们就行了，至少也能提供一些线索。

但张三想了想，最后还是决定——不问她们，问村长。

村长倒也没撒谎，当张三跟他提起这事儿时，他只是讪讪一笑，表示"我看那个娘们儿挺漂亮的,所以留地窖里了,这个我就不卖了,自己留着"。

张三听了,不动声色地冲萨利赫使了个眼色,示意后者别轻举妄动。

接着,他又问道:"除了这个,还有别人吗?"

这次,村长稍稍犹豫了几秒,才告诉他,还有一个叫阿法芙的被拐妇女,与其父亲一起被关押在后屋的拘留室里。

村长说完这句之后,还故意摆出一副挺为难的表情,又补充了一句:"我们正愁怎么处理他们呢……"

这言下之意张三一听就懂,村长的意思就是,最好让张三他们这几个"犯罪组织成员"顺手把那女人的父亲也干掉,然后把那女孩也买下,帮他们解决这个难题。

张三听罢这些,也没说什么,只是面带微笑让对方稍等,然后就过去找史三问窃窃私语起来。

他们俩聊了有几分钟,这期间,史三问用能力确认了村长所言非虚,并再次检查了村里还有没有没到场的人存在,结果他只发现了一些被留在家中且已经睡着的幼儿和孩童。

不多时,有点急不可耐的村长阿卜杜勒又主动凑了上来,试探着对他们说道:"二位……时间也不早了,这三更半夜的,全村人都站在大街上,不太讲究啊……我看你们刚才也已经把人头点清了,咱是不是可以……"他说到这儿,还抬起一手,做了个"捻纸币"的手势。

正巧,这会儿史三问和张三也已商量得差不多了,见他过来催促,史三问当即转头应道:"嗯,我也已经'确认完了',是时候了……"

"呵呵……好!好!"阿卜杜勒一听可以开始交易了,立刻是喜笑颜开,他本来就已经对自己的几个媳妇有点腻了,现在可以按原价卖掉,今后再换新的,想想他都觉得美,"那你们看,是给现金还是……"

他的话还没说完,其双脚就已离开地面,整个人都上了天。

不只是他,这个村里所有的男人们,都在这一刻"浮"了起来。

他们一个个儿像是气球一样呈直线向上移动,并陆续停在了距离地面大约十五米的空中。

"怎么回事?"

"这是闹鬼了啊?"

"救命啊!"

短暂的惊愕过后,上了天的那些人纷纷喊叫起来。

他们无法解释发生在自己身上的这种现象,唯一能感知到的异常就是自己的身体好像是被源自腹部的一股力量抬到这个高度的。

待这些人统统上天之后,猎霸便遵照史三问的指示去把关在拘留室的阿法芙父女和关在地窖里的阿娜耶放了出来,顺便从保险箱里拿回了他们的那袋"定金"。

与此同时,张三则跑进屋里,打开了村里唯一的一部广播,通过广播对外宣布:所有被拐卖到这个村里的妇女,现在都已自由了,一个小时内就会有村外的警察赶来(张三报警的时候除了讲述村里的情况,还顺手发了一张猎霸的抓拍照过去,声称这个通缉要犯正好也在这村里,他相信此举可以加快联邦那边出警的速度)处理她们的事宜,今后何去何从由她们自己决定。

他这番话,本应是很难让人相信的,但在看到全村的男人"上天"之后,这似乎也不是那么不可能的事了。

当张三再次从屋里出来的时候,萨利赫已经和阿娜耶拥抱在一起,两人皆是喜极而泣。虽然这对夫妇之间的矛盾未必已经解开,但看起来暂时是没事了,之后萨利赫自然会跟妻子忏悔和解释这几天来发生的种种。

而阿法芙则是拉着父亲兴冲冲地跑回"家"去,寻找她那个被独自丢在屋里的孩子。

至于飞天了的那群人,这会儿已经被史三问用能力移到了远处的山中,他们接下来的命运恐怕比大多数人能想象到的更加可怕。

做完这些后,史三问他们便在众人疑惧交加的注视下淡定地上车,出村了。他们也顺带捎上了萨利赫和阿娜耶,以免在警方到来后知道很多内情的萨利赫又被卷入麻烦。

小拖车行驶到村口时,猎霸将头探出车窗,又回头看了一眼"劳山村",在黑暗中亦有极佳目力的他看到,村里的那些女人,或是牵着孩子的手,或是怀抱着孩子,呆呆地站在村子的主干道上,望着村口,目送他们离去。

他没有从这些人的脸上看到什么喜悦或悲伤,他看到的只是无助和迷茫。

大约一小时后,史三问他们将萨利赫夫妇放在了一家汽车旅馆的门前,并给了二人一笔回家的路费。至此,史三问便算是完成了帮萨利赫找回妻子的承诺,双方就此别过。

回顾这两天的旅程，从"穆神教"，到那个"加油站"，再到"劳山村"，基本都是让人心情很糟的经历，即便史三问、张三和猎霸已改变了一些事，但三人却没有多少欣慰的感觉。

他们心里都很清楚——如果他们的举动代表了"正义"，那也只是"迟到的正义"。

"你怎么了？"颠簸的车上，史三问通过后视镜看出了后座上的猎霸心事重重，故而开口问道。

"我在想……我们做的一切，究竟有多少意义呢？"猎霸望着窗外的夜色，沉声念道，"这个世界上还有数之不尽的、比我们这两天所见到的更丑恶的事情，我们管得过来吗？"

史三问闻言，沉默了几秒，再道："我以前……忘记是哪一年了，曾经从一个窝点里救出过一个被胁迫卖淫的女孩，你知道当我对她说'已经没事了'的时候……她回了我什么吗？"

猎霸没有回答，只是等待着史三问的答案。

史三问也没等几秒，便自己接道："她痛哭着、反反复复地对我说，'你为什么现在才来'。"他顿了顿，说道，"从那以后，我就再也不跟那些被我救下的人说'没事了'这种话了，因为我知道，有事。

"当有'正义'需要伸张的时候，说明'罪恶'已然先到了一步。

"但你不能因为正义永远迟于罪恶，有时甚至根本不会到来，就说正义没有意义。

"如果我们连迟到的正义都没有了，那这世间的恶便将无所顾忌、无限膨胀……将人性中最后的一点善都蚕食殆尽。"

"呵……"猎霸苦笑一声，"虽然你讲得很有道理的样子，但我们几个，似乎都是'坏人'吧？"

"坏人也分很多种的。"张三这时忽然接过话头道，"在某些时候，这个世界需要我们这样的'坏人'去做一些恪守本分和规则的'好人'不会去做的事。"

"哈！"猎霸这回改干笑了，"这么说来你们逆十字还挺伟大的啊？"

"伟大不伟大我们自己是不会去评价的，你若想看看逆十字究竟是怎么一回事，就好好完成修行，我们会让你站在一个绝佳的位置来见证这场跨时代的好戏……"张三也是似笑非笑地给了个模棱两可的答案。

同一时刻，古茨城，某联邦警署。

署长办公室外，一个中等身材、梳着背头的中年金发男人正摆弄着手上的I-PEN。

他的身上没有穿警员的制服，但看起来也不像是警局的文职人员。

他的脸色苍白、气质阴冷，好似一具尸体般毫无生气。如果他站在别人的背后，就算相距只有几厘米恐怕对方都不会察觉到有人在。

很难想象，这样一个看着不怎么起眼的男人，竟会是"EF（联邦直属特别机构'进化工厂'）"的最高战力，身兼"副厂长"和"第一战斗员"两个职位的超级改造人——杰赛德·纽曼。

"纽曼先生，您还有什么需要吗？要不要到休息室的沙发上坐下，我可以帮您清场。"平日里会来问这话的，一般是秘书或助理，但今天，是署长亲自来问的。

和纽曼相比，这种小城市的警察署长根本就算不上什么"官儿"。

"我需要你好好工作，提供给我尽可能多的有用的破案信息，而不是把心思都用在如何讨好我这件事上。"纽曼的嗓音和语气皆有着一种死气沉沉的冰冷感，和他那张死人脸真是搭极了。

"是……是，属下明白。"署长无奈，只能尴尬地赔笑，但一转身，其脸上的表情就转为了狰狞和抽搐。

"署长！"就在署长要离开时，忽然有一名警员快速从走廊另一头跑了过来，穿过办公区域时还边跑边喊道，"您快看看这个！"

"喊什么喊？慌慌张张的成何体统？"署长也是一肚子火没处发，正好拿这警员撒气。

"不是，署长，有紧急情况。"那警员跑到署长面前，气喘吁吁地说道，"您瞧这个……"说话间，他已递上了一张刚刚传真过来、还热乎着的照片，"……北面的分局接到一起报案，说在劳山村发现了代号'猎霸'的S级通缉……"

他话还没说完，纽曼已如鬼魅般站起身来，闪到署长和他之间，一把夺过了照片。

这张照片，是张三用手机现拍现发的（这个时代的报警平台已可以接收智能手机发出的各种信息），光线和角度都不咋的，但正因如此，一看就知道这不是那种通过修图软件把犯人的脸P到别人身上的假照片。

"备车。"看了那照片两秒后,纽曼半句废话都没有,直接下达了一个命令。

署长愣了一秒后,便立刻冲着身旁的那名警员道:"聋了啊?长官说要备车你没听见啊?快去啊!"

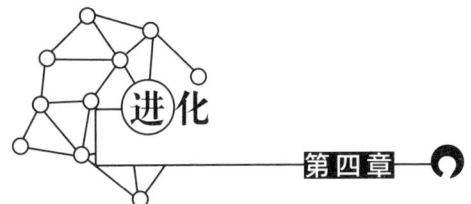

第四章 进化

一

3月14日。

这天,是猎霸绝食、断水、失眠的第八天。

最初的三天并不算难熬,毕竟他的体质异于常人,但到了第四天,情况突然急转直下。

脱水症状、饥饿感、疲劳……这些早就该来的感觉仿佛是摧垮了某条界线般猛然激增。

猎霸的修炼,由此刻起,才算是真正开始了。

接下来的那几天,他除了白天在车上听史三问讲课之外,到了晚上,还得在困到极点站着都能睡着的情况下坚持通宵跑步。

他已经很多天都没有想上厕所的感觉了,且不管怎么奔跑都流不出一滴汗,甚至唾沫都快分泌不出来了。

他的胃已经因饥饿萎缩到了原本的三分之一大小,其嗅觉则变得比狗还灵敏,可以感知到方圆几百米内所有可吃或不可吃的东西具体在哪儿……

更可怕的是,这种地狱般的日子,完全没有要结束的迹象。

然而,猎霸对此没有提出任何的异议,就连抱怨的话语也已没有了。他就这么用意志力强支着早已突破了极限的身体,继续着这种日常作息。

或许有人会觉得，他这是迫于史三问的淫威，不得已而为之。

但其实不是。

说实话，现在的猎霸不害怕任何东西，包括死亡，因为他已是名副其实的"生不如死"了。

如今支撑着他的，是两个想法：

其一，他心里暗自跟史三问较着劲儿，他就是想看看这位"异能导师"到底还准备折磨自己多久，只要对方不主动松口，他就继续扛，死了就死了，反正他是按照史三问的方法去做的，如果死了，那就是史三问错了，他赢了。

其二，事到如今，他也很好奇，自己到底还能撑多久……那极限之外的极限到底能推多远？

就这样，猎霸迎来了修炼的第八天。

也正是在这一天，他们一行人来到了张三计划路线中最重要的一个中转站——坦丁堡。

在这里，有着一条被称为"陆上奇观"的铁路，这条铁路上，常年就只有一趟列车在跑，其代号为"东方快车"。登上这趟列车的人，可在一夜之间横跨西洋洲大陆，由坦丁堡直抵花都。

毫无疑问，这平行宇宙23世纪的"东方快车"，与19世纪的同名事物是完全不同的。它由活跃于该宇宙22世纪初的传奇发明家查尔斯·罗尔设计并督建，是联邦早年间所完成的最大规模的陆上工程之一。

它之所以被称为"奇观"，是因为设计它的罗尔博士本身就是个奇葩。这位上世纪最伟大的发明家不仅方向感奇差，还拒（不）绝（会）驾驶任何非自己建造的交通工具，所以才造出了这么个你或许只能在卡通片里看到的玩意儿……

该铁路的金属轨道呈动物脊椎的形状，除了铺在其底部的横轨外，轨道两侧还有弯曲向上的延伸部分，仅铁轨底部的宽度就达到了十二米。

是的，整整十二米，从这就能看出，行驶在这条"脊椎轨道"中的东西极为庞大。

如果把常见的轨道列车比作一条蛇，那"东方快车"就是一条龙，与其说它是列车，不如说是陆上航母、移动要塞……

那庞大的、底部和顶部略为扁平的圆柱形车身，并不分"头尾"，车身两端的外观是完全对称的。其驾驶室位于整列车的正中间，整个驾驶室里只有一根操作杆，把这根杆子往西掰，列车就会启动，驶向花都，并在抵达终点后自动停稳。同理，把这根杆子往东掰,列车就会沿着同一条铁轨,"车尾变车头",再从花都开往坦丁堡。

当然了,在行驶过程中,这根杆子是掰不动的,而且列车也有相应的安全系统,若静止状态下车上有某个出入口没有封闭起来,操作杆也会进入卡死状态。

无论如何吧,罗尔博士这件"游走在天才和白痴之间的不太好评判"的作品,终究是在其强大的技术力支持下经受住了时间的考验。

一个世纪以来,这列"连傻子都能驾驶"的列车在西洋洲大陆两翼往返驰骋,凭借其无与伦比的安全性、速度和运输能力,成了这个星球上最著名的地标之一。

这种已经被视为"全人类共同文化遗产"的东西,即便是战争时期也不会被作为打击目标的,所以,它才会被张三选为他们穿过战区的交通工具。

午后,下起了滂沱大雨。

对于三个被联邦追捕的逃犯而言,这种天气未尝不是件好事。

靠着几张假证件和几件雨衣,猎霸等人并没花什么力气就从摄像头下混过,随着车流一起登上了东方快车。

以张三的能耐,弄三张便宜的"车载票(即直接开着自己的车驶入东方快车内部的泊车车厢)"自是不难,进城时,为了避免节外生枝,他也已经把车上的反监控屏蔽装置给关闭了。

一切似乎都很顺利,顺利得让人有些不安。

"莱文。"当张三把车停进泊车车厢的车位后,史三问忽然开口,叫了猎霸一声。

"什么事?"此时此地的猎霸,看起来和几天前已是判若两人,自从饥饿感出现的那天起,他几乎是每天都以肉眼可见的速度飞快地消瘦和憔悴下去,原本虎背熊腰的一条壮汉,如今已是形销骨立,眼窝深陷,双眸浑浊,嗓音沙哑。

"这一个礼拜你做得很好。"这貌似是史三问第一次在修炼的事情上给予猎霸肯定,"现在是时候来个小测验,测试一下你的成果了。"

闻言,猎霸瞬间就惊了,心说:"折腾这一个礼拜的成果,不就是我快挂了吗?"

但他嘴上却只能发出一声如风中残烛般的"啊"来表示自己的疑惑。

史三问也没让他多等,即刻说明道:"大约三天前,有个还算强的家伙盯上了我们。他很谨慎,一直和我们保持着相当远的距离,等待机会。不出意外的话,他应该是顺着法蒂玛事件的线索追来的追兵,因为他知道我有着秒杀护卫官的实力，故而有所顾忌，一直没有出手。"

说到这儿，他顿了顿，从副驾驶座那儿转过头，看向了坐在车后排的猎霸："此刻，他已经跟着我们上了这东方快车，并且靠近到了一个前所未有的距离上……

"很明显，这家伙是觉得时机成熟，要动手了。

"我不确定他的把握从何而来，也许他判断列车进入行驶状态后会给他带去某种优势吧。

"总之，据我推测，列车动起来的时候，也就是他攻过来的时候，而给你的测验就是……把他给解决掉。"

听罢这话，猎霸当时就笑了："呵……哈哈哈……"

猎霸脸上是笑的，心里却是有点想哭，然而他身上早就没有水分了，根本挤不出眼泪。

"我说……"猎霸面带苦笑地接道，"就算是一周前体力充沛的时候，因为有着'为了防止暴走而无法随意使用能力'的顾虑，我也未必能搞定这事儿……呼……"说这么长的句子很费力气，他得喘口气再接着说，"眼下，我已经虚得快死了，你觉得我还有什么可能能解决掉你口中的那个'还算强的家伙'？"

他问得很有道理，但史三问却用十分轻松的口气回道："我这些天跟你讲的那些异能知识，只要你有认真听的话……这场测验你应该可以轻松搞定才对。"

正当他俩说到这儿时，列车内的广播响了起来："各位旅客请注意，本次列车即将发车，所有车门将于一分钟内悉数关闭，车厢将进入密封状态。列车启动时，类迁跃引擎的提速可能会让您产生轻微的不适，请不要惊慌，随着速度稳定不适感会迅速消失……"

二

那段出发的广播还没念完，史三问、张三和猎霸便已从小拖车里走出来了。

在他们的对手，也就是一路追踪着他们的纽曼看来，此举无疑是周全、谨慎的表现：其一，在狭窄的拖车内遭遇突袭会限制自己的行动；其二，车内三人的能力水平定然有差距，若同时受到攻击，会难以顾忌同伴；其三，车外的视野更加开阔，在遭遇远程攻击时会有更充分的反应时间。

总之，以正常的思维分析，走出拖车是十分正确和必然的判断，换成纽曼也会做出同样的选择。

然而，另一边的想法，其实并没有那么复杂——史三问只是不想让自己的拖车和细软遭到破坏而已。

至于张三和猎霸，说实话，这俩真挂了，对史三问来说也不叫事儿。在老史眼里，他们只是自己漫长人生中露面时间不算长的两个过客罢了，要不是天一拜托他帮忙，他也不会与这两人同行。

当一个人活得太久了，就会如此。

他比谁都明白这世上绝大多数人终究会离自己而去，所以他并不会对这些人投注太多感情。他选择离群索居，也是因为不想和人接触。

"车门已关闭，安全监测无异常，列车将于十秒后启动，十、九、八……"

一分钟转眼就过，广播中响起了发车倒计时。

由于采用了"类迁跃引擎"技术，东方快车启动时，里面的乘客并不会有乘坐一般交通工具时那种"突然被牵拉"的感觉，取而代之的，是一种短暂的、微妙的不适感（所以广播也没有要求开车时乘客要坐稳、拉好扶手之类的）。而当最初的不适过去之后，这车内的环境就会像扎根的建筑物内一样稳定，旅客们不会产生丝毫"正身处移动中的交通工具内"的体感。

因此，在这个即将发车的时间点上，不止是史三问他们，这"泊车车厢"内有很多其他的车主也都纷纷从自己的车上下来了。

毕竟是长达七个半小时的旅途，即便各级乘客活动的区域都有一定限制，但运营方肯定不会规定他们只能待在一个车厢内的，像什么吸烟车厢、酒吧车厢、自助餐车厢……这东方快车上应有尽有，且每个车厢的空间都不小。这些"服务型车厢"一般都分三层，最底下那层是过道和工作人员使用区，上面那两层才是服务区。

当然了，这个泊车车厢，除了供开车上来的乘客停车之外，是不提供其他"服务"的，所以上下三层等于就是一个立体的停车场。

史三问他们此刻所在的是最底下的一层，上面两层包括前后其他车厢的人都会从这里路过，故而人流甚密。

在这熙熙攘攘的人群中，任何一个人都有可能是联邦探员假扮的，只要这个人不是能力者或变种人，就连史三问都很难分辨出对方的身份。

按照张三的想法，假如他是那个追捕者，找几个非能力者探员混进人群，先用有针对性的武器进行突然袭击显然是个好办法。

然，纽曼的套路却并非如此。

在列车开始行驶之际，他居然明目张胆地从自己的车里下来，步行靠近了史三问他们的车位。

史三问、张三和猎霸，也都以自己的方式察觉到了对方的存在，纷纷将视线投向了他。

就这样，在目光早已交集的情况下，纽曼走到了三人的停车位旁，不紧不慢地站定。

"你们有两个选择。"纽曼用他那死气沉沉的腔调开门见山地抛出了这么句话。

"我才不做选择。"可史三问还没听选项，就打断了对方，并指了指猎霸，"有事儿你跟他聊，我们俩不参与。"

"对。"张三也接道，"没得谈。"

"好的。"不料，纽曼听罢，连半句挽回的话都没说，只是望着史三问和张三的方向，紧跟着念了一声，"BACK……"

他话音刚落，史三问和张三就突兀地消失在了原地。

对此，猎霸倒也处变不惊，只是冷冷看着纽曼，用有气无力的语调问道："我不妨问问……他俩是不是已经死了？"

"我也不能百分之百确定，但我可以告诉你，他们死掉的概率非常高。"纽曼回道。

"不会吧……莫非你的能力是念个单词就把人传送到地狱去？"猎霸又问道。

"我可没有义务一一回应你的试探。"纽曼并没有进一步回答猎霸的问题，而是说道，"束手就擒或和他们一起死，给我个答复吧。"

"呵……"猎霸笑了声，"兄弟，你不把你的能力告诉我，我怎么能确定那两个家伙已经死了？确定不了的话，谁甘心投降啊？万一你是诈我的呢？"

"那就当我是诈你吧。"可纽曼没有松口的迹象，"BA……"

"哎哎——"猎霸见对方又要出招了，赶紧扯着嗓子喊出声来，他那因为严重缺水而沙哑的喉咙喊出的声儿……要形容的话就是砂纸磨仙人掌，光是听着都觉得能嘶出血来，"别啊！再商量商量嘛！"

纽曼本来也只是想吓吓对方，因为这几天观察下来，他也知道猎霸不吃不喝不睡已经虚弱到了极点，有很大概率可以生擒。

刚刚史三问和张三表态之前，纽曼原本是打算把史三问一个人"送走"的，但既然有两个人表示没得谈，那他也不在乎多弄死一个。

"是不是只要我证明他们已经死了，你就投降？"纽曼假装犹豫了几秒，再问道。

"嗯。"猎霸点点头。

纽曼摸着下巴，又装模作样地思考了一下，接道："虽然我可以让一名身在另一个地方的联邦探员立刻通过视频电话证明那两个人已经死了，但我估计，仅是这样，你并不会相信我，即使有视频为证，你也会怀疑这是我事先制作的假视频。"

"嗯。"猎霸又点了点头，他不是不想回"嗯"以外的词，只是这会儿嗓子还疼。

"看来，我的确得跟你解释一下我的能力才行了。"纽曼接道。

其实，纽曼从一开始就不介意透露自己的能力，迄今为止他告诉过不少抓捕目标自己的能力是什么，但那些听过的人里还没有一个能在得知相关信息后成功逃脱的。

"嗯嗯。"猎霸继续点头，等待着自己声带的出血能让嗓子润一些。

纽曼也不卖关子了，他随即便说道："我，可以让别人回到'一天前'。"

"嗯？"猎霸换了个语气，但还是没张嘴。

"也就是说……让人的身体状态、地理位置等（此处的'等'自然包含了人身上的随身物品和衣物），都回到二十四小时之前。"纽曼接着道，"这个能力并不涉及目标的记忆，和'人在宇宙中的绝对坐标（地球的公转自转、宇宙的扩张等因素）'也无关……简而言之，这是个很好用的能力，只要掐好时间并运用好我手头掌握的资源，即使是非常强的对手，一样可以轻松搞定。"

他顿了顿，继续说道："就比如你那个能操控屎的同伴吧……在看到江赢被他秒杀的监控录像时，我也很惊讶，我震惊于这世界上竟还有这种未被联邦所知的超强能力者存在。但真要制订出一个对付这种人的计划来，对我来说也不难……

"我跟了你们好几天，通过分析你们的旅行路线，很容易就能猜到你们是想来坦丁堡乘东方快车穿过内海战区西进，所以我很早就派人盯住了列车的旅客名单，严查每一张车票的去向。

"结果不出所料，昨天晚上，你们中的一人通过当地的非法中间商弄到了三张车票和三本配套的假证件，当我得知了你们乘坐的列车班次之后，我的计划也就可以开始实施了……

"东方快车的发车时间是下午5点40分，二十四小时前，也就是昨天的5点

40 分，你们刚好停留在一家郊外的小餐馆里吃饭，这可谓是天助我也……假如你们三个当时正在车上，且车在移动中，那计算你们'BACK'后的准确坐标会更难一些，但现在嘛……"

说到这儿时，纽曼已伸手到上衣的口袋里，掏出了一部手机。

"昨天夜里，我已派人将那家小餐馆及其方圆一公里内的所有无关人员全部撤空。"纽曼一边说着，一边开始翻手机的通讯录，"一队逾百人的工程队连夜将那家餐馆夷为了平地，并在原地拼装了一个特制的净合金房间。该房间分内外两层，大套小，两层皆是六面密封的设计，里面的那层内部装有智能监控探头，以及压力、红外线等多种感应装置，一旦有目标进入其中，在 0.2 秒内，房间顶部的脉冲炸弹就会引爆，而脉冲炸弹的爆炸又会触发房间八个角落里的硝化甘油和微型核弹，这几轮炸完，内层房间的墙壁势必会出现裂痕，这时，外层房间里满满的强硫酸就会通过那些缝隙涌进内层……"

纽曼说完这句，已停止了翻阅通信录，并选中了一个号码拨了视频通信。

"现在……我想我已经解释得够清楚了。"纽曼说着，又将手机屏幕直接转向猎霸，接道，"你可以自己跟在那边负责的探员聊一下，并让他给你看看现场的情况，这样你便能知道我所言非虚。"

就在纽曼这句话说完时，手机视频已连线成功。猎霸望着那屏幕，沉默了 3 秒，然后，他抬头看着纽曼，举起右手，伸出食指，并将食指垂直向下，轻轻摆了几圈，做了个"转圈"的手势。

这一瞬，纽曼先是感到了一丝疑惑，紧随其后的，就是一种急剧膨胀的不安。

他照着对方的意思，将手机屏幕转了回来，看向了屏幕。

随后，他便发现，此刻正拿着现场负责人的手机和自己视频的人，并不是什么联邦探员，而是——史三问。

史三问看到纽曼的脸时，也没啰唆别的，直接就道："你那个放烟花的盒子我已经移走了，假如你现在把猎霸也给送过来，他就只会来到一片空地上而已，所以，接下来你看着办咯。"

说罢，他就挂断了视频通话。

纽曼面如死灰（因为本来就这脸色所以光从表情来看也没什么变化）地放下手机，眼神闪烁着思索了几秒，最后摇了摇头，从牙缝里挤出了六个字："真是岂有此理……"

见状，猎霸笑了起来，并且用一个耸肩摊手的动作，向对方传达了自己的嘲讽之意。

　　"算了……"纽曼没有理会猎霸的挑衅，只是接道，"既然你那个同伴已经强到了这种地步，那我也无话可说。"他微顿半秒，话锋一转，"但你也听到了，就在刚才，他毫不掩饰地通过视频出卖了你……虽然我本来也是这样推测的，但在他亲口告诉我'净合金房间已毁'的前提下，我自然不可能再对你用'BACK'让你逃走了，他这等于是把你交到了我的手中。"

　　此时，猎霸的嗓子也终于有点缓过来了，他应道："未必吧……我们现在可是一对一，你的能力也已经暴露了，虽然你可以将其作为最后的手段，在你快要输的时候将我送走，但在那之前，你凭什么认为自己一定能赢我呢？"

　　"哼……"纽曼闻言，面露冷笑，"问得好。"

　　那个"好"字刚出口，他便高举右手，打了个响指。

　　下一秒，整个泊车车厢内，除了纽曼和猎霸之外的所有乘客……统统停下了脚步。

　　这些在不久前连看都没朝这边看一眼的"行人"们，几乎在同一瞬整齐地转身、掏枪，上下三层，上百支枪口，于两秒之内已全部锁定在了猎霸的身上。

　　"虽然概率微乎其微，但我依然考虑到了'被BACK送走的人会生还下来或在死亡前后发出某种讯息'的可能，所以，我才会选择在行驶的列车上动手。"当周围的探员们集体亮枪后，纽曼娓娓接道，"在这时速接近400公里的移动载具上，即便你还有其他同伙收到了求救的讯息，也无法前来支援你；另外，为了保证今天的列车不会晚点，也为了让自己在可能发生的战斗中占到更多优势，今天这一整车人，全都是我事先安排的便衣探员。"

　　话至此处，纽曼又朝后退了几步，让自己远离了会被集火的那个范围，再道："我凭什么认为自己一定赢你？呵……大抵就是这个原因了。"

三

　　姓史的这到底是要我怎么样呢？

　　这整个"修炼计划"，虽然乍看之下很像是单方面的欺负人，但其本质肯定是有某种意义的……

第四章　进化

子临也好，史三问也罢，若单纯是要我死，他们根本不必费那么多周折。

在九狱时，在普亚纪时，在他们的秘密基地时，在遇到史三问这个人之后的每一秒钟……

逆十字的这帮家伙有无数个机会可以取我性命。

即便联邦将我定义成"狂级"能力者，但在这些真正的强者或是强大的组织面前，我仍是个随时可以被碾死的小角色。

别的不谈，就拿眼前这个死气沉沉的男人来说，不管他那招"BACK"是什么级别的异能，哪怕仅仅是纸级好了，只要结合了他的布局能力以及手头掌握的资源，他完全可以轻松地置我于死地，就算我事先有防备，恐怕也难逃一劫。

当然了，遇上史三问算他倒霉。

无论如何吧，考虑到史三问并不想让我死，而是想"测验"我，难道我真的要凭一己之力解决这状况？

以我现在的这副身体，被几百个荷枪实弹的探员以及一个史三问亲口认定的"高手"包围，怎么可能打得赢？

而选择逃跑的话，且不说我能否打破那高强度的车身，就算能，当一个人从配置了"类迁跃引擎"的、行驶中的交通工具里跳出去时，是会遭遇"曲速屏障"（这是该引擎技术最独特之处，能达到时速四百以上的载具在这个时代并不罕见，但只有类迁跃引擎可以制造出这种曲速屏障，从而使列车内的环境保持静止稳定的状态。虽然猎霸的文化程度不高，但这部分的知识他还是知道的，因为在这个时代的初中物理课上必讲这个知识点，且课本上所使用的例子就是"东方快车"）的，用血肉之躯穿过这屏障，怕是要被绞成碎肉。

这么一算，逃跑也是死路一条……

要不然，我先假装投降，待对方放松警惕之后，再找个时机突袭那个"能把人送回昨天"的家伙。只要我的攻击足以威胁到他的性命，他便有可能在情急之下对我使用能力，将我送走。

嗯……

不，还是不行，这家伙太狡猾了，几乎是算无遗策。

他可以为了万分之一的概率就把整列车的乘客都换掉，像这种人，又怎么会露出破绽让我偷袭得手呢？恐怕我一投降他就会立刻用某种方式彻底限制住我的行动。

可恶……想不出对策，而且又累又渴又饿，几乎无法集中精神……

等等，难道说，史三问是想让我……

不对，不对不对……

虽然接触的时间不长，但我相信史三问绝不是那种会迫使我去"吃掉"几百个无关旅客来增强实力的人。

眼下这个被包围的情景是敌方制造出来的，史三问不可能算得到整列车的旅客全都是敌人，再说他也不知道对手的异能效果是将人传送走。

所以不存在那种假设。

可是，我究竟该怎么做呢？说什么"只要你有认真听那些异能知识，这测验就能轻松搞定"，但这几天他讲的那些与其说是异能知识不如说是一些非常诡异的生物学理论……

在被上百把枪的枪口指住的一瞬，猎霸的大脑飞速运转起来。

短短几次呼吸之间，以上这些念头便已从其脑海中逐一闪过。

然而，最终他也没想到一个能帮他通过"测验"的办法。即使撇开史三问的"测验"不谈，只说"活下去"这件事，目前来看，他唯一的选择似乎就只有"真投降"这一条路而已了。

但，猎霸是不会投降的，他还没跟"史老师"杠完呢。

他本来也已经不怕死了，为什么要投降？再者，真投降了也不一定有活路——对追捕他的人来说，"活捉"或"击毙"都是可以的，区别只是功绩不同。而对猎霸来说，被逮捕后没准还是会被执行死刑，或者被拉去做什么不人道的科学实验。

因此，猎霸最后还是选择了……拼。

既然想不到可行的策略，就干脆放弃计划，将一切交给命运，干了再说。

说时迟，那时快！弹指之间，只见猎霸用尽全身气力，踏地横冲，扑向了自己右前方数米外的一名持枪探员。

这个人离他最近，而且所在的角度刚好适合他用右脚发力、右手擒抱……若是能抓住这家伙当人质，他或许还有周旋的余地，就算其他敌人无视人质的安危直接开枪，他好歹也算抓到个人肉盾牌。

然而，一秒后，猎霸就发现，自己过分高估了自己的速度。

这就好比一个有腿的人在刚截肢的那几天里会产生仍然长着腿的错觉一样，

此刻的猎霸对自身爆发力的印象还停留在自己具备"超速度、超力量"的那个时候。但实际情况却是，他现在的身体能力已经比普通人还要弱了。

砰——

猎霸这冲刺擒抱的动作才做到半截儿，整个人才刚踏出去一步半，那个被他锁定的目标就率先开枪了。

这第一声枪响，就好似是一整串鞭炮的头一角儿，随着那名探员的开火，其他探员也都纷纷扣动了扳机。

这些联邦探员都是老油子了，他们知道，像这种"罪犯在抓捕过程中暴力反抗"的案子，结案时开过枪的比没开过枪的功劳要大。有没有打中是另一回事，但你的枪至少得有开火的记录，哪怕你在增援来到之前朝着墙壁或天空放空枪也好，但不能一枪不发。

于是乎，可怜的猎霸在数秒之内就被打成了一个筛子，血肉横飞地仰面倒在了地上。

即便在他倒下之后，枪声还持续了整整五六秒才平息下来。

"都别放松警惕，这家伙有自愈能力，也许还没死透。"纽曼的确是个很谨慎的人，到了这个时候，他还在提醒手下们不要大意。

虽然纽曼看猎霸的样子，也觉得后者还活着的概率已经微乎其微，但他还是保持着戒备，想靠过去再检查一下。

不料……

四

"话说……我们真的不想办法去帮他一把吗？"这是在史三问挂断了视频通信后，张三问的第一个问题。

此刻，他俩正站在一片空地上，周围躺了一地的尸体，还停了十几辆车。

不久前将他们困于其中的那个双层净合金自爆屋，这会儿也已经被史三问从原位移开，挪到了较远的地方。

"没必要。"两秒后，史三问很有把握地回道，"稍微再等等，猎霸就会和我们一样，被对方传送到这里来了。"

闻言，张三挑眉道，"何以见得呢？"

史三问耸耸肩,接道:"把我们传送到这儿的那个家伙,其异能的效果是'让某个目标的状态和位置回到一天前',像这种能力……是杀不死'现在的猎霸'的。"

"哦?"张三又道,"你怎么知道他的能力是让人'倒退一天',而不是'将人传送到远处'?"

史三问应道:"首先,你肯定也注意到了……这个地方我们昨天来过,只不过眼下已经面目全非。其次,假设对方的能力真是'将人传送到远处',那他为什么不把我们传送到外太空或者地心来干掉我们,而非要在这儿搞那么大阵仗?"

张三道:"也许是他的能力有所限制呢,比如'只能将目标移动到自己曾到过的地方'之类的,再说了,把能力者传送到外层空间或者地心,既无法确保对方一定会死,也无法确认对方的尸体啊。"

"行了,少抬杠了。"史三问道,"你知道那是不可能的。照你这假设,那家伙直接把要逮捕的人传送进牢里不就得了,只要他事先到各种特种牢房里溜达过一圈就行。"

"呵呵……我也只是想试试你推测到了什么地步而已。"张三笑了笑,很明显,他刚才是在明知故问,"其实在那位现身的时候,我就已经把他给认出来了,他是EF的副厂长杰赛德·纽曼,能力也的确如你所说,是让人'回到一天前',只不过,他这能力经常被人误认为是远距离传送,绝大多数人都不会往'时间'这方面想。"

"我不往这方面想也不行啊。"史三问回道,"因为我可以非常清晰地感受到,自己的身体状态回到了一天前。"

"哈?"张三这下是真不明白了,"莫非你是通过体内屎的含量来……"

"不对。"史三问还没等他说完,就否定了这个猜测,"我怎么可能会去记那种事?"

"那你是?"张三疑道。

"你别忘了……"史三问接道,"我可是欧米伽级别的变种人,而且是已经存活了好多年的那种。"

"哦。"经他这么一提醒,张三就懂了。

欧米伽级的变种人,即使不做任何修炼,不磨炼任何技巧,能力也是会随着时间自然成长的,且这种成长的速度通常和年龄成正比。

举例来说,假设有个从来不做任何修炼的欧米伽级变种人,其刚出生时的战斗力是1,此后每过五年,他的战斗力都会自然成长到五年前的两倍,那么,头五年,他的战斗力每年只会成长0.2，但是第二个五年，他每年就会成长0.4，以此类推……从他五十岁那年开始，他的战斗力每年都会上升102.4，也就是说，在他五十岁时，他每一天增长的战斗力都接近于五岁前一整年增长的量。

虽然这只是一个例子，实际上欧米伽级变种人的成长速度是不太可能以这种"翻倍"的速度增加的，但大体上，"活得越久成长越快"是肯定的。

像史三问这种年龄三位数的存在，他的能力自是已经到了"每天都能感觉到自己比昨天强了一些"的程度，所以他在被传送后立刻就能发现——不仅是地理位置，就连自己的身体状况也回到了一天前。

"可是……"数秒后，张三话锋一转，"这事儿依然说不通啊……"他顿了顿，接着道，"其一，你说纽曼的异能无法杀死猎霸，这没错，但现在的猎霸已经被你折磨得连半条命都不剩了，要杀他，似乎也不需要借助什么能力了吧？其二，方才你和纽曼的视频通信，等于是在告诉他'对猎霸使用能力只会把他送到安全的地方而已'，这么一来，对方还有什么理由如你所说的，'把猎霸传送过来'呢？"

"呵……"史三问听罢，自信满满地笑道，"为了活命呗。"

"什么？"张三略显惊讶地问道，"你没搞错吧？你是说猎霸可以把纽曼逼到必须将其传送走才能保命的地步？"

"那当然了。"史三问用理所当然的语气回道。

"不可能吧……"张三还是不信，"纽曼的资料我看过不止一遍，他可是集EF最强技术于一身的超级改造人，在两百多年的改造人科技发展史中，接受'全身机械改造加生化改造混合手术'，并从手术中挺过来的人，有记载可查的只有二十个，其中有十二个成了植物（机器）人，五个变成了生活不能自理的严重残疾，还有两个成了失去理性的怪物（关在九狱禁区的那个生物就是其中之一，至少制造他的人认定他已没有理性了），而纽曼是唯一的一个'成功案例'，即便撇开异能不谈，他也有凶级顶峰的战力。以猎霸目前的身体状况，就算他让自身的DNA吞噬能力再度暴走，怕也不是对方的对手。"

没想到，他话音未落，史三问忽然来了一句："谁告诉你猎霸的异能是'DNA吞噬能力'了？"

此言一出，张三当即神情一变："你这话什么意思？"

"FCPS、EAS、EF……那么多号称专业的机构，却没有一个发现'真相'。"史三问道，"所有人，甚至包括莱文自己都被表象所蒙蔽，想当然地认为其能力就是

'吞噬生物的DNA并用其强化自身'，然后还给了他'猎霸'这么一个代号……"

史三问停顿了几秒，用一种似笑非笑的表情看向张三，问道："你看过那么多联邦的机密资料，想必也知道当年莱文是如何'获得异能'并变成猎霸的吧？"

张三点点头："我知道个大概吧。"

"那你说说嘛，我听听和我知道的是否一致。"史三问也看过天一给的资料，不过他还是想跟张三核对一下双方的信息。

张三想了想，说道："莱文他本来是某个实验机构里的清洁工。某天，联邦往那个实验室里送了一批研究'分子传送技术'的危险分子，并正式将这项技术的活体实验提上了日程。

"他们所需的'实验体'，除了各种动物之外，还包括人。

"莱文看不过去，想利用职务之便把那些人救出去，但实验室守备森严，到处都有监控，凭他一个人这事儿办不成，于是他就把那些成年的'实验体'也给放了出来，企图靠暴力突破。

"结果，逃亡演变成了混乱和屠杀，那些逃亡者们被全副武装的安保人员围追堵截，最终活下来的十几个人逃到了进行分子传送实验的房间，并试图利用这部机器逃走，但由于操作不当，装置发生过载爆炸，将所有逃亡者和大半的安保人员都卷入其中。

"爆炸过后，只有莱文一人生还，且他突然就拥有了异能。

"活下来的他，利用从附近动物尸体上获取的DNA，将自身强化，破坏了整个实验室。

"而在这些事情发生的同时，通过实验室内的监控了解到这些情况的联邦，想的却是赶紧把事情掩盖掉。他们紧急召集了一支肃清小队，前去杀人灭口。然而，小队赶到时，猎霸已不知所踪。"

张三说到这儿，便停下了，后来猎霸在短时间内被定位到"狂级"，被追捕并被关进九狱等事，他没有再接着讲。

"嗯……跟我了解的差不多。"史三问也很快接道，"这整件事中，有一个很重要的问题被联邦那边彻底忽略了，不知你有没有察觉到？"

"我本来也没留意，但现在经你这么一说，"张三若有所思地念道，"被卷入分子传送装置的人里，只有莱文一个人活下来，就是问题所在吧。"

"没错。"史三问道，"现在的人啊，一看到'一个人在实验室里遇到事故没死并获得了超能力'这种事，脑子里出来的第一反应就是'这是一种极小概率的偶然事件'，以及'就是这场事故让一个普通人变成了异能者'。"他摊开双手，"我只能说，漫画和电影对人类思想潜移默化的影响真是很了不起。但抱歉，这世上并没有那么多的闪电侠和哨兵，你们应该丢掉那种惯性思维，考虑一下，有没有可能，莱文从事故中活下来，其实本就是一种'必然'。"

"所以……"张三已完全明白了史三问的意思，"你的推论是，莱文并不是因为从事故中活下来才成为了能力者，而是因为他本来就是能力者，所以才能从事故中活下来？"

"这样想，反而更合理不是吗？"史三问应道。

"那……"张三又道，"他的能力到底是什么呢？"

"'死亡之适'。"史三问不假思索地说了这四个字，并继续言道，"在莱文过去的人生中，一直没发现自己的异能，是因为他的异能很特别。'死亡之适'是一种生来就已觉醒的异能，但要真正激活，必须让拥有者受到足以致死的伤害。"

"比如那场事故？"张三接道。

"对。"史三问回道，"在那场事故中，普通人显然是必死无疑的，而莱文不是普通人，在死亡将至时，他适应了当时的'致死模因'，从而获得了'将分子重组'的能力。

"你们看到的所谓'吞噬生物DNA并将其特质融于自身'的效果，只是这项能力的一种很丑陋的用法罢了，因为莱文的知识和想象力都很有限，所以才会用成这个形式。假如换成是你来用，你可以轻松掌握点石成金、化水为酒等操作。待能力级别练高了，你想把整个地球都变成棉花糖都可以。"

"嗯……"张三随即顺着对方的思路说道，"你是说，莱文那异能的效果就是，在人将死之际，根据'导致自己死亡的因素'，即时衍生出足以对抗乃至驾驭这种死因的力量？"

"基本正确。"史三问道。

"我勒个去……"张三也难得惊叹了一回，"那他岂不是永远都不会死？"他立刻就想到了好几个例子，"比如他若是被火烧死，那他就会在死前的刹那获得抵抗高温甚至操控火焰的力量；他若是被水溺死，就会在死前获得水中呼吸能力……呃，等等，要是他一直没发现异能，活到老死那天，岂不是会在咽气之际获得长生不老的力量？"

史三问看了看张三，轻笑一声："你这分析呢，对，也不对。"

"怎么说？"张三追问道。

"'死亡之适'的确能够像你说的那样发挥作用，但并不是无限制的。"史三问接道，"举例来说，若是一个人在火烧致死的情况下，凭'死亡之适'获得了控制火的力量，那么今后他的异能就是控火了，下一次他遭遇死亡时，'死亡之适'不会再有反应。"

"喂喂……"张三道，"这话不就绕回来了吗？"他撇了撇嘴，"既然死亡之适只能用一次，而且莱文已经用过了，那他的能力还不等于就是DNA吞噬能力？以他现在的身体，还是会被纽曼干掉的啊。"

"'只能用一次'这种说法并不确切，"史三问接道，"诚然，在通常情况下，'死亡之适'一旦'适应'成了另一种异能的形态，就无法再变回去了，但我这个'异能导师'自是知道逆转之法的。"

这时，张三露出了恍然大悟的神色："这些天你让莱文断水断食不睡觉，就是为了这个？"

史三问微微点头，笑道："我刚见到他的时候就发现，这家伙整个人无论从生理还是能量层面上来看都是乱七八糟的。胡乱地把'分子重组能力'当作什么'DNA吞噬能力'来用，必然会导致很多的后遗症，他先前的'暴走'，就是因为人类尤其是能力者的分子过于复杂了，以至于他重组时出现了难以控制的情况。

"其实仔细想想就该明白，变种人和改造人的能力还好说，但'能力者'的能力是源自'罪'的，跟DNA的关系不大，怎么可能通过'DNA吞噬能力'来获取？

"有些他以为是通过'吞噬'得来的特异力量，本质上只是他在用分子重组的形式强行'模仿'使用而已，其原理和原版根本就不一样，而他自己还浑然不知。

"简而言之，这个能力太复杂了，放在他身上反而是个负担。

"于是，我就对他展开了'反向改造'。

"我让莱文不吃不喝不睡并且通宵跑步，就是生理层面上的改造。几乎所有的异能者，其本身都是具备一定'本能'的，最近几天，这种远超极限的消耗，已经使其异能开始了'自食'，到今天中午为止，他的身体已经自耗得差不多了，仅从生理上来说，他已退回到了一个普通人都不如的状态。

"而能量层面嘛，像他这种几乎不会运用能量的傻瓜，我早已在他毫无察觉的情况下悄悄帮他梳理了一遍。

"眼下万事俱备,莱文的异能已经被我重置,只欠那位纽曼先生来一阵东风,让他的'死亡之适'再度反应、变化……"

同一时刻,东方快车,泊车车厢。

那被打得不成人形、仰面栽倒的猎霸,竟是在短暂的喘息后,又摇摇晃晃地从地上爬了起来。

已经靠到近处的纽曼见状,惊讶之余,也是赶紧顿住了脚步。

由于纽曼此刻的位置离猎霸比较近,在他身后呈扇形站立着的那群探员暂时也不便再开枪射击。

"为什么我没死呢?"猎霸站定后,十分不解地自言自语了一句。

纽曼表面上虽是没说话,但心里也在暗自念叨着:"对啊,我也想问啊,你怎么还不死啊?"

"不但没死,感觉上……"猎霸说话之际,他的身体也在愈合、恢复着,而且那复原的速度极快,比起那些常见的"自愈异能"至少快十倍以上,"饥饿感、口渴、疲倦、疼痛……全都消失了啊。"他试着握了握拳头,"还有这源源不断涌出来的力量,是咋回事儿呢?"

五

在智谋这方面,纽曼显然还算不错,他能很好地运用手头的资源去配合自己的异能,他有着周全的布局能力,还具备与生俱来的谨慎和冷静。

但是,与他的"武力"相比,其智谋竟还略逊一筹。

尽管纽曼的异能与战斗基本无关,尽管"改造人的异能等级在与其他异能者作战时通常都会显得有点虚"是众所周知的共识,但纽曼是个例外。

他在接受改造手术之前,本就已是一名凶级的先天能力者,要论"操控能量"的技巧,纽曼比猎霸高了不知多少个境界,就算他不用异能,仅仅是用能量来辅助体术,也已足够棘手。

更何况,他还是"超级改造人"。

这"超级"二字,可不是用来唬人的,而是名副其实的。

"继续射击！不要管我！"在大约五秒的犹豫过后，纽曼突然大喝一声，并在下令的同时朝着猎霸冲了上去。

【手臂限制解除】

同一瞬，纽曼又通过脑内的一个念头，对自己的身体也下达了一个命令。

就在他飞身掠向猎霸的那一秒，他的双手竟像是两条鞭子一样急速延长、甩出，并成功攫住了猎霸的双肩。

紧接着，纽曼脚下一踏，高高跃起，以双手为支点，拽着猎霸的肩膀，顺势将自己的身体倒甩向空中，好似一个朝天空反着荡出的秋千。

这还没完，他"荡"上去之后，又启动了安装在双脚底部的定向磁铁，把倒悬着的自己朝着第三层车厢的天花板"吸"了过去。

如此一来，被他抓住肩膀的猎霸自然也被向上提了起来。

"搞什么？空中飞人啊？"猎霸对这突如其来的奇招也是有些不知所措，由于双脚离地、无法移动，他现在基本成了个被吊在半空的活靶子。

这一刻，疾风骤雨般的枪声陡然响起。经过了那几秒的反应时间，车厢内的探员们自是按照纽曼的指令开始射击了。

猎霸可不想再尝子弹的滋味，见状，他几乎是出于本能地抬起双手，试图利用目前他唯一可以借力的东西——纽曼的两条胳膊，向上翻身逃跑。

可没想到的是，他的手还没抓到对方，一股强烈的电子脉冲便由纽曼的手掌释出，直接作用在了猎霸的身上。

猎霸登时被电得头晕目眩、一阵麻痹，下一秒，他就遭遇了新一轮的弹幕洗礼。

可这一次，他并没有被打得血肉模糊；那些子弹在接触到他的皮肤后，竟像是乒乓球撞在了厚实的橡胶墙壁上那样，被十分轻易地弹开了。

"为什么？他的皮肤分明没有硬化，子弹怎么会被弹回去？"将这一幕看在眼里的纽曼，赶紧在脑海中分析起了对方的状况。

眼下这轮射击，猎霸倒是没事，但纽曼的双臂却是挨了不少误伤，好在纽曼并没有"痛觉"这种东西，且其胳膊也根本不是什么血肉，而是一种半机械半仿生物质的合成材料。这种材质就算受到极其严重的破坏也可以慢慢地自我修复，当然了，直接将同质材料接上去会恢复得更快。

"算了，常规武器没用的话，这些探员留在这里也是累赘了，我自己来吧。"一息之间，纽曼心中就已有了新的计较，他马上又高声下令道，"停止射击，撤退到前后那两节车厢去,封锁两侧的入口!"

他的命令简单、直接,他带来的那些人也都训练有素,没有人质疑或拖延,很快,所有探员就都撤出了这节"泊车车厢"。

而纽曼也迅速将猎霸放开,任由其落回了车厢一层的地面上。

纽曼自己,则继续"站在"天花板上,倒悬于上方,昂首与猎霸对望着。

"怎么?子弹打不死我,你就把这好不容易安排上来的一车帮手给放弃了?"猎霸也是抬头向上,用颇为嚣张的语气说道,"话说你刚才那波电得我还挺爽的嘛,为什么不继续啊?储能不够了吗?"

这话,既是挑衅,也是试探。

纽曼心里清楚得很,但他仍显得不慌不忙。

因为手下们都已离去,车厢内安静了许多,所以纽曼又恢复了那死气沉沉的声调,淡定地回道:"既然已经知道子弹对你不管用了,那当然是该放弃掉这种攻击方式,否则反倒对我不利。"他顿了顿,"至于刚才的脉冲,你猜得也不算错。再怎么说他们也不可能往我的身体里装一个核反应堆的,所以我用的只是比较先进的蓄能电池而已,刚才的那次脉冲的确是把电力耗得差不多了。"

"哦?"猎霸笑道,"那么,没了电力又无法使用异能的你,现在打算怎么对付我呢?"

"哼……"纽曼闻言,却是冷笑出声,"你最好别搞错了,到目前为止,我还没出力呢。"

他这句话的最后一个字和下一句话的第一个字,几乎是连着说出来的,但就在这刹那的停顿间,他的身影竟已从三层的天花板上,来到了一层的地面上,来到了猎霸的身后。

"我希望部下们用常规武器解决你,只是因为我不想破坏掉这东方快车。"纽曼这后一句出口时,已是一拳轰向了猎霸的后心。

他真的很谨慎,即便是在速度占有绝对优势的情况下,他还是特意站在了离对方尚有三米的地方,利用手臂可以伸长的优势进行中距离打击,只因在这个距离上,就算猎霸来得及做出反应、转身挥拳,也够不着他。

砰——

纽曼的拳很重,如他所说,重到了足以一击就打破车壁的程度:一个先天的凶级能力者,将能量灌注于强化改造过的躯体上,其体术水准自当比一般的凶级能力者更强。

然，这拳打在猎霸背上，居然也和方才那些子弹一样，被弹开了。

尽管这拳的力量非常巨大，但打在猎霸身上的效果还是那样儿——所有的力都不知去向，并化为了一个"被轻巧地弹飞"的结果。

"这莫非是……"亲身感受到那诡异的打击感后，纽曼立刻产生了一个推测，"将'冲击力'无效化的能力？"他的思绪飞驰着，"可这家伙的异能难道不是吞噬动物的DNA以获得某些类似的强化吗？什么样的动物会有这种特性？而且，他之前明明已中过枪了，还被打成了肉酱一般，这会儿怎么又……等等，难道说，刚才那是装的？还有他这几天不吃不喝不睡的表现，该不会也是演给我看的吧？"

另一方面，猎霸的心里，这会儿其实也是慌得不行。

他根本就不知道自己的"死亡之适"已被重新激活，事实上，他也不知道自己的异能叫死亡之适。他解释不了自己为什么会从濒死状态复原，为什么突然就能弹开子弹了，也不明白纽曼为什么会打出这"不痛不痒"的一拳。

从猎霸的角度出发，他只是看到了纽曼那远超自己的速度，继而推测对方的体术也远在自己之上，所以他现在不太敢主动攻上去，只能虚张声势，生怕上去拼一波正面之后暴露出自己与对手的实力差距。

"呵，就这种程度，你也好意思吹一波？"两秒后，猎霸装出一副不屑的样子，不紧不慢地转过身来看向纽曼，继续装。

"嗯……"而纽曼则在斟酌了片刻后，暗忖道，"'冲击'没用的话，只能试试别的了。"

言至此处，他又是心念一动。

【腿部限制解除】

【躯干限制解除】

随着指令的运行，他那介于机械和仿生材料之间的肢体也开始变化。

转眼之间，纽曼的四肢和躯干都增加了一倍的长度，使其外形变得像是"面条人（Slender Man，一种都市传说中的生物，亦称无面人或瘦长魔）"一般，他的站姿也因此变得怪异起来。

六

　　解除了身体限制的纽曼,身高达到了夸张的四米,其双臂张开后的臂展也是四米多,而他那双大长腿,更是长得跟高跷似的。

　　最可怕的是,这样的身形,竟并不影响他的速度。

　　只在眨眼之间,纽曼就如一道恐怖的怪影般欺向了猎霸,在后者根本来不及反应的情况下,纽曼奇招又出。

　　凭借那可以任意弯曲变形的肢体,纽曼能使出各种正常人用不出来的匪夷所思的锁技。比如眼下,他的双臂和双腿就变成了弹簧状,呈螺旋形一圈圈把猎霸的双臂和双脚牢牢缠住了。

　　虽然猎霸也尝试了用蛮力挣脱对方的束缚,但纽曼的身体被改造得强韧无比,再加上纽曼可以控制能量来加强自身的力量,猎霸自是无力对抗。

　　"喝——"情急之中,猎霸只能暴喝一声,用自己的后脑勺冲着身后的纽曼发动一记头锤。

　　可是,纽曼不单是四肢,就连躯干也可以像无脊椎动物一样做很大幅度的弯曲腾挪。面对猎霸这本就射程极短的攻击,纽曼很轻松就闪了过去。

　　又坚持了几秒后,在力量方面被彻底压制的猎霸,其架势终究是散了。紧接着,他的四肢便被纽曼强行往后掰折,一直掰到连关节连接处都彻底折断的程度。

　　想象一下,当你在吃一整只鸡的时候,把鸡翅膀从鸡的身体上逆着关节折下来的情景——猎霸现在经历的就是这种状况。

　　"对'冲击'有较高抵抗性的敌人我以前也不是没遇见过……"待对手的四肢都被折到背后并耷拉下来之后,纽曼又一次开口了,"在我看来,这也不算什么很难对付的能力,毕竟,施加力的形式有很多种。"

　　话至此处,他忽然松开了缠在猎霸手臂上的双臂,并以迅雷不及掩耳之势又抓住了猎霸的脑袋,然后就发力"拧"了起来。

　　纽曼的策略很清楚,他并不对猎霸那尚未明确的异能做更多的推测,他只对目前为止亲眼看到的情况,即"急速自愈"和"冲击无效化"这两种异能做出针对性的反应,于是他就想到了这个方法。

　　呲——

　　三秒后,伴随着一记近似裂帛之声的怪响,猎霸的头真的就被拧了下来。

然，极为诡异的一幕发生了……

纽曼惊讶地发现，他左手上拿着的东西，不知为什么（他并没有移开视线，但无法解释变化的过程），已经不是猎霸的脑袋了，而成了一个"炸弹"。

虽然纽曼见过的炸弹也不少，但眼前这玩意儿，他只在卡通片里见过，因为那就是一个典型的"卡通炸弹"；其外形是一个黑色的圆球，球的一端延伸出一根引线，引线这会儿还着着火。

嘭——

尽管纽曼的右手已及时收住，但那炸弹还是在他犹豫的刹那发生了爆炸。

这卡通炸弹爆破后，产生了大量的黑色浓烟，将周围的能见度降到了零，但这烟来得快去得也快，就跟卡通片里的"烟幕转场"一样。烟散之后，纽曼发现自己除了被炸得灰头土脸之外，并没有受到什么实质性的损伤，但被自己压制在地上的猎霸的躯体，却也不翼而飞了。

下一秒，纽曼便赶紧抬头扫视四周，他很快就找到了站在数米外的猎霸，而理应已经被折断了四肢的猎霸，竟又一次变成了毫发无伤的状态。

"怎么回事？"纽曼动摇了，他的体质不会流出冷汗，但他心里的确是有点慌了，"难道从头到尾我都搞错了？其实他的能力是幻觉系的？那我又是从什么时候开始中招的？"

一个人若是十分聪明却又不够聪明，就很容易会想得太多。

纽曼的慌乱便源于此，当他将猎霸的异能推断为"幻觉"之后，他就开始怀疑一切。理论上来说，也许从几天前、他展开跟踪的那一刻起，他就已经在幻觉中了。随后发生的所有事都可能是假的，这样一来，史三问和张三从他精心布置的必死陷阱中逃生，好像也能解释得通了。

但事实上，他自然是想多了，也想错了……

猎霸目前的能力并不是制造幻觉，而是一种名为"卡通化"的异能。

在此前那轮极为夸张的弹幕齐射之下，他的"死亡之适"演变成了这个形态。

"卡通化"属"秩序破坏"类异能，其在进攻方面的作用基本是负的，但在防御这块，可说是最强能力之一。

当一名"卡通化"能力者受到攻击时，那些攻击可能但不限于会"被弹飞""发出可笑的音效并无力化""全部擦边并在目标附近的墙面上留下一圈目标身体的轮廓""将目标烧焦、砸扁、扎破、揍飞等等，但目标会以一种未必合乎逻辑的方式恢复并存活下来"。

同理，熟练掌握了"卡通化"这一能力的人，也可以主动玩出一些花招，比如"凭空从身后掏出物体""把嘴像拉链一样拉起来""让心脏变成鸡心形，从胸腔中凸出弹动并发出扑通扑通的声音""瞬间移动、甚至在瞬间移动的同时换装并化妆"，等等。

这个能力，是一柄双刃剑，在防守方面近乎无敌，但觉醒了这种能力的人在进攻方面也会变得非常糟糕，就连他们施加在别人身上的攻击也会变得无法造成应有的伤害，最多让对手变得很恼火。

"我是怎么活下来的？"另一方面，此刻猎霸的心中也如一团乱麻，"我到底是怎么了？是史三问对我动了什么手脚吗？从刚才开始，我不但变得精力充沛，浑身像有使不完的力气，还一直有一种莫名的欢快情绪，之前累积的饥饿、口渴、困乏都没了，就连被枪打、被折断四肢、被拧脖子，都一点没感到疼痛。等等，我这该不会是在做梦吧？"

对纽曼来说，遇到猎霸这种想象力和理解能力不算很强、性格也不算恶劣的"卡通化"能力者，那真是天大的运气了，要是换个性格恶劣的聪明人在这儿，纽曼怕是得被玩儿疯。

"不管了……"猎霸思索了片刻，无果，便不再多想，"虽然他比我强很多，但现在的我好像是杀不死的，我就上去跟他拼命，哪怕耗也能耗死他。"

念及此处，猎霸便向对手袭杀而去。

事到如今，猎霸也不再去控制脸上的表情了，他露出一副战意盎然的神色，显得信心十足。

而面对这样的猎霸，纽曼又一次下了判断。

"BACK！"

冷静的纽曼，做出了一个不出意料的举动——用其异能将猎霸送走了。

对纽曼来说，面子什么的并不重要。

他也绝不会意气用事，抱着侥幸心理，跟一个自己杀不死却有可能会杀死自己的人打一对一的拉锯战。

即便回去以后被人指责"兴师动众换掉一火车的乘客，牺牲大量探员，还花了很多资金，最后连个屁都没抓到"，他也不会做任何辩解。

纽曼就是那种能果断割舍掉"沉没成本"的人，他对当下和未来的判断不会受到那些无法挽回的成本的影响。而且，他对各种情况都倾向于做最坏的、最极端的判断。

正是因为他具备这份高人一筹的冷静和稳健，才能成为联邦政府最出色的调查员之一。

其实，仔细想想，他此次追捕之行的收获依然是很大的：尽管他没有抓到或杀死任何目标，但他获得了不少很有价值的情报。反正现在在逃的异能者通缉犯很多，也不差这几个，在获取这些高端战力情报的同时，能全身而退，纽曼觉得自己已是赚到了。

两分钟后，纽曼将身体变回了常态。他身上的衣服都是特制的材料，可随其变化而延展，故而也没有损坏。

稍微整理了一下衣物和思绪后，纽曼调整了一下呼吸，随即就走到了车厢一侧的门口，提了声音对外说道："我是纽曼长官，行动已经结束了，我现在准备打开门，你们注意枪别走了火。"

话音落后，他等待了几秒。

几秒过去，一丝恐惧开始在他的心头蔓延，因为，门外，非但没人回应他，而且连一丁点儿的人声都没有。

感到了异常的纽曼没有再重复方才的话，他直接打开了那扇分隔着两节车厢的电子门。

结果，门后出现的，是一地的尸体，和一个正站在过道儿中间默默抽着烟的男人。

今天的杰克，仍穿着一袭黑色西服，他脸上那道显眼的伤疤，并没有破坏他抽烟时那优雅深沉的气质。

"无声无息地在离我如此近的地方杀了那么多人，而且，除了鞋底之外，全身上下连一滴血都没沾到……"纽曼用自己那死气沉沉的脸望着对方，冷冷言道，"呵……此番风采，不愧是人称'杀神'的男人。"

纽曼这句"夸赞"，其实也是示威，言下之意就是——我知道你是谁，但我也不怕你。

可是杰克却没多大反应，他只是抽了口烟，用心不在焉的口吻回道，"有话你跟他说，我没兴趣跟你聊天。"

纽曼闻言，后知后觉，猛然回头，这才发现，就在他跟杰克对峙的几秒间，车厢另一端那扇门也已经开了，毫无疑问，那一侧的联邦探员们也都已经殉职。

而杰克口中的那个"他"，此时也已经来到了纽曼身后五米左右的地方。

那是一个面带微笑的年轻人，一张纽曼并不认识的面孔。

"所以……"为了给自己分析局势争取更多的时间，纽曼说这话时，刻意放慢了语速，"你们二位，也是猎霸的同伙？"

子临没有回答这种明知故问的问题，而是接道："螳螂捕蝉，黄雀在后，大概就是形容眼下的状况咯。"

"哦？"纽曼道，"你的意思是，你们俩其实是冲着我来的？"

"猎霸抵达法蒂玛的那天，在他和老史碰头的那个时间那个地点，附近刚好有一个护卫官在，你觉得这真的只是巧合吗？"子临用一个问题回应了对方的问题。

纽曼没有说话，而是结合自己所掌握的调查情报开始回顾这些天的经历，并快速地思考着。

"有资格被派来调查护卫官死亡事件的人并不多，你是其中之一，但你并不是我一开始认为会来的那个人。"子临见对方不接话，便继续说了下去，"我原本以为，来的会是那个'只有在东方快车上才能轻松将其杀掉'的家伙，所以才早早布下了局，可惜来的是你。说实话，要杀你，在哪儿都可以，不过，算了，反正我们的行程也安排好了，而你也是必须要除掉的人之一，所以……"

"BACK！"纽曼没有听他再说下去，因为纽曼已经猜到了对方口中那个"只有在东方快车上才可能被轻松杀死的人"是谁，假如对方确有杀死那个人的战力，那纽曼在正面的对抗中绝对是占不到什么便宜的，因此纽曼很果断地就对子临和杰克使用了"BACK"。

那两人在他使出能力的刹那便突兀地消失了，但……

"我不是已经跟你说了吗？"两秒后，子临的声音竟又一次响起，只是这次，他的身影出现在了这节车厢的二层，"我'早就布下了局'，当我得知被猎霸'钓'出来的人是你之后，我有充分的时间来做准备，去应付你的能力。"

不止是子临，此时，杰克也出现在了这节车厢的二层，他就站在子临的身旁，一起居高临下地望着站在一层的纽曼。

"你们……昨天这个时候，也在这东方快车上。"纽曼的脑子不慢，他立马就明白了对方话中的含义。

"是啊。"子临接道，"我想你也很清楚，这东方快车每天都跑一个来回，且来和回的发车、行车时间都是固定的。昨天从坦丁堡到花都的这趟车就是准点发车，当时我俩买的也是这泊车车厢的票。今天嘛，托你的福，同样是准点发车，一秒不差，那我们被你'BACK'了之后，自然也还是在这儿。"

　　"看来你对我的能力很了解啊……"纽曼知道情势不太妙了，但他还是出言试探，并思索着脱身的方法。

　　"只要知道你在 24 小时内不能对同一个人用两次 BACK 且不能用在自己身上这两点，便足够了。"子临耸耸肩，露出一个毫无诚意的、"遗憾"的表情，"总而言之，很抱歉，纽曼先生，恕我不能让你活着回去汇报这次行动的收获了。"

"龙井"之谋 尾声

杰赛德·纽曼及数百名联邦探员殉职的第二天，坦丁堡以东，法蒂市。

下午3点，某酒店的自助餐厅内，打扮得文质彬彬好似有为青年的兰斯，来到了史三问的面前。

"我能坐下吗？"兰斯问这个问题的时候，已经把史三问对面的那个椅子往外拉了。很明显，他也就是客气客气。

"你是那个叫兰斯的小鬼吗？"史三问也没说"坐吧"这种废话，而是在兰斯坐下的过程中望着对方的脸如是问道。

"正是。"兰斯大模大样地坐定，跷起了二郎腿。

"什么事儿？"史三问对逆十字这些成员的情况基本了解，因为老板天一吩咐过，对史三问这个人，组织可以不保留任何的秘密，所以老史想知道什么，只要开口问，张三都会答。

"来交换一些信息咯。"兰斯说道。

"还有呢？"老史这也是明知故问。

如果仅仅是"交换信息"的话，打电话或者发消息就行，没必要特意派个人来。

"还有就是把一些不太方便通过通信设备传达的事情当面告诉您。"兰斯回道。

"有什么不方便的？那些通信可能留下的数据痕迹找张三帮忙抹掉不就行了。"史三问又道。

不料，兰斯的下一句话却是："您对张三这个人，究竟了解多少？"

闻言,史三问神情微变:"什么意思?难道你想说他是卧底?"

"我可没有这么说哦。"兰斯笑道。

史三问喝了口桌上的饮料,思索了几秒,再道:"我认识张三也有些年头了,最初还是天一介绍他给我认识的,如果他是卧底,我希望你能明确告诉我。"

"张三并不是卧底。"兰斯回道,顿了一秒后,他又接了一句,"张三也根本不是张三。"

"说人话。"史三问示意对方解释清楚。

兰斯耸耸肩,接道:"张三的真名叫姬奇,他是斌尊仅有的一个儿子,也可说是斌尊这个人唯一的弱点所在。"

史三问听了,想了想,念道:"我就说这小子的名字怎么这么随便呢。不过,还是有几个说不过去的地方……"他又质疑道,"就算张三本人是叛逆期持续得稍微久了点儿,强行要待在和自己父亲敌对的组织里,但他的老子,可不是那种会任由自己的软肋被握在别人手里的人啊。"他顿了顿,"再退一步讲,这两人无论如何也是父子,你们真的确定他不是来卧底的吗?"

"确定。"兰斯回道,"因为斌尊并不知道张三就是姬奇,连张三自己也不知道自己是姬奇。"

此言一出,史三问稍微反应了几秒,便道:"你们让'浪客'把他的记忆改了?"

"不是'我们',是天老板一个人。"兰斯道,"这事儿发生的时候我还是个孩子呢,张三那时也才十几岁。"

"嘁,那个恶趣味的家伙……"史三问若有所思地啐了一句。

"我倒是觉得这手段挺高明的。"兰斯接道,"绝大多数人在抓到了某个重要的人质之后,想的都是如何将其'藏'起来,然而,那种无限期的囚禁,得到的往往只有三种结果——人质逃跑、人质自杀、人质被找到并救走。

"而天老板的做法却是——将人质'物尽其用',摆到台面上作为棋子去驱使。

"'张三'也的确是一枚很好的棋子,虽然记忆被调整了,但张三本身的聪明才智并不受影响,即使不参与任何的战斗工作,这些年里他为逆十字作出的贡献也比我们这些后辈要多得多。"

史三问冷哼一声:"姓天的就不怕张三哪天遭遇个意外什么的?比如被联邦的人干掉,或者干脆就是被斌尊的手下给干掉?"

"哈哈哈……"兰斯听到这儿,不禁笑出声来,"若真那样,我估计天老板会亲自跑到斌尊面前,愉悦地告诉他'你之前下令让手下干掉的那个其实是你儿子哟',然后像是嗑话梅一样细细品尝斌尊在那一刻的表情。"

"看起来你和你们老板在性格上颇有些相似之处啊。"史三问嫌弃地看着兰斯说道。

"过奖了。"兰斯这句可是发自肺腑的,"天老板和史先生的境界,我还望尘莫及啊。"

"活成我们这样,也并不是什么值得羡慕的事。"史三问侧目言道。

"我并不羡慕啊,我只是由衷地表示钦佩。"兰斯应道。

"行啦,接着说正事儿吧。"史三问不想再聊这方面的事,故而将话题带了回去。

兰斯点点头,用总结的语气道:"综上所述,这次我特意过来跑一趟,就是为了当面告诉您关于张三的这项情报,希望您能在接下来的几周,顺手保护一下他的人身安全。"

"他当'张三'当了几十年都不需要保护,现在却要保护了……"史三问接道,"这么说来,接下来这几周内会出事儿啊。"

兰斯用很轻松的语气说道:"您看今早的报纸了吗?"

"我不看新闻的。"史三问回道。

兰斯顺手就从怀里掏出一张当天的晨报,将头版头条向上拍到了史三问面前的桌上。

史三问只是扫了一眼,便看到了一张大幅的、军容雄壮的联邦军宣传照,以及标题那一行大字——反恐战争或将于本月底前迎来胜利。

"槽点在哪儿?'反恐'?"史三问问道。

"槽点在……"兰斯回道,"他们一边发布这样的新闻稿,一边则在从前线撤军。"

史三问没有追问"撤军"的情报从哪儿来的,而是立刻做出了一个推测:"干吗?他们要动用核武器?"

"那是最坏的假设,但也不是全无可能。"兰斯回道,"从我们目前掌握的消息来看,大概率是准备对反抗军的占领区和周边的一些郡府投放一批三万磅级别的超大型空爆炸弹。"

"哈?"史三问道,"炸占领区也就算了,炸周边的其他城市是要怎样?"

"掩人耳目啊。"兰斯道。

"怎么个掩法?"史三问又道,"还有,做了这种事,随之而来的舆论他们怎么压?"

"'穷凶极恶的叛乱军武装部队在兵败之际胡乱地发射了占地军火库里的所有大规模杀伤性武器,最终导致了大量前线将士的牺牲,以及无数平民的伤亡'……"兰斯边说还边做了个打引号的手势,"……此时此刻,类似这种调调的新闻稿,联邦那边已经有人负责在写了,等到他们实际行动的那天,在轰炸结束后的二十分钟之内,这类报道就会遍布全球所有的媒体,而且篇篇都言辞犀利、准备充分、情真意切、铁证如山……"

"嗯……"史三问顺着兰斯的思路,沉吟道,"原来如此,这样一来,就算反抗组织那边事后再发声明否认,民众们也早已被联邦发布的那些贼喊抓贼的新闻给先入为主地影响了,舆论战层面的损失几乎已不可挽回;再加上他们轰炸的不仅是反抗军的占领区,连周边自己的占区都炸了,大大增加了这套说辞的真实度。"

"那些反抗军是否发得出声明,都还是个未知数呢。"兰斯又道,"据我所知,有好几个组织已经将领导层从秘密据点转移到占领区去了。一方面,他们是为了做些宣传,争取更多普通民众的加入;另一方面,也是为了更有效率地进行战事的指挥。呵,想象一下,若是连这些反抗军的高层人员也都被炸死了,还有谁来帮他们发声?"

"等等。"史三问这会儿又想到了什么,疑道,"这么大规模的战争,撤军的事,反抗军那边难道就没得到风声吗?"

"得到了又怎样?"兰斯道,"联邦撤走的部队只是少数的精锐和嫡系,物资方面则是回收了一些重要的高端作战兵器,剩下那一大半地面部队还驻扎在前线没动呢;站在反抗军的角度上看,这是很正常的现象——是战争进入稳定期的信号,他们又没有我们这样的情报能力,怎么可能知道联邦要搞那种丧心病狂的大轰炸。"

"呵……"听到这儿,史三问也笑了,冷笑,"我听着,联邦那边貌似也有些恶趣味的家伙在呢。"

"可不是嘛。"兰斯道,"这场'战争'之所以能押一个多月,无非是因为'他'想钓更多的鱼出来上钩而已。经此一役,反抗军们势必元气大伤,而联邦军损失的不过就是最普通的基层将士,真正的精锐力量并未伤分毫;靠着舆论战的优势,联邦很快就能从征兵中将损失的兵力补回,且那些入伍的新兵有九成以上是因为轰炸事件引发的仇恨才加入的,与反抗军不共戴天。"

"那逆十字的态度又如何呢?"史三问道,"该不会是打算默默看着这事儿发生吧?"

"呵呵……"兰斯又笑了,"史老师下过象棋吧?下象棋的时候,为了要赢,你多少都得让对面先进几步，甚至吃几个子儿。"

"明白了。"史三问已经领会了这话里的意思，不用听更具体的了，"反正那些'弃掉的子'也不是你们的，那就更不心疼了。"

兰斯没接这话，而是话锋一转道："说起棋子儿……猎霸现在如何了？"

史三问又喝了口饮料，回道："挺好啊，吃饱喝足，在房间里睡大觉呢，都睡了十几个小时了。"他微顿半秒，再道，"由于纽曼死前对他使用了能力，所以他又回到了一天前的状态，新觉醒的能力也没了。昨天我详细询问了他战斗的过程，基本确定'死亡之适'已经是待激活状态，所以他也不用再绝食断水，只需要等着下次激活的机会。"

"哦？"兰斯挑眉道，"那他现在岂不是变得很'好用'？"

"是很好用，但这货太笨了，还是得继续跟我一段时间，多学点东西。"史三问接道，"若是现在就拿出去'用'，就算他又觉醒了一个超强的能力，也一样会重蹈前两次的覆辙，只能发挥出能力的皮毛，浪费才能。"

"没事，我们本来也没打算现在就'用'他，我只是说说而已。"兰斯道，"总之，之后那几周，在联邦的轰炸行动结束前，'张三'和猎霸还是得仰仗您多关照……"他说到这儿，已站起身来，准备要走了。

"慢着。"史三问叫住了他，问出了自己最关心的问题，"我的细软呢？"

兰斯顿住脚步，回道："哦，那个啊，您放心吧，虽然昨天的事件闹得比较大，导致东方快车抵达花都后被暂时封锁并停运了，不过您那辆小拖车以及车上的东西我们都已经从泊车车厢里抢了出来，并妥善地保管了起来。您先安心在这儿住个几周，等哪天这里被夷为平地了，交通封锁和东方快车的停运肯定也都已经解除了，那时候您再去坦丁堡乘车赶赴花都就是。"

2219年，3月29日，晨。
水晶郡某宅邸中。

每天早上，穆罕穆德都会坐在他那宽敞的客厅里，吃上一份热腾腾的早餐，并配上一壶刚刚沏好的龙井，今天也不例外。

因为他喜欢在吃早餐的时候听一些音乐，所以在他餐桌对面的墙边放着一套音响——一套昂贵到让人在听到价格后会忍不住再确认两到三次的音响。

就像某部电影里说的："站在这样一套设备前，如果你闭上眼睛，你会以为是真的有人在你面前演奏或歌唱。"

今天，穆罕穆德播放的是巴赫无伴奏大提琴G大调第一组曲，他的最爱之一。这是他心情很好的征兆。

伴随着音乐的流淌，他甚至数次闭上双眼、举起手中的筷子轻轻挥舞，面露陶醉之色。

然而，此时此刻，在东西洋洲大陆的交界处，却有无数的生灵，正在血与火的地狱中起舞。

一场在后来被称为"铁笼之炎"的惨剧，就在这一天的早晨上演了。

自一百多年前的"天都毁灭"事件以来，人类已有一个多世纪没有再经历过这种规模的战争伤害了。对生活在这个时代的绝大多数人来说，"某天，一道闪光和一股灼热的气浪突然出现，夺走了你的生命以及你周围的一切"这种事，是他们绝对不会去想象的。

因此，当这种伤害毫无征兆地降临时，他们会格外的震惊、无助、悲痛、愤怒……

但在当时，并没有人知道这次针对数个郡的大规模无差别轰炸行动究竟是谁所为。在联邦早已准备好的宣传攻势下，民众们几乎全都相信了这是反抗军的暴行。

嘀——嘀——

就在穆罕穆德享受着音乐、美食和"胜利"之际，他放在桌上的平板电脑忽然响了起来。

闻声，他扫了眼屏幕，发现是一个未登记的陌生号码向自己发来了视频通信的请求，稍稍犹豫了一下，他还是立起了平板，并点了"接通"键。

"认识我吧？"子临没有跟对方客套，画面一出来他就直白地问了这么一句。

"当然认识，你是子临嘛……"穆罕穆德用他那异常的沙哑嗓音，和淡定的语气应道，"现在逆十字是你在话事对吗？"

子临没有回答这个问题，而是反问道："现在茶宴是你在话事吗？"

穆罕穆德明白对方的意思："茶宴向来是由代号为'龙井'的成员做主的，这你应该知道。"

子临耸耸肩："逆十字向来都没有什么真正的话事人，这你也应该知道。"

"这样啊……"穆罕穆德冷笑一声，"呵，那你好像没资格跟我聊天啊。"说着，他又拿起了刚才放下的筷子，在桌面上掇了掇，准备接着吃饭。

"如果每次我听到'资格'这两个字从你这种下贱的人嘴里说出来都能得到一

块钱，我现在绝对已经是百万富翁了。"子临道。

"注意你的措辞，年轻人。"穆罕穆德被骂了也没生气，只是悠然地将食物放进嘴里，并一脸满足地嘬了几秒。

"我所用的措辞，只是在描述显而易见的事实，这并无不妥。"子临微笑着接道，"你人模人样地坐在那儿，吃着中式的早餐，喝着上好的茶叶，却播放着与之格格不入的音乐来附庸风雅，这叫不伦不类；你拿筷子的手太过靠前，连中线都没过，这叫贫相；你对齐筷子的时候掇了桌子，这叫粗俗；你吃东西的时候喜欢放嘴里嘬几秒，这叫穷酸；你犯了这么多传统规矩的忌讳却不自知，这叫无知；你得了个'龙井'的名头就以为自己'做主'是理所当然，这叫自大；你搞了点贼喊抓贼的戏码自以为精妙绝伦，且已大功告成，这叫愚蠢；你在跟身为逆十字成员的本大爷对话时没有表现出应有的尊重和敬畏，这叫作死。

"综上所述，你这个一副穷酸相、粗俗、无知、自大、不伦不类的作死蠢货，竟认为我跟你谈话还需要所谓的'资格'，这叫给脸不要，即下贱。"

子临在说这段话的时候，穆罕穆德整个人都僵住了，其脸色也变得很不好看。

穆罕穆德这辈子都没有被人这么喷过，最气的是他愣是找不到反驳的点。

"现在听好了，我今天特意来联系你呢，只是为了告诉你两件事。"子临也没等他回答，便接道，"其一，不要以为你做下的这件事是终结了乱世，恰恰相反，那只是这场大戏的第一幕。"

他顿了顿，接道："其二嘛……"也不知是想到了什么，子临忽然露出一个充满恶意的笑容，"你觉得成就了此刻这首曲子的人是创作它的巴赫呢？还是演奏它的乐师呢？"

"你什么意思？"穆罕穆德并未直接回应这个听起来像是陷阱的问题。

"我的意思就是，如果'茶宴'是一首曲子，我希望你能演奏得更用心些。"子临笑道，"这样等巴赫来打你耳光的时候，你至少还能用'尽力了'来给自己辩解一下。"

穆罕穆德逼视了子临几秒，着实没想通对方的弦外之音，故而回了四个字："不知所谓。"

"我的话你不用现在立刻听懂，你要真懂了，反而会让事情少了很多乐趣。"子临接道，"总之，我要告诉你的就是这两件事，希望你能打起精神，别急着庆祝只存在于自己想象中的那份'胜利'，因为逆十字和茶宴、联邦之间的游戏，这才刚刚开始。"

VOLUME THREE

卷 三

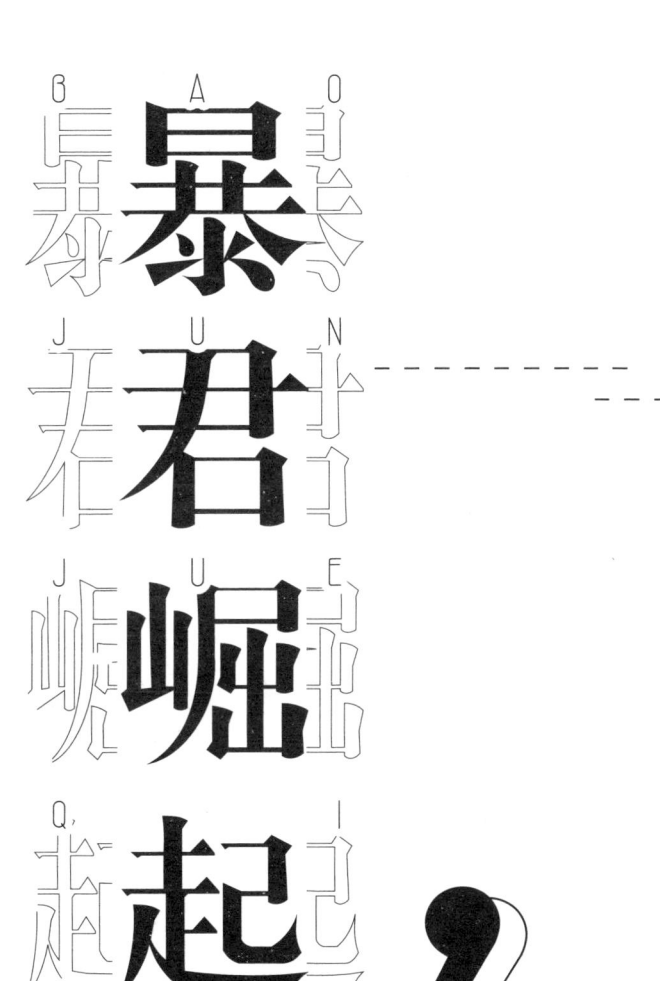

暴君崛起

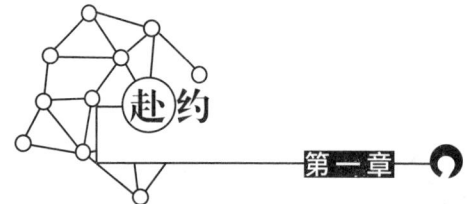

第一章 赴约

一

4月,"铁笼之炎"烙印在大地上的伤痕仍未痊愈,其影响也在持续发酵着。

联邦政府中的大人物们正在忙于慰问和演讲,以此获得相应的政绩;网络上的意见领袖们则在扮演着各自人设下的角色,或哀悼,或唏嘘,或质疑……

而平民百姓们,基本都在大人物和意见领袖们的影响下,分别站向不同的队伍。他们喊着一些与自己未必有关的口号,说着一些自己未必明白的漂亮话,有时还会和一群素不相识的人用键盘争论一些自己未必在乎的事……

他们都喜爱随着一股"正确"的大流,以自己觉得舒适的方式,向世人展示一份廉价的同情。

尽管,世人,包括他们自己,其实也并不怎么在意别人心中真实的想法。

至于那群经历了灾难的人,他们的声音却极少被听到。比起这些当事人口中的现实,网上那种随便贴几张图片然后夸大其词杜撰出来的鸡汤文章,无疑要更抓眼球。

真正被"铁笼之炎"伤害了的人们,反而成了一群配角。他们只有在给那些作秀的公众人物们当陪衬时,才能在镜头前说上几句"人们愿意听到的话",因为这样,大家会更自在些。

4月下旬，雾都。

清晨的公园，薄雾微漾。

在这潮湿的空气中，还是有不少人在晨跑、锻炼、喂鸽子、遛狗。

杰克·安德森迈着沉稳的步子，像是个普通的路人般，缓缓来到了一张路边的长椅上坐下，顺手抖开一张泰晤士报，默默地看着。

两分钟后，一名老人来到了他的身前，十分礼貌地问了他一句："请问我可以坐在这儿吗？"

这位老人须发皆白，戴着墨镜，手里拿着根导盲杖，还牵了条导盲犬，看起来一副和蔼可亲、人畜无害的模样。

然而，杰克对他的回应却是："不可以。"他用冷冰冰的语气说了这三个字，随即又补充道，"我希望和专业一点的人谈，而不是和你这种二流货色，当然了，如果你已经算是你们组织里最专业的人了，那我就只能屈就一下了。"

那老人闻言，神情微变，过了几秒，他挤出一个笑容："呵，杀神的架子确是不小啊，但仅仅因为你看破了我的伪装，就说我是个二流货色，这未免过于武断了吧。"

两秒后，杰克从鼻子里出了股气，用略有些无奈的语气接道："首先，作为盲人也好、老人也罢，你走路时的步幅和体态都错了。

"其次，这年头，失明后既不装电子义眼也不做视神经修复手术的人，无外乎两种原因：一，非常非常穷；二，视神经被彻底破坏且坏死多年故而无法修复。

"而你，穿着价格不菲的衣服，拿着最新型号的电子导盲杖，眼窝里有着完好的眼球，还牵着条足以去参加比赛的纯种犬。

"这已经不是伪装得够不够到位的问题，而是你在暴露自己的智商了，所以……"

他没有把话说尽，只是又抖了抖报纸，跷起一条腿，那意思就是——"兄弟你还是走吧，别再自取其辱了。"

"哼……"不料，对方仍没有离开的意思，非但没有离开，还顺手摘下了脸上墨镜、美瞳以及假发，直接看着杰克冷笑道，"好吧，在假扮盲人这件事上，我的确不行，让你显摆一把也没什么。但是，你要觉得自己比我聪明，我看也未必吧。"

"哦？你这份自信从何而来？"杰克还是没正眼瞧他，只是淡定地接道，"就凭周围那几十个连你都不如的三流货色？"

他这话，让那位假盲人的冷笑凝固在了脸上。

"少废话！"终于，对方恼羞成怒了，"就算你装出一副从容不迫的样子，也无法掩饰你一开始并没有看破我们的事实！"

在他高声喝出这句话的同时，以杰克所坐的那张长椅为中心，四周目力可及的范围内的所有人——无论是晨跑的、卖冰淇淋的、喂鸽子的、散步的、推着婴儿车的——全都停下了手头的事，并转头望向了杰克。

很显然，这些"路人"，没有一个是真正的路人，他们都和那个假盲人一样，是同一个组织的成员伪装的，在得到了信号后，他们便纷纷从就近的垃圾桶里、冰淇淋车里、路灯杆内部、婴儿车内等地方，掏出了事先藏好的枪械，迅速向杰克围拢了过来。

"如果我一开始就看穿了整个公园里都是你们的人，我就不会走进这个包围圈了。你是这么理解的，对吧？"杰克却好似什么都没发生一般，仍用平静的语气和对方交谈着。

"难道不是吗？"那假盲人颇为自信地反问道。

"那你有没有想过这样一种可能，"这一秒，杰克终于放下了手中的报纸，抬头看着对方道，"我的确是从一开始就知道这整个公园都已经被你们控制了，我还知道此时此刻在公园附近的几栋居民楼高层有你们事先安插的狙击手正在瞄准我……"

他说破狙击手的事时，那假盲人的心中又是一惊，但为了防止这话是在诈人，后者脸上的表情还是牢牢绷住了。

"……但是……"杰克的话语还在继续，"我根本没把你们当作威胁，所以我还是孤身一人没带武器就走进来了。"

"呵……"假盲人又笑了，"你这话是在骗我还是骗自己呢？"

"你情绪一有波动就会假笑这个习惯我觉得最好改改，否则恐怕活不了太久。"杰克没有回应对方那个问题，而是接着说道，"另外，我可是由始至终都没有骗过你。

"根据之前的沟通，我们约定，今天由我，即'逆十字的代表'，和你们'杀手联盟的代表'，双方均'不带武器'，到'公共场所''单独会面'。我遵守了这个约定中的每一条，而你们，几乎违反了每一条。

"谁才是骗子，这显而易见。

"不过，你们暂时还没有突破我容忍的限度，所以我现在问你两个问题，你最好想清楚了回答，如果你回答不了，就去找一个能答的人来回答我。

"其一，关于合作一事，你们到底有没有诚意跟我们谈下去？

"其二，你们是不是没把我们逆十字当回事儿？"

二

同样是 4 月下旬，欧罗洲，摩门。

这座城市就像一个从事不正当行业的时髦女郎，她总是在晚上才醒来，人们往往会和她约会一个周末，然后就匆匆离去，或许此生再不相见。

从 20 世纪开始，这里就是一个和"赌"字分不开的地方，赌城这一"印象"，以及与赌博捆绑在一起的种种烙印都已深深植入了这片土地之中。这里的空气中仿佛都弥漫着酒精，这里的所有光线仿佛都是霓虹，而你在这里的所见、所闻、所感，或多或少，都会带着几分虚实难测的味道。

是夜，两个男人，走进了摩门最大的赌场——"高天原"的大门。

其中之一，是在赌坛中人称"祸榊"的榊无幻，而另一位，则是"老兵"，索利德·威尔森。

在摩门，就算你在街上打扮成猫王也不会有人大惊小怪，所以穿着比较普通的两人起初并没有引起任何人的注意。

但是，在他们换完筹码二十分钟后，赌场的监控室里，就有人注意到了他们。

"博西迪先生，您最好过来看看这个。"一名四十多岁的经验十分丰富的赌场监控人员一边说着，一边已十分娴熟地将某个摄像头拍摄到的实时画面切到了监控室的主屏幕上。

而名为博西迪的那个男人，也在听到他的话之后迅速地放下了手中的巧克力，从后方的沙发上站起，走上前来。

博西迪是"高天原"的现场负责人，也是这个赌场的实际运作者，年近五十的他看起来身材偏胖、相貌平平，那张圆脸看久了还挺有亲切感。然而，在他那身有意堆积起来的脂肪盔甲之下，其实尽是精实的肌肉，他本人也是一名战斗经验极为丰富的能力者，因他那外表而掉以轻心的人，可是要付出代价的。

"是那个在玩骰子的小子？"博西迪只盯着画面看了两秒，就在数人之中锁定了榊。

"CRAPS（双骰子），二十分钟左右，连续的'傻瓜注'，没下过台（即还没有掷出过'下台点'，也没主动弃权），他身边那位看着像保镖的也和他一样全部压中。"下一秒，那名监控人员没有半句废话，十分娴熟、高效地报出了上司可能需要的一些信息。

"箱长（BOXMAN，骰子游戏的主持人，负责监视庄家及整个游戏的进行）和执棒（STICKMAN，手执一根软棒，负责骰子的回收、分配，以及检查骰子是否有损坏、被替换，或被留下记号）有什么反馈吗？"博西迪接着问道。

"没有。"监控人员微微摇头，"我也看不出哪里出千了，但他们就是一直赢。"

"查过黑名单了吗？"博西迪又道。

"检索过了，那两人都不在名单上。"监控人员回道，"和他们同一桌的所有人，我也都通过各个角度的摄像机做了面部识别对比，没有问题。"

此言一出，博西迪便微微抬头，深呼吸了一次。

"呼……"吐出那口气后，他转身朝着门口走去，并在出去之前留下一句，"我走一趟。"

十分钟后，赌场地下，某房间。

方才，博西迪亲自来到大堂，客客气气地将榊和索利德"请"离了赌桌，并带到了这里。

几乎所有的大型赌场里都会有数个像这样的"暗室"，同样的，几乎所有的大型赌场里都会有一个像博西迪这样的"负责人"。

博西迪的工作就是从人群中分辨出那些"不良赌客"，然后把他们"请"到这种暗室里，揍到他们招认出千，归还赌金，并承诺再也不来这个赌场了为止。

这是行规，没有人会管，就算是联邦的执法部门也不会。

不管那些博彩业的巨头如何动用资本给自己的行业洗白和宣传，赌博的本质是不会变的，与之相随的黑暗也永远无法洗净。

当然了，博西迪也不是那种毫无原则、滥杀无辜的施虐狂，他们这些赌场的"负责人"也是有自己的规矩的，只有切实地识破了老千的伎俩，才可以动用武力，并不是说谁赢了赌场的钱就干掉谁。

事实上，这种赌博世界中的"规矩"，有时有着比法律更强的约束力。

这暗室用的一扇金属质地的颇为厚实的传统平开门，而非电子门。当博西迪将其关起时,那老旧的门轴发出了一种让人头皮发麻的声响。

"二位……"关上门后,博西迪转身看向了榊和索利德,沉声说道,"请你们到这儿来的原因,我想不用我再多做解释了吧?"

"你还是解释一下好了,反正我们很闲。"榊耸肩回道。

这会儿,榊又摆出了他那副"痞相",这也是他惯用的障眼法。

博西迪舔了舔嘴唇,露出一个无奈的表情,并用一个好像是要掏枪的动作,从西装口袋里掏出了一块巧克力,还剥开包装纸咬了一口:"说实话,我很佩服你……"他顿了顿,将嘴里的东西咽下,再道,"我在这行干了很多年,除了'星郡赌王'霍普金斯之外,你还是头一个能在我面前出千且不露任何马脚的人。"

"欸,注意用词。"榊抬起右手,摆了摆食指,"既然你看不出马脚,那就不存在'出千',你只能认为我是运气好,或者承认自己是个傻瓜。"

"个人而言,我可以承认自己技不如人。"博西迪没有受到挑唆,他很冷静地回应道,"但我也有我的职责,所以,不如大家各退一步?"他没打算跟他俩耗太久,故而很干脆地开出了条件,"你们目前为止赢了多少,就是多少,你们可以拿着这些钱离开,我不会为难你们,但你们以后也不要再来了。"

"哦?"榊笑了,"呵,这算什么?我怎么不知道还有这种'规矩'啊?"

他当然懂行规,懂得很。

的确,按照"规矩"来说,输的那方只要是看不穿对方的出千手法,那就只能愿赌服输;若是用武力胁迫对方让步并传出去了,那是会被同行耻笑的,且这个行业不会再有人承认你或跟你再讲规矩了。

但这也只是"一般而言",实际上违反规矩的人自是存在的,"颠倒黑白"和"杀人灭口"在赌博的世界中都是常事儿,因此,"确保自己能活着把赌资带走的能力"也很重要。

眼下,榊有索利德当武力后盾,并不怕对方玩黑的那套,咬着规矩不放对他肯定是有利的。

"年轻人,得饶人处且饶人……"博西迪明白对面也是行家,所以他没有轻举妄动,且表现得很有耐心,"说到底,大家都是求财,没有什么深仇大恨,你究竟想要多少?开个价嘛。"

博西迪是一个思路非常清晰的人,讨价还价的核心就在于试探对方的需求和底线,既然对方来赌场里挑事,那无非就是要钱而已,这个价格,是可以谈的。

如果在可接受的范围内,他作为现场负责人完全有权限在不请示任何人的前提下把钱给了,把事儿平了。

哪怕博西迪今天真花了1亿来请走这两位瘟神,赌场的老板在事后也绝对不会追究他的责任,因为"用人不疑"也是这行的基本原则,要不然你一会儿怀疑荷官,一会儿怀疑监控员……看谁都像内应,那这赌场也就没法儿开了。

"我们要和你的老板见一面,谈一谈。"不料,紧接着,榊就提出了一个和钱无关的要求。

一听到这句话,博西迪就眼角一跳,心中一紧。为了让自己镇定下来,并且争取几秒钟的思考时间,他又吃了口巧克力来压惊。

"你们是不是误会了什么?"又吃下一口巧克力后,博西迪回道,"中村先生在全世界范围内拥有诸多的产业,这个赌场只是其中之一,他本人已经很久没来过这里了,也很少过问这里的工作。你们要见他的话,先打'出云集团'的商务合作电话,然后预约找……"

"这种废话到此为止就可以了。"此时,一直没开口的索利德忽然插嘴,打断了博西迪,"你心里明白,我们要见的不是那个挂名的傀儡,而是你'真正的老板'。"

随着那五个字落地,博西迪的神色渐渐变冷。

这回,他没再多想,只是默默后退了几步,并抬头看了眼天花板角落里的监控探头。

短短五秒过去,这暗室的门又一次被打开,随即就有十几名魁梧的西装大汉鱼贯而入,并顺势排成一个扇形队列展开,隐隐围住了榊和索利德。

"我只问一遍……"待那些西装男都就位了,博西迪又一次开口,对榊他们道,"……你们是谁?谁让你们来的?你们到底要干吗?"

见状,榊三步并作两步地退到了墙边,而索利德则是迎上前去,展开应战之姿,冷冷接道:"逆十字,找你们那位'公主'大人有事相商。"

三

4月下旬,龙郡,上阳市郊某地。

傍晚,方相奇带着孟夆寒走进了一处不起眼的农家小院。

过院儿之后,方相奇连门也不敲,推门就进了屋,孟夆寒则紧随其后。

他俩来到屋内时，屋里已经有两个人在了；那两人坐在一张四方的桌子边上，桌上摆了大量的饭菜，装菜的盘子一层叠一层，堆得跟金字塔似的，且这两人已经吃了起来。

"哟，来啦。"正对着门口的那位壮得像座小山，目测他站起来得有两米出头，两条胳膊比一般人的大腿还粗。看到穷奇的刹那，他只是稍稍抬眼，随口打了声招呼，然后就继续开吃。

而他旁边那个体型瘦长的男人，连招呼都懒得打，仅朝着方相奇瞥了一眼，便转过了头。

对此，方相奇好像不是很在意，只是默默地上前，也来到那张桌边坐下，拿起了筷子。

反倒是全程都被他们无视的孟夆寒脸上变了颜色，看起来很是紧张。

一种诡异、尴尬的气氛在屋内悄然弥散开……

不多时，房间另一端，通往厨房的那扇门开了，一个女人端着两盘菜走了出来。

这是个让人一眼难忘的女人，并不是因为她有多漂亮，只因她的气质与众不同。

她有着一头火红的略显凌乱的长发，和一对红色的眸子，额下一双剑眉配上挺立的鼻梁，让她的脸看起来英气逼人，而那姣好的容貌和白皙的皮肤又给她添了一丝女性的柔美。

虽然从长相来看她无疑是个黄种人，但她的身材骨架却更接近于西洋洲女性，一米八左右的个头儿和凹凸有致的身体曲线无论走到哪儿都是很抓眼的。

然而，当这样一位大美人从后厨现身时，孟夆寒愣是露出一脸有些畏惧的表情，往大门那儿又退了好几步，俨然是一副随时准备转身跑路的架势。

"三哥啊，这就是你做得不地道了。"红发女子把菜叠到桌上并坐下时，用颇为"市井"的语气对方相奇道，"你说要聚聚，兄弟们二话没说就天南海北地过来了，本以为大家好久不见，可以好好喝一顿叙叙旧，没想到你却带了个外人来……"她顿了顿，"……而且还是个法士。"

"是啊，你要带个别的什么人来，说是路上的零食，那咱也就信了。"那个壮汉这时也用玩笑的语气接道，"但这小子……"他说到儿，特意斜瞪了孟夆寒一眼，"好像还真有两下子。"接着，他又看向了方相奇，"你该不会是想让他来'收了'哥儿几个吧？"

砰——

这两位的冷言冷语话音未落，身材瘦长的那位就一拍桌子站了起来，好像要朝孟夲寒那儿走去。

而孟夲寒也已经把手探进了衣服内侧的口袋，也不知道是去抓什么东西。

就在这剑拔弩张、千钧一发之际……

"行啦！"方相奇朝那瘦长男子喝了一声，"二哥你先坐下。"

瘦长男子闻言，没有坐下，不过也没有再向前逼近了。

"棒槌。"壮汉这时也出了一声，并朝瘦长男子使了个眼色。

听到他的话，后者才坐了回去。

"大哥、二哥、四妹……"方相奇外表虽是十来岁，但这会儿说起话来却是一副老江湖做派，"老三我当初不辞而别，是我一时冲动、思虑不周，在此先罚酒一杯，给各位赔罪了。"

"欸！你先等等。"这时，一直没说话的孟夲寒竟然插嘴了，"小孩可不能喝酒啊。"

他这句话，成功引起了桌边那四位的注意，也引得那四人一同转过脸来看向了他。

"哈哈哈哈……"几秒后，那壮汉大笑出声，指着方相奇对孟夲寒道，"小鬼，你知道他几岁了吗？这里谁是小孩，你心里没点数的吗？"

"不管他几岁了，现在身体也是小孩儿。"孟夲寒回道，"就算你是柯南，还不是得去上小学？"

"呵，"红发女子也被他逗笑了，"好像也有道理啊。"

"嘿，还真把自己当我监护人了啊？"这回，换成方相奇拍桌子起来了，虽然他站起来的高度和坐在凳子上也差不多，"姓孟的，你别太过分了啊，我跟这儿罚杯酒你都要管，那你说我不喝酒喝啥呀？"

没想到，孟夲寒脱口而出："罚碗炸酱面得了。"

"你再说！再说我吃了你啊！"方相奇顿时就是一副要咬人的样子怼了回来。

"行了行了，你俩演完没有？"嘴上几乎没停过的壮汉这时终于停下了筷子，正色道，"老三，你找我们来究竟是什么事儿，说说呗。"

方相奇撇了撇嘴，和孟夲寒对视了两秒，随即又转身，对那三人道："那我先介绍一下吧……"他抬手分别指向壮汉、瘦长男子和红发女子，言道，"这是我大哥蛊鸦、二哥陶悟、四妹帝悥。"

其实,不用他介绍,孟夆寒也知道那三"人"的身份。

自从在九狱底下封印了"冥界之门"后,孟夆寒的修为有了很大提升,如今的他,不需要做法就能看出这几位的"原形"——那个叫蛊鸮的是"饕餮",陶悟就是"梼杌",而帝慝则是"混沌"。

孟夆寒刚进屋时之所以会感到紧张,就是因为眼前这在常人看来只是普通农家乐的一幕,在他看来却是"四凶聚首"的一席恶宴。

即使是现在,他也还是站在一个随时可以夺门而出的位置上跟对方说话。

"而我带来的这位嘛……"另一边,方相奇的介绍还没完,"……乃是冲夷山太虚教的传人,孟夆寒。"

"哦?"听到这里,蛊鸮又乐了,"冲夷山的法士,跑到这海琼山地界来是要干吗?去找同行踢馆?"

"人家是搞旅游业的,算不上我的同行。"孟夆寒耸肩回道。

"哈!你自己还不是开出租的?"方相奇终于找到个槽点,赶紧嘲讽了一句。

"这次我会和方相奇结伴同行呢,原因有二,"但孟夆寒没搭理他,只是接着对蛊鸮他们道,"其一,他一个小孩独自做长途旅行多少都有些引人注目,无论买车票还是住旅店都不方便,由我这个大人带着会好办很多。其二嘛,我们这次来海琼山是带着任务的,此事需要诸位的帮忙,所以才让方相奇把你们约出来。"

此言一出,蛊鸮当即神情一变,帝慝刻意不动声色,陶悟继续一脸痴呆。

"任务?"蛊鸮将这两个字重复了一遍,又看向方相奇道,"怎么?一段日子不见,你居然成人家手下了?而且还来求我们帮你给外人办事?"

"那个……"方相奇挠了挠鼻子,有点郁闷地回道,"其实也不能说是什么外人吧……"他微顿半秒,语气稍变,"'传述者'你们应该知道吧。"

四

即使身后的牢门已经大开,朱里奥·吉梅内斯也照样躺在床上,一动都没动。

他也不需要动。

凯九只用一只手就将这个已经瘦得不足一百斤的男人拎了起来,拖出了牢房。

这是吉梅内斯被监禁以来第一次离开这个房间,而上一次他见到这间牢房外的世界,还是在四个月前,在维斯洲的丛林里。

那天,"枪鬼"和凯九突袭了他们的营地,由于"毛峰"和罗德里戈教授这两位茶宴成员一同外出"探路"去了,所以营地里只剩下了蔓迪一个能力者,而她自然不是凯九和枪鬼的对手。

于是,蔓迪和吉梅内斯就这样双双被逆十字俘虏,并关押了四个多月。

直到今天。

叱——

伴随着电子门开启的声音,凯九走进了一间会议室。

他来到会议桌旁,随手将吉梅内斯"甩"到了一张椅子上,好似是在甩一个破口袋。

而吉梅内斯也是从头到尾没有任何的反抗,只是在撞到椅子时因疼痛而发出了些许呻吟。

"他怎么了?"就坐在旁边那个位置上的蔓迪见状,随口问了一句。

"自作自受。"凯九冷冷地回了这么四个字,然后就转过身离开了会议室。

大约一分钟后,会议室的门再度打开,子临拿着杯咖啡走了进来,并迈着轻快的步子,来到了会议桌的主位那儿坐下。

把手上的特大号儿纸杯放下后,他扫视了会议桌周围已然就座的那六个人,再开口道:"为了节省时间,不管各位以前在外面是否认识,眼下还是由我来逐一介绍一下今天在座的成员吧。"

他停顿了一秒,便从自己的右手边开始,按逆时针方向介绍道:"这位是九狱,哦不,'前'九狱副监狱长之一,'巢魔'卡尔·冯·贝勒。"

他这个"前"字加上了重音,因为九狱现在已经不复存在了。

"这位是他的同事,同样是曾经的副监狱长,人称'阿芙罗狄忒'的苏菲·克莱蒙特长官。"子临并没有给他们说话的机会,只是一个接一个地介绍下去,"接下来这位,是'前'茶宴成员,也是著名的探险家,罗德里戈教授。"

说到这儿,他顿了顿,看向了自己对面末席上的一名四十岁左右的白人男子。

"然后是这位,'前'弗拉基斯皮里诺维奇永不倒铁血联盟副总司令帕维尔·扎伊采夫,同时,他还有另一个身份,即来自联邦的卧底特工,马豪斯·普拉托,代号'飞勺'。"

这句话出口时,除了子临和吉梅内斯之外,整桌人的脸色都有些变化,毕竟这话的内容可是一个"大料"。

谁能想到这个世界上最有实力的反抗组织之一"铁血联盟"的副司令竟然会是一名联邦特工？假如子临所言非虚，那联邦在这些年里的很多行动都将变得细思恐极。

"再然后呢，是这位。"子临接着往左数，"如各位所见，这个瘫在座椅上、看起来已经几个月没刮胡子、骨瘦如柴、眼神涣散的废物，就是几个月前失踪的'维斯洲帝王'，朱里奥·吉梅内斯公子。"

说着，子临又将视线移向了自己左手边的那位美女，即最后一个要介绍的人身上："最后这位，是道儿上人称'曼陀罗'的蔓迪女士。"

子临将这六个人的身份全都报完后，才提起了自己："而我嘛，我叫子临，今天代表逆十字来跟大家商量一些事情。"

"在正式开始之前，"子临话音未落，普拉托便插嘴道，"我不得不问一下，"他瞥了眼吉梅内斯，"那家伙到底是怎么了？以及，他这副样子真的有能力知道自己在参与某种讨论吗？"

"放心吧，他清醒得很。"子临说着，喝了口咖啡，不紧不慢地接道，"这四个月来，我一直都在给他用一种名为'天鹅绒'的药，这种药的配方是吉梅内斯家族花高价从一名樱之府的药剂师手中买断的，其主要原料正好就是吉梅内斯他们家种植的那些'烟草'。

"吉梅内斯此时正处于一种瘫软涣散的状态，虽然意识还是清醒的，但全身都会感觉变得像羽毛一样轻飘飘，大脑也无法有效地驱使身体做出行动。

"要等到药效过去之后，人才能做些正常活动，比如吃饭、上厕所等等。

"但是，用不了多久，如果不再次用药，'天鹅绒'独特的戒断反应就会出现——犯瘾者会产生身体'越来越重'的幻觉，你的每一根头发、每一根汗毛，还有体内的每一滴血、身上的每一块骨头，都会变成仿佛能把你整个人压成肉酱的重物，将你牵拉向某种并不存在的深渊，而你对此无能为力。伴随你的只有巨大的恐惧和痛苦。"

听他说完这些，在场的其他人对于吉梅内斯的那一丝同情顷刻间荡然无存，并纷纷露出了几许鄙夷之色。

"那么，"又过了几秒，普拉托接道，"这家伙现在是在'飘'着呢，还是在'沉'着呢？"

"飘着。"子临不假思索地回道,"他的牢房有单独的供氧系统,每天定时通过空气给药。"

"那我们是不是还得感谢你,没有对我们采取相同的关押措施?"这时,蔓迪开口问道。

"别误会了,蔓迪女士。"子临微笑着回道,"我跟你们说这些,并非是在暗示'我也可以这样对待你们',更不是在向你们展示'我们逆十字就是这样对待恶人的'。我只是见凯九刚才已经回了你一句'自作自受',怕说得不清不楚会引起误会和怀疑,所以才跟你们解释得详细一点儿。"

"那为什么你只折磨他一个人呢?"坐在桌子另一边的苏菲这时言道,"对你而言,我们和他,又有什么不同?"

"问得好。"子临回道,"首先,个人而言,我并无意去折磨吉梅内斯先生,对于他遭受的这些苦难,我既不会感到快乐,也不会得到满足。这种施加在别人身上的'罪恶',并非是一种可取的兴趣,亦不是在伸张正义。"

"呵,"闻言,苏菲笑了,她的笑容一如既往的迷人,即便是蔓迪这样的美人儿在她面前也是相形见绌,"你是说,折磨他,对你来说毫无意义,即他所受的所有痛苦,都是为了……"她撇了撇嘴,用不置可否的口吻说道,"……nothing?"

"是的,对我来说、客观上来说,都是这样,但是……"子临应道,"……对你们来说,这就有意义。"

"呃……"罗德里戈教授像是个虚心的学生一样举手发言道,"抱歉,我好像有点儿跟不上您的思路。"

"试着回想一下,教授。"子临又喝了口咖啡,润了润喉咙,再道,"当形容憔悴的吉梅内斯先生像是垃圾一样被扔到那张座椅中时、当我用轻蔑和侮辱的口气跟你们介绍他时,你的感受是怎样的?而当我具体地说出我折磨他的方法时,说出了他用同样的方法做过什么时,你的感受又是怎样的?"

听罢,罗德里戈眼神闪烁,似乎是想到了些什么,却又不甚分明。

不同的个体对同一件事会有不同的理解和感受,人与人的想法会因为自身认知、立场、对信息的掌握量等无数种因素而产生偏差,甚至完全相反。"一息之后,还是卡尔接道,"你就是想告诉我们这个,对吧?"

啪——啪——

子临慢悠悠地为卡尔鼓起了掌:"非常好,卡尔,不枉我常来找你聊天。"他的确是不止一次去找卡尔聊过天,并跟对方灌输了很多自己从天一那里学到的东西。

"哼,你所谓的'有事找我们商量',指的就是这种伪哲学式的洗脑吗?"此时,普拉托忽然用十分不客气的语气问道。

"我只是举了个例子给你们看,普拉托先生。"子临说这句时,又指了指瘫在椅子上的吉梅内斯,"如果我们把发生在吉梅内斯身上的一切,看成是一件前一阵子在东西洋洲大陆交界处……"

"铁笼之炎?"还没等子临说完,普拉托就抢着道出了那四个字。

"呵……不愧是亲身经历者,反应就是快啊。"子临的声音中尽是嘲讽之意。

"我明白,我都明白。"普拉托摇着头,用郁闷的语气道,"你的例子不错。"

"哦,脑子倒是不慢啊。"子临不依不饶地嘲讽着,"可惜,你的尽忠职守、出类拔萃,并没有打动你的上司们,让他们在轰炸之前通知你撤退。你再聪明、再有能耐,仍是一枚'弃子'而已。"他轻笑一声,话锋一转,"不过,我也能理解他们,你毕竟已经是铁血联盟副司令这样显眼的人物了,要是你突然跑路,没准会让更多的反抗军高层对事情有所察觉而逃走。再者,考虑到轰炸过后反抗组织也没有剩下多少人了,届时,你这个光杆的卧底司令还能有多少价值呢?正所谓兔死狗烹、鸟尽弓藏啊……"

闻言,普拉托从鼻子里出了股气,沉声道:"我和联邦的关系,不需要你进一步来挑拨。他们对我的所作所为,也不需要你来寻找合理性并进行辩解。没错,我脑子是很快,能当上特工的,智商通常都不低,但我知道,智商高不代表我就能拥有你的那种'聪明',我要是够聪明的话就不会走上这条路、也不会在轰炸过后落到你们手里。所以,不要跟我说那些大道理,我只是个俗人,不想去理解那些东西。你要是想利用我对付联邦,那就用吧,至少在这一点上我们的利害一致。"

"好啊,快人快语,我喜欢啊。"子临道,"我还在想你要是冥顽不灵该怎么办,没想到普拉托先生你还是很好说话的嘛。"

"照你这意思……"苏菲这时又道,"我们要是不跟你合作,你也会'弄'我们咯?"

"怎么可能?'弄'还是'不弄',那得看人的。"子临摊开双手,望着对方道,"再退一步讲,对长官你来说,只要抛个媚眼儿,让我'爱上'你,不就安全了吗?"

苏菲避开了子临的眼神，用冷漠的语气回道："得了吧，我看到你的第一眼，就知道你是那种'为了实现理想可以毫不犹豫地杀死挚爱'的类型。"

"是啊，你可以为了举个例子就把一个人折磨成那样，我想你也没什么做不出来的事了，不听你的还能怎样呢？"蔓迪也接道，"不过，还有一点我不太明白，你为什么到现在才来跟我们交涉呢？我可是在这儿被关了四个多月了，但说实话，想让我替你卖命，只要你报个我能接受的价码，四分钟我们就能谈妥。"

"他只是在等，"子临还没回话，卡尔就先开口了，"等一个合适的时机。"他双目低垂，说话时的神态气质比在九狱时还要冰冷阴森，"在他'需要用到我们'之前，把我们关在这里，总好过我们在外面给他们添乱。而且，也避免了我们在'铁笼之炎'那天死亡的可能。"

"我说，你没事吧。"虽然因为班次问题基本见不着面，但毕竟是前同事，苏菲对卡尔还是有点担心的，"怎么感觉你说话的腔调怪怪的，而且对他们很了解啊……"

"了解或不了解，理解或不理解，都不重要。"卡尔还是低头看着桌面，一副自闭的样子，接道，"这里也不存在什么'他们'，只有……'我们'。"

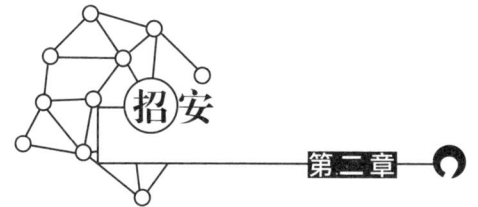

第二章

一

以前,曾有一位橡之郡的作家在他的作品中将雾都的下水道描述为"一个可怕的大地窖",以当时的情况来看,这话还是挺贴切的。

但到了23世纪,连下水道里都处处装上了照明设备,于是,这地方便不再有当年那种"可怕"的氛围,剩下的仅仅是恶心了。

如果我是一名漫画家,我会画一部把世界各地的城市进行拟人化的漫画,在那部漫画里,陀山会是一名身着长衫的武师,东城会是一个表情浮夸的谐星,花都会是一位时髦善变的女郎,而雾都——则会是一个肥胖拘谨的大叔。

这个大叔衣冠楚楚、大腹便便,表情严肃、不苟言笑。他把自己收拾得很干净,但还是无法完全消除那股子肥胖中年人的油腻感。所以他烟不离手,总是把自己藏在缭绕的烟雾当中,并拿着一张报纸,凝望着一些自己未必关心的消息,假装自己仍是世界的中心、众人的焦点,然后骗自己——他的意见仍然很重要。

很多人把下水道比作城市的血管,照这个说法的话,雾都的下水道应该就是大叔的动脉。

那里流淌的,与其说是血,不如说是油——厚实的、污秽的油脂。

这些凝固阻塞的肥厚污物不但养出了不少巨大的老鼠,还生成了大量让人难以忍受的恶臭气体。

尽管每隔一些年水务公司都会花费大量的资金给这里做"脱脂式"清理,但根本问题从来没有得到过解决,除非你能让那些活在中产阶级美梦中的傻瓜不再把那些能让他们在二十多岁就患上脂肪肝的食物冲进下水道,否则这事儿就会周而复始。

综上所述,至今为止,雾都的下水道至少有80%的区域仍是彻底对外封闭的,是一般人禁止进入、也不愿意进入的。

稍有常识的人都知道,若不戴上氧气面罩、拿上气体监测仪就在下水道里乱走,遇上甲烷和硫化氢超标的地段,没准就会死人。

事实上,几乎每年都会有几则酒鬼或流浪汉误入下水道最后因硫化氢中毒而死的新闻。

而这种新闻,就像你偶尔会看到有人买彩票中了几千万大奖的新闻一样——未必是真的。

从逻辑上来说,制造"有人中了彩票大奖"的新闻是为了让看到新闻的人去买彩票,那么,简单地推理便可知,制造"去了下水道可能会死"这种新闻,是为了让大家不要去下水道。

谁会制造这种新闻呢?那肯定是盘踞在下水道里的人咯。

"杀手联盟",就是一群把大城市的下水道当作据点的家伙;除了水晶郡以外,所有西洋洲一线城市的下水道里都有他们的据点。

对这种组织来说,偶尔干掉几个酒鬼和流浪汉,再买通当地媒体发点假新闻也是很容易的事。

他们这样操作已经有很多年了,虽然这个组织的历史并不如"阡冥"那么悠久,但他们的根基也绝对不浅。

今天,杰克就在一名杀手联盟的干部——即在公园和他接头的那个"假盲人"的带领下,来到了位于雾都下水道中的杀手联盟总部。

因为走的都是"安全区域"和"暗道",所以他们并不需要氧气面罩和监测仪,很快就抵达了目的地。

在穿过了几条走廊后,杰克进入了一间类似会客室的房间等候;房间里除了他以外,还有两名穿着夹克、身怀武器,且神情冷漠的杀手,他们分别站在门侧的角落和另一个对角处,而这个房间里的座椅和桌子都位于房间中间的区域,因此,杰克落座之后,便自然地处在一种"腹背受敌"的状态。

当然，杰克不在乎这些，更加险恶的环境他也能应付，这种只是小场面而已。

咔——

不多时，门被推开了，一个四十来岁的男人走了进来。

这个男人长得非常像电影里那种常见的街头打手，他剃了个光头、满下巴都是胡茬子，长了张"莽夫脸"，身材也练得相当莽。

他上身穿了件紧身的短袖T恤、下半身是牛仔裤。下半身就不提了，单说上半身，那紧身的短袖下，隆起的肌肉、魁梧的躯干、看着仿佛能倒拔垂杨柳的胳膊，都让人印象深刻。

有些人，你看到他的肌肉会问一句："你有在健身吧？"但这个男人，属于那种你根本不会问、直接就在心里认定他每天健身六小时以上的类型。

"你好，安德森先生。"这壮汉一进来，就顺手带上了门，颇为热情地跟杰克打了声招呼，并礼貌地伸出了右手，"久仰大名。"

"彼此彼此，古斯汀先生。"杰克不卑不亢地应了一句，并起身与对方握手。

两人的右手握住的刹那，古斯汀立刻就开始加力，他加了多少力呢——大概就是可以把苹果握碎的那种力道。

这并非是攻击，而是试探，他只是想试试被称为"杀神"的男人到底会有什么反应。

结果，一秒后，古斯汀除了拇指以外的四指都扎进了他自己那厚实的手掌中，出现了四个浅浅的血窟窿。

他并未意识到杰克使用了"时停"，所以他也不知道杰克的手是如何收回去的，当然了，这都不重要。

"呵，有点儿意思。"古斯汀爽朗一笑，大大咧咧地在自己的裤子上擦了擦鲜血淋漓的手掌，随即转身在靠近自己的那张椅子上坐下，"请坐吧，安德森先生。"

"我可不觉得把初次见面的人的手骨捏碎是件有意思的事。"杰克坐下时说道。

"不不。"古斯汀回道，"有意思的从来都不是我做了什么，而是面对我的行为，别人做了什么。"说着，他晃了晃那只受伤的右手，"通过'握手'这件事，我经常能试出一个人的性格、器量，有时候甚至能看出对方有什么异能。"

"那我大胆推测一下……"杰克道，"你那只手应该经常受伤。"

"呵呵……"古斯汀道，"没错，像今天这种伤属于轻的，我曾经被人反过来握碎手骨。"

"那你有没有想过,仅仅是一次握手的试探,就有可能被杀?"杰克又问道。

"你要是以个人身份来见我,这种可能性我自然会考虑进去。"古斯汀道,"但今天你是代表一个组织来跟我谈,应该不会这样,对吧?"

他说这话时的神态非常自信,而且思路也很清晰。

很显然,他只是看上去像个莽夫,实质上智商和城府都不差,要不然他也不可能当上杀手联盟这种跨国组织的首领。

"对,说得有理。"杰克道,"那我就代表组织,开门见山地跟你讲了,"他顿了顿,接道,"目前我们正在组建一个以'逆十字'为核心的反抗军大联盟,希望贵组织可以以从属身份加入,听从我们的指挥,成为我们的羽翼之一。"

古斯汀闻言,愣了两秒,接着突然大笑起来,笑了好一阵儿他才缓过来,并接道:"安德森先生,我姑且认为你是认真的好了。请问对于这种要求,你们能开出的条件是什么呢?"

面对这略显敷衍的反应,杰克只是平静地回道:"待'第六帝国'功成之日,自会对所有旗下的组织和参与者论功行赏,加官晋爵。"

这句话,让古斯汀的脸色变了,他意识到,对方的确是认真的,非常认真。

"我明白了……"古斯汀想了片刻,正色道,"这么说吧,能端掉'九狱',说明你们确有实力,但那也仅仅是一次针对特定地点的小规模行动而已。'战争'那是另一回事。我可不认为你们的组织能和联邦在正面战场上角力,况且,前不久刚刚发生了'铁笼之炎'这样的事件,东西洋洲这边的反抗组织几乎全部覆灭,且民间还在对他们进行声讨。你现在跟我提什么莫名其妙的'第六帝国',还让我带着整个'杀手联盟'来当你们的马前卒,根本就不现实,再加上你们给出的条件几乎就是在'画饼',我觉得我们已经没有必要再谈下去了。"

说罢,他顺势起身,出门前还撂下一句:"送客。"

"等等。"杰克在对方走出房间之前,叫住了对方。

"还有别的事吗?安德森先生。"古斯汀没有回头,但停住了脚步。

"我需要打一个电话,和上头商量一下,希望你可以留在这儿等我打完。"杰克回道。

古斯汀叹了口气,重新转过身来,再度关上了门:"好吧。"

话音落时,杰克已从上衣口袋里拿出了手机,迅速拨了一个号码。

"是我……"

"是的,他在这儿……

"对,被拒绝了……

"要我说吗……

"嗯,有胆识、有谋略,不是个甘于屈居人下之人,但也不过如此……

"好的,明白……

"明白。"

说到这里,杰克就挂断了。

虽然这次通话的时间不长,杰克说的话也不多,但整个过程中,古斯汀的神色却是随着那有限的信息发生了数次改变。

此刻,古斯汀后知后觉地发现,和他用"握手"这种方式来试探对手不同,今天这整个会面,似乎都是来自对方的试探。

"古斯汀先生。"杰克把手机收好,也站了起来,"你刚才说,如果我是以个人身份来见你的,你会考虑握完手就被我杀掉的可能是吗?"

这话,就算是房间内另外两名杀手都听得出来,是要"动武"的前兆。

古斯汀无疑是个能力者,而且是身经百战的高手,当近距离上有人释放出杀意时,他自是能感觉到的。

但,这一瞬,他什么也感觉不到。

杰克就站在他的面前,且明确说出了一些带有危险意味的台词,可是,古斯汀并没有察觉到哪怕一丝一毫的杀气,就仿佛杰克只是一个不具备任何攻击性的路人,即使放心地移开视线,他也不会做什么。

"原来如此。这就是'杀神'吗?"那稍纵即逝的一秒中,古斯汀在心中暗忖道,"本以为立于'顶点'的男人也只是比别人更加凌厉一些罢了,结果,是我肤浅了啊。"

念及此处,古斯汀提起120%的专注,做好了应对一切攻击的准备,毫不避讳地将全身肌肉绷紧,能量聚于体表,再回道:"是啊,我说了。"

"嗯。"杰克却还是那副淡定的样子,甚至还很随意地从上衣内侧的口袋里掏出一支烟来,给自己点上,慢悠悠地抽了一口,"巧了,刚才上级跟我说,我可以下班了。"

二

索利德这一生经历过无数次打斗，无论是在肮脏的小巷里面对一群混混，还是在拳击台上面对军中的拳王，无论是在监狱里遇到偷袭，还是在战场上和人短兵相接，他都游刃有余。

和花冢葬我那种"孤高地追求力量取胜"的类型不同，索利德是个极端的"务实派"，他并不在意什么华丽的技巧，如无必要也绝不受任何规则的束缚：撩阴腿、石灰粉、插眼、锁喉……只要条件合适，索利德什么都会用。

即便撇开这些不谈，单论综合格斗的技巧，索利德也是实战宗师级别。

因此，要对付一群赌场里的打手，对他来说就是手到擒来。

尽管这群"高天原"里的打手并非等闲之辈，有好几个的身体都经过机械改造，而且也精通一两门格斗技，但在索利德眼里，这些使用着"体面的格斗方式"的家伙依然是很"天真"的，如果把这样的人单独放到某个监狱当中，怕是一天之内就会被揍成一胖子。

长话短说，三十秒不到，索利德就收拾掉了那群西装男，房间里仍站着的人，又只剩下了他、榊，以及博西迪三人。

"你们不觉得自己有些反应过度了吗？"索利德说这话时，连大气儿都没出，好似刚才的那场打斗就跟去厕所撒了泡尿一样轻松。

"那你们有没有觉得自己有点儿太不讲规矩了呢？"博西迪在言语上并没有显出退缩的迹象，非但如此，他还解开了领口的扣子，一副准备亲自动手的架势。

就在这时。

博西迪兜里的手机忽然响了起来。

他没有说什么，只是看了索利德和榊一眼，然后停下了手头的事，退后几步，开始接电话。

而索利德和榊也没有趁着这个时候攻击，只是默默站着等候。

这是个很短的电话，只持续了几十秒，而博西迪在整个过程中几乎也没说过一句整话，只是不断地说着"是""明白"。

待通话结束后，博西迪便把手机收回了上衣口袋，然后抬起头，瞄了眼房间角落里的摄像头，似是在暗示着什么，随即又看向面前那两人，言道："老板想见你们。"

十五分钟后，索利德和榊已经双双坐在了一辆豪华轿车的后座上。

他们的手边放着冰镇的香槟，如果需要，车上还有鱼子酱和鹅肝可以享用，但这两位这会儿都没什么心情去占这点儿便宜。

这段车程不长，他们并未驶离繁华的城区，只不过是从一个豪华赌场，来到了几个街区外的一家豪华的酒店。

在一名西装男的引领下，他们穿过了重重安保，来到了酒店上层的一间客房门口，接着，那西装男便一言不发地离开了。

交换了一下眼色后，由榊上前一步，敲响了这间客房的门。

门内的人似乎也知道他们已经到了，敲门声刚起两秒，就有人把门打开了。

出现在榊和索利德面前的，是一个长相十分可怕的黄种男人；非要形容的话，这家伙长了一张"他都不用掏出武器你就能觉得他随时会来抢劫甚至杀死你"的脸。虽然他穿着一身名牌西装，但在那西装底下，无疑是一副经过千锤百炼过的躯体，仅是他露出的头、颈部和双手，就有诸多不同的疤痕。

以索利德的经验和见识，只是粗略地看一眼，便可知晓此人至少受过五种利器伤，其颈部以上被子弹擦中、击中四次，他的十根手指全都被竹签子插过，且两只手都曾在腐蚀性液体里长时间浸泡过……

当然了，这个男人身上最明显的特征是——他是个瞎子。

没有墨镜、没有义眼，只有两个空洞的黑窟窿。毫无疑问，他就是那种"视觉神经遭严重破坏导致连义眼都装不了"的情况。

"嗯。"将房门打开后，那男人冲着榊和索利德哼了一声，并侧身让出了空间，看那意思是让他们进去。

榊犹豫了一秒，迈步前行，索利德也是紧随其后，待他们先后进屋，那男人便把门给关上了。

穿过了门后那段走廊，榊和索利德来到了一个宽敞得让人觉得有些荒谬的客厅里，此刻，有个看起来最多只有十三四岁的小女孩正站在客厅中间，手里还托了杯红酒，似是在等候他们。

"先生们，你们好。"女孩儿说话的声音听起来很稚嫩，但语气和神态却显出一种与其外表明显不符的成熟，"听说你们想见我，是吗？"

她这么一问，榊和索利德都愣了一下，一息过后，还是榊先应道："小妹妹，我们来这儿之前就掌握了非常可靠的情报——雅子公主今年已经三十岁出头了。要假扮那位阿姨,你怕是还小了点儿吧。"

他本以为,这句话已足够让对方退下了,不料……

"那么……"那小女孩儿却是从容不迫、面带微笑地接道,"提供给你情报的那位有没有顺便告诉你,'阿姨'我因为先天的染色体异常,从十几年前开始就一直是'这个样子'了呢。"

榊和索利德听到这句话后的第一反应是蒙的,第二反应则是感受到了子临在情报方面故意留了一手所包含的恶意。

"这就有点尴尬了啊……"榊歪过头,压低了嗓门儿对索利德说了句悄悄话。

索利德也是斜着眼,从牙缝里挤出一句:"我刚才差点儿让她把酒放下……"

"先生们,我可没兴趣看你们站在那儿说上一宿的冷笑话,你们能不能过来坐下聊?"雅子说着,便端着酒杯,移步到了沙发旁,优雅地落座。

之前负责开门的那个男人,此时也不动声色地来到了雅子附近,毕恭毕敬地站好了。

"我们谈的事儿,他能听吗?"榊走过去时,随口问了一句。

"真田君是我最信赖的贴身护卫,你们可以放心。"雅子回道。

"没有冒犯的意思,不过……"索利德这时接道,"考虑到他的双眼、嗓子,以及两只手的掌纹、指纹,全都有着人为破坏的痕迹,我不禁要怀疑你对'信赖'的定义是不是和我们的有一定偏差?"

他话音落时,真田的身上当即绽出一丝杀意,并朝前走了半步。

但雅子马上便抬起一手,制止了他进一步的动作。

尽管真田的眼睛看不见,但他对周遭的一切,包括雅子的一举一动全都能知晓,所以他也很听话地站住了。

"看来你对我有很大的误会啊,威尔森先生。"雅子就这么轻描淡写地报出了索利德的姓氏,"你为什么会想当然地认为真田君身上的伤是我造成呢?难道就不能是我的敌人造成的吗?"

"如果是那样的话,你为什么不换一个更强一点儿的、不会被你的敌人弄成残废的护卫呢?"索利德说罢这句,微顿半秒,冲着真田的方向补充道,"抱歉,我说了,没有冒犯的意思,就事论事。"

"呵,我好像明白为什么你们组织的BOSS特意派了榊君和你一起来了。"雅子轻笑一声，呡了口红酒，再道，"你真是太不会聊天了，威尔森先生。"

"说得对！"这一刻，榊也是借坡下驴，顺势回头冲同伴来了句，"老索你先悠着点儿，别一开口就在无关的事情上把天儿聊死了。"说着，他又回头对雅子道，"那个，雅子阿姨啊……"

他那个"阿"字刚出口，雅子就把手里那杯红酒泼到了他的脸上。

"第二次了啊。"雅子一边拿起茶几上的酒瓶给自己重新倒酒，一边言道，"再让我听到那两个字，我就泼你硫酸。"

一脸红酒的榊呆了几秒，回头用求助的眼神看了看索利德。

索利德则是面无表情地望着他，冷冷来了句："你真会聊，继续啊。"

榊也知道这事儿没处说理去，就当是自己自找的，很无奈地抹了把脸，挤出一个微笑，重新转向雅子道："却不知，我该如何称呼您呢？"

"真要讲究的话，你该称我'盛宫雅子内亲王'，不过看你的年纪和修养，凡事都要求你走礼数恐怕有困难，本宫姑且允许你叫一声'雅子姐姐'。"雅子回道。

"哦，"榊在那儿摆出满脸的假笑，用讽刺的语气应道，"雅子姐姐的姓名还真是别致呢。"

"盛宫可不是姓。"雅子接道，"由于我的家族自古以来都宣称自己是天神而不是人类的后裔，所以我们家的人是不允许和'凡人'一样使用姓氏的，我们的名字前面加的是宫号或者尊称。即使是两百年前，我的家族向帝国投降了以后，在家族内部仍然一直坚持着这个规矩。这种既可笑又可悲的尊严，到了我父亲的那代仍然被看得很重，呵。"她笑了笑，轻轻晃了两下手中的红酒，望着那挂杯若有所思道，"不过这世上的事也很难说，也许到我老了，我也会变得和我父亲一样，开始理解，乃至施行那些被现在的我所蔑视或视为愚蠢的策略。"

言至此处，她话锋一转："比方说，像你们二位这样的不速之客，如果是在我父亲当权时被他遇上了，他是绝对不会见你们的，相反，他会不惜一切把你们除掉，来给你们的组织以及所有道儿上的人传达一种信息——神武会不是谁都能惹的。

"但我不同，我是一个很OPEN的人，我愿意和'老兵'还有'祸榊'见上一面，听听他们口中的'逆十字'找我，或者说找我们神武会有什么目的，而不是为了一份固执和某种无谓的自尊白白消耗财力和手下的性命。"

对方已表明了自己的态度，那榊自然也要有所回应。

"既然你能在我们来到这里的几十分钟里查明我们的身份，而且在知道了我们的身份后还表现出交流的意愿,那我们也就开诚布公地说了。"榊正了正神色,接道,"'逆十字'希望神武会可以加入我们组成的反抗联盟,成为我们麾下的一股力量。"

此言一出,一旁的真田好像又有点儿生气了,因为这个要求的确有点过分。

但雅子却是面带笑容,悠然回道:"我们只是搞博彩业的,如何能为你们的大业效劳呢?当然了,如果逆十字是想要资金的话……"

"别拿我们当要饭的来打发。"索利德知道她要说什么,故而直接打断道,"资金只是'神武会'这艘大船的船帆而已,你们的情报网络,还有你们和政界、文艺界、体育界,乃至能源、科研机构、媒体的'良好合作关系',才是最有价值的。"他顿了顿,"而且,作为赌界龙头的神武会只要点头了,其他为你们马首是瞻的大小组织,势必也会随之归顺。因此,你们能为逆十字效劳的地方,可是很多呢。"

"嗯,说得是有道理。"雅子点点头,脸上的笑容已经消失,"但你们能不能给我一个理由,为什么,我要将祖上传给我的这份基业,拱手让你们来掌舵呢?"

"因为也只有这样,"索利德接道,"你们这艘船,才不会被时代的浪潮所吞噬。"

屋中的气氛变得紧张起来,雅子的神情阴晴不定,索利德和真田也都已进入了一种箭在弦上的状态,他们在任何一次呼吸过后爆发血战都不会令人意外。

就在这让人窒息的时刻,突然,榊站了起来,走到了雅子面前。

但见,榊一脚踏在了茶几上,抄起茶几上的红酒瓶,咕嘟咕嘟给自己灌下去半瓶,然后把瓶子往身后的地上一摔,用袖子一抹嘴:"还考虑什么?赌徒之间的事,自然是赌一把来定!"

雅子虚着眼,望着榊:"区区一个花月町的小老千,让本宫押上整个神武会来跟你赌一局?"她又干笑一声,"哈!简直就是荒谬绝伦,不可理喻……"说到这儿,她也把自己杯中的酒一口干了,然后重重地放下酒杯,"……好啊,这才叫赌博嘛。"

三

晚饭过后,孟夆寒便开着车,载着"四凶"上路了。

因为来之前就知道此行要带上四个"人",而且要走的是山路,所以孟夆寒在上阳市区内直接租了辆SUV,并预置了两个充电箱和大量的食物饮水,可说是准备得相当充分。

车内的氛围也意外地比较和谐,由于方相奇已经挑明了他和孟夆寒都是"传述者"麾下的人，蚩鸮（饕餮）、陶悟（梼杌）和帝慝（混沌）的态度也都有了些变化，至少已彻底打消了把孟夆寒吃掉的念头。

"小法士啊，我刚才忘问了，"在行车的过程中，坐在副驾驶位上的蚩鸮还用轻松的语气和孟夆寒聊起了天，"你说你是冲夷山太虚教的，那为什么你不先去自己的山门找祖上的传承，而要到这海琼山来找呢？"

"你怎么知道我没找过？"孟夆寒目视前方，也是很随意地反问了一句。

"废话，要是找着了，你的修为肯定不止是现在这样啊。"蚩鸮还是有见识的，这千百年来，他见过的厉害法士可多了去了，孟夆寒的修为到哪儿，他一眼便知。

"好吧。"孟夆寒也知道扯淡也瞒不过去，于是实话实说，"反正放到现在也不是什么秘密了，跟你们说了也无妨。"他顿了顿，接道，"咱们祖师爷留下来的东西大致分为三个部分，其中，'器'在海琼，'法'在冲夷，'道'在圆顿。"

"不对吧。"蚩鸮打断道，"传闻老君赠给他的符箓法器是在他移居冲夷山之后的事啊，那'器'怎么会在海琼山呢？"

"你听我说完嘛。"孟夆寒继续说道，"早年间，师祖在海琼山结庐而居，筑坛炼丹，自然留下过隐秘的山门秘境。到他飞升前夕，他怕老君给的东西散落人间变成祸害，故而一并藏到了自己在海琼山设的秘境之中，并留下重重禁制，以防外人盗取。

"而记载了天师术法的典籍，则留在冲夷山，由太虚道的传人传下去。可惜，随着时代的变迁，有很多典籍都在不知不觉中失传了。直到一百多年前，据说门中出了一位左姓掌门，机缘巧合下寻到了一本，但是他还没留下传人，就破开虚空飞升了，他这一走，他那一脉的'术法'也就彻底失传。而我这一脉嘛，都是靠口传心授的，如今我师父也死了，所以……"

听到这儿，蚩鸮也就懂了："明白，明白。"他微顿半秒，"那么，'道'呢？"

"'道'？"孟夆寒笑了，苦笑，"呵，你去图书馆里就能找到啊，字字句句都在那里，能不能参透就看你个人咯。"

"切，结果流传最广的是最没用的东西嘛。"此时,坐在后排(因为孟夆寒坚持"儿童不能坐前排")的方相奇借机吐了个槽。

"非也，非也。"结果，孟夆寒那算命般的口风儿就来了，"说到底，御器借能、术法降魔，这些都是'以力降之'的下品手段，像这些事情，好人能做，恶人也能做。

"但'道'，则是最上乘的手段。"

"在人间的最后几年,天师法力通玄,不着于形、于物、于术,而讲究经典,邃于天人之理。他只需讲经宣道,便可让诸魔降服,皈依正派,教化于民,功德无量。

"所以,'道'才是天师这一世间留下的最珍贵的财宝。"

他话音刚落,帝愿也笑了:"呵,虽然你说得很像那么回事儿,但实际看来,你们那位天师留给全人类的财宝,好像并没有太被人当回事儿啊。"

"人嘛,多半还是俗啊。"孟夆寒接道,"不说别人,我也参不透'道'啊,能参透的话,我也飞升了啊。"

他们聊天之际,车也一路往山上快速行驶着。

作为旅游景点,山上的寺庙自然都有"关门时间",到了这个点,所有的寺庙都已关闭,而游客们、包括一些每天打卡上班的"法士",也都在晚饭前就已下山住到附近的酒店里或回家去了。因此,这个时候开车上山,一路上基本畅通无阻,想飙车都行。

孟夆寒这个平日里开出租的,车技无疑是很不错的。纵然山路七弯八绕、崎岖不平,他还是很快就来到了此行的目的地——"天师庙"。

名为"天师庙",其实也并不是一个寺庙,就是一个建在山上的、被圈起来的旅游景点。

在该宇宙的21世纪初,统一了全球的"帝国"曾对宗教展开过清洗,那段时间,全世界的教派建筑都被拆了,就连海琼山上清宫那口残存的大钟都没留下。但一百年后,随着帝国政权的腐败,很多"口子"得以重新开放,当时就有些当地官员借着保护文化遗产的名义在这里搞起了旅游,重建了一些"寺庙",这个天师庙就是其中之一。

后来帝国瓦解,联邦成立,也没有再去管这些事,毕竟这些旅游景点本身也不搞什么宗教宣传,只是当作商业来做的。

于是,这一晃就到了23世纪。

嘭——

下车并随手关上车门后,孟夆寒三步并作两步地来到了天师庙的大门前。

此刻,这里的售票窗口和自动售票机都已关闭,只有一个狭小的门房里还亮着灯。

孟夆寒来到那个门房的窗口下,轻轻敲了几下玻璃,过了整整十秒,才有一个穿着保安服的老大爷懒洋洋地从那儿探出头来,应了一句:"谁呀?已经关门了没瞧见啊？"

孟夆寒倒是客气，冲着对方作揖道："这位同门，恕在下唐突，星夜来访，实有难言之隐。"

"哈？"老大爷用一种看傻瓜一样的眼神看着他，"什么同门？小伙子你电影看多了吧？我就是一看大门儿的。"说话间，他又抬手指了指下山的那条路，"法士们都已经下班了，你要跟他们合影算命的话，明天请早。"

话说到这份儿上，一般人也就回去了，但孟夆寒不是一般人，而且他很清楚，眼前这个"看大门儿"的也不是一般人。

"前辈，"孟夆寒紧接着又道，"您先别忙，且往我车上一看。"说着，他也抬起右手，剑指一并，指向了停在一边的那辆SUV。

那看门大爷将信将疑地往那扫了一眼，两秒后，他的脸就从窗口消失了，门房里随即就传来了一阵人从椅子上摔到地上的动静。

又过了几秒，门房另一侧的门打开了，那老大爷从里面战战兢兢地扶着墙走出来，冲孟夆寒也作了个揖，压低声音道："在下海琼山天师府现任掌事单翰松，不知尊驾高姓大名，师承何处？"

"前辈客气了，在下冲夷山太虚教孟夆寒，师承前代掌门李炳乙。家师也曾跟我提过单前辈大名，可惜晚辈一直没有机会前来拜会，还望海涵。"孟夆寒还施一礼道。

"哦，原来是李法师的高足……"单翰松一听对方把来历说得有板有眼，稍稍冷静了一些，只是对孟夆寒的来意仍感到不安，"就是不知，孟贤侄你带着那四位前来……"他说到这句时，把声音压得更低了，"……究竟是要干什么啊？该不会是要来灭我山门吧？"他用诚意满满的口吻补充道，"我跟你说实话，其实我这儿也已经没什么人了，门里还剩下那么几本破书、几件法器，你想要就都拿去，我可以带着弟子集体还俗，以后天师府也归你，只要大家别动手，都好商量。"

"不是不是，您误会了。"孟夆寒连忙摆手道，"晚辈这次来，是想去山中一探，来您这儿呢，一是跟您打声招呼，免得惊扰了本地的同门；二是想请您行个方便，在我把事儿办完之前，希望能把车停在你们这儿的停车场里。"

"哦，原来是这样。"单翰松长出一口气，接道，"行行行，都是同门，行个方便也是应该的，你放心把车钥匙给我，我来帮你停，你们随便在这山中看好了，本地的同门我都熟，我一会儿就到聊天群里通知他们一声，保证没人会来打扰你们。"

事情进展得相当顺利，孟夅寒从车上取下了一些应用之物，便领着四凶，一同步行进了山林，他的车则交给单掌事去停放了。

　　借助"天机盘"的指引，孟夅寒走在头前，穿山涉林，大约行了一个小时，就成功在一处山隘中找到了天师留下的秘境之门。

　　然而，真正的"困难"，到了这儿才算开始。

　　"怎么了？就这点障眼法，你破不了？"蚩鹗见孟夅寒在那块藏着山门的岩石前驻足不前，还以为对方是法术不济，故而开口问道。

　　"就是因为太简单了，所以不对劲儿啊。"孟夅寒接道，"像这种程度的术法，我们先前遇到的单掌事应该也能破解。他在山上这么多年，没理由找不到这个地方，若是找到了，就没理由放着不管吧？"

　　"也许是他们门内有规矩，不能动这个地方呢？"蚩鹗假设道。

　　孟夅寒道："或许吧。但是，若这样想的话，那他对我来'山中一探'的事情连一句都没追问，也没对我做任何提醒，这就有点奇怪了。"

　　闻言，帝慝也若有所思接道："有道理，那个单掌事恐怕没有看上去那么简单。"

　　"嗯……"孟夅寒也沉吟着接道，"而这个山门的'障眼法'，怕是也没有看起来那么好破……"

四

　　在青鲤湾东端的半岛上，有一个叫不冻港的地方。

　　这里，是西洋洲北部，也是全世界最北端的不冻港。

　　尽管这只是一座人口不足两万的小城，但它也曾在人类历史上短暂地成为过焦点。

　　自那以后，又过了许多年，直到23世纪，同样是在一个4月，在不冻港看似平静的表象下，一出热闹的戏码，已在悄然酝酿。

　　酒吧的电子门打开了，寒冷的北风灌了进来，让离门口较近的几名客人皱起了眉头。

　　数秒后，四男一女，一行共五人，快步走进了酒吧，随后门便自动关上。

为首的那个男人是个东洋裔，身高一米八出头，身形健硕，相貌颇为英俊，紧随其后的是一位东西洋洲混血的美女，美到什么程度呢？就是她衣服厚得像个粽子也能让你忍不住多看两眼的那个程度。

　　而跟在他们后面的那三位，看着就不是那么惹眼了：一个金发蓝眼、戴着小圆眼镜的高个儿白人；一名全身都裹在滑雪服中、戴着滑雪面具和手套，几乎没露出什么皮肤的瘦长男子；一个四十岁上下，看起来很普通的中年白人大叔。

　　虽然这五人进来之后并未和任何人讲话，也没有视线交汇，但就在他们走向吧台的那几步之间，他们已经成了全场的焦点。

　　这种状况，和带头的车戊辰显然是无关的，他是个低调的人，这里没人认识他。

　　和苏菲也没有什么关系，尽管她走到哪儿都会被盯着看，但此刻周围那些人基本也不认识她。

　　同理，走在第三位的卡尔和走在第四位的K也都没被认出。

　　问题还是出在走在最后的普拉托身上。

　　当然了，周围的人也并不知道他的真名是马豪斯·普拉托，他们只知道他的另一个身份——弗拉基斯皮里诺维奇永不倒铁血联盟副司令，帕维尔·扎伊采夫。

　　"我想见负责人。"来到吧台边的车戊辰完全没有坐下喝一杯的意思，他往那儿一站，便开门见山地对酒保来了这么一句。

　　此刻，双方心里都明白：这间酒吧里从酒保到客人全部是反抗组织的余党。因此，他们说话确也不必再绕什么弯子。

　　"兄弟，"那酒保跟车戊辰说话时，先是将目光移到普拉托脸上扫了一眼，再道，"我不认识……"他稍稍犹豫了一下，改口道，"至少不认识你们所有人，你好歹先报个字号吧。"

　　"逆十字，车戊辰。"车戊辰十分简短地回了他六个字。

　　酒吧里此时已经鸦雀无声，要不是角落里那台仿老式点唱机的音乐还没停，恐怕这会儿气氛会变得相当凝重。

　　"稍等。"酒保用戒备的眼神盯着车戊辰的脸，同时拿起了吧台上的电话，拨了几个键，等了几秒，然后和一个声音聊了几句。

　　挂断电话后，酒保打开吧台边上的挡板，从里面走了出来，边走边道："跟我来。"

　　他径直走到了那台点唱机的旁边，在没投币的情况下，以一定的顺序按了一组选歌按键，待他按完，那机器就像是一张"大嘴"般朝上下打开，其内部露出了一条斜着通往地下的阶梯。

"请吧。"看样子，酒保本人是不打算下去了。

直到车戊辰他们五人走下地道、入口合上时，那台点唱机的音乐也没停过。可见，这么大一台机器，真正提供播放功能的部件只有很小的一部分，其他部分再怎么活动也不影响播放歌曲的部件，若不是为了外观仿古，这玩意儿的体积没准能缩到一瓶矿泉水的大小。

言归正传，酒吧下的地道很窄，为了隔绝电子仪器的探测，四周的墙体上自然都铺上了特殊的隔绝材料，手机、I-PEN之类的无线设备到这儿便都断网了。

车戊辰他们沿着通道走了几分钟，来到了一扇门前，那里有一名站岗的士兵（虽然没有穿制服，但从站姿和他手上的枪也能看出是士兵）已经为他们打开了门。

穿过这扇门，是一个略大一些的空间，里面放置的设备和早已待命的三名士兵表明这里应该就是给进出人员做安检的地方。

那三名士兵是两男一女，在车戊辰他们通过了仪器的探测以后，士兵们又分别给他们搜了身，以防这些家伙带着3D打印机做出的树脂手枪之类的玩意儿。

总之，经过了重重检查，十五分钟后，他们终于在一间"会客室"里见到了这里的负责人——"克亚米游骑兵"临时司令，汉娜·梅德韦杰娃，以及"卡普乍得之魂"的司令伽西里。

汉娜的头衔前面之所以有"临时"二字，是因为克亚米游骑兵原本的领导层几乎在"铁笼之炎"事件中全灭了，而汉娜作为不在战区的唯一领导层成员，按照逐级补缺原则，才当上了司令。

虽然这些反抗组织在联邦的宣传中都是乌合之众，但实际上，有些组织内部的规章制度相当严谨。按照克亚米游骑兵的内部规定，所有在非正常流程下接受指挥权的指挥官，职位前都得加上"临时"二字，直到下一次章程内的投票或决议将其职位"合法化"或选出新的指挥官为止。

而另一位伽西里司令，倒的确是个正牌的司令，可惜他现在基本已经是个光杆司令了。自打两个月前主力部队在战区被全歼之后，伽西里到现在也没联系上自己在北阿加洲的残兵旧部，也没有办法回去，只能暂时在这个克亚米游骑兵和铁血联盟残部共同运营的据点里寄人篱下。

"真是稀客啊，帕维尔。"汉娜今年五十多岁，她年轻时也曾是个典型的西洋洲东部美人儿,但现在看起来则是个可以把大小伙子整个抡起来打的彪悍大妈,"你这个铁血联盟副司令失踪了那么久,结果一露面就带着一帮联邦旧部突然闯到我这儿来,这是想干吗啊?"

她说话很直,一开口就明示对方——"你们的身份我刚刚已经查完了",并以此来占据谈话的主动权。

"我们是来帮你们的。"普拉托没有回话,是车戊辰做出了这句回应。

"车探员,我们在跟扎伊采夫副司令聊呢。"伽西里司令这时抢道,"你一个FCPS的叛逃巡查官,在这儿没有说话的立场吧?"

"呵。"下一秒,普拉托笑了起来,并说道,"世上就是有这么一种人,只不过是在别人谈论天下大事的时候凑巧站在一旁,就觉得自己也成了大人物了。"

闻言,伽西里也轻笑一声:"是啊,人得有自知之明才行呢。"

不料,普拉托紧接着就看向了他,面带嘲讽道:"我说的人是你啊,伽西里。"

伽西里的神情在接下来的一息之间便由喜转怒,从牙缝里挤出一句:"你这是什么意思?扎伊采夫先生。"

"别生气嘛。"此时,苏菲那甜腻的柔声细语忽然响起,她的脸也转向了伽西里那边。

伽西里的目光也很快落到了苏菲的脸上。

"伽西里司令,我们正在谈很重要的事。"视线接触后,苏菲望着对方,面带微笑,语气温柔地说出了一个令人匪夷所思的要求,"能不能请你看在我的面子上,赶紧去死一死呢?"

"好!好!"得到这要求的伽西里一脸兴奋地点了点头,紧接着就以迅雷不及掩耳之势掏出了腰间的配枪,冲着自己太阳穴来了一发。

两秒后,驻守在门口的六名警备员便因枪声而冲了进来,当他们看到伽西里的尸体之后,自然都不由分说地举枪瞄准了来造访的五人。

"我们还没聊完呢,能让他们出去吗?"面对枪口,车戊辰从容不迫地直视着汉娜大妈言道。

但汉娜这会儿还震惊着呢,她一时也不知道该对这诡异的一幕作何反应。

"先生们!"这时,又是苏菲,高声吸引了那几名警备员的注意,"还有女士,"她还特意冲那唯一的女警备员抛个媚眼儿,"能不能请你们当作什么都没发生过,先出去呢?"

他们答应了,出去的时候还带上了门儿。

"你们是来把我们赶尽杀绝的吗?"又过了片刻,汉娜好像是冷静下来了,她调整了一下呼吸,尽可能让声音不颤抖地问出了这个问题。

"我说了,我们是来帮你们的。"车戊辰道。

"杀死伽西里司令也算是在'帮我们'?"汉娜这会儿已经后知后觉地想到了伽西里是死于异能,故而试探道。

而车戊辰则是不紧不慢地回道:"伽西里只是个微不足道的小人物。他本就是通过暗害了自己的前上司才坐上司令宝座的,所以在卡普乍得之魂内部并不得人心。

"西洋洲东部的战火烧起来以后,他心急火燎地把手从阿加洲北部伸过来,其实就是想要掠夺胜利果实,因为他认为整个阿加洲早晚都是他的囊中之物,而陆间海对岸的地盘则多抢一点是一点。

"没想到,最后落了个偷鸡不成蚀把米。

"'铁笼之炎'后,因为伽西里下落不明,阿加洲北部的卡普乍得之魂残党迅速拥立了一名新司令。根本就没人尝试去找伽西里这个'前司令',所以他才在你们这里窝了这么久。

"综上所述,像这种已经失去实权的能力与野心又不成正比的家伙,留着反而是个麻烦。

"我们帮你解决了这个麻烦,难道不是在帮你们吗?"

由于轰炸过后各个反抗组织之间原有的联系网都断了,所以车戊辰的这番话,汉娜暂时也无法验证,但她基本上是信的。因为伽西里这货平日里的确是几乎什么有用的事都不做,还要人当大爷一样好吃好喝地伺候着,尽管他在这里只是个客人,但那官僚做派还是很明显。

"姑且假设关于伽西里的部分你说的都是真的,"汉娜思索了一下,再道,"但我依然很难相信你们。"她顿了顿,"除了那边那位连脸都不露出来的先生和扎伊采夫副司令外,你们另外三人,一个以前是FCPS的巡查官,还有两个是'九狱'的副监狱长,都是联邦体制内的高级别人员。你们现在是说自己属于'逆十字',但谁又能确定你们真正的立场是什么?"

"不是三人,是四人。"这时,普拉托开口道,"我也是联邦的高级别人员。"

接着,在汉娜惊讶的注视中,普拉托报出了自己的真名,并说出了他在铁血联盟卧底了多年的事实。

"你竟然……"汉娜在反抗组织里待了很多年，她的丈夫、孩子，也都是组织成员，且都在过去的十几年间陆续牺牲了。而汉娜生平最恨的，就是混入反抗组织的那些卧底。

"不管我以前是为谁，或为了什么效命，我现在唯一的念头就是向联邦复仇，再无其他。"普拉托以这句话收尾，并给自己点上了一支烟。

"呵，那你以前做过的那些事呢？就因为你现在又反水了，就一笔勾销了？"汉娜冷笑着问道。

"有朝一日，终会有一个像你这样的人来把我毙了，来为你们那些被间谍害死的同志们报仇。"普拉托吐了口烟，"抑或者，我的运气不错，在那之前就死在了联邦的手里。"他掸了掸烟灰，"但这种事儿，不是我们今天要讨论的重点。"

"那什么是重点呢？"汉娜用仍是充满敌意的语气问道。

"重点是，"车戊辰重新接过了话头，"此时此刻，有一支联邦的海陆联合行动部队已朝不冻港挺进，你们这个据点的具体位置虽然还没有暴露，但在这种人烟稀少的地方，找到你们也只是时间问题。而目前唯一能让你们免于被赶尽杀绝的方案就是……"他耸了耸肩，"……和我们'逆十字'合作。"

现在投降还来得及
第三章

一

当你孤身一人被困在一个隐秘的地下密室之中,且周围尽是些训练有素、全副武装并试图杀死你的职业杀手时,你的脑子里一般会想些什么?

是放弃求生认命?还是想尽办法逃脱?是拼个鱼死网破?还是尝试谈判投降?

反正,杰克这会儿想的是:"今天的早饭被耽误了,一会儿该去吃些什么好呢?"

在这个念头闪过脑海的一瞬间,他咬紧了牙关,在自己的嘴里制造了一个小小的真空环境,然后利用压力将一根被他嵌在烟身里的牙签推了出去。

霎时,这根牙签犹如子弹一般破空而过,精准地命中了与杰克只有一桌之隔的古斯汀的右眼,并最终从内部突破了头盖骨,钻出了后脑勺。

于是,在古斯汀本人和房间里那两名杀手都没有做出任何反应的情况下,古斯汀这位杀手联盟的老大便突然脸朝下栽倒了下去。

当然了,尽管那两名杀手并不知道杰克究竟做了什么,但这也不影响他们随后的举动——就在古斯汀倒地的瞬间,两名杀手不约而同伸手拔枪,欲对杰克展开夹击。

面对这种狭小空间内的短兵相接,杰克连时停都懒得用,只见他单手撑桌借力,身形凌空一横,以极为迅疾的速度对自己右后方的杀手来了一记双腿飞踹。

那名杀手的手指刚摸到枪，杰克的脚底板已经贴上来了，结果，他连枪都没握紧，其右臂的骨头就被踹断成了三截。

"唔——"作为一名老练的杀手，他没有惨叫，只是闷哼了一声，但剧烈的疼痛和骨折却是无法像叫声一样通过忍耐来克服的，在那两秒之间，他终究是丧失了行动能力。

而这两秒，已足够杰克闪到他身边，夺走他的枪，并钳制住他，当成人肉盾牌来使用了。

砰砰砰——

刚好在两秒后，站在屋子另外一角的杀手开枪了。

既是专业人士，便不会犹豫，也不会后悔。若是因为同伴被挟持就举枪不射，那最后的结果有很大概率是自己和同伴双双被杀。

杀手不是警察，不用在每次开枪后写事件报告，在这种情况下，他们要做的唯一"正确"的事，就是不要受人质的影响，立刻开枪，并且，打准一点。

这名杀手的枪法就很准，至少在这个距离上，他几乎不可能失误，而他开的那几枪，全都是冲着杰克那没有被完全挡住的腿去的。

可惜，这也都在杰克的意料之中。

杰克很清楚，能进杀手联盟的杀手，枪法和瞬间判断力必然是过了某条线的；因此对方一不会打头部，二不会打躯干（那个人质的身形比杰克宽厚，而且西装底下有防弹衣）。他们一定会选择最有效的策略——攻击四肢。

尽管命中四肢在很多时候未必致命，但只要中了，势必会对目标的行动能力产生较大的影响。

"头两枪果然是打支撑腿吗？"那电光石火之间，早有预判的杰克瞬时就变换了支撑腿，并以没被瞄准的那条腿作轴，微转身形，导致对方的头两发子弹落了空。

优先打支撑腿是常识，因为在劫持人质时，劫持者是需要持续对人质施力的，所以其支撑腿无法频繁地移动。再者，腿部中弹时，失血量和失血速度往往比上肢中弹更多、更快，还会让人无法正常跑动甚至走动。

"第三枪是打持枪的右手吧。"杰克的思维速度远远超过了现实世界的子弹速度，"很有自信，枪法也确实很准。这个角度的话，即便我收手躲开了，他的子弹也不至于打穿同伴的颈部血管，最多就是蹭破点皮。"

而杰克的动作，如果他愿意的话，也是可以超过子弹速度的。

噗——

砰——

一秒后，这场枪战突兀地结束了。

这一秒间，杰克的左手，侧压了人质的脑袋，这使得开枪者的第三发子弹恰好击穿了人质的右侧额角。而杰克的右手，则在开枪者因震惊而短暂停滞的刹那，出现在了人质右肋下方的空隙处，放了一枪，爆了开枪者的头。

虽然这一番博弈描述起来颇为费劲，但实际上全过程不过短短数秒罢了。

解决了那两名杀手后，杰克从容地撒手，让人质的尸体倒地，然后，他便朝着屋子的另一角走去。

在路过古斯汀身旁时，杰克在看都没看的状态下，随手就冲着其脑袋补了一枪。

倒不是因为杰克有什么独特的嗜好或者很恨古斯汀，只是由于他以前曾见过脑袋中弹并生还的人，再加上古斯汀又是能力者，仅靠一根穿脑而过的牙签就判断对方死透了不太稳妥，所以杰克出于谨慎上了个"补刀双保险"。

搞定了古斯汀之后，杰克又拾起了方才那名开了枪的杀手身上的手枪和弹夹，并从尸体的脚踝处搜到了一把藏在皮鞘里的小刀。

接着，他便揣着武器，来到了房间的门前。

此刻，门外的廊上，大量的杀手已聚集过来，且个个儿都已举枪待战。刚才屋里的枪声他们自然都听到了，如果他们发现门打开时，走出来的不是自己人而是杰克，那他们会怎样也是不言自明的。

"呼……"手持双枪，站在门前的杰克，做了一次深呼吸，就仿佛自己正准备去游泳或跑步似的。

他并未去数自己获得了多少弹药，因为但凡是他认识的枪型，在将枪和弹夹拿在手里时，他就已经知道里面有多少发子弹了。

况且，不出意外的话，接下来他能缴获的东西还多着呢。

乓——

一息过后，杰克一个侧踢就把那整扇门的门板踹飞了，随后他就纵身一跃，踏上那门板，像是冲浪一样朝前滑行起来。

与此同时，周围杀手们的子弹也如海浪般汹涌而来。

此起彼伏的枪声在走廊中回响，盖住了一具具人类的身体倒在地上的声响。

十秒后，当那门板停止滑行之际，杰克仍是毫发无伤地站在上面，但他身后的那条走廊上，已经躺满了尸体。

"难怪只能守在外面，枪法不如屋里那个厉害呢。"杰克换弹时，口中还念念有词。他本来以为自己需要用时停才能冲过这段走廊，但开打了才发现没必要。

念叨完，杰克又转身回走几步，多捡了两把枪塞在腰间，并拿了几个弹夹。

做完这些，他还抬起头，看向了距离自己最近的一个监控探头，用清晰的口型冲着镜头来了句："现在投降还来得及。"

二

在这个宇宙的 23 世纪，早已没什么人把所谓皇室特定称谓之类的东西当回事儿了，就算有人想给孩子起名叫"太子"或者"陛下"，那也是可以的。

一个称谓之所以具备特殊的意义，并非是由于构成它的文字本身有什么特别，而是在于其背后所代表的权力、财富、社会地位或是力量。

在一个联邦制度已经推行了一百多年的星球上，"公主""王子""伯爵"之类的词，其受重视程度势必还不如"局长""所长"乃至"主任"。

对于"盛宫雅子内亲王"这个名字，榊和索利德自然也没有很放在心上，即便让他们称呼雅子"女王大人"，他们也不介意，因为那代表不了什么。

雅子自己，也明白这点。

事实上，她很讨厌这个名字。

如果说这个世界上还有谁在乎这个所谓皇室正统称谓的，那就是雅子的父亲了。

这个名叫"崇宫廉仁"的男人，自称是"后东山皇"，连年号都有。纵然他现在已经病入膏肓，每天躺在病床上靠着仪器维持生命，但只要他的意识还是清醒的，恐怕他就永远不会舍弃这些在旁人看来像是笑话一样的东西。

比起他这一生打下的基业，崇宫廉仁更在乎的是自己这一脉的血统，以及他那套"皇室传统"可以传承下去。

可惜他运气不好，二十二岁那年，他就查出了自己不育，且没有什么治疗的方案，这对一个重视血统传承的人来说是致命般的打击。

但他没有放弃，他选择在积极地寻找办法的同时，等待科技的进步。

他甚至和一个医疗机构签好了协议，假如在自己四十五岁之前，这个世界上仍然没有出现可以治好自己不育症的方法，他就准备把自己扔进冷冻仓给冷冻了，等到哪年有办法了再解冻。

或许是命运要跟这个男人开玩笑，恰在他四十四岁那年，他得到了一个消息——在樱之府有一名尚在读大学的实验室助教，发明出了一种针对他这种病的特效药，且那种药已经在动物实验中取得了良好的数据。

然而，就在崇宫廉仁燃起希望，准备去联系那名年轻人所在的大学时，紧接着又有一条消息给他泼了一盆冷水——那名助教因为瞒着伦理委员会私下做人体实验而遭到通缉，目前已下落不明。

崇宫廉仁又岂会因为这种原因就放弃这唯一的救命稻草？幸好，那时的联邦政府已经足够腐败，廉仁通过层层关系，花了一点钱，便成功搞到了那名助教留下的实验数据和被警方缴获的实验室样本。

随后，廉仁又以重金聘请了一群世界顶尖的医药学权威来帮他研究那名年轻人留下的配方。

可是，进展并不顺利。

按照某位权威的原话来说："虽然我这话可能有失妥当，但我必须承认，发明这个配方的通缉犯，有着我们这里所有人加起来都比不上的才华。"

当一位已经不需要再去证明自己的学者说出这种话时，便代表他已经在学术方面彻底投降了。

当然了，这也是没办法的事。

廉仁也明白，即使让这些人继续研究下去，他们恐怕也无法让这配方变得更加完善和安全了，而且他也没有那么多时间可以浪费了。

于是，廉仁直接使用了那名助教留下的原配方。

他总共找了五名待孕妇女，最终成功受孕的仅有一人。九个月后，雅子出生了。

那是廉仁一生中最快乐的一段日子，他对这个女儿爱如掌上明珠，恨不得将其呵护在无菌环境之中，生怕她受半点伤害。

他没想到的是，命运跟他开的玩笑还没结束，只是笑点拖得比较久。

十六年后，廉仁和雅子本人都逐渐意识到了一个问题：雅子的外貌在过去的几年间都没有什么太大的变化，因为正处青春期，她和同龄人之间的差距几乎每年都以肉眼可见的速度拉开。

隐隐的不安，慢慢变成了实实在在的忧虑和恐惧。

十八岁那年，女儿外貌停留在十三岁左右的事实已经非常明确了，尽管自她出生起，几乎每年都要做好几次细致的全身检查，但没有任何迹象表明会发生这样的事。

即便是在症状明确之后，医生们也给不出切实的解释和解决方案，只是猜测她存在某种"无法检测出的先天染色体异常"。

这年，廉仁已经快六十四岁了，此时的他已经完全没有了留下后代的可能。

就是从这年开始，他变得偏执起来。他寄期望于雅子可以和他一样，用尽一切办法在有生之年留下后代。

但雅子和父亲并不一样，且不说她的身体根本还不具备生育的条件，她这并不算长的人生中所承担的压力也让她非常厌恶自己这个所谓的"皇室血统"，她甚至觉得这是一种伴随她家族的诅咒，在她这一代断绝再好不过。

父女间的矛盾日渐加深，直到廉仁七十五岁那年，一场急病，让他变成了除了思考和说话之外什么都不能做的半植物人的状态（进食也不能，只能输液，排泄也无自觉），才告一段落。

那之后，雅子便成了神武会的实际掌控和经营者。

在明面上，神武会以巨型企业"出云集团"作为掩护，于世界各地开设以博彩业为核心的各种业务；而在地下世界，神武会则是所有赌界公认的龙头老大，雅子也是传说级的赌徒。

当然了，这些情报，除了雅子的外貌不会长大的相关部分外，其余的那些，榊和索利德也都知道。

只有赌徒才理解赌徒，也只能赌徒才能真正地击败赌徒。

今天，榊就是为了击败"传说"而来。

"对了，既然我已赌上了整个神武会，我相信你们应该也会拿出相应的赌注来吧。"在前往赌博地点的路上，雅子才用悠然的、随性的语气抛出了这个其实相当重要的问题。

"樱之府。"而榊几乎是不假思索地回了这三个字。

这个赌注，并不是他决定的，而是来之前子临亲口承诺的。

"哈？"雅子的脚步顿住了，"你跟我说个地名，是什么意思？"

"意思就是，如果你赢了，不但不用答应我们的条件，而且，在不久的将来，等逆十字搞定了联邦之后，樱之府就是你家的了。"榊回道，"考虑到你的家族背景。我想就算是你父亲也会对这个赌注感兴趣的吧。"

"呵，你先等等。"此言一出，雅子不禁冷笑，"你是说，你要用一件根本还不属于你们的东西来跟我实际掌握着的东西对赌？"她顿了顿，"而且，再退一步讲，按你这说法，似乎没有我神武会的帮忙，你们一样可以实现大业啊！"

"没错啊。"不料，榊居然用理所当然的语气应道，"所以现在其实也是在给你机会，你若是肯合作，我们办起事来更有效率，你出的每一分力，组织都不会忘记，到时候你能分到的东西，会比区区一个樱之府更多；而你要是拒绝呢，也并不影响我们达到目的，只不过在那种情况下，我们就不能保证与你和平共处了，万一神武会挡了我们的路，会怎么样你应该也有心理准备。"

"哈哈哈……"雅子笑意更盛，并用讽刺的口气接道，"那照你这么说，这赌注反而是对你们来说不太公平啊。我要是赢了，不用冒任何风险，保底拿一个樱之府；就算输了，大不了加入你们，日后论功行赏，列土封疆。"

"是啊。"榊知道对方这是在说反话，但他丝毫不动摇。

"是什么是啊！"雅子见这小子如此没脸没皮，一副要扯到底的样子，当即拉下了脸，"说了半天这赌注全是建立在你们日后一定能推翻联邦的基础上的，这种画饼式的赌注可不行啊，祸榊！"

她话音落时，干脆转了个身，似乎已不打算继续前往赌博地点了。

"好啦好啦，你想要点儿实质的东西嘛，放心好了，有的。"榊回道。

"哦？"雅子已经有点失去耐心了，"是什么？"

"我也不知道。"榊的回答，又一次显得非常无厘头。

终于，雅子生气了，她沉着脸，开始往回走，正当她准备让跟在后面的保镖们"送客"之时，其中一名保镖怀中的手机忽然响了起来。

这部手机，显然不是那名保镖的私人物品，如果是的话，就凭"工作时间携带私人通信设备"这条，他的饭碗就得砸了。这其实是一部"直线电话"，会打响这部手机的人，只有一个。

"雅子小姐，老爷来的电话。"两秒后，那名保镖便毕恭毕敬地迎上前，用双手把手机捧到了雅子面前。

顺带一提，"小姐"和"老爷"这样的称呼，是雅子特意让部下们改过来的。在她父亲当权的时候，严格要求部下们在非公开场合给自己行各种皇室大礼，并用"陛下"尊称。

这突如其来又恰逢其时的来电,让雅子感到了一丝异样。榊和索利德则是面面相觑,对一些两人都已知道的事心照不宣。

雅子接这个电话的时间有点久,而且过程中似乎与父亲发生了争执,但到最后,她虽然恼怒,还是妥协了。

"你们到底许诺了他什么?"雅子挂断电话后,一转身就用质问的态度对榊和索利德说了这么一句。

"我刚才不是已经说了吗?'我也不知道'啊。"榊耸肩回道。

这时,雅子才回过味儿来,方才榊那句话真正的意思。

"上头的人,也并不是什么事都会告诉我们的。"索利德这时开口道,"不过,我们确实在来之前就知道了,会有人去跟你的父亲交涉,并开给他一些更'实际'的谈判筹码,毕竟,只要他一天没咽气,他就还是神武会的'太上皇'啊。"

雅子花了几秒平复了一下情绪,重新冷静下来的她接道:"既然你们能做到这个地步,还有必要和我赌吗?"

"有啊。"榊接道,"说到底,等合作关系确立之后,真正和我们打交道的神武会头领还是你啊。"他故作轻松地说道,"所以,让你父亲点头只是一方面,让你本人'服气'也是很有必要的。"

他话音未落,索利德又补充道:"你也不用担心我们输了以后再利用你父亲给你施压,因为,无论输赢,开给你父亲的条件都会给到的,我们和他交易仅仅是让他'要求你接下这个赌局'而已。"

"哼。"雅子点头,眉宇间有一丝薄怒,外加几分期待,"看来,你们是觉得,只要我愿意赌,你们就不会输是吧?"

"是。"在赌博的事情上,榊的态度一向是非常嚣张的。

"你连我要跟你赌什么、在哪里赌、怎么赌,你都不!知!道!"雅子虽然比榊矮了一个头还多,但她还是气场十足地逼过去,仰视对方,一字一顿、语气凌厉地说道,"这样你就敢说'是'?"

而榊非但没被这气势压倒,还露出了更坚定也更轻松的神态,把那个字重复了一遍:"是。"

三

海琼山上，天色已暗。

就在孟夆寒于山隘间思考之际，陶悟忽然上前一步，来到那秘境之门前，沉声道了句："你怕，那我来。"

下一秒，孟夆寒还没来得及出言阻止，陶悟就单臂一挥，灵气乍泄，欲以高强之灵能强行冲推障眼法构成的屏障。

按理说，"梼杌"作为四凶之中灵能最强的一个，要破这种程度的术法简直轻而易举，谁料，眼下他这一番施为，换来的却是一阵比自己施加的灵能更强的反冲之力。

幸好陶悟这一击也不是太认真，只用了三分力，要不然他恐怕会被自己的力量给震成轻伤。

"这不对劲儿。"吃了亏的陶悟即刻皱眉念叨了一句。

话音未落，他大哥蚩鸮就过来冲着他头顶轻轻拍了一下："废话！那小法士都说了这是天师的洞府了，也分析了这术法并不像看起来那么简单，你还非得试试不可，真是个棒槌。"

陶悟挠了挠头："这……我都破不了，他真能想出办法？"

"你这外力强冲肯定是不行的。"孟夆寒顺势接过话头，并走上前来，"尤其你们这些非人的修炼者，不仅不通正法，灵气里还伴着妖气，天师设法时肯定是优先提防你们。"他也是有话直说，不怕得罪这几位，"要不然，还是我先来试试正常的解法。"

说着，他也来到屏障前，右手食指和中指一并，快速翻转着掐了几个诀，口中碎碎念道："镜花水月空无物，浮光流影徒有形——破！"

那个"破"字出口一瞬，孟夆寒的右手也是剑指一出。

然后，什么也没发生。

"哈！哈哈哈哈！"方相奇见状，大笑出声，"你这个骗子，穿帮了吧！呵，不会就直说嘛，大家认识一场，我不会看不起你的。"

"三哥，他这法子其实没错儿。"孟夆寒还没回话，站在后面的帝魇便接道，"如果这个障眼法和表面上看起来的一致，用这个口诀的确是可以破的，而且破这种法术也不需要多少修为，稍有些灵气儿的法士都成。"

"切。"当然了,方相奇心里也不是不明白这些,他就是故意想嘲讽孟夆寒而已,如今被帝廞来了这么一句,他只好扯开话题道,"四妹,你怎么连法士那套都懂啊?咱们这些'妖怪'又使不出道法来,学了有什么用啊?"

帝廞诡秘一笑:"呵,三哥啊,论灵力我不如二哥,论蛮力我又不如你,跟大哥我更是什么都比不了。那我也只有知己知彼,多学些东西来傍身了啊。"

她这话,其实还留了半句。

诚然,四凶之中,以大哥蚩鸮(饕餮)的综合实力最强,二哥陶悟(梼杌)的灵力最盛,老三方相奇(穷奇)的肉身最强横,但是,她这个综合实力看起来最弱的四妹帝廞(混沌),却是最聪明、最有心机的一个,而智谋这档子事儿能带来的优势,就很难去量化了。

"这也算是意料之中的结果吧。"就在他俩这三言两语说完之际,一旁的孟夆寒又开口了,"而且我估计,刚才我做的事情,海琼山上的法士们也全都来做过一遍了,所以,虽然各门各派破解障眼法这种基础法术的口诀有很多种,但我也没必要再去浪费气力一一尝试。"

他停顿两秒,再道:"至于陶兄刚才的做法,即使真有法士这样试了,作为人类来说,纯粹的灵气量也鲜有能与陶兄匹敌的,故而也是不可能成功的。"

"那你这试了一下,试出什么来了呢?"方相奇又问道。

孟夆寒回道,"结合你二哥试出来的情况,至少证明了用正统的法术去破解不会引发反噬攻击。"

"所以呢?"方相奇从语气听出对方还有话没说完。

"所以我们可以判断,"孟夆寒应道,"这个'附带着多种未知属性的低阶障眼法',在面对道门以外的生物时,是一种防御手段,但对道门中人来说,则是一种'考验'。"

"那你考出来了没有呢?"方相奇这第三问的语气就有点像家长质问考试考砸了的孩子的口吻了。

"我这会儿的确是有一个想法。"孟夆寒回道。

"什么?"方相奇道。

"童子尿。"孟夆寒若有所思地说道。

"我警告你啊……"方相奇一副已经准备爆衣变身的架势。

"放心,我不是在说你。"孟夆寒知道他误会了,连忙解释道,"你们四个本来就不是人，就算你看着像童子也没用。"

"哦，现在你倒是思路很清楚啊。"方相奇语带讽刺地接道。这也是情有可原，毕竟他这一路上都被要求不许喝酒、乘车坐后面、坐公共交通工具得用儿童专座等待遇。

"你先等等。"这时，帝廞露出了一抹不怀好意的笑容，"小道，这童子尿，该不会是你自己来吧？"

"就是我自己来啊。"孟夆寒边说边从随身带的包里取出了一瓶矿泉水，拧开盖儿就咕咚咕咚猛喝起来。

"这样啊。"帝廞舔了舔嘴唇，一副饿汉见了肉包子的表情，"怪不得我看你身上的阳气还挺精纯的嘛。"

就在她说这句话的工夫，孟夆寒已经把一瓶水喝完了，趁着拧开第二瓶的空隙，他回道："师父说我命犯寒邪，三十岁前若能守住纯阳之体，不但能驱邪避灾，还可法术大成。"说罢，他就开始喝第二瓶水。

"呵，得了吧。"蛊鸮一听就乐了，"都上逆十字的船了，还谈什么驱邪避灾，你自己就已经是邪是灾了。"

孟夆寒不知道这四凶和逆十字又有什么渊源，所以他也不接这茬儿，喝完了两瓶水后，他落下一句"我去走走"，随后便拿着手电筒独自到山林里遛弯儿去了。

十五分钟后，孟夆寒把这秘境之门附近的一片儿又勘察了一遍，确认没有别的入口后，回到了这里，这会儿他尿意也酝酿得差不多了，便开始"破法"。

虽然四凶是不太在意围观这事儿的，但在孟夆寒表示"你们看着我尿不出来"后，他们也表示理解，纷纷转过身去。

结果，孟夆寒尿了一半，那屏障就消失了，此刻，就算是一个没有灵力的普通人，也能看到这洞府的入口了。

"欸，这不就成了。"孟夆寒提裤子时笑道，"我第一次跟师父出去抓鬼，他老人家教我的第一课就是'童子尿破一切障眼法'。"

"那你有没有考虑过，你师父有可能是为了方便从你那里取尿，才骗你说让你守纯阳之体守到三十岁的呀？"方相奇转过身来的时候，随口吐槽道。

没想到，他这话说完以后，孟夆寒僵在那儿不动了。

四凶就这么眼巴巴地看着孟夆寒用凝重的眼神抬头四十五度望天，呆立了整整三分钟，然后用一种便秘般的表情从嘴角挤出两个字："我去……"

孟夲寒又花了十五分钟从打击中走出来，这期间蛩鸦严厉地责备了方相奇，方相奇也深刻检讨了错误，并表示以后会对孟法士好些。

然后，众人便继续前进，走入了那秘境之中。

不用想都知道，方才那"障眼法"只是第一关罢了，后面的"考验"绝对不止一个。

在穿过一条狭长的、似乎漫无止境的黑暗通道后，一个怎么看都不像存在于海琼山山体中的巨大洞窟出现在他们眼前。

此地地形复杂，流光溢彩，别具洞天，一尊尊倒悬在高处的巨大钟乳石散发着五颜六色的光芒，将这山洞照得宛如迪厅一般。

就在这五人踏入洞中之时，一道人影也适时地拦在了他们身前。

"来者何人？"只见那人个头高瘦，身姿挺拔，身着一袭明黄色法袍，脚踏流云靴，腰悬桃木剑，头顶法士髻，还生了一张刀砍斧劈般的标准法士脸，一派仙风道骨、正气凌然之相。

"冲夷山太虚教传人，孟夲寒。"孟夲寒见了对方，不卑不亢地自报了家门，并反问道，"阁下又是何人？"

"哼！"谁知那法士一副不屑之态，"看你嘴上没毛儿，不过二十出头，区区小士，修为浅薄，也敢闯这天师秘境？问我高姓大名？"

"放肆！"没想到，孟夲寒突然就高声厉喝，"我看你身无二四两重，不过竹编纸糊，区区一个纸人，最多算是外门散修，也敢拦我法门正宗？还连个名讳都不愿报？我对你客气你当福气呢？信不信道爷拍扁你，拿回去做书签？"

孟法士这会儿戾气有点重，四凶知道原因，所以都没出声。

但那纸法士一听可就急眼儿了，当即怒目而视，同样提高了嗓门儿喝道："咄！我'锦罗什'乃天地灵气所生，南海千年神木化纸为皮，紫竹林甘霖仙竹折编作骨，当年天师钦点我做他的护阵法师！你一黄口小儿，我言语上稍做试探，想考验你的诚心，你却出言不逊，大放厥词！"他说到这儿，登时就抄起了腰间的桃木剑，"好，那你就不用过'诚心'这关了，我就直接来试试你的修为，看你凭什么那么狂！"

"我怕你？"孟夲寒一边维持着嚣张的神态和语气回话，一边朝后快步疾退，"你等着，我去车上弄一桶汽油，顺带网购一个火焰喷射器，物流快的话我明天就回来，你别跑啊，别跑！"

话至此处，他转身就跑。

见状，锦罗什冷笑一声，扬手将手中桃木剑的剑锋一挑，霎时，孟夆寒他们来时的道路便化作水雾一般飘散不见，成了一面石壁。

四

与反抗军的残党们达成"合作"协议并不困难，因为他们和杀手联盟、神武会这些仍处于正常运作状态的组织不同。

如今的反抗军，说得好听点叫残兵败将，说得难听点那就是丧家之犬。

"铁笼之炎"当天，克亚米游骑兵和铁血联盟就直接损失了95%以上的正面战力，其领导层更是几乎全灭。

随后的一周，在"茶宴"的幕后策动下，各地的FCPS趁机对这两个指挥系统陷入瘫痪的组织展开了清剿行动，清剿的目标就是他们隐藏在东西洋洲大陆各处的秘密据点。

或许有人会奇怪，既然联邦早就知道这些据点的位置，为什么此前一直没去动他们呢？

其实这也是情报战的常识之一——只在最关键的时刻使用情报。

简单地说：对一个已知的目标，你知道它的存在，但不去动它，就可以监视它，甚至利用它，直到某个不得不对它采取行动的时刻，或者一个对你来说能获得最大利益的时机，再动手。

FCPS进行清剿的时机，无疑就是"最佳时机"，当那些反抗组织因正面战场的全军覆没陷入混乱之时，FCPS在一周之内就端掉了所有自己已知的据点，并通过从那些据点里搜集到的电子数据、纸质资料以及口头情报（严刑逼供总会有人招的，不过招的人本身未必知道太多）……他们又发现了不少以前尚不知晓的新据点。

就这样，联邦顺藤摸瓜，砍瓜切菜，除了东洋洲东部地区之外，整个东西洋洲大陆的反抗组织几乎被赶尽杀绝。

再加上，由于龙井的计谋，"铁笼之炎"带给民众的附加伤害全都甩锅给了反抗组织，这让原本还有相当多群众支持的反抗军直接变成了过街老鼠。以前反抗军在陷入困境时，还可以暂时解散人马，分散隐藏到民间去，可现在，老百姓一听是反抗军，举报你算是客气的，直接把你打死都有可能。

综上所述，如今在不冻港的这些克亚米游骑兵和铁血联盟残党，已可说是这俩组织的最后一点香火，汉娜这个临时司令，也的确就是他们最后的领袖。

眼下，联邦的海陆联合作战部队已兵临城下，他们自然是来踩灭这最后一点火苗的。

在这种孤立无援、十死无生的境地中，反抗军哪儿还有什么选择？逆十字的人今天用了"合作"这词儿，已经算是给面子了，若不是为了考虑到双方的体面，说来"收编"你又能怎样？

事实上，子临给车戊辰安排的"B计划"就是收编，即"万一汉娜司令没有答应合作，你们就把她也杀了，然后让普拉托以铁血联盟副司令的名义接手指挥权"。

好在，汉娜稍做考虑后，还是答应了合作，姑且是保留了自己这个司令的性命。当然，她心里也清楚，由这一刻开始，自己最多算是个傀儡了。

不过常言说得好，留得青山在，不怕没柴烧。此刻还是先考虑如何活着、扛过眼前的危机再说，组织的权力归属和复兴是以后的事。

事情进展的和计划中一致，在简短的交流和交接后，逆十字这支五人小队中的三人——普拉托、卡尔和苏菲，迅速接手了这个秘密基地的指挥系统。

普拉托用的自然还是"帕维尔·扎伊采夫"这个身份，毕竟现阶段来说，向士兵们公布他的真实身份显然是不明智的。

卡尔和苏菲虽是来自联邦的"降将"，但因为他们只是九狱的副典狱长，并不是联邦军或者FCPS这种与反抗军有正面冲突的军官，底下的人也没有太大的抵触。

再退一步讲，就算有人抵触卡尔，也不会有人抵触苏菲。

正所谓不怕不识货，就怕货比货，这三位一接手，就能看出汉娜这个"临时"的司令有多业余了。虽然汉娜一直都位居管理层，但她在此前的战役中连正面战场都没能上，其能力和职位可见一斑，再跟普拉托这种在铁血联盟里长期手握实权的副司令一比，无疑是天差地别。

卡尔和苏菲这两位科班出身的正规军官，也都不是什么省油的灯。要知道，他们在九狱工作上一整年也遇不到几次需要战斗的情况，其余所有的时间，他们无非就是在做中层管理的工作。从九狱里那么多狱卒的工作生活，到犯人引起的突发状况；从清洁工储物柜里贴的海报，到智能监控的维护人员抽什么烟……九狱里的大小事务，他们全都要管。相比规模接近一座城的九狱，这个基地里那点事儿对他们来说很轻松了。

尤其卡尔，他那个在金属环境中宛如可以瞬移般的能力，在这地下基地里用起来也是如鱼得水，很多工作……他根本不需要让人传话或者交给别人去做，他自己就可以"无处不在""为所欲为"。

而车戊辰，作为此次负责带队的人，在谈成了合作之后，除了和逆十字方面进行联络之外，暂时还没被指派要做什么更具体的任务。

他和与自己看起来同样很闲的K，在其他三人忙碌的时候，倒还有空坐在休息室里喝喝咖啡。

"说起来……我俩这样独处一室，好像还是第一次啊。"沉默中，还是车戊辰先跟K搭了句话。

"是。"K的回答可说是惜字如金。

为了喝咖啡，K这会儿也已经把滑雪面具给摘下来了。他是个皮肤苍白的白种人，很瘦，相貌普通，完全看不出来这会是拥有"枪鬼"这种绰号的男人。

"你好像不太爱说话？"车戊辰又道。

"习惯了。"K应道。

"这是个好习惯。"车戊辰耸肩，"言多必失嘛。"

"那你为什么还跟我聊天？"K的话虽少，但却总能切中要害。

"呵……"车戊辰笑了，"可不就是为了让你多说多错，泄露一些我还不知道的风声出来吗？"

"有必要吗？"K又道，"我觉得你应该已经猜到某些事了。"

"你是说，你这次来是为了监视'我们'这件事吗？"车戊辰继续试探着。

"我什么都没说。"K才不接这茬儿，淡定地喝了口咖啡，抛了这么一句回去。

"对对，不是你说的，是我猜的。"车戊辰也不勉强对方，接着说道，"此行五人，虽然子临说是由我领头，但我猜测，他一定给了你某种我们其他人并不知晓的机密指令，以及可以在某种时刻完全无视我的权限。

"考虑到我们五个人里有四个曾经为联邦效过力，答案昭然若揭——这次任务，除了表面上的目的之外，另一个目的就是试探我们的忠诚。

"正好，这是一次与联邦军队正面对抗的行动，子临一定是让你负责暗中监视，一旦发现我们四个当中有谁做出了疑似与敌人勾结的举动，你便可以自行决断，先斩后奏。"

他用平静的语气说完这段话，接着提起纸杯，又喝了口咖啡。

另一边，听完这番推论，K 的情绪也没什么变化，并又一次指出了对方整段话里最明显的一个盲点："一个拥有'心之书'的人，有必要搞这些吗？"

"他做的这种事还少吗？"车戊辰反问，"他不就是喜欢'玩儿'吗？"

"嗯……"K 沉吟一声，又思索片刻，"我可以明确告诉你，我没有接到过这种命令。"他顿了顿，"不过……我也是猜测，你应该是接到了。你刚才对我说的那些话，其实就是把自己接到的指令以'怀疑'的形式扣到我的身上，这样既在无形中撇清自己的嫌疑，又可以试探一下，除了你以外，子临是不是还留了其他的保险。"

"我真是越来越喜欢跟你聊天了。"车戊辰被对方揭穿了意图，却还显得挺高兴的样子。

"你接下来是不是要问，为什么子临连我都不相信？"两秒后，K 又接道，"因为在你看来，我和凯九、浪客，都是比你们'陪审团'更早进入逆十字的成员，再加上有心之书在，子临根本没必要给你那种命令才对。"

车戊辰闻言，也是借坡下驴："既然话说到这儿了，那你能不能……"

"无可奉告。"K 毫不犹豫地打断了他，也结束了这次"闲聊"。

话分两头，再看联邦军这边。

此时，在青鲤湾水下 50 米处，一支潜艇小队正在徐徐前行着。

联邦将这次远赴不冻港铲除反抗军残党的军事行动命名为"铲油漆行动"，行动的指挥官就在其中一艘潜艇的指挥室中，他的名字叫马修·鲍曼，军衔暂时是上校。

为什么说"暂时"呢？因为不出意外的话，鲍曼在这次行动过后就能当将军了。

鲍曼本来就是个"军三代"，他的爷爷就是联邦军的高层，父亲亦然，所以今年才二十八岁的他就已经被提拔到了上校的位置，这是对草根出身的军人来说很难想象的。

这次行动，说白了就是让他再"镀镀金"，刷刷战功，这样就能顺理成章提他做少将了。毕竟那是"将军"衔，多少还是要有点实际战功才能提拔的。

而鲍曼本人，却还对这次任务表示不满，来的路上就一直在抱怨着"老爸把我派到这种北极圈里的鬼地方来真是烦死了，不就收拾几个残兵败将吗，还特意让我来挨冻"之类的话。

很明显，这就是个眼高手低的二世祖。不过，二世祖眼高手低，和平民眼高手低，那是有区别的，区别在于后者多半会在受挫后较快地认清现实，而前者可能会因环境问题被蒙久一点。

鲍曼就还蒙在鼓里呢，因为他做错了事也不会有人指责他，锅也都是别人去背，荣誉和赞赏却都归他，所以这些年来他始终认为自己是个军事奇才，年纪轻轻就已平步青云。让他来干这种"单方面屠杀的清理工作"，简直就是杀鸡用牛刀。

他哪儿知道自己老爹的用心良苦，所谓知子莫若父，老鲍曼和老老鲍曼都很清楚他们家的马修BOY是个什么材料，给他个简单的任务不搞砸就不错了。为了以防万一，他们这次还特意请了一位联邦军的资深参谋——耶夫格尼上校，来辅佐小鲍曼，有这位久经杀阵的老参谋坐镇，他们才安心些。

当然了，鲍曼一家子并不知道，耶夫格尼还有一个不为外人所知的身份，即是"茶宴"中的"白毫银针"。

"报告长官，前方侦查艇收到了一段来源不明的信息，已经重复发来三次了，但内容看起来好像只是毫无逻辑的二进制代码，请问该怎么处置？"就在潜艇离港口还有半小时左右行程时，一名士兵向鲍曼报告了这一情况。

"什么呀？收到点干扰信号也要来烦我？你都说了没逻辑了，就当没看到呗。"鲍曼的回答并不让人意外，越是没智力的人越是拒绝和厌恶思考。

"呵……贤侄，少安毋躁嘛。"耶夫格尼虽已满头白发，但身子骨还很硬朗，说起话来也是中气十足，"这里已经是北极圈附近，咱们又是在水下，偶然收到那种信息的概率还是比较低的，这样……我去看看什么情况，有结果了再来跟你汇报。"

耶夫格尼也是挺会哄孩子的，他跟小鲍曼的父亲和爷爷有点儿交情，对这小子也挺了解，知道这小子只是有点傻，也不算不讲道理。

"嗯……行吧。"鲍曼至少对耶夫格尼还算比较敬重，所以说话的态度不像对士兵那么嚣张，"有劳叔您了。"

即便是在军中和在任务中，他们俩还是以叔侄相称，并没有按一般军规喊名字和军衔。这种现象在这个时代的联邦军里也挺常见,因为经过那么多年的腐败,联邦上层的那些人或多或少都有交情甚至直接就是亲戚关系,下面的人也不可能指摘他们,谁要是一本正经地跟上级长官说"你这样不对",那他明天就可以退役了,还是拿不到介绍信的那种退法。

长话短说,"得令"之后,耶夫格尼火速跟着那名士兵来到了领航室。小鲍曼糊涂,耶夫格尼可不糊涂,老谋深算的他猜也猜得到这代码里肯定有文章。

两分钟后,他就来到操作台前,让侦测人员直接把代码放到浮空的虚拟触屏上,随即就开始了研究。

起初他以为这是某种标准的二进制码,可以通过某种规律来破译,但看了一会儿他发现一个状况——这根本不是什么二进制!虽然看起来很像,但仔细看会发现,在那些"0"和"1"当中其实混着些许大写的字母"O"。又研究了几分钟,终于,耶夫格尼发现了奥秘所在。

这玩意儿的"破译"方法其实并不依靠数学逻辑,而是要用"图形逻辑";简单地说,就是要以那些混在里面的"O"为界限,将发来的这些内容分成一个一个"80*80"的方块区域,然后拉远了看,就能看出"字"来了。

"哼……这是冲着老朽我来的吧。"耶夫格尼在破译出那些文字时,当即就在心中暗暗念道,"除了我以外,这次行动的全军上下怕是没有第二个人能在短时间内破解这些信息了……而会跟'茶宴的座上宾'这么'玩儿'的,也只有'逆十字'了吧。"

在他思索之际,那些被他破解的信息也逐一在虚拟触屏上被排成了一个个汉字,总共是十六字——"磊磊落落,残棋一局,啄息苟安,虽笑亦哭"。

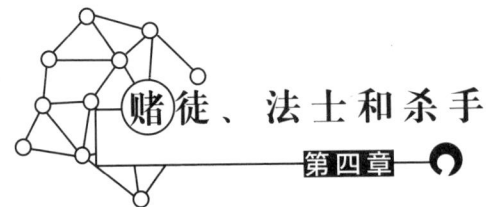

赌徒、法士和杀手
第四章

一

在尤顿车站的附近，有一间地下停车场，因为所处的地段还不错，这里每天的车流量都很大，且终年无休。

表面上看，这个停车场是由附近的一家大商场投资建造、用来方便顾客购物时泊车的，但雾都那些从事非法买卖的大团伙都知道，这个地方的实际控制方是"杀手联盟"，而且它还有一个别称——快速通道。

"快速通道"的主要功能有二，还有一个次要功能。

次要的我们稍后再表，先说主要的那两个：其一，是让雾都这里的很多黑色交易能有一个安全交接的"畅行区域"。其二嘛……这里还藏着一条密道，直接连着杀手联盟位于下水道的那个基地，必要时可以作为一条撤退用的后路。

对于那第一项功能，或者说业务，杀手联盟自然是要收费的——每一笔在"快速通道"中完成的非法交易，他们都要从两边各抽成5%，抽成的条件就是他们会确保交易安全、公平地完成。

谁要是想在"快速通道"里玩黑吃黑，那最好先掂量一下自己的斤两，因为当你把那口东西吃下去的时候，这事儿就不是你和交易方的问题了，而是你和杀手联盟之间的问题。

毫无疑问，像这样一个地方，管理它的人员，肯定不能是普通保安。

当然了，杀手联盟也不可能真的让一群麾下的正牌杀手到这儿来守着停车场。毕竟这是一份长期的、烦琐的工作，在没有"交易"需要监督的时候，这里的管理人员干的事情和真正的保安并无区别，他们每天都要和很多来自各个阶层的普通民众打交道，动不动还会遇到无理取闹的家伙，偶尔还会遭遇划人车的小混混和偷车的蟊贼……这可说是一份非常辛苦和磨人的工作。

因此，杀手联盟安排在这里的人，全都是他们的"实习人员"，而这，就是"快速通道"的次要功能——为组织筛选和培训新成员。

基本上，想成为杀手联盟里的正职杀手，最起码也得在"快速通道"里干过六个月以上。

许多人在这期间可以学到很多道儿上的规矩和了解那些非法勾当的内幕。待他们"转正"时，他们会对各行各业、黑白两道的各种人都有所了解，无论是去模仿这些人还是和他们打交道，都会变得容易起来。而做不下来的人嘛……职业保安你都做不下来还想做杀手？

是日，清晨5点，一辆黑色的轿车驶入了这个停车场，并停到了一个靠墙的位置。

但是，始终没有人从车上下来……

就这样整整过了三个小时，都还没人下车，且这车的玻璃都有涂层，也看不清里面到底坐了几个人，在干什么。

按理说，像这种异常情况，在别的停车场也就算了，但在"快速通道"里应该有人去注意一下的，可是……并没有。

很多人都以为，从深夜到凌晨这段时间是安保力量最松懈的时刻，其实不对，长期值夜班的保安，在这段时间内是很清醒的；而偶尔换值夜班的保安，只要扛过了凌晨时分袭来的头一阵倦意之后，紧接着大脑还会兴奋起来。

事实上，夜班保安们最糊涂和大意的时刻，并非在夜间，而是在早晨。这个时间点上，通宵过后那阵不算太强但会一直持续到你躺下为止的疲惫感已经浮现，即将交班回家的那种"解脱欲"则会将你的注意力不由自主地引到"时间"上去，人在这时会以一种比平常高很多的频率去看表、看钟、看手机……且精神难以集中。

即便是杀手联盟的保安，也不例外。

从一开始，就没人留意过那辆小轿车停好后有没有人下来，几分钟一过，那就更不会有人去留意了。

而这些，也全都在"博士"的意料之中。

是的，博士就在那辆车上，和他同行的还有暗水和影织。

今晨5点，车停好之后，博士就在车后方的空间内开始调试各种电子设备，暗水则变身成一个普通司机的模样，坐在驾驶座儿上待命，保护博士的安全，而影织……直接化入了"影"中，通过融入墙壁缝隙间的阴影，潜入了杀手联盟的基地。

大约两小时后，当杰克跟着杀手联盟的接头人来到那个基地中时，早已在基地的阴影内待命多时的影织便趁着对方全员的注意力都落到杰克身上，悄悄溜进了基地的机房，把事先准备好的一个U盘接在了对方的后台主机上。

这样一来，已在车内调试好了设备的博士便可轻而易举地直接侵入对方的系统了。

这一切，都和杰克的行动同步进行。因此，从杰克动手击杀古斯汀，直到此时此刻，没有任何影像和求救信号从那个基地里被发出去，杀手联盟在外界的成员们对他们的总部已经沦陷一事一无所知。

"我回来了。"当杰克在那基地里大杀特杀时，影织的身影突兀地出现在了副驾驶座上，并跟车里的另外两人打了声招呼。

"我出发了。"影织话音未落，暗水就接了这么一句，然后整个人就化为一摊黑色液体顺着车门的缝隙流了出去。

在车后面瞥见这一幕的博士不禁吐槽："话说你们俩这能力还真是有些相似之处呢。"

"别拿我跟怪物相提并论。"影织随口应着，并拉下了座位上方的储物空间挡板，冲着挡板内侧的镜子，开始整理自己的仪容。

"伊姑娘，你最近好像变得有点在意自己的形象了啊，是因为子临吗？"博士问这话时的语气像个大妈，且脸上挂着一种颇有恶意的笑容。

"虽然我知道你们这些疯狂科学家的脑回路和一般人不一样，但你不觉得你这个问题中的因果关系有点莫名其妙吗？"影织依然用很随意的口吻回道。

"哦？是我误会了吗？"博士接道，"我总觉得自从他帮你和姐姐团聚之后，你们俩的关系就变好了啊。"

"呵……"影织冷笑，"首先，根本不存在'他帮我'这种说法，那只是我和他之间的一次交易而已，是我以身涉险、吃尽苦头，才换来了这份回报，请你不要说得好像是他在做善事一样。

"其次,从时间点上来看,若是我姐没有和我在那时重逢,那么她很可能会按原计划去蓝盾郡做志愿者,并于3月29日的铁笼之炎中丧生,子临自是知道这些的……他这是在卖我人情。

"其三,人情之外,还暗含着他对我的束缚。我现在和亲人重逢,便有了牵挂、有了弱点……即便子临没有把一些难听的话明说出来,但大家都已是心照不宣了,这也是为什么……我像是顺理成章一般留在了逆十字。

"最后,回到你最初的那句话上,我这么跟你说吧……有时候,女人就算是下楼扔个垃圾也会先化个妆,杀人杀到一半也会腾出手来整理一下发型,只有不懂女人的人,才会觉得女人所做的一切……永远都和男人有关,这种想法是我们女人非常讨厌和嫌弃的。"

她一口气说完这一大段,把博士讲得哑口无言。

过半天博士才尴尬地接道:"OKOK,我错了,前三点理解了,最后一点我学习了。话说你现在这口风儿跟莉莉娅有点像了啊。"

"我已经加入'霸王龙骑士'了你不知道吗?"影织问道。

"呃……"博士真不知道,也不想趟这浑水,"行吧。"

其实,博士并没有学习,也没有被说服,因为子临和兰斯的洗脑能力更强,他俩以前给博士灌输的观点是——当女人跟你说"不是"的时候,有可能意味着"是",而且她说得越有逻辑,你越不能信。

话分两头,再说暗水那边。

因为影织已经接手了博士的护卫工作,暗水便可以展开下一步了。

潜入杀手联盟的基地对他来说也不难,能化为液体的他进入下水道就跟去遛弯儿差不多。

几分钟后,他就走在了那条连接着停车场和秘密基地的撤退暗道中,并且,将自己的外观变成了穿着停车场保安制服的模样。

"嘿!"不多时,暗水的前方就出现了四个人,带头喊话的那位,正是先前在公园里和杰克接头的那个假盲人。

"兄弟!"那家伙看到保安打扮的暗水,顿时喜出望外,"你是收到求救信号才过来的吧?快!快叫增援!把全金狮郡的兄弟都叫来!"

"你还愣着干吗啊?基地里的兄弟们都已经被杀……"另一名逃亡中的杀手本来脱口而出要说"杀神"二字,但话到嘴边他又意识到管敌人叫"神"不妥,便又改口道,"……被那家伙杀光了,只有我们四个逃了出来,你再不赶紧叫人就来不及了!"

暗水没有用语言回应他们,只是花了一秒将他们四个瞬杀并且获取了他们的记忆。

就在那四人倒地之际,追击而来的杰克恰好也到了。

"暗水?"看到外貌有变的暗水,杰克没有显得很意外,就凭对方脚边那四具几乎没有反抗便瞬间同步倒地的尸体,杰克就猜到眼前的保安是暗水变的。

暗水点点头,直接回道:"你还是得从来时的那条路离开,我身后这条路是通往停车场的,那边的监控我们没有接管。"

"好的。"杰克应了句,头也不回地离开了。他知道,跟暗水没必要做什么寒暄,更不用说什么"你也小心"之类的话,因为暗水做事并不存在"认真"或"马虎"、"小心"或"大意"这种概念,暗水族处理和应对任何状况时的态度都是一样的,心理破绽什么的根本就不存在。

待杰克离去后,暗水一路走进了杀手联盟的地下基地,顺路收集了沿途每一具尸体的记忆。但他并未将任何一名死者"吸收",非但没吸收,他还"弄"出了几具尸体来,分散着扔在了几条走廊里,而那些尸体无一例外都穿着联邦军的制服。

做完这些,暗水才来到了杰克与古斯汀会谈的那个房间,变化成了古斯汀的模样。

很显然,他接下来要做一个"长期假冒"的任务了。

这个任务,其实本来是该由"无面"来完成的,但因为此前子临并未通过天老板的"考验",没能在脱离心之书的情况下成功找出并征召无面,所以作为万能后备计划的暗水就得来填这个空缺。

此后很长的一段时间内,暗水都无法再去参与逆十字的其他行动,因为他必须扮演古斯汀这个角色,来统领杀手联盟。

五分钟后,暗水来到了基地的总控室内,他通过摄像头跟车里的博士打了个信号,博士一直在观察基地里的情况,知道暗水已经准备好了,于是就解除了对基地的信号封锁。

"这里是总部,我是首领。"信号一通,暗水就坐在一个屏幕前,通过视频通信的方式，以古斯汀的身份，直接对杀手联盟在世界范围内的所有据点发出了一段信息，"就在刚才……联邦的一支精英能力者小队袭击了我们的总部。由于事发突然，且联邦的那群混蛋准备得非常充分，还事先用技术手段切断了基地对外的信号，所以我们的损失非常惨重……

"幸好，今天早晨，我正好在基地中与一位来自'逆十字'代表——'杀神'杰克·安德森先生，就两个组织的合作事宜进行洽谈……在他的帮助下，我们击败了入侵者。

"遗憾的是，除了我和安德森先生之外的其他兄弟都牺牲了。

"但无论如何，这次的事件绝不是偶然，既然联邦连我们的总部都敢动，那我们所有的据点便都有危险。

"大家也都清楚，'铁笼之炎'后，联邦已经将反抗军收拾得差不多了，看起来……如今他们是要对其他的势力下手了。

"值此危急存亡之秋，我必须以首领的身份，恳请各位分部的舵主……与我一同放下成见。

"我们杀手联盟、逆十字，还有其他所有组织……是时候团结在一起，去抗击共同的敌人了……"

二

雅子选择的赌博场所就在这间豪华酒店的地下，直接乘坐酒店的电梯就能抵达。

但那个楼层并不是对所有人开放的，即使是酒店的工作人员也无法随意前往。想要到达"那一层"，必须先用一张具备"特殊权限"的门卡或员工 ID 卡在电梯的刷卡盘上刷一下，待电梯的门完全关闭后，再按照固定顺序按下五个特定的楼层键，最后再按一下紧急求助按钮。

完成上述这番操作后，这部电梯便会直达地下的秘密楼层，且途中不会再做任何停留，对外的楼层显示也会变成虚假的数字。

简单地说，想要下到那个秘密楼层去，就必须先通过某种方式获得权限，或者是让熟客带你进去。

榊也很清楚，以这种形式进入的场所，十有八九就是什么非法赌场啊、非法拍卖会啊、非法的私人会所啊之类的，以前他在花月町的时候，也曾去过这类场所，当然了……和他现在即将去的地方比，花月町的那些场子就显得有些LOW了。

从电梯出来后，榊和索利德便跟着雅子以及一众黑服保镖穿过了一个生意火爆的地下赌场。

当雅子他们路过时，很多赌场的工作人员都腾出手来向雅子点头示意，还有上前来鞠躬的，很显然，这个赌场和上面那一整间酒店一样，也都是"神武会"的产业。

要说这地方和那些开在地上的赌场有什么区别，可能就是对赌注的限制更少些。那些占有了大量金钱和社会资源的人，可以在这里肆意追逐着赌博所能带来的最大刺激。

一路无话，一行人径直来到了一个十分宽敞的包间里。

奢华的装潢和家具在这地方算是见怪不怪了，此处也不一一赘述。待榊、索利德和雅子三人在一张圆桌的两边分别落座之时，几名黑服保镖也已将房间的大门关好，并守住了这唯一的出口。

"二位要喝点什么吗？"雅子问这个问题的时候，很随意地抬起一手，冲着站在自己身后的保镖真田摆了两下，也不知那个瞎子是怎么察觉到的，更不知他是如何从这个简单的摆手动作里解读出信息的，反正他在雅子摆手之后，立刻就转身到了房间一侧的吧台，拿了一瓶瓶装的冰镇蓝莓汁过来。

"我不需要，谢谢。"另一边，索利德很普通的拒绝了对方的好意。

而榊的回答却是："清酒一壶，要放了一年左右的熟酒，温到35度。"本以为他的话到这儿就完了，不料，"还要半只白斩鸡，竖切，得有翅有腿，蘸料要用高级点的酱油配葱段打花镶边，酱油里再加一点点芥末。另外再给我弄盘凉拌豆腐，要嫩豆腐，用竹菜刀来码，不能沾上铁味，刀工要细腻，撒上柴鱼片，嗯……这个就不要用酱油调味了，用味噌和萝卜泥做个酱好了。"

换了别人或是在别的地方，当主人在赌桌上听到这种要求，八成会甩回去一句："我就问你一句喝什么，你以为这是在饭店点菜呢？而且要求还那么多？"

但是，雅子不会这样，神武会的高级赌场，也不会这样待客。

"看不出来，你还挺讲究啊。"雅子说着，转头看向了旁边的一名黑服，"你都听见啦，去安排一下呗。"

"是。"那名黑服也没有任何异议，得到指令后，他即刻应了一声，冲着雅子微微点了下头，然后就离开了房间。

"这也算讲究吗？"几秒后，榊用那种蹬鼻子上脸的语气接道，"这已经很随便了好吗？"

"哦？那你说怎么才算讲究呢？"雅子饶有兴致地问道。

"我真要讲究的话，对每一种食材和佐料的产地以及制作工艺也得有要求啊。"榊又道。

"这你可以放心，这方面我本来就有把关。"雅子回道。

"呵……怎么个把关？全都挑最贵的买？"榊笑道。

"榊君，你觉得我是那种会以价格的高低来评断事物贵贱的人吗？"雅子又喝了口蓝莓汁，再接着道，"我们这个世界中的服装、食品、药物、珠宝、护肤品、房产、汽车、名不副实的空壳公司……所有这些能被称之为'商品'并可以'交易'的东西，其价值无非取决于商人的贪欲和其能给消费者带去的感受。

"比如某件东西的价格高到令人咋舌，有人就会说，'只有傻瓜才会买那么贵的东西，那根本不值得'。

"有趣的是，这句话本身是正确的，只不过，由一个想买却买不起的人说出来，和由我说出来，所代表的意义完全不同。"

雅子说这话时的语气并未透出丝毫的高傲，但正是这种态度，加上她所说的内容，更易引起很多人的不适。

"而'赌博'就不一样了……"她的话还在继续，"两个人押上彼此所认同的'价值品'，无论那东西对世人来说是价值连城还是一文不值。最后，胜者夺走败者的一切，即便那对他／她来说也未必有用……再没有比这更刺激、更荒谬、更真实的游戏了。"

榊听到这儿，摆出了一副无所谓的神态："雅子姐姐，我只是跟你聊聊吃的……关于你对赌博这项事物的理解我并不在意。每个赌徒都有自己独到的'赌博观'，咱们求同存异就是。"

"行啊。"雅子也耸肩接道，"既然你只想知道那个，那我就用你要求加到豆腐里的味噌举例好了。我这边用的味噌，选的都是自家农场里培植的大豆，收下来以后找专人一颗一颗挑选，无论形状、大小、颜色等任何一个方面有瑕疵的就不用；

以这种方式反复筛选三次以上，随后用最传统的古法制作，即在冬天的早晨将大豆泡在放了温泉水的大木盆里，让专人把脚洗干净，穿上草鞋来踩制，期间一边手工搅拌一边加入其他原料随后再去发酵……哦，对了，当我说到'专人'的时候，我指的是面容姣好、身材苗条的女生。

"我说的……'有对食品把关'，大致就是这个意思。"

话音落时，榊的表情变得有些微妙，总感觉自己知道了一些不知道或许会更好的事，但又莫名有一些小兴奋。

"这么讲究啊……"两秒后，榊又开口道，"那要不然……再给我来盘儿小点心？"

"可以啊，点心的话有现成的。"雅子又招了招手，她身后的真田又迅速跑到了吧台那儿，从冰箱里拿出了一盘干点心送到了榊的面前。

"哟，这花生酥看着也不错。"榊一边说着，一边已急不可耐地大口吃了一块，"嗯……味道果然与众不同。"

"那是啊。"雅子接道，"这点心里所用的每一颗花生都是由牙齿全部掉光的老奶奶含进嘴里去皮的，比机器去皮去得干净多了。"

她这句话让榊险些当场噎死。

"反应过度了吧。"索利德则用颇为冷淡的眼神看着同伴，幸灾乐祸地接了句，"我在牢里看别人喝用马桶酿的水果酒都没你那么夸张。"

"行啦！扯淡到此为止！咱们赌什么？"榊终究还是把嘴里的花生酥咽了下去，然后一脸不爽地开始说正题。

雅子神秘一笑，放下了手中的蓝莓汁，随即冲着一名靠墙站的黑服看了一眼，后者心领神会，转身走到一个柜子那儿，从中拿出了一个手提箱。

那名黑服将手提箱拿了过来，平放到了榊和雅子之间的那张圆桌上，接着就退回了墙边。

"这里面是赌具？"榊见状问道，"所以……是麻将？扑克？还是牌九？"

"呵……"雅子笑了，"榊君，你的手段我是清楚的，我必须承认，跟你赌那些项目我是没有胜算的，即使你不出千……我怕也不是你的对手。"

"也就是说……我们要玩的东西，用不到一般意义上的'赌术'了。"榊接道。

"没错。"雅子说这话的同时，真田已经上前打开了那个手提箱。

那箱子里面是实心的，内置一套嵌模，模内只嵌了两件东西——一把手枪，一发子弹。

枪,是一支转轮手枪,有着罕见的亮银色枪身和深红色的木柄,枪身上还雕有细致的花纹,木柄部分则带着一丝植物油的芳香,显然是有定期保养,且一看就不是什么量产货。

子弹,就是一发与这支枪配套的点45口径子弹。

"喂喂……这是要玩俄罗斯轮盘吗?"榊一看到那两样东西,就冷笑道,"我们接下来还得合作呢,玩这种赌命的游戏真的好吗?"

"有什么关系?"雅子很镇定地应道,"若是我赢了,那神武会就不必跟你们合作,你的死,也并不影响活着的我日后接手你们的赌注——樱之府。而若是你赢了,我的死也不会影响你们与神武会的合作,愿赌服输是神武会的铁律,绝不会有人找你们寻仇或因此拒绝履行赌注。"

"有道理。"下一秒,索利德也接道,"雅子女士,你也可以放心,我们这边也可以保证,榊如果在赌局中死了,逆十字绝不会因为他而赖掉赌注或向你报复。"

"大哥……你是来保护我的吧?"榊闻言,不由虚着眼看向索利德,吐了个槽。

"谁让你跟人家说赌什么都行的?再说了……你不是有信心赌什么都可以赢吗?你赢了就不会死不是吗?"索利德的回应很有道理,让人无法反驳。

"二位……不用急着规划后事,我还没说这赌局的规则呢。"雅子打断了那两人,笑盈盈地接道,"原本的俄罗斯轮盘其实是一种很无趣的游戏,只是单纯地比拼胆量和运气,丝毫没有技巧可言……我们不妨玩得更复杂一些。"

接下来的几分钟,雅子开始亲自讲解这场赌局的规则,这是一个由她亲自设计的游戏,名为——"猜词轮盘"。

顾名思义,这是一种将猜词游戏和俄罗斯轮盘结合起来的有相当高策略性的游戏。

首先,将对战双方设为甲和乙,在游戏准备阶段,甲乙两边各自在一张纸上写上一个名词——该名词不可以是人名,但可以是某种特殊生物或个体的名称,比如"金刚""上帝"等等。

写完后,双方将纸条卷起,放进手提箱中(可以放入那个手枪形的凹槽),接着,双方商议好"先攻"和"后攻",然后由"先攻"的一方往枪膛里装入子弹,"转膛",随即游戏便正式开始。

假设由甲先攻,甲有四种选择:

一，冲自己的脑袋开一枪，如果没死，问对方一个问题（问题必须是关于对方所写名词的，且提问形式必须是"是"或"不是"的问法，否则对方可以拒绝回答）。

二，不开枪，结束自己的回合，并让对方问自己一个问题。

三，重新"转膛"，然后对自己的脑袋连开两枪，如果没死，问对方两个问题。

四，推出转轮检查子弹的位置，然后原封不动地推回去，让对方问自己两个问题，且在下一次轮到自己的回合时只能选择"一"或者"三"。

当甲的回合结束后，便进入乙的回合，同样是这四种选择，以此类推。

当"提问"的内容已经具体到某个词时，比如"你写的词是'拖鞋'吗？"这样的问法，就被视为是在"猜答案"，猜答案若猜错，需要立刻对自己的脑袋开一枪（不管当时是谁的回合），猜对的话则可以立即对对方开四枪，若这时对方还是没死，双方便需重新写词，从头开始新的一轮。

当然了，最后还有一条不需要特别说明的规则——任意玩家在游戏过程中中弹死亡便宣告游戏结束。

雅子将规则讲完的时候，榊点的料理也已送到了，本来就都是冷菜，所以上得也快。

平心而论，那鸡和豆腐是真好吃，即便没有雅子的解说，榊也明白这些都是在其他任何地方吃不到的高级味道，他只希望……这不会成为他"最后的晚餐"。

"在开始之前，为了以示公正，你们可以检查一下所有需要用到的道具，包括枪、子弹、箱子，还有纸和笔，有任何问题都可以提出来。"雅子还是显得很悠然，显得胜券在握。

而榊也没跟对方客气，他非常细致地检查了每一样道具，最后说道："纸和笔我希望用我们自己带来的。"

他没有解释理由，不过也不需要解释，雅子自然知道现在市面上（黑市）有一种"远程拓印纸"，看起来和一般的纸没什么区别，但里面藏着极其微小的电子元件，当你在上面写字时，哪怕用的力道很轻，也会被感应出来，并显示在与这张纸对应的接收器的屏幕上。

在地下世界，这种专门为了赌博出千而发明的作弊道具可说是包罗万象，其中有许多甚至比政府特工用的科技还高明，且完全不计成本。

这类道具有许多都远超一般人的常识和想象，底层的赌棍就是输死在上面也不可能知道其中的奥秘……

"可以，但你们拿出来的纸和笔我也要检查。"雅子提出的要求也合情合理。

长话短说，待双方把一应准备工作都做好后（都已写完了词，放入了箱中），就到了"猜词轮盘"的第一个博弈点了……

"那么……现在该决定谁先攻谁后攻了吧？"榊边吃着豆腐边问道。

"我是主你是客，就让你先好了。"雅子这句接得很快，显然是早就想好了要后攻。

"不不不，女士优先嘛，还是你先。"榊也不是那么容易就被占便宜的人。

"男女平等都提倡了多少年了，你这样有点微歧视吧？"雅子开始运用道德绑架。

"这话说得……就算撇开性别问题，您也是贵为公主，您先没什么问题啊。"榊可不吃这套，找这种理由扯淡他能扯上一天。

"你错了，正因为是公主才要以身作则，我这么亲民，怎么能用身份欺压你，逼迫你让着我呢？"雅子又道。

这回，榊还没还口，索利德先插话了："行了，就你先吧……再磨蹭天都要亮了。"他看着榊道，"你要是第一回合就挂了，只能说赌博之神已经抛弃了你。"

"赌博之神有没有抛弃我不知道，我现在只想抛弃你。"榊翻着死鱼眼回了索利德一句。

"这不行，万一你死了，我还得给你收尸呢。"索利德也是有一说一，将他不会也不在乎怎么聊天的特点表现得淋漓尽致。

"切！好，我先就我先！"榊看起来好像是生气了，说时迟那时快，他抄起枪来、把子弹往转轮里一塞，顺手将转轮一旋一拍，然后便将枪口对准自己的太阳穴，果断地扣动了扳机。

三

龙虎山，天师秘境。

一场法士之间的斗法，一触即发。

"喊……"本想趁机跑路的孟夆寒眼见退路消失，当即啐了一声，无奈地回身上前。

虽然心中慌得要死，但他脸上还是要装出一副穷横穷横的样子……

"呔！你这纸人，什么意思？为什么不让我走？"孟夅寒用质问的语气，理直气壮地喝了这么一句。

锦罗什怒极冷笑："哼……你这小子，刚才还在口出狂言，可一听到要动手，立刻就想脚底抹油……我岂能让你跑咯？"

他这话，用现代人的语言习惯来表述，其实可以概括为七个字——你装了逼还想走？

孟夅寒还是一点也不虚，高声回道："我呸！谁要跑了？我不是说了我要去拿点东西吗？"

"废话，谁知道你去了还回不回来？"锦罗什道。

"你傻啊？我还有四个伙计在这儿呢，怎么可能不回来？"孟夅寒反问道。

尽管他用了"伙计"这种类似于"部下"的称呼，但站在一旁的四凶都没有发作，因为他们也知道现在并不是纠结这种事的时候。若是孟夅寒能成功忽悠住对手，那他们被叫几声"伙计"也无妨。

闻言，锦罗什朝四凶扫了一眼："这四个……能是你的伙计？"他显然是不信，故而还补充了一句，"就凭你？"

"哈！"孟夅寒笑了。

师父曾教过孟夅寒，只要对方产生了哪怕一丝的"疑惑"，那忽悠便有了突破点。

"纸人就是纸人，修为再高也是纸糊的脑袋。"一笑过后，孟夅寒便已酝酿好了一套说辞，开口言道，"难道你觉得，身居高位者，皆是恃强凌弱、以力服人的吗？那咱还修什么法啊？去当土匪好啦。"

这话说出来，倒真让锦罗什有点迷茫了，因为的确还有点道理。

"难不成……"迟疑片刻后，锦罗什的态度也有所缓和，"他们是因为你德高望重才跟着你的？"

"对啊。"孟夅寒大言不惭地回道，并用一种自信满满的神态，张开双臂，摊开双手，"不信你问问他们嘛。"

"别问了，他说什么就是什么。"方相奇也是很识相，还没等锦罗什开口自己就先承认了。

"哦？"见状，锦罗什越发迷茫了，心中暗道，"难道是我看走眼了？莫非这小子只是说话比较难听,实则法术精深?"

"看来你还是不太信啊。"孟夅寒察言观色,明白这事儿已经有了七成把握,顺势接道,"既然如此,那我也只能勉为其难,露上两手了……"他说着,伸出了两根手指,"你不是想'试试'我的修为吗?行,我给你两个选择——第一,你我皆不用'法力',仅用法术,在此设坛斗法,'公平'赌斗……"他特意在公平这两个字上加了重音,以示强调。

"那第二呢?"锦罗什问道。

"第二?"孟夅寒冷笑一声,"哼……这不明摆着吗?你若不想'公平',只想用力量来解决问题,那我这边怎么说都有五个人,而你就一个,我们一拥而上,你觉得会是个什么结果?"

其实也不用一拥而上,只要四凶中的任何一个肯拿出真本事来,都可以搞定锦罗什,只不过,眼下这局面,本应是对孟夅寒一个人的"考验",四凶是没必要瞎掺和的。

"怎么样?要公平,还是要用土匪的法子,你自己看着办。"为了让对方没有足够的时间思考,孟夅寒很快又催促了一遍。

说到底,他这就是偷换概念。这本来也不是公平或不公平的事,但经他这么一说,"锦罗什放弃自己在法力上的绝对优势来和他斗",反倒成了所谓的公平。

"好……好好好!"锦罗什也是心里堵着口气,吹胡子瞪眼道,"今日你若是在'斗法'中赢了我,我锦罗什愿赌服输,恭送你进天师的洞府!"他顿了半秒,"但你若输了……哼!"

他一边说着,一边已转过身去,凭空探手一抓,抓出了一把拂尘来,他又将拂尘一摆,其前方的空地上便出现了一个法坛。

说是"法坛",其实也不是什么特别复杂的玩意儿,一张桌子,铺上桌布,上摆香烛蜡签、朱砂黄纸,这就算是个基本的"坛"了。

不过,大部分法士不会只放这么点东西,根据需要和习惯不同,桌上有时还会摆袖珍的冥纹铜钟、招魂铃、布娃娃、瓷娃娃、纸人纸马、糖人儿、杏黄小旗、生米、八卦盘,以及刚死没多久的鸡、鸭、狗等。

不同的东西,对应不同的法术和仪式,有些用来驱邪,有些用来超度,还有些则纯粹为了斗法。

锦罗什的坛,很干净,那些杂七杂八的东西全都没有,只有最基本的几件,一方面是因为他对自己的实力有自信，另一方面则是因为他毕竟只是纸人所化，有一些法术他是用不了的，比如必须使用人血或一定要由人类来发动的法术，他基本都不能用。

从这个角度来看，不让他利用"道力"上的优势，实是一种非常巨大的限制。

"欸？你怎么不设坛呢？"锦罗什来到桌前站定，才发现孟夆寒还在原地一动没动，故而问道。

"废话，你不让我回去拿东西，我拿头来设坛啊？"孟夆寒反问道。

锦罗什一想也对，自己的这些物件是利用"空间锦囊"从天师的洞府里传送过来的，而对方在没有事先准备的情况下，不可能凭空变个法坛出来。

"好，你要设什么坛，我给你变。"锦罗什本就是天师的护阵法师，设坛摆阵这些都是他老本行，轻而易举。

孟夆寒也不跟对方客气，张口就来："长桌一张，要铺皂红绸布，上绣五爪金龙；香炉要青铜烧制，圆身四足；香灰里要加果木屑、炉底灰、松碳碎；黄纸要掺金粉，黄旗要用墨染，香烛要粗要长，法铃要沉要响……"

和锦罗什不同，孟夆寒要求的坛极为考究复杂，最后对方帮他把东西一样一样变出来后，桌上面乱七八糟的摆了一大堆，几乎给摆满了。

那么孟夆寒他真的会用那么多种法术吗？

还真会。

他师父李炳乙在太虚教里就是以博闻广记见长的，这也是为什么，他师父的师父会选择李炳乙当下任掌门，而不是选择在道力修为上更有天赋的秋青平。

打个比方就是：假设有一个门派，门派里共有十种武学，掌门有两个传人，一个能把十种武功全都练会，但没有一门精通，练到最后也只是个准一流高手，而另一个虽然只能练会三种，但每一种都能练到超一流水平。这个时候，你会选哪个当下任掌门呢？

这答案其实是显而易见的——如果你选了前者，虽然他未必能把门派带到什么新的高度，但他却可以保证祖宗的东西被完整地传承下去，让门派持续稳定地发展；而如果你选了后者，或许他是可以在一段时间内让门派突然兴旺起来，但等到他老去时，门派里可能会有一半以上的武学面临缺传乃至失传的窘境。

事实上，很多门派都犯过这种错误，那就是选一个偏科的人当掌门，因为偏科的人往往会显得很突出，而全面的人和他们相比则显得比较平庸；又全面又突出的那类"奇才"也不是没有，但通常几代人里也未必能出一个，有些门派运气不好，送走一个奇才后，过了将近十代都没来第二个，最后直接就没落了，这也是常事儿。

当然，要任命一个看起来平庸、但实际上却是正确的接班人，对一派之掌来说，也不是什么容易的事，那需要勇气、威望和智慧。

不过太虚教如今也没这问题了，因为秋青平的作乱，导致孟夅寒这一脉只剩下了他这一支独苗，掌门不是他也是他了。

值得庆幸的是，孟夅寒恰好就是个"不世出的奇才"，其博闻强记不逊李炳乙，修炼的天赋则不逊秋青平。

祖师爷保佑，他小时候是被李炳乙捡到的，假如他小时候是被秋青平捡到，那恐怕他早已变成对方"借尸还魂"的宿体了，即使对方没有那么做，他跟着秋青平也学不到门内所有的东西。

"你够了啊！"几分钟后，眼瞅着那一大张桌子都快摆满了，锦罗什终于是忍不住道，"没完没了是吧？你这是要开杂货铺呢？"

"行，那就先这样儿吧。"孟夅寒也知道再提要求可能会适得其反，再说桌上的东西的确也足够了，于是他应了一声，大踏步地走到了"坛"前。

锦罗什也正了正神色，站在自己的坛后，与孟夅寒对视了几秒。

一息过后，两人似是确认完了对方的眼神，在同一瞬，他们不约而同地轻喝一声，点烛、开坛。

锦罗什是用法术来点亮坛上的香烛的，简单地说就是食指和中指并拢，指哪儿哪儿着。而孟夅寒用的只是随身携带的打火机而已，尽管如此，他还是边点边发出轻喝声，好像自己在发功似的……

开坛后，锦罗什立刻就用手指沾了朱砂在黄纸上飞速涂写，制成道道灵符；孟夅寒则是直接双手掐诀，口中用极快的语速念着经文口诀，但就算是站得离他比较近的那四位也听不清他到底念了些啥。

"看招吧！"锦罗什毕竟有节操，出手还不忘提醒对手一声。

话音落时，他将一张灵符抛起，手中桃木剑一点，灵符顿时化为一道兽型灵光朝着孟夅寒的法坛扑去。

"哼，雕虫小技。"孟夅寒早就等好了，一看到那玩意儿过来，抄起桌上的一碗生米就泼了上去。

哗——

下一秒，随着一阵水花击石般的动静，生米落地，兽影消散，双方的法术互相抵消而逝。

"哦？倒也懂点儿门道嘛。"像锦罗什这种级别的内行，自是明白孟夆寒这一手的高明——同样一个法术，用不同的道具和方式来破，效果肯定是不同的，有些事半功倍，有些事倍功半。

为了让各位迅速、充分地理解这种博弈的技术性，此处我省去数千字的详细解释，用一句话来类比一下——和小精灵的对决差不多。

"那我就再考考你！"前一句话刚说完，锦罗什又是一拍桌子，用掌风震起数张灵符，随即用桃木剑的剑尖扫动轻点，他每点中一张灵符，就有一道灵光荡出，最后共有五道灵光直上半空，在上方汇聚成了一团氤氲之气，盘旋不散。

做完这一步后，锦罗什又是大袖一挥，从袖子里抻出一个白玉小人来，扔到了两坛之间。

那白玉小人一沾地就"嘭"一声变化，在一股烟雾中长成了一员身披白盔白甲的白面武将；这武将生得英武挺拔，一身银白之色，手执亮银长枪，唯有其头盔的尖儿上有一撮红缨如柳絮般摆卜，显得格外扎眼。

孟夆寒见到此"物"，又抬头观察了一下那团盘旋的气云，立刻就明白了对方要"考"他什么。于是，他也抄起了自己桌上的一个小泥人儿，握在手中，一边猛跺右脚一边闭目念诀。

他这通口诀念得速度之快，熟练度之高，甚至无法形容。念完之后，他把泥人往前方一掷，同样是在一阵烟雾中，一名身形精壮的光头壮汉出现在了孟夆寒的法坛前。

那"白玉将"和"泥罗汉"一打照面，就不由分说地开始交锋，双方你来我往，腾挪翻飞，枪出如龙，掌奔如虎，战得难解难分，精彩异常。

在旁围观的方相奇实在是忍不住吐槽欲望，低声跟自己的两位哥哥和四妹说道："今儿可没白来，跳大神儿带 RAP 再加武打，这要是街头卖艺……我怕是得给钱呐。"

"三哥，这你就外行了。"懂行的帝廙可不觉得这是闹着玩儿，她提醒道，"好戏这才要开始呢。"

就在他俩对话之际，果然，法坛之间，异变陡生。

但见锦罗什方才放到半空的那团气云忽地变了颜色，成了一片绿莹莹的色泽。

与其一同变化的，还有法坛之间那片空地的环境。原本的石头地面上，愣是以肉眼可见的速度长出了一片青草和藤蔓，而随着这些植物的急速滋长，孟夅寒派出的泥罗汉则像是"枯萎"一般急速衰老，其身上壮实的肌肉宛如被抽干了一样瘪了下去，壮实的罗汉转眼就成了个干瘦的老翁。

　　就在此时，白玉将乘势突袭，一枪就把已经衰弱的泥罗汉给挑了。

　　当然，这种发展，并没有让孟夅寒感到任何惊讶，正如帝廞所说——好戏这才刚开始。

　　当那泥罗汉在烟雾中变回原形时，孟夅寒已经从香炉里抓了把香灰，塞进了一个布娃娃里，再度开始掐诀念咒。

　　念罢，他又将那塞了香灰的"火娃娃"往前一抛。娃娃一落地，一股子火苗就腾地窜起，火中顿现一赤脚小儿，手持丈八火尖枪，腰束一条锦绣战裙，甚是威风。

　　这红孩一现身，他脚下那些植物便已焦了一大片。白玉将倒是没啥影响，还是见敌杀敌，挺枪便刺。

　　那一红一白两道身影，瞬时又斗作了一团。

四

　　傍晚，冰海之下。

　　耶夫格尼正坐在自己的房间中，望着手中的 I-PEN 屏幕发愣。

　　说是"房间"，实际就是个几平米的小空间，条件和监狱里的单人间差不多。当然了，在潜艇里，能有这种单间就已经很不错了。

　　"是第五十四象吗……"耶夫格尼一边看着眼前的屏幕，一边还在念叨着什么。

　　此前他把那段信息破译后，立刻就知道了那十几个字出自《推背图》但更具体的情况他也记不清了，这会儿查了资料才确定这是推背图的"第五十四象"。

　　"前半句的'磊磊落落，残棋一局'……指的若是我联邦这百余年来的兴衰变化，那言下之意就是……联邦的气数将尽，这江山已至'残局'。"耶夫格尼自言自语着，并用食指摸了摸自己的下巴，这是他陷入沉思时常常会做的小动作，"而那后半句，即指我联邦政府早已面目全非，今时污吏当道，粉饰太平，故而百姓也只能'啄息苟安，虽笑亦哭'……"

尽管茶宴的立场是维护联邦的统治，但对于联邦的那些问题，茶宴的成员们也并不是不清楚。

但清楚，不代表他们就有能力去解决，有能力解决，也不代表就真的可以解决。

过去的百年间，茶宴也不是没试过要改变联邦，只是举步维艰，进程缓慢。有时他们好不容易推行了一个正确的政策，那些利益受损的权力者们便立即在另一个地方又打开了新的口子。

再者，茶宴还要花大量的精力去对付反抗组织这种来自外部的威胁，久而久之，他们也就麻木且迷失了。仅仅是维护住"联邦"这个存在，都已是竭尽全力，"对内监督和纠正"这件事，到了如今这个时代，基本已被淡忘。

"第五十四象颂曰……不分牛鼠和牛羊，去毛存鞹尚称强，寰中自有真龙出，九曲黄河水不黄……"耶夫格尼的思索仍在继续，"寓意实去名存，亦指久合必分……这意思是，那些反抗组织虽然现在看起来已经完蛋了，但百足之虫死而不僵……也许他们非但死不了，还会借由这次'铁笼之炎'的失败而重生、重组……变成一股足以瓦解联邦的力量。"

耶夫格尼越往深了想，就越觉得这段信息让人不寒而栗，因为这番猜谜般的暗示与其说是恐吓，不如说是在"预言"。

若真是预言的话，那又可以有两种解读：其一，是预示他们这次"铲油漆行动"的失败；其二，是在预示整个联邦的失败，将以此役为起点。

耶夫格尼并不知道逆十字布局的全貌，事实上，他连冰山一角也还没看到，但强烈的不安已然在他心中植下，谨慎的他，很快便做出了一个决定——呼叫增援。

不管这批增援有没有必要叫，或者叫来能不能派上用场，总之先叫来再说。反正现在西洋洲东部的战乱也已经平定，联邦的兵力还挺充裕的，叫点过来有备无患。

念及此处，耶夫格尼便用自己随身携带的、仅供"茶宴"成员使用的通信器，直接联系了组织，并通过上层的关系，从水晶郡调了一批"特种部队"过来。

这事儿，耶夫格尼是私下操办，并未跟此次行动的负责人小鲍曼汇报，就连破译了信息的事情他也没讲。因为那个废材就算知道了这些，也帮不上任何忙，因此，耶夫格尼方才给小鲍曼回报时，干脆就顺着对方此前的判断说"收到的讯息的确就是一些无用的杂讯而已"。

至此，耶夫格尼已经下定了决心，在必要的时候，他就自己接管这次行动的指挥权，即使这会得罪小鲍曼也无妨，反正老鲍曼和老老鲍曼事后一定会理解他的。

天色渐渐暗了，"登陆"的时刻也即将到来。

这次"铲油漆行动"联邦出动的潜艇共计九舰，除了马修·鲍曼上校和耶夫格尼所在的"指挥舰"之外，另有八艘护卫舰，每艘舰上有五十余人，也就是说，这支潜艇小队总共约有一个营的兵力。

按照原定计划（该计划由小鲍曼制订），潜艇小队会在入夜时分展开行动，届时，小队全舰将一起从海中浮出，每舰只留下四名士兵值守，其他人全部穿好战斗装备上岸，对不冻港镇展开大搜捕。士兵们一旦发现可疑分子，立刻缉拿，如有反抗，格杀勿论。

或许在小鲍曼看来这个计划很有气势，堪称雷厉风行，但在耶夫格尼看来……这套方案简直奇蠢无比。

其中最明显和重大的错误有三个：

一，小鲍曼亲自选择潜艇作为此次行动的载具，但他又从行动一开始就完全放弃了潜艇在水下的隐蔽优势和武器优势——你若是想打大张旗鼓的登陆战，为什么不乘军舰过来或者干脆空投呢？

二，从行动一开始就将所有兵力集中在一个地方并高调现身——这种搞法，搁在现在也就算了，若是赶上反抗军军力还强、情报系统还在运转的时期，你这九艘潜艇只要一浮出水面，八成就会被已经等候多时的一轮炮击瞬间轰爆一半以上。

三，在行动时只留下不到一成的兵力值守——做最坏的打算的话，敌人只要派一支不到二十人的精锐突击小队，就可以趁着你们的大部队在城里搜捕时，把你们这九艘潜艇全给抢了开走。

简而言之，小鲍曼的计划，说多了都是泪，耶夫格尼又不能太严厉地批评他，因为那可能会引起这个二世祖恼羞成怒。

没办法，耶夫格尼只能假装是"提建议"地旁敲侧击，最终说服了小鲍曼——留下三舰在海中蛰伏，剩余的六舰分为A、B两队，在相距一公里的两个不同的沿岸地点分别登陆，然后两队士兵以掎角之势向城中包围推进，同时，每舰都留下十人左右驻守，以防万一。

就这样……到了晚上7点整，"铲油漆行动"正式开始了。

夜色中，六艘联邦军的潜艇分别出现在了不冻港北面的利卡区和瓦卡湾。

这宁静的小镇并不似大都市般整夜都灯火通明、车水马龙，当那些水中的铁怪物浮起时，附近的街道上连行人和车辆都没有，微弱的路灯灯光也照不到海面上的异状。

7点02分，B小队，即东侧瓦卡湾的三艘潜艇较早完成了靠岸作业。当第一艘潜艇打开顶部的舱盖时，几十名全副武装的士兵已在舱盖下排着队，准备登陆并对城内展开突击了。

不料……

砰——

第一个把头探出潜艇的人，引发了这样一声枪响。

探头前他还是个活人，可探头后他就成了一具被爆了头的尸体了。

一秒后，那温热的尸体顺着梯子滑落回了潜艇舱盖下的独立舱室中，他的血染红了地面，他的头盔在穿透力极强的狙击弹下显然毫无意义……排在他后面的士兵们顿时惊慌和愤怒起来，一时间脏话声此起彼伏。

"该死！有狙击手！快！快用潜望镜！"一名上尉迅速用通信器下达了一条命令，试图应对这一情况。

砰——

五秒后，升起的潜望镜也被一枪打爆了。

砰——砰——砰——砰——

紧接着，又有连续四声相同的枪响划破夜空，看来是另外那两艘潜艇也得到了类似的待遇。

这群蓄势待发的突击队员们很快发现，他们还没登陆，就已陷入了一种极为尴尬的境地。

这次出征的九艘潜艇，都是联邦的量产型常规作战兵器，这种潜艇只有两个出入口，一个就是在舱顶，需要向上爬出去，且每次只能出去一个人；另一个在潜艇正前方，需要停靠在无水环境（一般来说是军事基地的专用潜艇舱道）才能打开，现在是不可能开启的（泡在海里强行开启那潜艇就沉了）。

眼下的情况是，士兵们若是从上面的出口出去，基本就等同于是在"排队枪毙"；当然了，谁都知道，如果三艘潜艇的人一起往外冲，对方势必会因为枪械射速的限制而来不及打死每一个人，再者，对方总归是要换子弹的。

但是,这个时代的枪械非常发达,鬼知道对方的枪是什么型号?什么射速?弹容又有多少?再说了,谁又愿意当最前头那几个用命去换子弹的人?

再退一步讲,即使真有若干名士兵成功冲出去到了岸上,他们又能不能找到并杀死敌方的狙击手?能的话,时间上要花多久?这期间又有多少人会死?

到了这会儿,士兵们越发觉得开潜艇来执行这任务实在是很蠢。开军舰来或者跳伞都不至于如此。

联邦军绝大多数量产式潜艇的侦查系统都不擅长陆上探测,尽管这些潜艇也能对陆地发射短程导弹来攻击,但其锁定目标的方式只有两种:一种是依靠雷达,另一种是靠士兵发射电子信标来定位。

然而,眼前的情况是,士兵们被数量不明的狙击手堵在了这几个大铁罐子里,一个都出不去,雷达又不能精准定位到人。潜望镜倒是有机会在黑夜中找到敌人,因为这个时代的潜望镜可以夜视、远望,甚至热感应,但问题是现在潜望镜也被打爆了。

那么他们就真没办法了吗?当然是有的。

在向指挥舰汇报了情况后,耶夫格尼立刻就想到了办法——关掉舱门,重新潜回海里,士兵们套上潜水装,从水下离舰,然后分散开游泳登陆。

这也是没有办法的办法,一百多号人,总不能因为身在潜艇里,就被几个狙击手就给活活逼得出不来吧?

不过他们这会儿还不知道的是,岸上其实也没有"几个狙击手",只是他们以为有好几个而已。

压制住联邦这支B小队的人,只有一个,就是K;他一个人,一把枪,就足以办到这点了。

长话短说,几分钟后,得到了指示的B队那三艘潜艇就全都关上了舱门,重新潜回了海里。士兵们则得回去脱掉一些装备(要穿潜水装备,其他武装就得精简),才能换上潜水登陆用的套装。

水中离舰和水上离舰是不一样的,前者,每次只能出去有限的几个人,因为你得等上一批人游出去以后,关闭舱门,然后把舱门下方那个的舱室的水放空,下一批人才能进来准备。

这番周折,无疑要浪费大把时间,也就是说,B队的登陆时间,势必会和A队有相当程度的脱节。

同一时刻，西侧的 A 小队那三艘潜艇，已很顺利地完成了上浮和登陆作业。

约一百三十名士兵花了八分多钟尽数来到了岸上，他们没有受到任何阻止，也没有看到哪怕一个行人、一辆路过的车辆，或一间亮着灯的店铺。

就仿佛，他们眼前的小镇早已成了一座鬼城……

漆黑的夜，刺骨的寒，纵是一群全副武装的大老爷儿们，面对前方那片静谧而诡异的土地，心中也难免泛起丝丝的恐惧。

但，任务就是任务，这么多人，有枪和夜视镜，没理由害怕什么。

"不过就是一群反抗军的残兵败将，估计他们手头连像样的重武器都没有，这与其说是战斗，不如说是处刑。"这是小鲍曼在出行前，站在某军事基地的停机坪上对士兵们演讲时的原话。

这事儿就发生在今天，他们自然还没忘。

严格来说，小鲍曼的话也没错，假如没有逆十字的支援，纳克维尔的反抗军的确不堪一击，但……现在情况早已不同了。

在车戊辰他们接手反抗军基地的指挥权后、在小鲍曼他们的部队赶到之前，已有一百名"杀手联盟"的成员走陆路进了城。

黄昏时分，这座小镇西北侧的居民便已被疏散一空。一百名职业杀手已经在这座黑暗的小城中埋伏了下来，并布置了大量致命的陷阱，只等目标上钩……

五

在初次接触"猜词轮盘"这个游戏的人眼里，先攻的一方无疑是不利的。

因为在游戏刚开始的这轮，"绝大多数"游戏者都没有什么"可靠"的依据去判断子弹的位置，这个时候对着自己的脑袋开枪，完全就是在拼运气。

但站在概率学的角度来说，这一枪中弹的概率是六分之一，比此后的任何一枪都低，没有理由不拼这一下转而去选择其他对自己更不利的选项。

当然了，这事儿也并非"绝对"，所以我用了"绝大多数"和"可靠"这样的词。

撇开"异能破解法"不谈，假如今天在这里玩这个游戏的人是杰克·安德森，那他先攻就是安全的，因为他只要把枪握在手里，哪怕里面那颗子弹不是他自己装的……他也能知道此时此刻子弹在转轮的哪一个弹槽中。

这种境界，就算是索利德也达不到，不过索利德也有自己的方法来避免自己在第一轮先攻时死亡——他可以在转轮急速旋转的情况下一拍就将其拍到自己想要的角度，即直接用技术来控制子弹的位置。

然而，榊可没有这种技术……

包括"赌技"在内的各种技术，都是需要练习的，没有捷径，所谓天才也不过就是能比一般人花更少的时间去掌握而已。"不怎么去练就能对一项技术达到精通"这种事，除非是依靠"特定的异能"支持，否则就是扯淡。

榊虽是眼明手快，练成了很多神乎其技的赌技，但枪这东西他可没练过。对于各种枪械，他最多算是"会用"这个档次，连准都算不上。

更何况，转轮手枪在这个时代早已是古董了，除了在电影里还能看到之外，现实中已很少有人用这玩意儿来实战；也只有杰克和索利德这类"发烧级玩家"才会熟练掌握，像榊这种赌徒是不可能在"旋转上膛"时控制子弹的位置的。

综上所述，榊开的这一枪，真的就是在"赌"，赌自己有六分之五的概率不会死。

如果这世上真的有"赌博之神"存在，那很显然榊还没有被其抛弃，他赌到了……这次扣动扳机，并没有子弹出膛。

于是，根据规则，榊便得到了问一个问题的机会。

"你写的那个东西，是固体的吗？"这是他的第一个问题。

像这种谜底是"名词"的猜谜，破解的方法就是利用每一个问题去有效地缩小谜底的范围，谁能用最少的问题最大限度地做到这点，就能更早锁定答案。

榊最初的切入点是以物质的一般形态出发，这可以算是一个相当有效率的思路。举例来说，假如雅子写的谜底是"红酒"，那么，通过"是固体的吗"和"是可以食用的吗"这两个问题来接近这个答案是一种路线，通过"可以吃吗"和"可以喝吗"也能接近这个答案，但这两种路线所能得到的信息量却天差地别。

"不是。"一秒后，雅子轻描淡写地给出了一个回答，并立即接了一句，"以及……我的回合，我选'二'。"

第二个选项，即"不开枪，结束自己的回合，并让对方问自己一个问题。"

因此，选了二的雅子，坐在那儿动也没动，根本也没去拿榊放回桌面上的枪。

"那我就接着问了。"榊又道，"你写的东西，是液体的吗？"

"不是。"雅子又一次给出了否定的回答。

接着，便又到了榊来抉择的时候了，这时榊便发现，情况变得比刚才那轮更糟了，因为现在自己吞子弹的概率由六分之一变成了五分之一，且依然没有任何依据来判断子弹的位置。

"我也选二。"拼运气的事情是不可能一而再再而三地去做的，所以榊这次也选了让一步。

"呵……"雅子笑了，"好，那我问你，你写的东西，是固体的吗？"

她毫不避讳地模仿了榊的问题。

"是。"而榊写的东西，也确实是固体的。

这一问过后，虽然雅子比榊少问一个问题，但在接近答案的路上，她反倒是领先了一点点……可能，还不止是"一点"。

"哦。"雅子得到答复后，随口应了一声，接道，"我这轮也选二，你问吧。"

"喂喂，先暂停一下。"榊这时打断道，"我说，要是我俩每一轮都只选二，这不就变成轮流问对方问题、看谁先猜出谜底就能冲对方连开四枪的游戏了吗？"

"对啊。"雅子道，"但并没有人逼着你跟我一起选二啊，你若想更快地胜利，就对自己的脑袋开枪呗。"

她说得有道理，选二固然是不用对自己脑袋开枪，但也无法去接近对方的谜底，反而还会让对方更接近自己的。

但问题是，在这个游戏的初期，双方距离答案都还很远，如果一方一直选二，而另一方一直开枪的话，最多六轮，开枪的那一方必死无疑。

换一个角度来说，在"后攻"的情况下，只要你有自信，被人连续问十个问题也不会被猜出谜底，那你的确可以一直选二来缩小对方的生存概率。

这样一来，哪怕对方极其命大，前五轮都选了"一"（即对自己脑袋开一枪，然后问对方一个问题）也没死，到了第六轮时，对方也必须改选项了。

那么这个时候先攻的一方有哪几种选择呢？

在明知下一枪会响的前提下，选一是自杀，不可能；选二就会进入双方都不开枪然后互问的节奏；选三"重新'转膛'，然后对自己的脑袋连开两枪，如果没死，问对方两个问题"的话，就是再次拼运气，拼成了自然大赚，拼不成也是死；选四"检查子弹位置，原封不动放回，让对方问自己两个问题，且在下一次轮到自己的回合时只能选择'一'或'三'"等于是送对面两个问题来换取一个问题（假定对方下轮还是选二），然后还是得回到"三"上，这还不如直接就选二呢。

"嗯……"借着吃菜喝酒的短暂间隙，榊很快就把这笔账算清楚了，他放下筷子，接着说道，"这么说来，雅子姐你的策略从一开始就是将这游戏变成双方互相问问题的局面，然后在'最多让对方先问十个问题'的起点上，你依然有自信可以赢是吗？"

"差不多吧。"雅子回道，"不过我玩这个游戏到现在，还从来没有被人领先过十个问题。包括你在内，从来没有人会在'眼下这个阶段'对自己脑袋开足理论上最极限的'五枪'的，大部分人在开完一到两枪之后就会改变选择，即和我一样持续选二。

"直到……我问的问题离他们的谜底越来越近，这个时候，他们就开始慌了，而且这时他们连'四'都不敢选了，因为选四又得额外送我两个问题。于是，很多人就会再选一次'一'来拼一拼，或者干脆选'三'，赌把大的。"

榊听到这里，干笑一声："呵，我顺嘴问一句，和你玩过这个游戏的人，是自己把自己毙了的居多，还是被你射杀的多呢？"

"榊君，能坐在这里和本宫对赌的人，押上的赌注自然也要有相应的价值。"雅子喝着饮料，用轻松的语气，答非所问道，"一两条人命和摆在这桌上的筹码相比，实在算不了什么。"

"明白了……"但榊也听懂她的意思了，"那我再大胆猜测一下，你是不是还经常在已经知道了'谜底'的情况下故意不去'猜答案'，而是绕着那个正确答案不断问出超级精准的问题来给对手施压，逼迫对方自己崩了自己呢？"

"啊啦，榊君，你怎么可以把本宫想得这么恶趣味呢？"雅子说是这么说，但其眉梢眼角和语气中却是满满的恶意，嘴角也挂着一丝意味深长的笑容，"我像是这种人吗？"

榊也冷笑，没有接茬儿。

两秒后，他神色一肃，接道："我们继续吧。既然你还是选二，那我就问了，"他紧接着就问出了一个似乎是废话的问题，"你写的东西，是气体的吗？"

榊的前两问已经确认了雅子写的东西既不是固体的也不是液体的，那按理来说就只剩气体了，所以这第三个问题貌似是没必要问的。

然而……

"不是。"雅子竟然又给出了一个否定的答案。

而这个回答，也并未让榊感到什么惊讶。

在方才的对话中，榊已经隐隐察觉到了，雅子在问答方面具备如此自信的原因很可能就是——她写的谜底非常非常难猜，甚至可说是几乎不可能被猜到。

那么，什么样的"名词"符合这样的条件呢？肯定就是某些正常人完全用不到也不会往那个方向去想的玩意儿。

首先，"你画我猜"那种水准的谜底，即日常生活中很常见的东西或词都可以直接排除。其次，根据游戏细则，像"友情""幸福"这类抽象的事物也是不能用的，排除。另外，缩写词和多义词也不能用，像什么"CPU""WTO"乃至"DVD"这种都不行……

基于这些因素，榊才会顺带把"是不是气体"也给问了，结果……还真不是。

至此，榊与雅子开始了一场基于问答的博弈，在很长一段时间内双方都选择了第二种选项——"不开枪，让对方提一个问题"。

雅子的第二问，从那固体物件的体积入手："你写的东西，体积小于等于一立方米吗？"

"是。"

榊的第四问："你写的东西，是一种运动吗？"

"不是。"

雅子的第三问："你写的东西，一般来说是可以食用的吗？"

"不是。"

榊的第五问，将概念扩大："你写的东西，是一种游戏吗？"

"不是。"但仍遭到了否定。

雅子的第四问："你写的东西，是经过加工的吗？"

"是。"雅子又一次接近了谜底。

榊的第六问，改变了提问的方向："你写的东西，是指某种团体吗？"

"不是。"仍然无果。

雅子的第五问："你写的东西，是日常用品吗？"

"不是。"

榊的第七问，再次扩大范围："你写的东西，是某种活动吗？"

"不是。"

雅子的第六问："你写东西，是文娱类的用品吗？"

"是。"她又一次有了进展。

榊的第八问："你写的东西……不，应该说你的谜底，是不是一个医学术语？"

他的这一问,让雅子在回答时,首次出现了大约半秒的犹豫:"是。"

但雅子并没有因为这个问题而表现出任何的慌乱,她仍旧显得游刃有余。

"切……"榊撇了撇嘴,"果然是这个损透了的类型啊……"

"你很不错,榊君。"一息过后,雅子还用悠然的神态夸奖道,"你是第一个在十次提问之内就想到'医学术语'的人。"

"这么说以前也有人想到过?"榊不放过任何一个试探的机会。

"当然。"雅子道,"只不过,大部分人在问到这一步时,自己的谜底也差不多要被我给揭出来了。"

榊接道:"那我还算好的咯?"

"好一点儿吧。"雅子道,"其实我大致也已经猜到你写了什么了,你很聪明……你那个谜底也是需要花费相当多的问题才能锁定的,但我有信心,我还是会比你更快。"

此刻,虽然还没有问到那一步,但雅子心中已有了一个推测——榊的谜底是一部书。

而这个推测,也确实中了,榊写的谜底正是"《世说新语》"。

可以说,榊的这个谜底,也是很有些难度的。

但是,和"医学术语"比起来,他这个就是小巫见大巫了……在专业性、知名度、分类的复杂和细化程度上,医学术语都可说是猜词游戏中的地狱级存在,你就算找个专业学医的来,要猜中一个特定的医学名词也需要耗费大量的"问题"来筛选才行,对非专业的来说这根本就是不可能完成的任务。

当然了,这个"猜词轮盘"游戏在这方面也是有一定规则限制的,如果你真的写一个对方连听都没听过的名词那也不允许。所以雅子写的肯定是一个外行人也听说过的词,就像榊写的书名也是世人广泛知晓的著作一样……否则他随便写本地摊上看到的奇葩小说的名字,那就无敌了。

"既然如此,这轮我不选二了。"在听到雅子的话后,榊又一次拿起了枪,"我选四!"

说着,他便推出了手中那把枪的转轮,确认了一下子弹的位置,然后原封不动地推了回去。

"不愧是专业赌徒,在被我逼到绝境之前,就想到了利用尚能出卖的'提问次数'来给自己争取更多的生存空间。"雅子还是显得非常从容,"我由衷地期望转轮里的子弹距离你还有三枪以上,否则你这回合的选择可就亏大了。"

榊听着这话,可一点儿也不高兴,只觉得刺耳。因为他刚才打开转轮发现下一个弹槽就是装着子弹的那个……郁闷的同时,他也在庆幸自己刚才没有一时冲动,万一在第二轮时他冲着五分之一的概率又对自己的脑袋开上一枪,那可就中招了。

不过,他此刻的这波操作也很亏。由于这轮选了"四",下一次轮到他的回合时,他就只能选"一"和"三"了,看到子弹位置的他知道"一"必死,那就只有选"三",而"三"也并不是那么保险的,毕竟重新"转膛"之后要对自己脑袋连开两枪呢,这中弹概率也是杠杠的。

"那么,既然你看完了……"另一方面,雅子的提问也再次开始了,"接下来,我就连问你两个问题咯。"

六

再说那天师秘境之中,白玉将和"红孩儿"大战了二十余回合,前者渐渐不支,后者却是越战越勇。

眼见如此,锦罗什当即抬手一指,道力疾出,引得半空中那团气云再次变色,由绿色缓缓变为了浅蓝。

随着这变化,两个法坛间的空地上也变得水雾蒸腾,转眼间已成桑拿浴室一般,尤其是"红孩儿"的周身,水汽尤盛,使其整个人都被浓浓的白雾裹在其中,不但行动变得迟缓,连视线都受阻了。

白玉将趁此机会,挺枪突刺,一式"盖步三扎枪",将对手打回了原形。

孟夅寒也不慌乱,拿起自己桌上的一柄桃木剑,执于胸前,再度施咒:"昆仑山上玉虚宫,天尊座下尽仙雄,封神台前标名客,天绝阵中敢撄锋!道者孟夅寒恭请,日宫神圣木府星,神兵急急如律令!"

木剑飞起,化为绝逸战影,飘飘落下。

但见,那"木府星"邓华身着一袭紫青战袍,头戴玉冠,手执方天画戟,气宇轩昂,一派儒将风采。

白玉将见得邓华之瞬,眼神一对,不由分说,便是枪戟相击。

水雾之中,二将步踏风雷,式走纵横,刃芒闪动,战意森然……斗得是酣畅淋漓、圣气大作，简直让人有拍手叫好的冲动。

不过，差距还是渐渐出现了，在"水"属性的环境中，邓华的恢复力和耐力明显更胜一筹，尤其是以力相峙的那些时刻，邓华的优势尤为明显。

这样一来，就又到了锦罗什变招的时刻了……看到此处，想必大家也基本明白了这番"斗法"的路数。

锦罗什先前施放到天上的"五行彩云"，是可以改变战场环境属性的一种术法，而他秉承的思路，是"五行相克"：一开始对付泥罗汉时，他用的是"木克土"，随后对付红孩儿，用的是"水克火"，而眼下他要做的，自然就是把环境改为金属性，实现"金克木"。

另一边，孟夆寒则是采用"五行相生"的解法，最初场上没有属性时，他请神请了个泥罗汉，然后，在面对"木属性"环境的时候，他请来了红孩儿，以"木生火"来助势，而在面对"水属性"环境的时候，他又请了"木府星邓华"，来实现"水生木"。

接下来，面对"金属性"的环境，孟夆寒无疑会请个水属性的神仙来战。

可以说，到目前为止，锦罗什对孟夆寒的表现还是满意的。要知道，他用的那个"白玉将"，也是天师留下的宝物之一，用此物来请神的效果，比起一般凡物自是强出许多。孟夆寒能用法坛上临时凑起的材料（这就是为什么孟夆寒一开始要材料的时候对每一样东西都很讲究，因为材料的好坏会影响包括召唤法术在内的各种法术的效果）加上五行相生的原理和他战得有来有回，实属不易。

当然了，这一切都是建立在"公平对决"的基础上的。假如锦罗什将"法力"也作为加成因素用在白玉将身上，那孟夆寒肯定是没得玩儿的，毕竟这两位一个是活了上千年的灵，另一个是只活了几十年的人，修为的总量完全不在一个水平线上。

言归正传，还是看那战场之上。

在锦罗什将五行彩云变为金色之后，白玉将手上的武器和身上的盔甲全都附上了一层金石之光，战局也因此突然改变。

邓华在失去了"水"环境的支持后，不但恢复力和耐力的加成没了，还被对方的金属性克制。在攻击这端，邓华的攻击哪怕打中了对方，也会被那护甲弹开，防守这端呢……邓华哪怕是被蹭破点皮，那伤势也会像是自行扩散般变得很严重。

此消彼长之间，邓华也很快败下阵来，而孟夆寒的下一次请神，也在这时准备就绪了……

"水神！武装起来！"这回，他只说了六个字，然后顺手抓起法坛上的一个瓶子，把里面的水往前一泼，就完成了"请神"的步骤。

这一手甚是诡异，锦罗什还真没见过。

而孟夆寒请出的神，画风也和之前的那些完全不一样，那是一个身着浅蓝色铠甲，手持三叉戟，相貌清秀的纤瘦少年。

"嗯？"锦罗什见了那员小将，也是微微一愣，不禁问道，"这是哪路神仙？"

"哼……没见识了吧？"孟夆寒冷哼一声，应道，"此乃辉煌帝座下勇将，水神——毛利伸！"

"辉煌帝？"锦罗什心道，"没听说过啊……而且这名字，莫不是倭奴国人？"

别说他了，就是四凶那几位也是看得一脸莫名，唯有方相奇脸上的表情仿佛在说："这都可以？"

"三弟，你认识这水神？"蚩鸮看方相奇神色有异，故而疑道。

"别问，我不想说。"方相奇不太想把自己几百年来一直有看动画片的事情暴露出来，所以拐外抹角地回道，"不过我琢磨了一下，把这位给请出来的原理，我还是明白的，因为'那啥'人物和神话传说人物都算虚构人物，理论上来说，只要有文字或影像载体，且知道的人达到一定的数量就可以请。"

就在他们对话之际，场上的"水神"忽将白玉将一戟逼退，并侧戟而立，凭空聚出一团充盈着水流的蓝色能量，喝道："超——流——破！"

话音落时，能量迸现。

锦罗什也是一慌，他还是头回看到请出来的"神"能放必杀技的，眼瞅着白玉将可能要碎，慌忙之间，他赶紧再催法力，将五行彩云的属性转为棕褐色的"土"。

正所谓水来土掩，水神的超流破在瞬间变换的环境下威力骤减，虽是冲碎了白玉将身上的金石武装，但并未对其本体造成太大的伤害。

就在这时……

啪！

孟夆寒突然一拍桌子，收术熄坛，指着锦罗什就是一声大喝："你输了！"

被他来这么一出，锦罗什也是蒙了，有些吞吞吐吐地回道："胡说！我……我怎么输了？"

"你自己说！"孟夆寒虽是显得理直气壮，但实际上，他演这一手，只是在诈对方,顺带拖延时间。

因为……尽管锦罗什是把法力降到最低施术需求来和他对决的,但在请过前三个神后,孟夆寒的法力还是不够了,他最后召出的水神,其实用的不是正宗的"请神"之术,而是一种他自己研究出来的伪术。

这伪术和真术召唤出来的"神"的区别,要比喻的话,类似于一流的模仿者和本尊的差距,所以孟夆寒故意没请正宗的神仙,否则很容易被对面看出破绽来。他请了个对方不认识的存在,并在有限的活动时间内让这水神用尽全力放了个必杀技,然后就立即把术给解除,来个"死无对证"。

经过这段时间的接触,孟夆寒已经大体看出了锦罗什的性格,不管怎么说,这"纸人"也是天师的护阵法师,就算言行上一副凶神恶煞的样子,背后始终还是能透出一个"正"字的,这是个君子。而这……和表面上大义凛然,实则外强中干的孟夆寒正好相反。

然而,当君子,是要付出代价的。

"唉……"片刻后,锦罗什叹了口气,"也罢……"

锦罗什用君子之心,量小人之腹,故而得出结论——我刚才把"金"转成"土"的时候,因为情急,用了很多额外的法力,属仗力欺人,失了公平。

"是我输了。"锦罗什认输之后,短暂地懊悔了几秒,继而就用坦然的语气接道,"小道!你确是有些本事!我锦罗什愿赌服输,恭送你进天师的洞府。"

"好,不愧是天师门下之心腹,说话算话!"孟夆寒深谙软硬兼施之道,得了这个便宜,赶紧拍了对方一记马屁。

但其实,这会儿小孟心里在想的是:"嗯……虽然他认输是好事,但他是怎么判断出自己输的啊?"

"大哥,他是怎么判断出自己输的啊?"另一边,陶悟也压低嗓门儿凑到蛊鹁耳畔问了一句。

蛊鹁也是嘴角微抽,不知如何评价:"别问……我也想知道呢……"

七

晚,7点18分,不冻港西北侧住宅区。

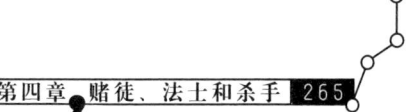

先前登陆的联邦军Ａ队在搜索、挺进的途中突然遭到了不明爆炸物的阻击，六名队员当场阵亡，另有三人重伤，轻伤者十余人。

现场的指挥官立即下令让士兵们就地分散隐蔽，将伤员撤到后方，并让各小队的侦察兵开启头盔上的热成像功能对周遭进行侦测。

然，在这冷得令人肺部隐隐作痛的环境里，他们用热成像竟是探不到半个敌人的踪影。

毫无疑问，杀手联盟的埋伏者们，也都是有备而来。

虽然在联邦军那一百多人的队伍面前，杀手联盟派来的人手显得有些少，但若要论单兵作战能力，作为组织正式杀手的这二十二人，每一个都是占绝对优势的。

尽管他们在"杀神"面前不值一提，但和一般的同行相比，已足够算得上是经验丰富、身手一流了。

别的不说，就拿"即使在低温环境中也可以控制自己的呼吸不会呼出白烟"这手来说，这二十二人全都会，再配合一身特制的隔热服，他们便可以在热成像之下实现"隐身"。

"呃——"

就在联邦军纷纷遁入街巷之中等待侦察兵的反馈时，异变又生。

但听得，某转角处，一名隐蔽得好好的士兵突然发出一声惨叫。周围的人闻声转头，很快就发现他的颈侧已被一支钢箭射中，血流不止。

"医务兵！"见状，一名军士长当即喊了这么一声，离他们最近的一名医务兵闻声匆匆跑来。

"注意警戒！"眼见医务兵已拿出"冰封喷雾"（该时代处理外伤的常见急救用品，可以瞬间止血并防止绝大多数感染）喷在了伤者的伤处，那名军士长赶紧又喝了一句，提醒其他士兵要注意后续的暗箭。

可是，这种"警戒"，是没有太大意义的。

箭不像枪，射手的位置不会因为射击的声音轻易暴露，再加上周围基本是一片黑，热成像又找不到人，士兵们根本不知道该向哪个方向警戒、警戒谁，甚至不知道该靠着哪面墙才能得到有效的掩护。

"兄弟，别怕，你会没事的。我已经给你打了镇痛剂了，但箭不能在这里拔，必须到手术环境中操作才行，我先给你插根管子来帮你呼吸，让人把你抬回……唔……"赶来的医务兵一边通过话语给伤者鼓励，一边已经在准备插管，但就在这时，他自己也中了一箭。

中箭的位置同样是在没有护甲和头盔保护的脖子上，而和他正在抢救的人不同的是，这名医务兵是后颈中箭，且直接被射断了颈椎，瞬间就失去了意识。

与此同时，先中箭的那名伤者，脸色也迅速变成了黑紫色，并在数秒间停止了呼吸。这现象应该不是单纯的缺氧造成，而是……

"该死！箭上有毒！"蹲在他们旁边的军士长见状，立即转头，朝着另外两道正弯腰往这儿跑的人影吼道，"其他医务兵都别再过来了！"

这军士长是个老战士了，实战经验很丰富，他立刻就察觉了敌人的意图是要用"伤者"做诱饵，优先把他们的医务兵全部干掉。

但是，他还是漏算了一点，不止是"医务兵"，在战场上，"指挥官"也是一种优先击杀的目标。

咚——

果然，两秒不到，又有一箭射来，目标正是这位喊了两次话的军士长，好在他把脖子尽可能地缩着，不留给对方攻击的角度，所以这支箭最终打在了他的头盔上并被弹开了。

然……

"长官！你没事吧？"

响声过后，军士长倒下了，两旁的几名士兵们赶紧凑过来扶住了他。

"我……我没事……"短暂的眩晕后，军士长睁开了眼，晃晃悠悠地爬了起来，然后开口就骂，"干什么呢？都给我滚开！快保护好自己！"喝骂之间，他已粗暴地推开了用身体护住自己的几人。又喘了几口气后，他再度开口道，"这箭的威力不比子弹小啊，差点儿隔着钢盔把我给震晕过去。"

这位军士长的感觉没错，这些带毒的钢箭显然不是由一般的弓弩发射过来的，而是由精准度极高、威力也非常强的便携式动力机械弩所发射。

用这种弩射出的箭，即使是击中三十米开外的石墙，也能保证箭头完全没入墙中。要不是联邦军的头盔材质够硬，再加上光滑椭圆的表面起到了一定的折射作用，刚才那一箭过来，这名军士长就算不死也脑震荡昏迷了。

"这边也有人受伤！"

"Man down!Man down!"

"快来人帮忙！我们的上士和医疗兵都不行了！"

短短的一分钟内，类似的呼救声在黑影幢幢的街巷里此起彼伏。

并不是每一小队人中都有像那名军士长一样经验丰富、指挥能力出众的基层指挥官的，再者……这种局面，就算做出了正确的指挥，也依然是在被动挨打，只不过损失相对会小点儿罢了。

"我看到射手了！在那边！"

"那边也有！"

终于，在又损失了十几名包括军官和医务兵在内的战士后，陆续有士兵捕捉到了那些藏身于暗处的杀手们的身影。

虽然热成像不管用，但头盔上的夜视功能还是有用的，再加上机械弩的射程并不远、射手最多距离他们几十米，被找到也在意料之中。

"保持队形，打开通信器，分头追！"现场的指挥官们几乎都在十秒内给出了类似的指令。

就这样，已经减员到九十余人的这支登陆小队，在留下了十多人照顾伤员后，又分成了四路，分别去追那几名被他们锁定的杀手。

众所周知……这年头，杀手都是会跑酷的，想追上他们可并不容易。

而且，周围那些街巷和民宅中，早已被布下了许多的绊雷和爆弹，那些杀手们自是很清楚这些陷阱的位置，能刻意避开，但被他们引来追逐的联邦军可不知道……

于是乎，分兵后的联邦军很快又分别减员，每个小队都遭受了不同程度的损失。而当负责"引人"的那几名杀手把联邦军们带到特定区域后，剩下的十几名杀手也都行动了起来——既然敌人如期而至，局部的反包围和暗杀便可开始执行。

这，是杀手们的强项。

而对于士兵们来说，比起在正面战场上战死，这种不知会从何处紧逼而来的剿杀，着实更令人恐惧。

他们的冷静和战意，在这冰冷的夜中，在这黑暗的小镇里，随着他们身边的战友和长官一起慢慢消逝了。

当那由鲜血和痛苦所堆砌出的绝望悄然降临之时，人的意志很快就会崩溃。最后留下的少数人，或是惧极狂怒，或是畏怯奔逃……而无论哪种，都只会加速他们的死亡。

就这样，不到一个小时，除了最早开始朝岸边撤离的几名伤员外，在不冻港西北端"顺利登陆"的这支联邦军 A 小队,基本全灭。

另一方面,那支改变了登陆方式的 B 小队,在耽搁了大约二十分钟后,好歹也上岸了。

但仅仅是从岸边的开阔地来到街边建筑区这短短几十米的距离中,他们就已经损失了二十个人。

这二十人,全部是 K 用狙击枪射杀的,一枪,一个。

倒也不是他的枪射速有多快,只因那帮士兵全都穿着潜水装,导致他们在陆地上的行动速度受到了影响,他们又不能站在狙击枪的火力中先把外面那层装备脱了再跑,于是只能硬着头皮往前闯。另外,在冲锋的过程中还有人想要拖着已经中枪但一时间还没咽气的战友到掩体那儿去,这种行为,自然也让他们成了活靶子。

不过,无论如何,这队人的情况还是比 A 小队好。K 在这队人冲入掩体众多的街巷后,便也没有在狙击点恋战滞留了,而是选择快速撤回基地。

因此,在另一边的 A 小队基本死绝的时候,这支 B 小队已经朝城中挺进了不少,并以一些临时搭建的三人岗哨控制了相当大的一片区域。

但这样的行动进度和人员损失,显然和这次行动最高指挥官的预期,是有落差的……

"饭桶!统统都是饭桶!"

8 点 30 分,潜艇指挥室中,听着报告的小鲍曼正在大发雷霆。

他这样的人,不高兴时就一定要骂人,要把责任和怒火都丢到别人身上。当然,耶夫格尼他是不敢骂的,怎么说都是自家的世交长辈,所以他也只能骂骂通信兵了。

但骂完后,小鲍曼还是越想越来气……因为他觉得事情发展成这样都是因为听了耶夫格尼这个参谋的话,假如按他自己那套来,没准已经大获全胜了。

因此,过了会儿,在支开了身边的闲杂人等后,小鲍曼还是忍不住对耶夫格尼说道:"叔,您看看,我就说全舰在同一个地方一起登陆比较好吧,您非要求稳,分成两队,这下……唉……"

"是,这都是我这个参谋的失态,责任皆在我。"耶夫格尼也不跟他计较,顺势就把锅给背了。

要是换作三十年前,耶夫格尼听到这种话,绝对是立刻跳起来赏对方一个耳光,回一句:"屁话!要是按你的计划走,咱的指挥舰恐怕都已经被人给端了。"

但如今,耶夫格尼早就不是那性子了,因为他知道跟眼前这种人浪费口舌是没有意义的——有些人,永远不会承认自己的错误,甚至无法认识到自己的愚蠢。他们由始至终都活在自己的世界里,且从不反省,即便教训他们也不会让他们长进,只会让他们变得更狡猾,并记恨那些教训了他们的人。

"不过……此次对方的战力确实是有些超出预计。"接完锅后,耶夫格尼话锋一转,言道,"从目前得到的信息来分析,敌人不但准备充分,装备精良,还有着许多执行力非常强的精英作战人员,以至于在战局进行到这个阶段时,对方仍是零伤亡,而我方已损失了百余人。"

"您的意思是?"小鲍曼听出对方还有后话要说,试探着问道。

"行动之前,根据情报部门给出的报告,不冻港的反抗军残党根本不具备这样的战力。"耶夫格尼接道,"所以我认为,今天在这里阻击我们的,恐怕另有其人。"

"哦?是哪路人马?难道是龙郡的……"小鲍曼的第一反应是那些在"铁笼之炎"中并未受到什么损失的反抗组织。

由于他的推测是错的,耶夫格尼还没等他说完就打断道:"不,和'崖山'无关,阻挡我们的……应该是'逆十字'。"

"就是端掉了'九狱'的那伙人?"小鲍曼问道。

"没错。"耶夫格尼也没有多解释什么,反正现在联邦阵营中像小鲍曼这样的一般人都不知道"逆十字"这个组织在历史上所扮演的角色,只知道这伙人是先前毁掉九狱的、极度危险的能力者集团。

"等等……那伙人的话,有几个非常厉害的能力者吧?我们在这里会不会有危险?"小鲍曼赶紧问道。

对他的这种反应,耶夫格尼在心中暗自冷笑:"哼……涉及你自己的安危时反应倒是挺快,但底层的士兵们在前线为了你的功绩死去,你却毫无敬畏和怜悯之心,还在骂他们'饭桶',唉……这就是很快要当上将军的人啊……"

这份不屑和叹息,老谋深算的耶夫格尼自不会写在脸上。

表面上,他还是用四平八稳的语气,娓娓言道:"贤侄你大可放心,老朽方才见情势不对,已经联系了上峰,申请了援军,那边也回复我说他们已经在做准备了。若无意外,午夜之前,就会有一整支舰队从金狮郡的"苏福斯堡海军基地"赶来,到时候直接把不冻港整座城夷为平地都行。"

耶夫格尼没告诉他自己是在得到那"几句诗"的时候就已经通过非官方渠道喊了援军，而是装成在行动开始后才去叫的样子，免得小鲍曼又有什么多余的疑问。

"但那还不够啊！"小鲍曼闻言后，想了几秒，又道，"要是遇上凶级以上的能力者强行突袭我们这艘指挥舰，常规兵力再多也未必能护住我啊。"

在涉及自身安危时，他的智商还真就重返高地了。

"这点我也已经考虑到了。"耶夫格尼胸有成竹地接道，"所以，这次调来的援军，也不仅仅是海军舰队而已……"他特意卖了个关子，顿了两秒再道，"由于我们这次行动的地点正好离般格岛比较近，上峰把'那个男人'也派来了。"

"你是说……"听到"那个男人"这四个字时，小鲍曼的双眼忽然一亮。

"对，正是他。"耶夫格尼接道。

"哈……呵呵……"小鲍曼笑了，"那就没问题了，只要'他'出手，什么逆十字横十字，全都得死！"说到这儿，他又忽地想到了什么，"欸？可是……这么一来，这次行动的功劳……"

"放心，有叔我在这里，加上你父亲和爷爷的事后运作，最后的功劳至少也有'七成'会算在你的头上，只会多不会少。"耶夫格尼知道对方要问什么，心中再次冷哼的同时，面带微笑地应道，"事实上，如果我们这次能把铁血联盟和游骑兵的余党、连带着逆十字的异能罪犯们一起消灭了，这份功绩，哪怕只占五成，也够你连升数级，另添几个勋章的了。"

听到这话，小鲍曼顿时喜形于色，脸上的肥肉都快挤到一起了："叔……嘿嘿……瞧您这话说的，大家都是自己人，这功劳您至少也该占个一成吧。"

八

雅子接下来所问的两个问题，既没有十分跳跃，也没有去冒不必要的风险，她只是循序渐进地逼近最终的答案，毕竟，她并不着急。

因此，两个问题过后，雅子也只是确定了榊写的答案是一本书，以及是一本古代的书。不出意外的话，她的下一个问题，就会去确认这本书的原作是用哪种语言写成的了。

与雅子的稳扎稳打策略不同，榊则是主动行走到危险的边缘去了，因为他很清楚，雅子的答案比他的答案难猜许多，如果自己用正常的逻辑链去提问，是不可能比对方更快猜出答案的。

所以，当雅子再一次选择了"不开枪，让对方提一个问题"时，榊这样问道："你写的那个词，用中文表述时，是三个字的吗？"

"是。"雅子回应时依旧显得很从容，答完她还微笑着接道，"确认是医学术语之后，干脆就放弃掉一般的逻辑链，转而从文字角度开始攻克了吗？呵……有趣，这法子以前还真没人试过，我倒也想看看这样是否真的比'正常问'来得更有效率。"

"那你就拭目以待吧。"榊说着，又一次拿起了枪，"现在，到我了。"他说着，已将手枪的转轮推了出来，重新转了起来，并在转轮停下前快速将其拍了回去，"我选三。"

由于前一轮选了四，并观察到了如果不转膛下一发就有子弹，所以他也只能选三了。

话音落时，榊已瞄准了自己的太阳穴，连扣了两下扳机。

没有子弹射出。

"看来赌博之神还是没抛弃我呢。"榊一放下枪，便拿起了筷子，又夹了口菜吃。

他的手很稳，脸上的表情也很轻松，丝毫看不出任何的害怕和紧张。

整个房间里，唯有坐在他侧后方的索利德看到了，这小子藏在桌下的两条腿正在瑟瑟发抖呢。

"喊……"见榊"没怎么害怕"，雅子不快地撇了撇嘴，念道，"那还真是恭喜你啊。"她犹豫了半刻，才接道，"我由衷地希望那转轮的下一发仍是空枪，否则这游戏就在要在你还没露出一脸败象的时候草率收场了呢。"

"那我恐怕要让你失望了。"榊故作镇静地回道，"你越是这样说，我越是宁死也不会露出惊慌害怕的样子让你得到满足。"他顿了顿，接道，"总之，现在我两枪已经开完了，该由我继续提问了……"他显然是已经想好了要问什么，迅速说道，"你写的那个词的第一个字，它开头的发音是在汉语拼音声母表的第一行上的吗？"

雅子的表情变了。

榊的这种问法，是她前所未见的，而她也很快就意识到了……这种问法的厉害之处。

在这个宇宙的23世纪，汉语和英语早已成为普及率接近百分之百的全球通用语言，任何一个受过正规教育的人都学过汉语拼音的声母韵母表。

然而，对于这类基础得不能再基础的知识，绝大多数人却都保持在一种"只要看得见表格，每个音都会念；但看不见的情况下，也无法默写出来"的水准。

可以说，汉语拼音，既是人们在正规的教育系统中最先学到的一样东西，也是人们最早"还给老师"的一样东西。由于一年级以后几乎不再有任何关于拼音的考核，这部分内容反倒成了人人都一知半解的、极易被忽略的存在。

此刻，榊便是用这最基础的东西，展开了攻势。

雅子她不可能说自己不知道什么叫声母，她没有理由拒绝回答。

"是。"

很不巧，雅子的答案，是"败血症"，第一个"败"字的声母"b"，正是声母表的第一行第一个。

退一步说，即使她的答案不是"败血症"，拼音的声母表一共也只有三行而已，这其中，每行分两个区间，每个区间里有三到四个声母……也就是说，用榊这种问法，最多只要三个问题，就能将答案锁定到三到四个声母的范围里。

"那么……第二个问题。"榊得到了答复后，立刻就接着往下问了，"你写的那个词的第一个字，它开头的发音是在汉语拼音声母表的第一行第一个区间上吗？"

"是。"雅子只能如实回答。

就这样，通过两个问题，榊便将那个字的声母范围缩小到了"b、p、m、f"这四个音上。

雅子在心里默默算了笔账，假如榊继续按照这个思路问下去，下一个问题就会锁定声母"b"，紧接着就会去问"韵母"和"第几声"。韵母表稍微复杂一点，但按照每次对半分的原则，"ai"这个音在三到五个问题内就能锁定，也就是说最多还有五个问题，榊就会知道第一个字的发音是"bai"。

这个时候，榊未必就会按照"第一声、第二声、第三声"这样的顺序问下去了，因为"三个字、医学术语、第一个字的拼音是bai"这样的条件下，一般人马上就会想到"白血病""白化病""白血球""白大褂"等等词汇，所以他很可能会直接问"这个bai字是不是发第二声的"。

而答案并不是，这个时候，此前刚刚设想过好几个以"白血"开头的三字词汇的人，在被告知了"白"这个音不对后，很有可能会立即联想到以第四声开头的"败血"，继而想到"败血症"。

综上所述，理论上来说，极端情况下，榊或许会在七个问题之内就直接猜出答案。就算乐观点估计，榊也绝对能在十个问题之内完全确认答案的第一个字是念第四声的 bai——在确定了这个字之后，接下来任何一次猜词都可能直击答案。

和逻辑推演法那种"通过定义去猜出整个词"的思路不同，榊这种用拼音来接近答案的猜法是逐一揭开每一个字的发音来探索答案的，这样便完全绕开了逻辑推演法中的各种陷阱和知识盲区，且可以确保每一个问题都必然有一定意义和进展。

这几乎是一种不可阻挡的方法，就好比在猜一个英语单词时，有人用"第一个字母是不是 A"这样的问法，一个一个找出这个单词中的每一个字母是什么，最终拼出答案。用这种方法的人，甚至不需要明白这个词的意思，一样能猜对。只不过，根据问法的不同，这种方式也有快有慢。

以猜英文字母为例，最笨的猜法是从 A 猜到 Z，这样最多要猜 25 次，但你要是用"这是在 M 之前还是之后"这样的猜法开头，就会省事很多。榊猜拼音时所用的，无疑也是效率较高的方法。

这也是雅子头一回在这"猜词轮盘"中，感受到了被人紧追的压力。

"看你的表情有点儿微妙啊。"榊到底也是顶尖的赌徒，他一眼就察觉了雅子脸上最细微的肌肉颤动，"照这个趋势，你那第一个字的声母该不会就是'b'吧？"

"谁允许你连着问第三个问题了？"雅子显得有些不悦了。

"反正你也是继续选二的吧？"榊开始挑衅对手，试图让对方露出破绽。

雅子看了看桌上的枪，接道："对……我还是选二。"

"那么就回答我这第三个问题呗。"榊用得意的神色进一步施压。

"是。"雅子的回应言简意赅，她没有再说话了，因为她也开始担心真的会露出什么马脚。

"嗯。"榊点点头，"那轮到我了。"他又一次拿起了枪，"我再选一次四。"

说罢，他又一次推出了手枪的转轮，确认了子弹的位置，并原封不动地将转轮装了回去。

这一刻，坐在榊后面的索利德心中不禁产生了些许疑惑："他为什么还要选四？从提问的情况来看，应该还是他领先了一些才对，只要保持这样，和对方一起一直选二，就可以在零风险的前提下紧逼对手。但选四的话，等于先送对方两个问题，接下来还得看运气如何，运气不好，子弹就在下一轮的话，又得选三去赌命。"

索利德的想法没错，按理说，榊从这轮开始一直选二，是有机会在不冲自己脑袋开枪的前提下获胜的,而选四则有很高的概率吃亏。

事实上,刚才榊打开转轮检查时,也的确证实了下一枪真的会响。也就是说,下回轮到他时,他又得选三了。

"呼……又躲过一劫呢。"另一边,榊看到子弹后,却是露出了一种如释重负的表情,长舒一口气,对雅子道,"来吧,你又可以问两个问题了。"

但雅子却没有急着提问,而是笑道:"怎么?听这意思,你下一轮又得选三了啊?"

"是啊,谁让下一枪刚好有子弹呢。"榊就这么把真实的情报告诉了对方。

"哼……"雅子冷哼一声,接道,"这样啊……那我只能由衷地祈祷你下一次转膛后还能连续遇到两发空枪了,否则我就没法儿接着享受这从未体验过的紧张感了呢。"

不知道为什么,榊听到这句以后,哈哈大笑,笑得直拍桌子。

雅子见状,则是显出了些许怒意:"有什么好笑的吗?"

"有啊。"榊接道,"但我不告诉你,咱们可以继续游戏了吗?"

雅子愤愤地喝了口饮料,好似是在平息一腔无名之火,随即就连问了两个问题,将榊写的那本书的范围缩小到了"汉语作品","年代在隋唐以前"。

虽然她也是切实地在接近答案了,但比起榊的那种方法,她依然是处于下风的。

好在,在雅子眼里,这都已经不是问题了,因为她有十足的把握——在接下来的榊的回合中,榊一定会死。

数秒后,答完了两个问题的榊,果然是拿起了枪,快速"旋膛"后,又一次将枪口对准了自己的太阳穴:"那么,如你所见,这轮我选三……"

话是这么说,但他迟迟没有开枪。

"呵……怎么?害怕了?"雅子以为自己期待已久的时刻来到了,"害怕就不要硬撑嘛,露出本性也没什么不好哟。"

而榊却是不紧不慢地应道:"在开枪以前,我还有几句话要说。"

"是预感到自己要死,所以想留下遗言吗?"雅子笑道,"可以啊,本宫准了。"

不料,榊放下枪后的下一句话就是:"其实,以你的能力,若你提出和我玩一些纯粹拼概率的游戏,比如轮盘赌之类的,你早就干脆利落地赢了。可是你太过骄傲,非要和我玩这种慢慢把对方逼入绝境的玩意儿,想要看我的丑态,想证明,我也不过就是个平庸的赌徒而已。"

"你在说什么呢？"雅子不动声色，淡然应道，"你是在暗示……我用异能作弊了？"

"这不是在暗示，而是在解释。"榊接道。

"哦？"雅子跷起了一条腿，似是不信，"那我倒要听听，你是如何无中生有的。"她有自信，自己的把戏绝不可能被看穿。

"你的能力是'用特定的语言让某些有一定概率发生的坏事百分之百发生'，说得通俗点就是……乌鸦嘴。"榊接道。

雅子的自信被击碎得如此之快，她也是始料未及。

"说得再具体一些，就是每当你用'由衷……否则'这种句式时，这两个词当中的那部分内容描述的事情，只要有失败概率的，必然会失败。"榊没有管对方的反应，只是自顾自地接着说道，"我并不能确定你这个能力是'只要用了这样的句式就必定发动'，还是说需要你'主动发动，但发动的时候必须采用这个句式'，但我能确定的是，目前为止，在这个猜词轮盘中，你一共对我用了三次这种能力。"

榊伸出第一根手指，说道："第一次，是在我头回选'四'的时候，那个时候你并未觉得我会对你构成什么威胁，但你也并不想让我通过观察子弹的位置在接下来几轮获得太大优势，因此你说你'由衷地期望转轮里的子弹距离我还有三枪以上'，结果，我打开一看，子弹就在下一发。"

他又伸出第二根手指："第二次，是在我选了三以后，眼见我冲着脑门儿连放两枪都没死，而且也没有表现出你所期待的窘迫状态，你便觉得……我这人恐怕是那种即使把自己一枪崩了也不会惊慌失措的类型。于是乎，你对压垮我的精神这件事失去了动力，希望尽早把我解决掉，所以就说了'由衷地希望那转轮的下一发仍是空枪'这句话，这样……我要是再选个一的话，直接就挂了。"

最后，榊伸出了第三根手指："第三次，就是刚才，当我在提问进度上领先于你，并又一次选了四之后，你首次在这个游戏中感受到了败北的危机，这时你便顾不了那么多了，直接就用'由衷地希望下一次转膛后还能连续遇到两发空枪'这句话，试图在我被迫选择三的这回合置我于死地。"

言至此处，他略微停顿了几秒，再道："其实你第二次用这种句式说话时，我已隐隐感到了几分奇怪，结合游戏的过程，我已经在怀疑你用了某种异能了……我第二次选四的目的就是为了进一步试探你的能力，要不然我从那轮开始学你一直选二也就没事了。

"你刚才问我有什么好笑的？我笑得就是……当我选完四之后，你马上又把那个句式说了第三遍，让我彻底确定了你的能力是什么，仅此而已。"

啪——啪——啪——

雅子开始给榊鼓掌，当然，这并不是什么鼓励的掌声。

雅子的微笑，在榊叙述的过程中回来了，那阴冷的笑容在她那张少女的脸上显得格外瘆人，"榊君，故事讲得不错，但很可惜……你没有证据呢。"

"嗯。"榊歪了下头，摊开双手，"这也是你那能力最棘手的地方。就算你明着用其作弊，别人也无法证明什么。"

"那你现在该怎么做呢？"雅子的语气像个在教育三岁小孩的幼儿园老师。

"呵，明白，明明白白。"榊苦笑着，又一次拿枪抵住了自己的太阳穴。

赌桌上的事就是这样，拿不出证据的指责，就是放屁，是胡搅蛮缠，是耍赖……像榊这样的赌徒，可以输，但不能输了体面，所以，他该开枪，还是得开枪。

咔——

第一枪，没响。

但还有第二枪。

砰——

果不其然，这一枪响了。

榊无幻，血溅当场。

满载而归 第五章

一

于斗法之战中"诈赢"了以后，孟夅寒和四凶便在锦罗什的引领下朝着山洞的深处进发了。

这一路上，各种阵法、陷阱、玄境……可谓俯拾即是，有一些事物的凶险程度，就连四凶见了都要紧皱眉头。

比如说，在某根不起眼的岩柱后方，摆着一个"盥魂药钵"，假如你路过时没有按照地上的隐阵路线弯曲着走，就会将其触发。

盥魂药钵会将触发者三魂中的"地魂"抽走，如果被夺魂之人生平问心无愧、正直善良，那就还好，其地魂很快就会回体，最多就是产生点头晕的感觉。但假如被夺魂之人不是什么好人，其地魂就会立即遭受因果之报，随即引得业火烧身，整个人由灵魂层面被焚成瀣粉，最后变成那药钵中的药渣子。

当然了，这是针对人的情况，像四凶和锦罗什这种三魂七魄不全的"妖怪"，一旦触发了盥魂药钵，那就是整个"灵体"被抽走"审查"了。

可以说，倘若没有锦罗什在前带路指引，别说是四凶，今天就算来几个远古的大妖，或者几名狂级能力者，也绝对走不完这段通往天师秘境的路。

跟在锦罗什身后时，孟夅寒心里也一直在暗暗庆幸："还好刚才没有跟他来硬的把他灭了，否则我们五个全得在这儿陪葬。"

就这样，一行人走了半个多小时，穿过了不计其数的曲径和岔路，避开了无数的陷阱，这才抵达了这个山洞另一端的"出口"，亦可说……是天师秘境真正的"入口"。

那入口，是一个"月洞门"，这种门通常在庭院里才能看见，出现在这里，确实有些违和。

穿过去之后，外面是一片山水，山是青山，水是绿水，依山傍水之处，还结着一间草庐。

此时，这个空间里，天上还是艳阳高照，显然和外界的时间不符，不过这种事其实也无所谓了。

锦罗什前头带路，将五人引到草庐门前，方才顿住脚步，回头道："按规矩，到了这里，我得问你几个问题。"

孟奎寒一听就明白，这又是一次"考验"，而且，这看似简单的"问答考验"，或许才是最麻烦的，一旦说错了什么，很有可能会前功尽弃、功亏一篑。

"嗯。"快速思索了两秒后，孟奎寒沉声应道，"你问吧。"

问题，是天师留下的，锦罗什只是转述，所以也不需要多想，脱口而出："你今天来这儿，求得是'道'，还是'宝'？"

"宝。"孟奎寒也是不假思索就回答了。

他没有说"道"，也没有用"道即是宝"这种看似高明的圆滑回答，因为他也明白，虽然现在正在向自己提问的是锦罗什，但这些问题肯定都是天师留下的，以天师的智慧，自是早已算好了每一种答案的情况，并教了锦罗什怎么去应付。

因此，这种时候，最好还是别整那些虚的，说些实在话。

"好。"锦罗什道，"既然已到了此处，且是求宝来的，那断然不能让你空手而归……"他顿了顿，朝草庐的门瞥了一眼，"但这里面装的法宝成百上千，让你全部拿走也是不行的，你觉得，你拿几件合适呢？"

这回，孟奎寒想了片刻，才举起了一手，伸出了三根手指，回道："三。"

"哦？三件是吗？"锦罗什挑眉道。

"非也。"不料，孟奎寒纠正道，"是三成。"

"什么？"锦罗什都惊了，"你是说每十件里面你要拿走三件？"

"正是。"孟奎寒回道。

"哈哈哈哈哈！"短暂的惊讶后，锦罗什大笑出声，"好！好好好……"他点点头，横举一臂，冲孟夅寒做了个"请"的动作，"那就请吧。"

他话音落时，孟夅寒已是毫不客气地推开草庐的那扇木门，进屋去了。

孟夅寒前脚刚进去，锦罗什后脚便横插过来，挡在了四凶的面前："抱歉，只能他一个人进去。"

他这话才说一半，身后的那扇门就被一股无形的力量给自动关上了。

见这阵势，方相奇冷哼一声，笑道："我说……他要是死在里面了，我们应该能知道吧？我可不想在这儿浪费时间哦。"

"放心，他若死了，顶上的烟囱会冒烟。"锦罗什说着，头也不回地抬手指了指后面的屋顶。

闻言，四凶之中最有智谋的帝慝又开口试探道："反正他已经进去了，你能否告诉我们，方才的'问题'，究竟有几种答法？每种答法又有什么样的结果呢？"

"告诉你们也无妨。"没想到，锦罗什完全没有藏着掖着，只是不紧不慢地回道，"首先，回答问题的人若说了假话，比如，想要求法宝的，却说自己是求道……那他进去以后找到的东西也都会是假的，他会拿着那些虚假的东西，走出一扇虚假的门，去到一个虚假的世界，经历过一整段虚假的、被安排好的一生，最后在'临死前'突然梦醒一般回到这个草庐里，两手空空地从真正的门里走出来。"

"呵……难怪是'告诉我们也无妨'了……"听到这儿，蛮鹗笑道，"就算我们把你这些问题和答案都泄露出去，知道的人也只能跟你说真话。"

"然也。"锦罗什道，他又停顿了几秒，接着方才的话道，"其次嘛……说了要'宝'的人，就得问他要几件……究竟'几件'合适，其实并没有定数，得看这个人的'心'和'器量'，能容得下几件。有些人拿一百件也不算多，还有些人拿两件也算是僭越。

"要多了的呢，就是'贪'。贪者，拿完了东西，会走不出来，只会觉得身上背的法宝沉重无比，从草庐里屋到门口那几步路，他走上一辈子也走不完，必须舍掉自己多贪的数量，才能走得动。

"而要少了的，是'怯'。怯者，可以拿着法宝出来，但法宝到了其手上发挥不出十成的效力，除非哪天他能舍去了自己的'怯'。"

他说到这儿，方相奇干笑一声："哈！那不用说了，姓孟的绝对是贪啊，就他那器量，还'拿三成'？我看能拿出三五件来就不错了。"

嘎吱——

方相奇话刚说完，草庐的门居然就从内部打开了。

孟夆寒看起来啥都没拿，两手空空就出来了。

"不会吧？"方相奇看着他，"虽然我不是很看得起你，但你不至于一件都拿不出来吧？"

"说什么呢？"孟夆寒好像没明白他的话，"什么一件都拿不出来？我三成都拿好了啊。"

"啊？"方相奇一脸疑惑，又将其上下打量一番，接道，"东西呢？"

孟夆寒当即翻手一变，宛如变魔术一般将一个小锦囊变到了手中："当然是收进这个如意乾坤袋里了啊，难道你让我背出来啊？有好几百件呢，河马都背不动啊。"

他理直气壮地说完，便转过身，用很有社会气息的动作拍了拍站在其旁边呆若木鸡的锦罗什的肩膀："锦护法，有劳你再带一次路，送我们出去呗。"

直到将孟夆寒他们送到了最初与自己相遇的地方，并重新开启了出去的通道，锦罗什也还没从那种"被洗劫了"的感觉中回过味儿来。

不过，规矩就是规矩，当年天师也说过这些法宝是有能者得之，既然孟夆寒能"拿得出来"，那锦罗什也是服气的。

双方别过之后，孟夆寒便带着四凶踏上了归途。

走在那条狭长的出洞通道中时，小孟的心情已是相当愉悦，也很放松，毕竟组织交付的任务已经完成，且过程也不算太费力。

方相奇那几位兄弟姐妹自然也都没什么不满的，自己完全没出手，轻轻松松就帮了"传述者"这个忙，这是好事儿啊。

只是，帝慝的心中，隐隐产生了一些疑惑，在快要走出山洞时，她终于忍不住，趁着聊天的氛围不错，话锋一转，来了一句："就是有件事儿我还不太明白。"

"哦？什么事啊？"方相奇接道。

"传述者的布局和算计我是有所耳闻，他通常不会做无意义的布置……"帝慝若有所思地回道，"但你们看今日之行，假设是小孟他一个人来，就算不能说是十拿九稳吧，至少也不会有性命之虞，最多就是在锦罗什那关被拦下，无功而返……再退一步讲，逆十字本来也已经派了三哥你来做后盾了，还有什么必要把我们三个也牵涉进来呢？"

"嗯……有道理啊。"方相奇还没接话，孟夆寒就先沉吟道，"已经有一重保险了，为什么还要加三重？"

他们说话之际，刚好走出了洞口。

就在这一刻，突然！

黑夜之中，霞光万丈，道气纵横，鸣动轰然。

待他们五位反应过来之时，已然被困在了一个"天绝地烈金光落魂阵"中。

"唉，这就是人生啊。"方相奇见状，还在吐槽，"人生中所有的疑惑终将在一次次'遭重'后得到解答。"

他这边话音未尽，周围山林中已现出至少三十道人影，且每一个身上都很明显地透出灵力来。

其中，气场最强的一人，站得离他们也最近，那不是旁人，就是他们此前在景区遇到的那位看门老大爷，或者说——海琼山天师府现任掌事单翰松。

二

晚，11点30分，由东北侧突入不冻港城区的那支登陆小队，基本上也被全灭了。

只有极少数的士兵活着逃回了海岸附近，但由于他们是通过潜水登陆的，此时已无法撤回潜艇上，他们只能在那漆寒的黑夜中寻找无人的建筑进行躲藏，并祈祷在援军到来前自己不会被发现。

但那无疑也是一种奢求。

反抗军的余党们对地形的熟悉程度远超这些初来乍到的联邦军，再加上在人数和气势上两边的关系早已逆转，前者全歼后者也仅仅是时间问题了。

而小鲍曼那边，则是早就把这些登陆的士兵当作弃卒看待。他是不会冒险指挥舰队登陆去救援岸上的那些人的，他只是躲藏在冰海下那安全的指挥舰内，等待着……金狮郡的巡洋舰队，以及"那个男人"的到来。

那个男人，名叫"纳坎沃"，奇怪的名字，没有姓氏，出处也不明。

不过，名字这东西，本身从来也不重要，重要的是它背后所代表的意义。纳坎沃这三个字所代表的意义便是——联邦最高战力、最强护卫官、EAS官方认定的最强变种人……没有之一。

尽管EAS认为纳坎沃对异能的掌控和体术方面都只是"凶"级水准，但这并不影响他"最强"的地位。

理由有二：其一，他的能力是堪称BUG的"能量操控"；其二，他是一个欧米伽级别的变种人。

这种变种人有多强……参照史三问就知道了。

不过，现在的纳坎沃，比起史三问还是不如的，因为他还很"年轻"。纳坎沃今年是四十五岁，就普通人看来他已是个中年人了，但以高位变种人的角度去看，他的人生路可还长着呢……前提是没有死于非命。

在绝大多数时候，纳坎沃都待在自己位于殷格岛的住处，那里，有一个联邦特意为他建造的豪华住宅区。

这整个区域里唯一的"住户"只有他一人，其他全部都是他的"仆人"。

在那个住宅区里，纳坎沃就是"帝王"一般的存在，无论衣食住行，只要是他想要的，联邦就给，价格从来都不是问题。另外，纳坎沃还可以任意使唤别人去做任何事。

这些负责伺候他的人，到最后通常都只有一种结果，就是死。

但在那之前，正所谓好死不如赖活着，人都有求生意志，会选择直接自我了断的毕竟是少数，大部分人会适应眼前的生活。

让他们感到庆幸的是，纳坎在欲望这方面比较普通。

他喜欢高档的料理，喜欢年轻漂亮的姑娘，喜欢考究舒适的衣服，喜欢宽敞安逸的环境……总之，都是些正常人的喜好，只不过不是每个人都有条件去实现而已。

他也没有因为各方面的需求都能长期得到满足，就开始追求些扭曲病态的刺激，比如吃猎奇的东西、故意让别人受苦之类的。

他唯一的问题，或者说看起来像是心理疾病的行为就是……他无法与人建立起情感联系。

基于这点，负责给他提供物资和仆人的联邦机构也都会事先跟那些准备输送过去的仆人们说明白，千万不要想着去"拍主子马屁"，做好自己的本分，把自己当成一件工具，才能活得更久。

当然了，享受着那么多联邦给予的堪称荒谬的特权的纳坎沃，也是要付出相应代价的——当联邦需要用他的时候，他也得出任务。

关于任务这块，纳坎沃也有自己的原则。他与联邦约定，自己"只参与对抗一名或多名一般护卫官无法对抗的能力者的行动,且不到万不得已,不会介入'战争'"。也就是说,如果联邦让他去正面战场上展开大面积屠杀,他可以并有很大概率会拒绝这事儿。除非联邦表示"你再不出手我们整个政权就要歇菜了",那他才会考虑破戒。

而今天,"援助'铲油漆行动',剿灭逆十字成员"这一任务,无疑是符合其原则的,他没有理由拒绝。

所以,在接到通知以后,他就简单收拾了一下,待来接他的船靠岸,他就登船出发了。

午夜,即将到来,按照耶夫格尼的计算,他申请的援军按理说也该到了。
但是,没到。
金狮郡的舰队没到。
负责去接纳坎沃的船……也没到。
不仅人没来,就连通信都没有回复,这种异常,让耶夫格尼这样沉稳的谋士都陷入了疑惑和慌乱中。

同一时刻,北路海,丹罗群岛以东海域。
由联邦苏福斯海军基地驶出的,有着"世界最强海军舰队"之称的苏福斯联合舰队,正停留在海面上,静静地等待着。

早在一个小时前他们就抵达这片海域了,但舰队的指挥官盖文将军却在那时突然下令全舰停止航行,原地待命。

这一个小时里,海军基地那边联系过盖文,询问他突然停止前进的原因,他以"侦测到不明目标,疑似敌军侦察机"为由进行了回复。而从小鲍曼那边发来的通信请求,皆被盖文给拒接了。

小鲍曼见对方不理自己,相当恼火,又绕过他,直接联系了苏福斯海军基地,海军基地就转述了盖文的回复,再去联系盖文时,盖文又是一样的口风,且依然拒绝和小鲍曼直接通话。

这诡异的僵持,在旁人看来好像是盖文故意不想去支援小鲍曼,但奇怪的是,在舰队出发以前,明明是盖文主动要求担任这支援军的指挥官的。

这其中的隐情,至少现在,联邦这边,还没有人明白……

另一方面，摩门。

"你这儿的料理可真好吃，我都有点吃上瘾了。"榊一边说着，一边往嘴里送了口纳豆拌饭。

此时，他正和索利德一起坐在雅子的餐厅里，接受着对方的盛情款待。

由于在这天凌晨的赌局中右手受了伤，榊暂时只能用左手来吃饭了。不过，对他来说这也无妨，因为他这个级别的赌徒是不存在"惯用手"这一说的，筷子也好鼠标也罢，都可以左右开弓。

"你该不会是想顺着这话钓我上钩，然后顺势提出要留在我这儿吧？"坐在榊对面的雅子单手托腮，一脸不爽地看着他问道。

"这都被你发现了啊？"榊笑着应道。

"那么这是你临时起意的呢，还是你们的那位子临老大事先就安排好的呢？"雅子这么问的时候，其实心里已经有答案了。

"哈哈……事到如今还分什么'你们''我们'啊，大家都是一条船上的人了嘛。"榊也知道对方心里跟明镜儿似的，所以打个哈哈敷衍了过去。

"明白……"雅子接道，"留个人在我身边监视我嘛，无所谓。这种小事我不会在意的，反正于我而言，既然已经确定要跟你们合作了，就没有什么好隐瞒的。"话至此处，她将视线移到了榊那缠着绷带的右手上，"相比那种事，我到现在还是没想明白……你的能力到底是个什么奇葩设定，可以让枪刚好在你要自毙之际炸膛的。"

榊闻言，朝四周扫视一圈，再道："这儿人多眼杂，要不改天我悄悄告诉你？"

"你不想说也罢……"雅子也吃了口菜，摆出一副不置可否的神态，"既然你可以看穿我的能力，那我没理由看不穿你的。你留在我这儿，我正好可以更多地观察你……"她顿了顿，"另外，你可记住了，我并没有'输给你'，你我之间身为赌徒的这场胜负，只是暂且保留，我终有一天会跟你分出个高下的。"

"行。"榊耸肩笑道，"雅子姐您怎么说就怎么办……"他又吃了口饭，随即将话锋一转，问了句正事儿，"对了，我也有件事挺好奇的……你究竟是怎么让盖文将军照着你的意思去办的呢？延误军机可是大罪啊，要是后果严重的话，军事法庭没准儿会判他无期乃至死刑的……他不至于为了点钱就……"

"今天凌晨……"雅子没等他把话说完，就接道，"当你我在玩猜词轮盘的时候，就在我们隔壁的那个地下赌场里,盖文将军的两个儿子在一场豪赌中输掉了一些他们根本无法赔付的筹码。

"虽然他们自以为凭着家里的势力可以耍赖走人,但很显然他们还不够资格在我这里撒野。"

"长话短说,人现在还扣在我这里,盖文将军想保自己的儿子安然无恙,自然就得听从我们的安排。"

听到这儿,索利德忽然接道:"你所做的……应该不仅仅是这样而已吧?"在体制内待过,也上过军事法庭的他,对那套玩意儿还是挺熟悉的,而且他也很清楚这些联邦高级将领的尿性,故而疑道,"像这种培养出了两个二世祖的家伙,本身也绝对不是什么好鸟,依我看,他未必会冒着被判死刑的风险来保全他的儿子们。"

"呵……不愧是'老兵',有见地。"雅子微笑着应道,"你猜得没错,除了用那两个小兔崽子的命去要挟他以外,我还给他留了条后路。"她喝了口桌上的饮料,娓娓接道,"此刻,盖文所在的那片海域附近,有一个无人的海上气象观测站。这类观测站在北极圈附近很常见,全部由一家靠着裙带关系赢得竞标的民营企业承包管理。

"每年,这家公司只需要放一些无人机出去,按程序随便飞一飞,再上传一些可有可无的观测数据,就能骗到一大笔来自政府的拨款。

"像这样的公司,如今遍布在各个领域,它们的老板多半都是摩门的常客……我只要随便设个局,就可以让他们中的任何一人变成我们神武会的狗。

"我这次呢,就是调用了其中一个观测站的几架无人机,到盖文那支舰队的航行路线上晃了几圈,好歹在对方的侦测雷达上留了点记录。

"这样一来,盖文就有了脱罪的借口,他可以说自己是戒备敌袭所以才停止前进的,舰上的数据也能表明他并不是信口开河,至于最后真相查下来如何那就不重要了,反正就当时当地的情况来讲,你无法判定他是在故意延误军机。事后法庭就算要判他,也不会是死罪。"

她说完这段,优雅地切了一小块牛排放进嘴里,又抿了口酒。

这几秒间,索利德也消化完了这段话里的信息,沉声接道:"果然是可靠的盟友呢,亲王殿下的算计,在下佩服。"

"还好吧,和你们'那位'相比,我怕是小巫见大巫了。"雅子冷笑,也不知是真的有点醉了还是假借酒意在揶揄什么,"我可不认为盖文的两个儿子和你们俩在同一天出现在我的地盘,会是一个'巧合',你们那位的那种'算计',我才是学不来呢……"

同一时刻,北路海,殷格岛以东约三百海里处。

"阿嚏!"子临"站"在海面上,打了个喷嚏,自言自语道,"呼……又有女人在背后说我坏话了吧。"

"你是单纯冷到了吧。"一秒后,另一个人的说话声响起。

那个人,正是纳坎沃。

和子临一样,纳坎沃此时也"站"在海面上,几秒前,他还不在那里的,但现在他已稳稳立于距离子临五米左右的地方。

"载你的船怎么停在了那么远的地方啊?"子临并没有感到什么意外,只是微笑着冲对方说道。

"载你的潜艇不也停得很远吗?"纳坎沃接道。

"呵……看来我们至少在某一点上是有共识的。"子临笑道。

"是啊……"纳坎沃道,"和你交手,在这种方圆几公里内都没有旁人的地方是最合适的了。"

三

"前辈,这是何意啊?"虽然眼前的情势已经颇为明朗,但被困于阵中的孟夆寒还是打算先套上几句词,毕竟战前情报这种东西不会嫌多。

"哼……居然还问我是何意?"此刻的单翰松,已然换上了另一副嘴脸,和先前那唯唯诺诺的样子判若两人,"你以为自己在和谁说话?"

"哦?"孟夆寒听出对方话中有话,故而接道,"难道……您刚才骗了我?其实您并不是这儿的掌事?"

"我的确是这里的掌事。"单翰松应道,"但同时,我也是联邦驻海琼山特别行动部队'OPA',即超自然现象管理局的局长。"

此言一出,孟夆寒倒是愣了,因为他还是第一次听说这个机构的名称,而且在出任务之前子临也完全没有提醒过他此地的法士们已经被联邦给招安成公务员了。

按理说，子临是不可能不知道这个组织的存在的，所以他不说的原因大致也就两个：一，他觉得没必要；二，他另有算计。

从子临特意安排"四凶"与孟夆寒同行这点来看，显然是后者的概率比较大。

"呵……"孟夆寒稍加思索后，冷笑一声，朗声喝道，"身为教派传人，既不思修身养性、传承正统，亦不施侠义之为、入世救苦，反而跑去给这种腐败不堪的朝廷当狗，不觉得自己可耻吗？"

这道貌岸然的一套，孟夆寒玩儿得贼溜，不熟悉他的人根本看不出半分破绽，经他这么一吼，周围那些同门中还真有数人面露愧色。

"废话！"可单翰松却不吃这套，大声喝道，"你跟我谈正统？哼……我们这些法士颠沛流离、朝不保夕的时候，正统在哪里？你让我入世救苦……那我自己在世间受苦时又有谁来救过我？"

单翰松说的，也没有错。

自从两百多年前维特斯托克帝国将宗教从地球上清除了之后，太虚教也跟着一并没落，仅存的传人全都转入了"地下"。收徒这种事基本靠"缘分"，于是传人也越来越少。

这两百年来，经历了帝国覆灭，联邦崛起，像他们这样的"真法士"，反倒没了正式的身份和实业，多半都过得很清苦。

他们这批人，几乎都是从小学艺，无法像正常人一样接受太多的文化教育，别的不说，就说孟夆寒吧，在被逆十字征召前，他是靠开出租谋生的，那可不是什么轻松又钱多的工作。

单翰松也是一样，自幼就是孤儿，被法士收留，长大后自然而然就成了法士，可这并不是他自己的人生选择。

会法术又怎样？辈分高又怎样？终日挣扎在贫困线上，一件衣服穿了五年还在穿，法袍上的补丁都快比原本的布料多了也还在用，都活成这德行了，师父还让他"济世为怀"，要不求回报地用法术去帮人。

单翰松年轻时帮过的人并不少，可得到的回报大部分都是冷眼和脏话，他被人误会、不信任，被当成神经病，或是在玩"大冒险"……

纵然有人信了他，感恩也只是一时的，一转身，又是形同陌路。

单翰松最终还是妥协了，而他妥协的契机叫作——"秋正一"。

当年，秋青平"借尸还魂"成"秋正一"并投靠联邦后，以"能力者"的身份平步青云，很快就在联邦立稳脚跟，身居高位。此时的他，便又重拾起了最初那个"将宗门并入联邦，依托政府的力量成立一个特殊部门"的计划。

秋正一倒也不是想要借此来传承正统什么的，他只是还没有放弃自己的野心，同时，也是有些心虚。

毕竟他师出太虚教，又干出了弑师灭门这种事情，尽管已经用"借尸还魂"之法换了身份，但他还是怕有朝一日会有太虚道的传人来找自己算账。

因此，秋正一就想到了这个计划——首先，他通过自己的地位和他人在联邦内部走动关系，让"OPA"这个机构的构想被提上日程。接着，他就去接洽那些有意被"招安"的门派掌事。结果，他和单翰松一拍即合。

几年后，OPA正式成立，总部就设在海琼山，至于人手嘛，愿意跟着单翰松干的法士也是不少的。

本来那些人多半就是看大门儿的、颠大勺的、开小卖部的……背地里再担着一个法士的身份。现在只是要求他们在原有基础上加一个编制，就能多领一份比他们本职工作还高的工资。而且，除了每月开两次例会以外，基本也没有额外的事务要他们做。

按照秋正一的设想，他希望OPA这个组织能够慢慢做大，等待实力够了，就利用组织背靠政府的优势，将OPA变为"唯一正统"，然后把所有散落在世的太虚教传人都吸纳进来，不能吸纳的呢，就扣上一顶"旁门左道"的帽子，将其打压消灭掉。

这无疑是个大工程，不过也不需要着急，稳扎稳打，循序渐进即是。反正他秋正一可以借尸还魂，哪怕五十年甚至一百年都能等下去。

待有朝一日，大计成矣，他秋正一就成了"太虚教正宗"的幕后掌控者。届时，他便控制住了太虚教内所有的言论和知识……不会再有人知道他当初做过什么，他可以颠倒黑白、指鹿为马，甚至可以把自己说成是神仙，让别人来膜拜，并要求门徒们定期送上万里挑一的"供品"，以供他借尸还魂。

当然了，他这个宏大的计划，随着他本人的完蛋，早已破灭了。

而单翰松是不知道秋正一这个计划的，他只当秋正一是太虚教的救世主，和那些整天只会讲大道理的老家伙相比，秋正一提供给他的可是实打实的官方编制和真金白银。

另外，秋正一也跟单翰松说了自己曾经是秋青平的事——因为是同门，秋正一明白"借尸还魂"的事情很难逃过对方的眼睛，所以他干脆自己先承认了。

秋正一将自己杀死师父和同门的事情换了种说法，说成是自己想要带他们投靠联邦，结果对方不但不领情还先动了手，自己只能自卫，且在过程中被伤了肉身，不得不借尸还魂。

本来太虚教那点儿事就只有李炳乙和孟夆寒知道，他们也没特意到处去传，再加上单翰松吃人的嘴短，拿人的手软，带着倾向性在听，那听完之后肯定是选择偏听偏信。

所以，站在单翰松的角度上，对孟夆寒本就是带着敌视的。

后来，"九狱"被破，秋正一战死，作为联邦机构之一的OPA自然也收到了相关的通报。在逆十字那群"乱党"的名单中，孟夆寒的名字又赫然在列……单翰松在看到这个名字的瞬间，就立刻认定秋正一的死和小孟有关了。

今日，于公于私，单翰松都不打算让对方活着离开。

先前单翰松在孟夆寒面前演戏，无非就是想让对方放松警惕，以此来争取时间。这样，他才能把周边地区所有的OPA成员全部召集起来，在此形成围攻之势。

"看来，你已经把自己先给说服了啊……"孟夆寒见单翰松态度坚定，便知道想用祖宗规矩加礼义廉耻那套来绑架对方怕是行不通了，于是，他顺势开启了嘲讽模式，想以扰乱对方心绪的方式继续施压，"正所谓屁股决定脑袋，人一旦舍弃了操守，同流合污了，就会像你这样，把自己原本坚持的东西贬得一文不值，然后用各种理由将自己现有的行为合理化……"他说到这儿，摊开双手，耸肩笑道，"呵……像我这样的'法士'，在此刻的你眼中，想必是特别的碍眼吧？"

孟夆寒这话当真是字字诛心，宛若一把把刀子剐着单翰松的心窝子。

"你以为自己很清高？"单翰松这会儿又怒又恨，恨不得立刻就把孟夆寒那张嚣张的脸撕烂，"你又懂我们了？你算个什么东西？也配来教训我？"

"好，那我也不装清高了。"孟夆寒却还是一副轻松的样子，回完这句又轻声嘀咕道，"虽然在你面前我的确是有资格装一下啦……"他清了清嗓子，又提高了嗓门儿道，"咱们来说点实际的吧。请问是谁给你的自信，让你认为……"话至此处，他又扫视了周围一圈，"……叫上这么一帮烂番薯臭鸟蛋，摆上一个'四绝阵'，就能对付四凶和我孟道爷了？"

"哈！简直是笑话！"单翰松听罢，狞笑道，"今天就算是你师父李炳乙在此，也绝不是我单翰松的对手，凭你小子那点儿修为，踏入这四绝阵的时候就已经是个死人了！"他顿了顿，"至于这四个妖孽嘛，的确是有点儿难办，不过，在天师留下的法宝面前，就算是四凶，同样死路一条！"

话音一落，单老道已是大袖一扬，从法袍中抽出一个银盘似的八卦镜来，高举过顶。

不只是他，这一刻，那些在山坳四周包围他们的法士们也都各自拿出了一件法宝。从那些宝物上散发的灵力来看，皆是从天师秘境中出来的东西。

"原来如此……"见此情景，孟夆寒当即就想通了此前的一些疑惑，"看来在场的诸位，只要是有点儿修为的，基本都已进过这洞了是吧？"

他说这话其实挺亏心的，在场的这些人，每一个年纪都比他大不少，最弱的那个修为也在他三倍以上，人家"修为"再怎么次，也比他要高一些。

"你以为呢？"单翰松道，"连你都能找到的入口，我们本地的法士又岂会找不着？"他用轻蔑的语气回道，"正因为对洞内的情形根知底，我才会由着你们进去。"

"嗯……既然你们都进去过，那洞口的障眼法为何没破呢？"孟夆寒又若有所思地问道。

"天师又不是傻子，他怎么会留下一个被破解了一次就永远消失的掩境法术？"单翰松接道，"说简单点，这个障眼法，每隔十二个时辰就会重置一次，你懂了吧？"

这事儿，不是本地人，不太可能知道。

"哦，难怪……"孟夆寒点点头，"这么说来，你们也都见到了锦罗什，并通过了后面的考验？"

"不错。"单翰松接道，"本想着，以你的修为，又是带着四个妖孽进去的，没准会和锦罗什起冲突，打个两败俱伤，最后死于天师留下的阵法和陷阱。我们本想等上半天，然后再杀进去坐收渔翁之利，没想到，你倒是出来了。"他摇头晃脑，颇为自信地说道，"也罢，就当你运气好，成功拿了'一件法宝'出来……也不会改变结果。我们这边可是人手一件，你怎么跟我们斗啊？"

听到这儿，帝悬小姐姐已忍不住笑出了声来。茧鹍和陶悟也是在那儿憋笑，努力控制着表情。

唯有方相奇还是一脸不爽，歪着头，对孟夆寒道："你们聊完了吗？该套的情报也套得差不多了吧？从刚才开始那货就一口一个妖孽叫得这么欢，我吃了他不过分吧？"

"行吧……"孟夅寒应了一声，随即又看向陶悟说道，"陶悟大哥，一会儿我祭出法宝破阵时，希望你持续地传输一些灵力到我的体内，不用太多，足够我驾驭二三十件法宝的量就行了，太多我怕自己的肉身会爆炸。"

"好。"陶悟就是个憨憨，没太多想法，听到要求后，他只是迅速和大哥蚩鸮对了下眼神，得到同意后，他就三步并作两步地来到孟夅寒身边，直接把手搭在了后者的肩上。

"诸位，一会儿那单老头吃了也就吃了，其他人没准还有用，制伏即可，尽量不要杀生。"此时此刻，孟夅寒已有些后知后觉地领会到了子临没有给他完整情报的用意，故而提出了这个要求。

"小鬼……"这时，帝悥也领会到了他的用意，当即回头冲孟夅寒邪邪笑道，"你很聪明嘛，待会儿完了事，我请你去喝一杯……咱们多聊聊，亲近亲近如何？"

孟夅寒被这妖精的媚眼儿抛得心里发慌，打了个寒战，赶紧别过头去，正色应道："再议……"

同归于尽 尾声

北路海上,寒月浅照。

海风之中,子临,纳坎沃,对峙而立。

和大部分高级别的变种人一样,纳坎沃的外表要比实际年龄年轻许多,所以他和子临站在一起时,看起来也差不了几岁。两人的体型是也相仿,当然了……体型这个因素在他们的较量中基本是个无足轻重的要素。

"我姑且也问你一句,你愿不愿意……对我俯首称臣呢?"子临并不急着动手,因为他很清楚没有人会来打扰他们。

"呵……"纳坎沃笑了,"我不是针对你,只是,我不会对任何人俯首称臣的。"

"那你现在是在干什么呢?"子临问道。

纳坎沃耸肩:"我替联邦办事,是因为他们能长期稳定地保证我过上自己想过的生活,而不是因为什么'忠诚'或者'抱负'。"他微顿半秒,直视子临道,"换言之,如果别人……比如说你,也能给我和他们相同的待遇,那我也可以替你办事。"

"也就是说,只要我现在承诺,可以给你一样的待遇,你就会立刻倒戈?"子临微笑着问道。

"那怎么可能呢?"纳坎沃也是微笑,语气也很轻松,"我要考虑的因素很多的,比如你究竟能不能取代联邦?取代以后能不能像他们一样至少在百年内保证自己的统治?你对我说的话到时候会不会兑现?有朝一日你会不会把我当作威胁试图去排除掉?等你老了会不会性情大变出尔反尔?你死后的那些当权者们会不会继续履行你的承诺？"

他一口气就说了这六个问题，显然是真的有考虑过。

"这些因素里的绝大多数，没有人能够保证的吧？"子临反问道。

"是的，就算是联邦政府也不能。"纳坎沃回道，"但现在正值他们当权，而且在过去的几十年里他们也切实地满足了我的需求，且没有对我做过任何敌对的行动。"他撇了撇嘴，"和'现有的''稳定的'利益相比，你的口头承诺，自然是不足以让我倒戈的。"

"这样啊……"子临接道，"那好吧……既然'需求'这块目前没得谈，那我们就谈谈'理想'呗？你就真没什么抱负和追求了吗？"

"我的理想，就是我的需求。"纳坎沃回道，"我没有兴趣去改变世界，推动人类社会的进步；我也不想当什么大权在握的统治者，我觉得那一点意思也没有，而且很累；至于出名、被人知晓、被人崇拜……那可能是我最讨厌的了。

"我纳坎沃，只想过随心所欲的生活，套用一个过去的概念，就好比是'太上皇'那样的日子。

"不用承担什么必须去承担的责任，没有任何来自'上方'的压力。

"只在很少的情况下去做一些别人无法去做的工作，以此来实现自我价值，并且让供养我的势力感到安心和物有所值。

"衣、食、住、行、娱乐……想要东西随时有人提供，有人服务。

"无需为了生活而被迫和别人建立人际关系。

"不用为任何事烦恼，不用为任何事负责。

"不需要历史的铭记，也不需要在死后被任何人缅怀，只在活着的时候享受每一分每一秒……

"这才是最完美的人生，这……才是完完全全为自己活着。"

纳坎沃在子临面前显得很健谈，在他的观念里，只有在面对一个即将要死的人时，多说几句，哪怕交个朋友也无妨。

"嗯……有道理呢。"子临听罢，也点点头，"要是能哭的话我此刻真想大哭一场，并向天嘶吼着宣布对你的生活羡慕无比。"他又摇了摇头，"可惜我不能……"

"不，你能的。"纳坎沃道，"以你的实力，如果肯投靠联邦，你完全可以得到和我一样的待遇。"

"呵……"子临苦笑，又重复道，"不……我不能。"

"原来如此。"纳坎沃好似是明白了什么,"你有你的苦衷,我有我的需求,那也就没什么好谈了吧?"

"其实从一开始就没什么好谈的,我只是想在'联邦最强战力'死之前与他本人聊上几句罢了。"子临道,"说实话……我本来也不打算接纳你这样一个'不听使唤的棋子',就算我今天暂时把你骗到麾下,早晚也是得处理你的……"

"哦?"纳坎沃的神色变了,让他感到不安的并不是对方的话语,而是说出这话时的语气,"你好像很有自信啊。"

"我不该有吗?"子临反问道,"我不能有吗?"

"你很强,这点我最清楚不过了。"纳坎沃的眼神渐渐凝重起来,"因为……我们的能力有着一些相似之处。即使远隔千里,我也能隐隐感觉到你的'存在',如今站在眼前,更是一目了然……"他顿了顿,再道,"我看得出来,你的异能比我的更加'高位',这种质的不同并不是用'能力者级别'或是'修炼的时间'可以弥补的,就好比一块铁哪怕锤炼无数次也无法变成钻石……

"其他的能力者恐怕永远都不会明白你的能力是何等'高等'和'恐怖'的东西,那根本不是人类该掌握的玩意儿,仅仅是洞悉了其概念的冰山一角,也让我不寒而栗。

"但是……"

他刚要话锋一转,子临就接过了话头:"你想说,但是,此时此刻,你那凶级的'能量掌控',要强于我这纸级的'量子革命',或者说……至少现在,你觉得你能赢我。"

纳坎沃没有正面回答这个问题,只是沉默了几秒,再开口道:"从我出生到现在,你还是第一个被我视作威胁的人。刚才看到你的瞬间,我就已经明白了,假如我今天杀不了你,那终有一天,我一定会死在你的手里……所以,我会全力以赴,把你杀死在这里,然后……继续过我那随心所欲的人生。"

"那就对不起了。"子临竟然很有诚意地道歉了,"我不得不为了延续自己的'苦难',去终结你的'幸福'。"

片刻后,不冻港沿岸。

夜空中,一道轻逸的人影,乘风而来。

克劳泽还是当年的样子,相貌清秀,气质沉静,一头浅蓝色的长发在风中轻舞,一种晦暗的信念在他眼中沉淀。

他可以踏风悬浮,所以也不需要落地。

他就这么静静地立于风中,等待着什么。

不多时,他等的东西来了——海啸,空前绝后的巨大海啸。

面对这自然界的浩然威能,就算是克劳泽也不可能轻松应对。但见他深呼吸了一次,闭上双眼,将全身能量提升至顶点,随后朝身前举起了一臂,凝神施为。

一息过后,一道直冲云霄的"风墙"便宛如堤坝一般在海岸边崛起。

海啸的冲击转眼就到,当巨浪与风墙相触时,所产生的庞大能量让附近的陆地产生了一阵明显的震动,但无论如何……海啸还是被挡下了。

那撞击风墙后朝后翻卷的巨浪高达数十米,遮天蔽日,宛如末日之景,可愣是连一滴水都没能从风墙中穿过……

2219年,4月30日,凌晨。

一场突如其来的海啸,造访了西洋州西北部。

灾难发生时,受灾最严重的殷格岛,其表面几乎被巨浪给"犁"了一遍,丹罗群岛则是在一段时间内全部都被埋在了海面下,而西洋洲靠北的海岸周围诸郡府也都受到了不同程度的冲击。

此次灾难造成的平民伤亡达到了数十万之众(其中绝大部分是受伤,死亡和失踪人士占比并不算高),财产损失更是在短期内难以计算……

而这些,只是民众们所得到的消息。

还有些他们不知道的事……

这天,有着"世界最强海军舰队"之称的苏福斯联合舰队在海上遇难,全军覆没。

一支由马修·鲍曼上校统领的联邦行动部队,在不冻港沿岸覆灭。虽然他们乘坐的是潜艇,但由于海啸来临时他们离岸很近,且下潜的深度只有十几米,所以在他们来得及做出反应之前,他们就和一般的轮船一样被卷上了天,然后撞在了"风墙"之上。

很不幸的,所有在潜艇里的人,包括在茶宴中代号"白毫银针"的谋士耶夫格尼,也像是铁罐头里的肉一样,在罐头本身被砸扁时粉身碎骨。

另外,对联邦来说最可怕的消息可能是——最强护卫官纳坎沃,在海啸中下落不明。

那之后他们花了整整一个月才接受了一个事实,纳坎沃已经死了。

当然，逆十字这边也不是没有代价的。

纳坎沃的死，是子临用自己的命换来的。

纳坎沃的判断没有错，他的确比现在的子临要强。子临自己也清楚这点，所以，子临选择用同归于尽这种方式，来确保行动的胜利。

战斗结束后十五分钟，北路海。

一艘通体漆黑的潜艇，自海底慢慢靠近了子临和纳坎沃对决的位置。

潜艇上的人不多，分别是负责驾驶的"博士"富兰克林，负责护卫的方相奇和莉莉娅，以及肩负着一项特殊使命的孟夆寒。

"我去……还好刚才停得够远，要不然连我们也得完蛋啊。"潜艇内，看着全息成像屏上反馈回来的画面，孟夆寒不禁有些后怕。

此刻，潜艇前方的那片海床，就好像是一块被挖了一勺的冰激凌——一个巨大的圆坑赫然在目。

仅仅是目测，那坑的直径也在一公里以上。

"战斗的中心并不在这里，而是在海平面上，这个坑只不过是位于边缘的痕迹而已。"两秒后，博士饶有兴致地接过话头，解释道，"看这架势，那两个家伙应该是在极短的时间内制造出了一个由异能者的能量支撑的小型黑洞，从分子层面上吞噬并抹除了大量的物质……当然也包括他们自己。"

他顿了顿，若有所思地接着说道："现在我能理解天老板对'海啸'的预测了……随着那两人的死亡，黑洞也跟着消失，但实际回涌的海水量依然会比想象中大很多，因为我们无法判断黑洞持续了几秒……再加上海底的这个坑，就形成了'下降型海啸'的构成条件。"

此时，方相奇插嘴道："比起这种已经无关紧要的知识，我倒是更想知道，他们都已经引发海啸了，为什么在海里的我们屁事儿都没有啊？"

"海啸对潜艇的影响本来就不大。"博士回道，"当然了……前提是你潜得够深，且离海岸线够远。"他说着，又抬头瞥了眼天花板，"再退一步讲，我们这艘潜艇可是有着'绝对静止模式'的，只要开启外层合金装甲的'动能抵消功能'并激活艇内的'重力核心'，就算位于巨型漩涡的中心，本舰也能保持不动，海啸算个球？"

就在他们对话之际，潜艇已开到了那个海底大坑的中间。

此时，莉莉娅用略显不耐烦的语气问道："开到这儿差不多了吧？"

"你别着急嘛，肯定来得及的。"方相奇劝了她一句，不过也没敢再多说什么，因为看得出来对方心情不是很好。

"对，你放心吧，理论上七天之内都来得及。"孟夆寒也如是说道。

"什么叫'我放心'？我有什么放心不放心的？来不来得及关我屁事？我只是想早点结束任务回去休息所以才催你们一声。"莉莉娅果然没给这两位什么好脸色看。

"行行……"博士也不跟她争辩什么，顺手就停下了潜艇，"开到这里的确是差不多了，小孟你去吧。"

"好。"孟夆寒点点头，转身就离开了船舱。

看着他出了舱门往左拐，莉莉娅转头疑道："我说……他走错边了吧？放潜水装备的房间在另一边啊。"

"他有避水珠，不需要潜水装备。"方相奇想都没想就应道。

莉莉娅虽不知道那避水珠具体有何功效，不过从法宝的名字也猜出个八九不离十了，故而没有再追问下去。

此前的海琼山之行，孟夆寒带回了上百件法宝，这些法宝每一件都妙用无穷，且只有他这个法士能用。这样一来，孟夆寒便一跃成了逆十字里的第一大忙人，以前是只有一些特殊的任务能用到他，如今是哪儿都有用得着他的地方……

但其实，当初他去海琼山时，任务要求他"必须"带回来的法宝只有两件，第一件叫"引魂幡"，第二件叫"涅槃鸾羽"。

同一时刻，魔都，天老板的书店中。

薛叔正与天老板隔着办公桌对坐着，喝着咖啡，聊着天。

薛叔的手边，除了咖啡，还有一本"心之书"——纳坎沃的心之书。

不过这会儿，书已经合上了，因为纳坎沃已死，书的内容也就不再延续。

"我不懂……"薛叔皱眉思考着，"子临难道不是你的接班人吗？"

"当然不是。"天一笑着接道，"没有人能接我的班，假如有……那人也不是我本人有资格去培养的。"

"所以……"薛叔念道，"在必要时，子临也不是不可牺牲的？"

"呵……不不，他还是很重要的，要不然我也不会安排小孟去收他的魂啊。"

天一回道。

"那你为什么不让我去支援他呢？"薛叔道，"如果有我和他配合，应该能找到打赢纳坎沃的方法吧？反正他的记忆是不受'回溯'影响的，我只要待在可以监视到战场的地方就行，也不用冒险靠到很近的地方去。"

天一喝了口咖啡，耸肩应道："你以后还有很多很重要的事情要做，何必把宝贵的生命浪费在这种事上呢？"

薛叔想了几秒，沉声道："好吧，那我们换个问题……无论如何，对外，子临还是逆十字名义上的统领，现在他死了，谁来率领和指挥这个组织？是你亲自来？还是让兰斯……"

"兰斯已经去执行下一个非常有趣的任务了。"天一打断了薛叔，笑道，"至于组织的统领嘛……正如你说的，'对外'，依然是子临。"

"而实际上却是……"薛叔知道对方的话还没说完，所以用询问的口气示意对方接着说下去。

就在这一瞬，有脚步声传来。

一步一步，缓缓地从薛叔的背后走近。

薛叔循声转头，看到了一个全身都覆盖在黑袍中的人，他从头到脚，都被罩帽、手套盖得严严实实，而他脸上还戴着面具——一张镜子面具。

"容我为你介绍一下……"天一举起咖啡杯，朝那人指了一下。

在他做这个动作的同时，那个曾经在斌尊的手下面前自称是"镜先生"的男人，也抬起手，摘下了脸上的镜子面具。

面具下，是一张很年轻的脸。

长的和子临一模一样。

"……这是子临的孪生弟弟，子栖。"天一冲着一脸惊愕的薛叔，淡定地言道，"之后的一段时间里，就由他来扮演子临，带领你们活动。"

"竟有这种事……"薛叔从最初的震惊中回过神来后，不知为何干笑了一声。

"薛先生不必惊讶，这番谋划，家兄他也是知道的。"子栖看着薛叔，用和子临十分相似，不过多了几分温和的语气言道，"眼下这个阶段，虽然克亚米游骑兵、铁血联盟、杀手联盟、神武会和道门等等势力都已被纳入逆十字麾下，但这也只是个开始。

"还有很多其他势力，仍打着自己的算盘。民众们对于反抗组织的态度，也不是很理想……

"当务之急,还是得先把联邦之外的这些不安定因素消除——先聚人心,再定天下。而这收买人心,以仁者之姿斡旋之事,我比家兄更为擅长。"

"哼……"薛叔冷哼,摇了摇头,"那以后'江山'是你坐还是他坐啊?"

子栖微笑,没有回答这个问题。

天一替他回答了:"那自然是谁合适……谁来坐咯。"

(未完待续,《纡临4》即将上线,敬请期待!)

图书在版编目(CIP)数据

纣临.3 / 三天两觉 著.
—武汉：长江出版社，2019.11
ISBN 978-7-5492-6806-1

Ⅰ.①纣… Ⅱ.①三… Ⅲ.①长篇小说-中国-当代
Ⅳ.①I247.5

中国版本图书馆CIP数据核字(2019)第259153号

本书经三天两觉授权同意，由上海玄霆娱乐信息科技有限公司委托天津漫娱图书有限公司正式授权长江出版社，在中国大陆地区独家出版中文简体版本。未经书面同意，不得以任何形式转载和使用。

纣临.3 / 三天两觉 著

出　　版	长江出版社
	（武汉市解放大道1863号　邮政编码：430010）
选题策划	漫娱　马　飞
执行策划	漫娱　李西媛
市场发行	长江出版社发行部
网　　址	http://www.cjpress.com.cn
责任编辑	陈　辉
总编辑	熊　嵩
执行总编	罗晓琴
封面插画	barabababa
装帧设计	朱　可　许　颖
印　　刷	上海盛通时代印刷有限公司
版　　次	2019年11月第1版
印　　次	2019年11月第1次印刷
开　　本	710mm×1120mm　1/16
印　　张	19
字　　数	340千字
书　　号	ISBN 978-7-5492-6806-1
定　　价	35.00元

版权所有，翻版必究。如有质量问题，请联系本社退换。
电话：027-82926557(总编室)　027-82926806(市场营销部)